INHERITORS

세리자와 아사코

상속자들

◆

세리자와 아사코 지음 ㅣ 이지안 옮김

INHERITORS

ASAKO SERIZAWA

마르코폴로

그러나 완전히 계몽된 지구에는 재난만이 승리를 구가하고 있다.

테오도르 W. 아도르노와 막스 호르크하이머, ≪계몽의 변증법≫에서

차례

가계도

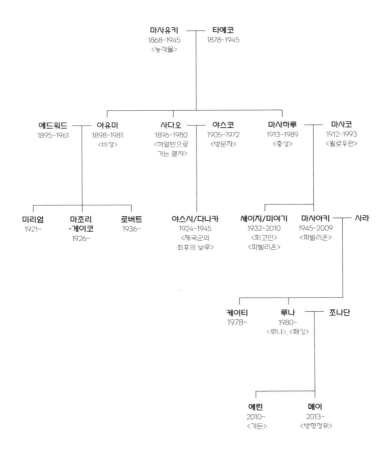

마사유키
1868~1945
〈농작물〉

타에코
1878~1945

에드워드
1895~1961

아유미
1898~1981
〈비상〉

사다오
1896~1980
〈하얼빈으로
가는 열차〉

야스코
1905~1972
〈방문자〉

마사하루
1913~1989
〈충성〉

마사코
1912~1993
〈윌로우런〉

미리엄
1921~

**마조리
-게이코**
1926~

로버트
1936~

야스시/다나카
1924~1945
〈제국군의
최후의 보루〉

세이지/미야기
1932~2010
〈피고인〉
〈파빌리온〉

마사아키
1945~2009
〈파빌리온〉

사라

케이티
1978~

루나
1980~
〈루나〉, 〈패싱〉

조나단

에린
2010~
〈가든〉

메이
2013~
〈방향정위〉

〈농작물〉 (1913)	〈충성〉 (1945)	〈루나〉 (1986)
〈비상〉 (1911~1981)	〈윌로우런〉 (1991)	〈패싱〉 (2009)
〈하얼빈으로 가는 열차〉 (1939~1980)	〈피고인〉 (1947)	〈방향정위〉 (2024)
〈방문자〉 (1946)	〈파빌리온〉 (2009)	〈가든〉 (2035)
〈제국군의 최후의 보루〉 (1944~1945)		

제2차 세계대전이 일어난 지 수십 년이 지난 지금도, 그 전쟁의 뿌리와 유산은 아직도 망령처럼 곳곳에 출몰하며 끊임없이 세계를 구성하고 있다. 끝없는 데자뷔(이는 비단 2022년에 국한된 경험은 아닐 것이다)를 체험하며 살아가도록 운명 지워진 오늘의 시대에서, 나는 내가 사랑하는 영어 한 단어를 되새김질한다. 그 낱말은 바로 '클리브(cleave)'라는 단어다. '두 갈래로 쪼개지다' 또는 '단절되다'. 동시에 이 말은 '굳건히 결합하다', '고수하다', '달라붙다'라는 의미 역시 내포한다.

내가 이 책을 쓰기 시작한 것은 전쟁의 살아있는 폭력을 이해하고, 미국과 유럽, 그리고 일본이 추구한 제국주의와 식민주의가 인류에게, 특히 아시아에 어떤 결과를 일으켰는지 세상에 환기하고 싶은 욕망에서 비롯했다.

최종 단계에서 구심력이 작용하는 역사는 여전히 누락과 억압, 배제와 지속적인 침묵으로 가득하다. 그래서 나는 제2차 세계 대전과 분투를 벌이며, 전쟁의 근원을 추적하고 인류가 현재의 경로를 그대로 유지한다면 예상되는 궤적을 보여주려 했다.

이러한 분투는 내가 앞으로 더 큰 무대를 그리게 하는 원동력이 되었다. 이런 의미에서 《상속자들》은 내가 구상해 온 4부작 소설의 첫 번째 작품이 될 것이다.

이 책이 출판된 이후로, 나는 집필 과정에서 어떤 점이 가장 인상적인지에 관한 질문을 종종 받아왔다. 여기에 대한 나의 즉답은 이러하다. 21세기에 영어로 글을 쓰는 일본 여성으로서 어떻게 역사와 그 헤아릴 수 없는 유산에 의미 있게 참여할 수 있을지 나는 12년이 넘도록 스스로 물음을 던져 왔다. 그러한 씨름 끝에야 이 원고가 완성될 수 있었다. 이는 엄연한 사실이다. 날이 갈수록 여러 이해관계와 책임감이 무척 첨예하고 특별한 의미로 다가왔고, 내가 겪어야 했던 여러 도전은 필수적인 것으로 느껴졌다. 인터뷰 작가들이 연달아 이 책의 출판이 어떤 파문을 가져왔다고 생각하는지를 물어왔을 때, 내가 내린 해답에 대해 나 스스로도 꽤 놀랐다. 가장 놀라웠던 점은 바로 내가 품은 희망의 무게다. 이 책은 다양한 학문 분야들, 세계 곳곳의 사람들과 장소들로부터 힘과 영감을 빚졌다. 그 답례로 나는 이 책을 통해 아시아에 관한 이야기를 들려줄 수 있는 목소리를 더 많이 형성하려 했고, 그런 합창을 모아가는 데 이바지할 수 있기를 소망했다. 아마 언젠가 우리는 조금은 덜 폭력적인, 그리고 서로 단절되지 않는 세상에 살 것이다.

제1부

1장 비상(飛上)

먼저 이름들이 사라졌다. 그녀의 이웃 이름들, 손자 손녀의 이름들. 어떤 때는 두 딸과 외동 아들의 이름들.

물론 그녀는 아이들의 얼굴을 알았다. 눈초리가 매서운 딸은 항상 예의 주시하면서, 앞으로―항상 앞으로!―그녀를 밀어대며 욕실로, 부엌으로, 문과 멀찍이 떨어진 곳이라면 어디든지, 그녀가 어디로 왜 가야 하는지 몰라 머뭇대는 장소로 몰아댔다.

또 다른 창백한 얼굴의 딸은 너그러웠다. 그녀가 마당에 우거진 토마토 넝쿨 사이에서 헤맬 때면 그녀의 손을 꼭 잡고 방에 데려다주었다.

아들은 엄마를 거의 찾아오지 않고, 한 달에 한 번 전화만 한다. 하긴 누군들 뭐라 할까? 그의 엄마는 이제 손자를 돌보지도 못하고, 제 몸조차 챙기지 못한다. 더구나 그는 소싯적에 매사 신중했다. 적어도 불완전한 세상으로부터 자기 자신을 지키기에 적당할 정도로.

그러던 어느 날, 길들이 차례로 사라지기 시작했다. 하교 길의 아이들이 배고파서 어쩔 줄 모르다가 엄마를 보면 달려왔던 학교 운동장으로 통하던 아주 좁은 지름길, 약국으로 통하는 길, 우체국으로 가는 골목길, 비 오는 오후에 버터를 얇게 발라 먹기 적당한 계피 빵을 팔던 빵집으로 향하는 수풀길.

이웃들도 그녀를 찾아다니기 시작했다. 길을 위아래로 오락가락하면서 알 만한 창문들을 기웃거려 봐도 그녀는 엉뚱한 주소로 잘못 찾아가기 일쑤였다. 또한 아무 노선도 없는 정류장에서 집으로 가는 버스를 하염없이 기다릴 때도 있었다. 그때마다 이웃 사람들은 (청년들은 상냥하게 대했고, 노인들은 짜증 섞인 성화를 부렸다) 한결같이 그녀에게 겁을 주면서 손목을 잡아 이끌곤 했다.

하지만 어떻게 그녀가 집에만 틀어박혀 있겠는가? 창밖에는 하늘이 어렴풋이 빛났고, 풀밭의 나무들이 그림자 인형처럼 춤을 췄고, 수십 년 전 아직 젊었던 그들 부부가 주택대출금을 절반쯤 갚은 뒤 에드워드가 마당에 꾸며준 정원에는 농익은 토마토가 후드득 떨어졌다. 그래서 그녀는 세상의 무게를 갈망하는 육신을 차갑게 흐르는 물에 담그고 싶었다. 딸들의 경고나 이웃 사람들의 동정은 아랑곳할 바 아니었다. 그녀는 그저 발길이 이끄는 대로 밝은 정원으로 이어지는 계단을 내려갔다.

#

그녀가 첫 번째 토마토를 선물 받았던 때는 1911년, 그녀가 열세 살이 되어 처음 미국을 방문했던 해였다. 작고 노란 배처럼 생긴 토마토는 그녀의 아버지가 준 선물로, 그녀의 새 여름 별장인 캘리포니아 농장에서 수확된 과일이었다. 그녀가 토마토를 처음 깨물자 질척한 씨앗이 더러운 가래 같은 과즙에 섞여 사방으로 튀었다. 깜짝 놀라 폴짝대는 그녀의 어깨를 잡아주며 아버지는 부드럽게 웃었다. *여기에 뿌리가 잘 내리는지 한번 지켜보자꾸나.*

그녀는 흙 한 움큼을 조심스레 화분에 옮겨 담아 침실 창가에 올려놓았다. 지금도 밥 아저씨의 소유의 논둑에서 산들바람이 불어오면 옷섶 사이로 가슴이 행복한 연(鳶)처럼 흔들렸던 유카타 같은 옛 옷가지들이 그 농장에 보관되어 있다. 그녀의 아버지처럼 당숙(堂叔)인 밥 아저씨도 농학자였다. 과거 미쓰루라는 이름으로 불렸던, 이 여우 같은 당찬 사내는 일본의 전형적인 곡창지대인 니가타(Niigata)의 고향 주민들 눈으로 볼 때는 지나치게 현대적인 아이디어에 집착한 인물이었다. 그런데 그녀의 아버지는 그런 유혹에 약한 사람이었고, 누구보다 이런 점을 재빨리 간파한 미쓰루는 위험 부담이 높은 사업에 아버지를 끌어들였다.

1906년에 밥이 캘리포니아로 간 후, 2년이 넘도록 누구도 밥의 소식을 알지 못했다. 그러던 어느 날, 밥은 그녀의 아버지에게 편지를 보내 자신이 재배할 신품종 쌀이 고향의 쌀처럼 찰지며 캘리포니아의 토양과 기후에 적합하다고 설득해왔다. 그녀의 아버지는 그가 제시한 전망에 마음이 동했다. 수확할 때까지 여러 계절을 기다려야 했지만, 이 강인한 하이브리드 벼는 아주 성공적인 것으로 드러났고, 그 후 여러 차례의 농지법 개정과 아시아배제연맹이 배후에 있었던 방화범의 소행을 꿋꿋이 버텨냈다. '행정명령 9066'이 밥과 같은 일본인을 만자나르(Manzanar)에 강제 수용할 때까지 말이다.

옐로 페어(Yellow Pear), 아버지는 언젠가 그녀의 모국어를 대체할 영어를 천천히 발음해주었다. *그게 이 토마토 품종의 이름이란다.*

창가와 화분 사이의 비좁은 장소에서도 무럭무럭 자란 식물 줄기에서 토마토 한 무더기가 이슬 방울 한 다발처럼 영글었다. 그 후 매해 여름마다 햇살 가득한 침실을 장식해주던 토마토 줄기는 3년 뒤 어느 여름날, 책장이 지진으로 무너지면서 대롱이 꺾이고 말았다.

아뿔싸, 그녀의 아버지는 미국인이 다 된 밥 사촌처럼 어깨를 들썩이며 너털웃음을 터트렸다. *휴, 이런 게 인생인 걸.*

#

가을이 되자 상냥한 얼굴을 한 딸이 그녀의 집에 머무르기 시작했다. 처음에는 주말에만 왔지만, 곧 주중에도 그녀와 함께 지냈다. 이 딸은 정말 조용했다. 설거지하거나 빨래 갤 때도 마치 집안에 없는 듯 하루를 보냈다. 이 딸이 와 있을 때는 텔레비전은 꺼야 했기 때문에, 대신 그들은 부엌에서 찻주전자를 사이에 두고 도우미를 새로 고용하는 문제 등에 관해 이야기를 나눴다. 나직한 담소는 곧 추억을 부드럽게 일깨우곤 했다.

사과 서리 때 기억나요? 엄마가 갈라 사과(아니 맥킨토시 사과였던가?)를 한입 베어 물다가 주인한테 걸렸는데…

영화 보러 갔을 때 기억나요? 엄마가 중간에 화장실에 간다고 나갔다가 다른 상영관을 잘못 들어가선 엉뚱한 가족 옆에 앉았었는데. 그러고도 끝까지 영화를 다 봤죠.

물론 그녀는 어둠을 밝힐 만한 이런 이야기들을 기억하지 못했다. 오히려 그녀의 마음속에 반짝 떠오르는 기억은 유년 시절 니가타의 고향 집 뒤편 호수에서 아버지가 스케이트를 태워줬던 때와 같은 초기 인상이었다. 그때 그녀는 여섯 살이었고, 퀴퀴한 냄새가 풍기던 오빠의 것과는 다른, 새 가죽 향이 나는 스케이트를 뽐내고 있었다.

따가운 햇살이 그녀의 오싹한 등을 비쳤다. 빙판의 반짝거림, 예리한 스케이트 날, 손가락이 베일 듯한 공포. 그녀의 스케이트가 휘영청 미끄러졌을 때 등에 닿는 딱딱한 빙판, 급히 다가온 아버지의 스케이트 날이 선회하며 얼굴에 닿을 듯 그녀의 숨결을 가른 금속성의 차가운 맛.

2년 후 그녀는 자기 얼굴을 찬찬히 뜯어봤다. 왼쪽 귀에서 턱까지 이어진 깊은 흉터. 엄청난 사고에 비하면 그래도 믿기 어려울 정도로 매끈히 치료되었다. 잠을 자는 개의 뒷다리를 잡다니! 하지만 그녀가 어떻게 상상이나 했을까? 그 개는 그녀의 오랜 친구였다. 다행히 턱선에 가려진 흉터는 장난꾸러기 소녀의 예쁜 얼굴을 망치진 못했다.

오로지 한 소녀만 그녀의 흉터를 보고 아는 체 했다. 니가타에 새로 이사온, 금발에 창백한 피부, 외국인 억양으로 말하던 소녀. 그녀는 마을 사람들이 자기 이름을 엉터리로 발음할 때마다 정색하며 심통을 부렸다. *마~조우~레라니!* 어느 날 옆자리에서 머리를 땋고 있던 마조리가 그녀의 얼굴을 물끄러미 들여다보며 물어봤다. 마조리의 관심을 끌고 싶었던 그녀가 뭐라 답했을까? 그녀는 이마리(伊万里) 도자기처럼 창백한 피부에 청색과 홍색의 세공을 우아하게 그려놓은 듯한 소녀의 귀에 대고 말했다. 이건 아버지가 낸 흉터라고, 스케이트 날로 자기 얼굴을 확 그었다고 속삭였다. 그녀는 결코 마조리와 자기가 지어낸 거짓말을 잊지 않았고, 마음속에 담아둔 그 소녀가 외교관인 부친을 따라 전학을 가버렸을 때 이별의 슬픔에 몸져누웠다.

세월이 흐른 후 그녀는 마조리와 마주쳤다고 믿었지만, 과연 누가 확신할 수 있을까? 1919년, 두 여성은 이제 니가타의 교실과 멀리 떨어진, 지구 맞은편에 있는 전혀 다른 대륙에 있었다. 캘리포니아의 태양이 내리쬐는 어느 멋진 날, 그녀는 거리에서 인파의 활기에 도취한 듯 고개를 뒤로 젖히다가, 우연히 같은 동작을 하던 여자와 시선이 마주쳤다. *아, 마조리!* 지금의 그녀는 영어 발음이 더는 어색하지 않다. 하지만 마조리는 시선을 내리깔고 황황히 축제 군중 속으로 자취를 감췄다.

병원에 처음 입원했던 때는 지금으로부터 3년 전인 1978년, 그녀의 아들 로버트가 약혼을 발표했던 해였다. 원래 폐렴으로 입원했던 그녀는 급기야 간경변을 합병증으로 진단받았다. 현숙한 여인으로 평가받던 그녀에게 '간경변'이라는 병명은 사실 충격이었다. 의사가 최근 복용한 약에 관해 묻자, 그녀는 영양제의 이름들을 줄줄이 읊었다. 보양을 위해 꾸준히 복용해 온 약들이 간을 손상시킬 것이라곤 그날까지 누구도 의심하지 못했다. 6개월 후에 그녀는 또다시 입원했다. 이번에는 시장을 가던 길에 의식을 잃었고, 뇌진탕과 영양실조의 진단이 내려졌다. 이 주간 나흘을 입원한 셈이었다.

처음에는 걱정이 앞섰던 그녀의 자녀들은 차츰 화를 내기 시작했다. 서로 비난하고, 또 엄마를 나무랐다. 그러다가 며칠 동안 그녀가 말문을 전혀 열지 않았다는 것을 늦게야 깨달은 그들은 부산스럽게 의사를 호출했다. 의사들은 보통 문진으로 시작했다가, 심각한 표정으로 청진기를 들이대고, 자녀들에게 그녀의 일상 활동과 우울증 병력에 대해 질문했다. 그러나 자녀들도 제대로 알지 못했다.

각자의 진찰 결과는 엇갈렸지만, 한 가지 점은 확실했다. 그녀의 두뇌가 바뀌고 있었다. 노화로 인해 뇌 해마에 구멍이 숭숭 나고 있었고, 그녀는 할 수 없거나 해서는 안 되는 일들로 뒤엉킨 세상에서 점차 대응력을 잃었다. 여러 달, 또는 여러 해 동안 그녀는 자신의 몸과 정신, 감정을 온전히 통제하고 소유할 수 없었다.

아이들에 대한 걱정은 여전했다. 더구나 날카로운 눈매를 가진 딸은 쉰다섯 살인데도 아직 미혼이었다. 하루는 그녀는 이 딸을 걱정하며 에드워드가 집을 남겨 주었다는 사실을 천만다행으로 여겼다. 또 하루는 딸의 얼굴을 미처 알아보지 못하고 자기에게 창피한 질문을 해서 무안하게 했던 간호사의 냉정한 얼굴로 착각했다. 또 다른 날엔 그녀는 갑작스럽게 딸을 흘겨 보며 말했다. *마조리, 마조리-게이코! 넌 절대 집에 남편 감을 데려올 생각은 하지 말아라. 알았지?*

#

1920년에 그녀는 두 번째로 토마토를 받았다. 임신 6주에 열꽃이 피자, 그녀의 남편 에드워드는 유월의 더위를 저주했는데, 정작 그녀를 괴롭혔던 것은 전혀 차원이 다른 불꽃이었다. 늘 그렇듯, 아시아배제연맹은 전국적 열광을 부추겼고, 그들 이웃(심지어 에드워드의 가족과 친구들조차!)의 분노에 기름을 부었다. 이웃 사람들은 남편의 등 뒤에서 그녀에게 침을 뱉고, 남편이 외출하면 집 창문에 돌을 던졌다. 한때 괴한과 맞서 싸우다 그녀는 자기 목숨과 복중에 있던 에드워드의 상속자를 잃을 뻔했다. 그나마 다행이라면, 당시 괴한은 단독범인 데다 총기를 들지 않은 열다섯 살 소년이었다. 그런 일회성 소동은 금세 잊혀지고, 새로운 외국인 농지법이 시행되면서 일본인이 경영하던 그 지역 농장들은 모두 문을 닫게 되었다.

체로키 퍼플(Cherokee Purple) 토마토. 그 과육은 크고 색은 멍든 것처럼 탁한 거무스름한 빛을 띠었다. 피처럼 붉은 과육을 처음 맛봤을 때 그녀는 달디 단맛에 깜짝 놀랐다.

4년 후, 미국은 모든 아시아 이민자들에게 국경의 관문을 닫아 걸었고, 특별한 상황에는 억류 조치를 단행했다. 그 소식을 전할 때, 에드워드는 장황한 열변을 토로하는 대신 말없이 들고 있던 신문을 식탁에 내리쳤다. 그 성난 타격은 그녀의 심장을 후벼 팠고, 내면에서 점점 커지던 공포의 똬리를 드러냈다. 마침내 공식적으로 국경이 폐쇄되고, 그녀는 이제 에드워드의 낭만적인 맹세의 상대가 아닌, 평생의 짐이 되었다. 그녀는 최초로 아버지를, 열다섯 살밖에 안된 딸을 미국 땅에 남겨두고 떠난 그의 낙천적 사고방식을 원망했다. 물론 당시는 1913년, 아버지는 여느 때와 다름없이 내년 여름, 적어도 내후년 여름이면 미국에 다시 올 거라고 믿었지만 말이다.

그러나 세상은 서서히 평온한 일상에 싫증을 내기 시작했다. 돌이켜보면 작별의 날, 새벽 항구에서 그들에게 허락된 것은 오로지 행복한 무지에 불과했다. 회색 양복 차림의 아버지에게 구색을 맞추기 위해, 그녀는 남편의 크림색 재킷을 수선해 만든 프록코트를 어울리지 않게 걸쳐 입었다. 일본행 선박은 날렵한 몸체의 현대적인 엔진을 탑재한 히카리(Hikari)호로, 그 이름에 걸맞게 기계공학 애호가인 아버지가 걸음을 멈추고 감탄의 탄식을 했다.

고요한 바다는 빛나는 광휘로 가득했다. 아버지는 떠나기 전에 밥과 에드워드와 차례로 악수한 다음, 그녀의 어깨를 두어 번 지긋이 토닥거려준 후에 총총히 떠났다. 그녀가 실망했을까? 물론 그랬다. 하지만 그 상황에서 어떤 말, 어떤 몸짓을 주고 받겠는가? 뱃고동이 울려 퍼지고, 승객들은 각자 손을 흔들며 소리쳤다. 아버지와 마찬가지로 그녀도 군중의 물결에 파묻혔다. 뱃고동이 한 번 더 울리자, 탑승 발판이 올라가고 선미에 바닷물이 들이쳤다. 가슴이 벅차오른 그녀는 두 손에 깃발을 들고 파도처럼 마구 휘저었다. 하지만 저 멀리 단추처럼 조막만한 아버지의 얼굴이 그녀에게, 또는 그녀의 허리를 감싸 안아준 에드워드에게 어떤 신호를 보냈다 해도 그들이 알아챌 수는 없었을 것이다.

#

겨울이 되자 이번에는 매서운 눈초리를 가진 딸이 그녀의 집을 찾았다. 딸은 외풍이 창문 틈새로 스며들어 냉골이나 마찬가지인 거실에서 주로 생활했다.

어쩌다 딸들이 집에 들르는 날짜가 겹치면, 그들은 으레 목청을 높이고 서로 비난하기 일쑤였다. 간혹 두 자매가 나직이 사과하는 우애 어린 장면이 창문에 비칠 때도 있지만, 그건 썩 내키지 않아도 서로 도울 수밖에 없는 현실을 반영했다. 가끔 한 명이 문을 쾅

닫고 뛰쳐나가 집안 분위기가 냉랭해지는 때도 있었다. 이런 밤엔 그녀는 부모와 형제들, 그리고 성가실 정도로 자신을 잘 챙겨줬던 에드워드를 위한 연도 기도를 올렸다. 저 푸른 언덕 너머의 정상에 올라간 그들은 차례로 그녀를 향해 손짓을 했다. 예정된 때가 되어 그녀도 그들의 뒤를 따르면 거대한 버섯구름이 드리운 풍경 속에 모두 하나가 될 것이다.

#

과거에 그녀는 에드워드에게 배신감을 느낀 적이 있었다. 기사도 정신이 충만한 에드워드. 유난히 굳은 표정으로 조간신문을 챙겨 차를 몰고 나갔던 그는 언덕길에서 운전대를 잘못 돌리는 바람에 퇴비 더미를 들이받았다. 그런 남편의 모습을 그녀는 줄곧 창문을 통해 지켜보고 있었다.

몇 분 후, 집에 돌아온 그는 코트를 벗지도 않고 아침 식사를 거른 채 도로 집을 나섰다. 남편에게 인사할 틈도 없었던 그녀는 곧장 무슨 일인지 알아보러 밖에 나갔다. 그리고 온통 퇴비 범벅이 된 조간 신문에서 그녀는 음식 준비와 집안 살림에 바빠 미처 보지 못했던 짧은 기사를 발견했다. **히로시마 처녀들이 무료 치료를 위해 도착합니다.** 총 7줄의 짤막한 단신 기사는 "세계 최초의 핵 폭발에서 생존한 소녀들이 미국 정부에 감사한 마음을 전했다"고 보도하며 미국인의 관용과 자선 정신을 칭송했다.

그날 오후, 그녀가 분노로 손을 떨며 접시 다섯 장을, 그것도 남편 집안의 가보였던 귀한 접시만 골라서 깨뜨린 것은 다분히 의도가 깔려 있었다. 처음 두 장의 접시는 침묵을 강요당한 소녀들을 위해서였고, 다음 두 장은 몰염치한 인용구(감사하는!)를 겨냥한 것이고, 나머지 한 장은 이런 창피한 논조의 신문을 제때 치우지 못한 에드워드를 향한 분노로 인한 것이었다.

몇 주간 소녀들이 치료받고 대중에게 전시되는 동안, 이런 논조의 신문들이 종종 정원 마당에 나타났다. 그리고 4년이 지난 후, 그녀는 식탁 위에 단정히 펼쳐진 신문을 발견했다. **미스 유니버스에 최초로 선발된 일본인.** 대문짝만한 헤드라인을 피할 수 없었던 그녀는 신문을 다 읽고 난 뒤 갈기갈기 찢어 퇴비 더미에 던져버렸다.

엄마!

놀랍게도 다정한 얼굴의 딸(그런데 내 딸이 언제 이렇게 늙어버렸나?)이 급히 문을 열고 들어와 청록색 리놀륨 식탁 위에 산산이 부서진 샐러드 그릇을 빗자루로 부지런히 쓸어 담았다.

#

1914년에 그들은 정식으로 약혼했다. 그녀는 열여섯 살, 에드워드는 열아홉 살이었고, 그 이후 두 부부는 47년 동안을 함께 살았다. 만약 에드워드가 현관 앞 장식장 위에 달려 있던 전구를 교체하다가 의자에서 떨어지지 않았다면, 그들은 47년이 아니라 67년의 세월을 함께 살았을지도 모른다. 정교한 음각 세공이 새겨진 장식장은 그간 여섯 개의 다리로 가족들의 신발을 흔들림 없이 보관해왔다. 만약 전구가 수명이 다하지 않았었다면. 만약 장식장이 추락하는 에드워드를 제대로 받쳐줬다면… 아, 이제 그녀는 자기가 무엇을 하는 중인지조차 기억할 수 없다. 조금 전에 수레국화꽃이 그려진 행주에 손을 닦았나? 그녀에게 생생한 기억은 우당탕 구르는 소리뿐이었다. 나무 문에 기대어 두었던 나무 의자, 빗장이 풀린 나무 문, 그리고 5월 하늘을 올려다보는 에드워드의 놀란 얼굴.

다음날 오후 에드워드는 병원 침대에 줄줄이 늘어선 친구들과 꽃다발에 둘러싸여 사망선고를 받았다. 그녀는 1961년을 생각하면 화장실 거울에 비친 자기의 늙은 얼굴이 떠올랐다. 검은 상복 차림의 그녀는 늙은 수녀처럼 창백하고 체념한 표정을 짓고 있다. 얼마나 뒤틀리고 심술궂어 보였는지. 그걸 입증이라도 하듯 그녀는 조문하러 왔던 이웃 여자(엘리자베스 더비!)의 머리채를 와락 잡아버렸다. 소파에 놓여 있던, 에드워드가 즐겨 매던 넥타이를 감히 만지작거리다니!

그녀의 머릿속에서 (그녀 자신의 목소리가 아닌 다른 누군가의) 목소리가 울렸다. *이미 예정된 대로 모든 것은 흘러간다.*

#

니가타의 저택 뒤뜰 오두막집에서 저녁 식사에 앞서 토막시간에 들었던 무선 라디오의 간헐적인 신호처럼, 그녀에게도 아주 가끔은 위안이 찾아왔다.

어느 날 아침, 절대적인 적막의 순간, 창밖을 내다본 그녀는 눈이 내리는 것을 깨달았다. 언제부터 눈이 내렸던 거지? 시간이 유리처럼 말갛게 보였다. 그녀는 손에 들고 있던 물잔을 응시했다. 얼마나 오랫동안 잔을 들고 있었던 걸까? 지난 1월 수반(水盤)에서 지저귀는 울새를 지켜보던 그녀는, 남편을 줄곧 원망하던 이유가 다름 아닌 그녀 혼자 남겨두고 그가 먼저 세상을 떠났기 때문이라는 사실을 홀연히 깨달았다.

#

올봄에 그녀는 마지막으로 병원에 입원했다. 그녀는 침실에서 계단을 내려가다 극심한 고통에 정신을 잃었다. 정신을 차렸을 때, 그녀는 어둠 속에 혼자 있었고 다리에 희미한 통증을 느꼈다. 무리하게 움직이려 하자, 그녀의 다리부터 동공까지 몸의 궤적을 따라 통증이 빠르게 훑어 지나갔다.

목발이 잘못 고정된 탓인지, 그녀는 왼쪽 정강이뼈 부위를 크게 다쳤다. 그녀 나이의 절반도 채 안 되어 보이는, 젊고 까칠한 주치의는 마치 목발을 잘못 건드린 책임이 그녀에게 있는 양 혀를 끌끌 차며 혼냈다.

딸들은 의사도, 엄마도 비난하지 않았다. 사실 누가 봐도 그녀가 어떤 상태인지, 무슨 실수든 나무랄 수 없는 작은 아이와 마찬가지라는 것은 분명했다. 그녀는 새 목발을 바라보며 생각했다. 적어도 지난 생애 동안 그녀는 에드워드에게 충실한 아내로 살았었다고.

#

여름으로 접어들자, 그녀는 잠시 호전된 듯 보였다. 딸들과 아들의 이름을 기억해냈다. 심지어 얼굴을 알아봤고, 그들과의 관계를 정확히 이해했고, 그들이 보여준 사진 속의 사람들에 대해 질문을 던지며 답을 들을 때마다 고개를 끄덕여 보였다. 마음이 들뜬 딸들은 그녀의 세상을 일 센티씩, 항상 일 센티씩 조금만 더 열려고 노력했다. 그리고 아들이 아이들을 데리고 병문안을 왔다. 여드름

투성이 손자들은 사진보다 체구가 훨씬 컸다. 그녀가 손자들의 낯선 얼굴(그러나 그들의 턱은 정말 눈에 익었다!)을 물끄러미 쳐다보자, 머쓱해진 손자들은 며느리의 등 뒤로 숨었다. 사진을 봤을 때는 알 것 같던 며느리가 벌써 기억 속에 가물가물했다.

첫째 딸 미리엄이 말했다. "엄마, 일본에 대해 전부 이야기해 주세요."

아들 로버트가 중얼거렸다. "엄마가 슈퍼8 카메라를 어디에 두었을까?"

둘째 딸인 마조리-게이코가 속삭였다. "엄마, 뜻대로 하세요."

머릿속에 울리는 목소리(이번에는 오롯이 그녀 자신의 목소리다)가 말한다. 도대체 애들은 언제쯤 날 그만 좀 채근할까?

#

1948년 캘리포니아주에서 '인종간 결혼 금지법'이 폐지될 때까지, 에드워드는 그녀와 정식 혼인하지 않았다. 1942년 '시민배제령'이 최초로 공포되자, 그들은 에드워드 모친의 유산까지 끌어모아 진보적인 동부 지역의 주택을 사들여 이사했다. 사실 그때 결혼식을 올렸어도 무방했다. 그런데 당시는 전 세계의 자유주의가 공격받고 민주주의가 위험했던 시절이고, 전쟁이 끝난 후에 지칠 대로 지친 그들은 결혼의 형식에 신경 쓸 여유가 없었다. 그러다가 신문지상에 행정명령이 철폐된다는 소식이 연일 보도되자, 그들은 원칙과 실용을 모두 따져봐도 결혼을 더 미룰 이유가 없다고 깨달았다. 그런고로 엄밀히 보면, 그들은 세 명의 혼외 자녀를 낳은 셈이었다.

1장 비상

신혼집은 케이프 코드 스타일의 이층 주택이었다. 세 개의 침실과 주방이 거실 중앙으로 연결되는 개방형 구조이고, 거실의 전면 유리창과 다락방의 작고 둥근 창문을 통해 하얀 조약돌이 깔린 정원 오솔길이 훤히 내다보였다.

이 집에서 3년 동안 그녀는 십 대 딸들과 함께 뒷마당에서 빨래를 널고 아들과 홈 스쿨을 하며 은둔했다. 에드워드와 판박이인 아들은 어딘가 그녀를 닮았기에 동네 소년들에게 종종 괴롭힘을 당했다. *칭 챙 촹!* 그녀의 인생에서 가장 기나긴 3년이었다. 종종 곤두선 신경과 두려움이 심심한 일상을 압도했다. 그러면 그녀는 동네 꼬마나 십 대 패거리의 기세에 주눅 들어 집안에만 있던 자녀들에게 되려 짜증내곤 했다. 니가타를 떠나온 지 30년 만에 그녀는 비로소 향수병에 걸렸다고 인정했다. 이성의 제어를 벗어난 고향을 향한 열망에 그녀의 가슴이 조여왔고, 특히 그녀의 손을 살며시 잡고 호숫가 오리에게 모이를 주던 오빠의 투박한 손이 몹시도 그리웠다.

어느 날 밤, 마음을 추스르기 힘들던 그녀가 고향의 가족에게 편지를 썼다. 그런데 에드워드(에드워드!)는 아무리 온건한 매사추세츠주라 할지라도 적성국가와의 서신 교류가 위험하다며 극구 말렸다. *빌어먹을 전쟁.*

남편이 옳았다. 이 나라가 언제 어디로 그들을 데려갈지 누가 알겠는가? 결국 그녀는 남편 말을 따랐지만, 남편의 행동까지 용서하지는 않았다. 어쩌면 그녀는 이런 모든 구속보다 자기의 의존적 자세와 남편의 권위 의식에 더 분개했는지도 모른다. 결국 그녀에게 허락된 것은 금지된 날뿐이었다. 하긴 밥 아저씨처럼 억류

당하는 신세를 간신히 모면한 입장에서 무슨 권리로 목청을 높일 수 있겠는가? 그녀는 상상 속에서 집이 서쪽을 향해 돌아앉고 니가타에서 보낸 편지들이 우편물 투입구로 날라 들어와 현관에 수북이 쌓이는 모습을 봤다. 자녀들을 보면서 자신이 지켜온 이 모든 것들, 적어도 유카타를 뺀 모든 것들에 대해 감사해야 한다고 다짐했다.

1961년이 돼서야 그녀는 비로소 고향에 편지를 보냈다. 가족의 안전과 건강을 기원하는 두 번째 편지를 새 봉투에 담고 우표를 몇 장 더 부쳤다.

몇 주가 지나, 커다란 반송 봉투가 도착했다. 한 통은 그녀가 쓴 편지고, 또 다른 한 통은 알지 못하는 필적이 쓰여 있었다. 그것은 현재 땅 소유주의 편지로, 1951년에 고향 집은 폐가로 공식 기록되어졌고, 그녀의 가족 소식은 자신도 알 길이 없어 유감이라는 내용이었다. 이후의 생에서 그녀는 만약 에드워드가 편지를 보내게 허락했다면 어땠을까 하는 물음을 끝없이 되뇌인다.

#

마지막 토마토는 우연히 그녀에게 왔다. 잡초가 무성해 작물이 자라기 힘든 텃밭 한구석에서 아무도 모르게 꽃이 피고 열매가 열렸다. 토마토의 줄기는 가늘고 열매가 성글지만, 정작 그녀 자신도 세기말이 다가오도록 살아 있을 것을 상상이나 했던가. 그녀는 마지막 토마토의 품종명은 알지 못했지만, 마당 뒷산의 까마귀와 작은 동물들이 먹어 치우기 전에 이 화려한 무지개색 토마토 열매를 수확했다.

#

마지막 가을, 딸들은 미니밴을 빌려 한때 그녀가 살았던 서부 지역으로 여행을 떠났다. 6박 7일에 걸친 여정 내내, 딸들은 엄마를 편안히 모시려고 부산을 떨었고, '야생동물 보호', '캠핑 구역' 등 표지판을 지날 때마다 들뜬 목소리로 읽어줬다. 딸들은 번갈아 "여행 오기를 참 잘했어요." 라고 강조했는데, 분명 그들에게는 와볼 만한 여행이었다.

헤이트 애쉬베리. 차이나타운. 금문교. 딸들이 앉혀준 차창에 앉아 그녀는 햇살과 바닷바람을 쐬었다. 그녀가 눈물을 흘리자, 딸은 잠시 차를 세워 여유 있게 주위를 둘러보게 해주었다. 그녀가 물끄러미 바라보는 바다에는 배들의 그림자가 일렁이고, 쳐다보는 하늘에는 황혼이 졌다. 잠시 후, 매서운 눈매를 가진 마조리가 말했다. "그쪽이 아니에요, 엄마. 저 너머가 앤젤 아일랜드에요."

뚜렷이 기억난다. 초만원인 출입국관리소 건물, 장갑을 끼고 이민자의 눈꺼풀을 뒤집어보는 손가락들, 싸구려 기모노를 입은 신부들. 보행자의 날에 금문교를 건너며 느낀 기적. 그리고 왜소한 체구에 가는 손가락이 인상적인 커 박사. 커 박사는 그녀에게 피임기구(그가 불어로 우아하게 발음한 '페세르(pessaire)')를 시술해야 한다고 에드워드를 설득했고, 에드워드와 그녀는 그 문제로 실랑이를 벌였다! 그녀도 아이를 더 낳을 생각은 없었지만 (당시 세 살인 미리엄은 엄마의 껌딱지인데다 식성마저 유별나 그녀는 공포에 가까운 육아를 경험하고 있었다), 의사와 남편이 짜놓은 음모의 대상은 다름 아닌 그녀의 몸이었다.

이윽고 그녀가 시술을 허락하고, 만곡증 연구를 저서에 포함하고 싶었던 커 박사에게 다리를 벌려야 했다. 커 박사는 오랜 진찰 끝에 그녀의 몸이 여느 서구 여성의 것과 다를 게 없다는 사실을 받아들이고, 그녀의 몸에 '페서리'(그녀는 영어로 부르기를 고집했다)를 끼워 봉인했다.

그런데 의사의 봉인은 실패해서 1년 후 둘째 딸을 출산했다. 마조리-게이코. 둘째 딸의 이름을 지은 그녀는, 에드워드의 조상과 무관한 작명을 결코 번복할 생각이 없었다. 그후로 에드워드가 더는 피임기구를 주장하진 않았지만, 대공황 시기가 되자 그녀도 피임의 실용성을 수긍했다. 10년 동안 임신과 제왕절개, 감염, 발열을 연달아 겪으며, 그녀는 진심으로 자녀들을 원했던 것은 아니라고 결론 내렸다. 미리엄, 로버트, 심지어 그녀의 유일하며 성공적인 반항인 마조리-게이코조차 그 예외는 아니었다.

#

아냐! 그건 사실이 아냐! 이상주의자인 아버지를 설득할 논리(더 나은 교육, 더 많은 기회)를 생각해 낸 사람은 에드워드가 아닌, 바로 그녀 자신이었다.

#

에드워드가 세상을 떠난 이후 매일밤 잠든 그 침대에 그녀가 누워 있다. 침대 발치에는 가방이 있다. 아침이면 딸들이 그녀를 요양원에 데려갈 예정이다. 지금 그녀는 창가에 서 있다. 뭔가 그녀를 잠에서 깨웠고, 커튼을 열게 했다.

세월이 흘렀지만 크게 변한 것은 없었다. 겨울철 황량한 화단은 여름을 맞이해도 흐드러진 꽃 무리를 보기 힘든 쓸쓸한 화단뿐이다. 그녀는 유리창에 손을 올렸다. 차가운 감촉을 통해 화단에 서리가 내렸다는 것을 짐작했다. 달이 노란색과 분홍색의 밝은 고리를 빛내며 하늘에 떠 있다.

밤과 아침 사이, 그녀는 구부정한 손가락으로 빈 서랍을 뒤졌다. 편지가 어디에 있을까? 그녀의 생각이 달 위의 구름처럼 허공을 떠돌았다. 언제 마지막으로 그녀가 집을 떠났을까?

하늘에서 눈송이가 조금씩 내리기 시작하고, 그녀는 달빛에 취해 무중력을 느낀다. 달빛 속에서 그녀의 몸은 한결 가벼워진다. 과거에도 이 차가운 돌계단을 몇 번이나 내려가곤 했지만, 오늘은 그 어떤 기억도 달라붙지 않은 듯, 그녀는 계단 위를 물 흐르듯 스쳐 간다.

바깥 공기가 아주 맑아서 먼 곳까지 내다보인다. 여기 조약돌이 깔린 오솔길이 있고, 여기 야트막한 나무 문에 빗장은 녹슬어 있다. 삐걱대는 소리와 함께 문이 열린다.

이웃 동네에는 아무런 불빛이 보이지 않고, 거리에는 그림자가 층층이 깔려 있다. 계단 아래를 내려다보자, 하늘을 향한 길이 보인다. 열려 있는 길, 이 모든 것을 공모하는 어둠과 고요에 그녀는 기쁘고 반갑다.

그녀의 잠옷이 살랑대는 바람에 나부낀다. 속옷을 제대로 차려입지 않아서 불빛 아래 그녀의 잠옷이 투명해 보였고, 때때로 부는 바람에 옷자락이 들썩여 무릎이 살짝 드러난다. 하지만 그녀가 무슨 걱정인가? 오늘 아침, 그녀는 옷매무새를 신경 쓰지 않는다. 그녀의 사고와 감정은 초자연적인 강풍처럼 파닥인다. 훗날 그것들은 견고하고 친숙한 형식으로 남겠지만, 현재로는 감각들이 그녀의 살갗을 스치고 그녀의 기억을 흩트릴 뿐이다. 오늘 그녀의 심장은 하늘로 날아올랐고, 그녀의 발이 허공에 둥실 떠오른다. 그렇게 곧 동이 트고 곧 깨질 것 같은 지평선으로 그녀는 달려간다.

제2부

2장 루나

루나는 밤새 잠을 이루지 못했다. 왼쪽 귀가 물이 축축하게 들어찬 것처럼 멍멍해서 마치 고무로 만든 귀 같았다.

밤새 루나는 이것저것 공상했다. 새와 들판을 불러내고, 들판을 가로지르는 도로를 만들고, 그 도로에는 수동 창문이 달린 자동차들을 가져다 두고, 차 하나에는 케이티 언니의 것인 피그테일 케이블을 달았다. 그런 뒤에는 덜덜거리는 자동차, 바람에 흔들리는 나무 그늘. 그리고 가장 좋아하는 음식(닭고기, 그레비, 으깬 감자)을 한가득 들고 있는 그녀의 손. 루나는 자기 손가락이 피크닉 매트 위로 거미처럼 늘어나는 광경을 보다가 난데 없는 불빛(케이티 언니는 놀라 입을 가렸다)이 번쩍이더니 예의 그 소리가 또다시 들렸다. 귀가 멍멍한 소리, 지하의 물이 흐르는 소리. 루나는 눈을 번쩍 떴다.

아침이었다. 햇살 속에 뽀얗게 피어오르는 공기, 반쯤 열린 문틈으로 자기를 깨운 뒤 방을 나가는 아빠의 모습이 보였다. 루나는 지금 옷을 입고 스크램블드에그와 소시지 두 개가 광대처럼 히죽 웃고 있는 접시가 차려진 식탁에 앉아 있다.

"루나, 옷을 뒤집어 입었구나." 엄마가 말했다.

케이티가 웃음을 터뜨렸다. 뭐라 대꾸하려고 했지만, 언니의 웃음이 잦아들자 루나는 하려던 말을 도로 삼키고 다시 자기의 왼쪽 귀를 걱정하기 시작했다.

#

왼쪽 귀는 일주일 내내 오락가락 말썽이었다. 루나는 증상이 시작된 때를 정확히 알고 있었다. 쇼난 카이건(Shonan kaigon). 아빠는 지도에서 해변을 가리켰다. *여기, 보이니?* 일본의 동쪽 해안 지역으로, 해마(海馬)의 배 마디처럼 보였다. 케이티는 평소 습관대로 눈동자를 대록대록 굴렸고, 루나는 대학생 제자들을 가르치듯 딸들을 대해주는 아빠가 좋았다. 그날 아침 아빠는 지도를 보면서 말했다. *너희들이 어디 출신인지를 꼭 기억해야 해.*

하지만 여섯 살인 루나는 거의 기억나지 않았다. 올해로 3년 연속 여름방학을 일본에서 지냈지만, 두 번 방문한 할아버지 댁이 익숙해졌다는 점을 빼고는 일본이란 나라는 여전히 낯설었다. 할아버지의 방만 빼면 그 집은 무척 마음에 들었다. 늘 닫혀 있는, 할아버지의 하얀 방문은 뒤집힌 눈동자의 흰 자위처럼 보였고, 어딘가 세균 배양실 같은 침묵이 돌았다. 할아버지는 건강이 괜찮아지면, 잠시 복도로 나와 늘어선 화분에 물을 주곤 했다. 루나와 케이티가 처음 마주쳤을 때, 할아버지는 놀랍게도 품위 있는 영국 신사처럼 영어로 손녀들에게 인사했다. 나중에 아빠가 말해주기로는, 할아버지와 할머니 두 분 다 미군정 시기를 살아 영어를 잘 아신다고 했다. 다만, 할머니는 굳이 영어를 쓰지 않아도 손녀들에게 반가움과 애정을 보여줄 수 있다고 생각해서 일본어만 고집하시는 거라고 했다.

비록 올해는 할아버지가 병원에 계셨지만, 루나는 복도에서 할아버지와 처음 마주쳤던 추억을 잊지 않았다. 할아버지는 당신 입술 위에 손가락을 지그시 얹고, 눈을 반짝이며 창문 너머 전봇대 위로 보이는, 거인의 송곳니처럼 우뚝 솟은 후지산의 흰 봉우리를 가리켰다.

후지산. 그녀가 할아버지로부터 처음 배운 일본말이었고, 집의 수호령들이 후지산에 모여든다는 전설도 할아버지로부터 들었다. 집에 돌아갈 즈음 할아버지의 의식을 따라 외운 루나는 손뼉을 세 번 마주친 다음 손을 합장하고 후지산의 신령에게 할아버지의 건강을 기원하는 기도를 올렸다. 그 후 할아버지는 건강이 나아졌지만, 아빠가 매년 일본에서 여름을 보내기로 하면서 그들 가족은 세 번째 방문인 올해 여름에는 할아버지 집과 병원의 중간쯤에 있는 아파트를 임대해 두 달째 머물고 있었다.

\#

일본 지도의 중간에 위치한 쇼난 카이건은 화려한 색채의 서핑 애호가들이 모여드는 곳이다. 파랑 튜브, 초록색 부기 보드. 여기저기 널린 비치 타월은 페인트 웅덩이처럼 보였고, 바닷가를 따라 연기를 피워대는 오징어 가판대 사이로 무지개빛 파라솔들이 늘어서 있었다.

여름휴가 동안 돌아다닌 해수욕장 중에서 이곳 분위기가 가장 유난했다. 한결같이 분홍색 입술의 금발 염색을 한 여자들과 탈색한 머리에 야구모자를 눌러쓴 남자들이 쌍쌍이 돌아다녔다. 처음에는 엄마가 차 안에 남아 있겠다고 고집해서 지루한 물놀이가 될까 걱정했지만, 얼마 지나지 않아 엄마가 가방을 뒤적이며 차에서 내렸다. 루나는 엄마가 무엇을 찾고 있는지 알 것 같았다. 일본에 있을 땐 엄마는 항상 선글라스를 썼다. 함께 지켜보던 아빠가 루나의 머리를 쓰다듬으며 말했다. *저기 가서 언니를 도우렴.*

저 앞에서 케이티는 어깨에 튜브를 줄줄이 걸친 채 비치볼에 바람을 넣고 있었다. 엄청나게 부푼 비치볼이 케이티의 얼굴로 도로 팅기자, 루나는 깔깔거리며 아빠도 보고 있는지 뒤를 돌아봤다. 그때 엄마의 볼멘 목소리가 들렸다. *사람들이 빤히 쳐다보는 데 완전히 질렸어. 내가 망할 백인이 된 것 같다니까.*

그러나 정작 아무도 엄마의 존재에 신경 쓰지 않고 그저 일광욕을 즐길 따름이었다. 태양이 천천히 흘러 구름이 밝아졌다 어두워졌다 쉼 없이 바다의 채도가 바뀌고, 바람이 불어올 때마다 높고 거친 파도가 일었다. 오늘 오후에 진주빛 조개 껍질을 모아 루나는 기념품 상자에 보관할 생각이고, 케이티는 끈으로 꿰어 조개목걸이를 만들 계획이었다. (아빠가 '관음觀音'이라고 가르쳐 줬던) 거대한 여신상 인근 기념품점에서 팔던 것과 똑같은 목걸이를 만들 요량이었다. 엄마는 문고판 책을 읽으며 딸들이 바닷가에서 잘 노는지 종종 낙타 혹처럼 생긴 선글라스를 들썩이며 확인하곤 했다. 아빠는 쓸 만한 조개 껍데기를 찾아주겠다며 파도에 밀려온 해초 더미를 뒤적였다.

"저기 봐." 케이티가 동생을 쿡 찔렀다. 아빠가 발목 깊이의 해초 속에서 손바닥만 한 조개를 건져 올렸다. 그들은 아빠에게 뛰어가 달팽이처럼 둥근 모양의 복숭아빛 조개를 구경했다. 조개 껍데기는 구멍이 없고 목걸이로 만들기엔 너무 커서 케이티는 바로 포기하고 루나에게 넘겨줬다.

조개 껍데기는 가볍고 달걀처럼 따뜻했다. 조개를 뒤집자 마치 사람의 귀처럼 보였다. 아빠는 조개를 귀를 대면 바다 소리가 난다고 말했다.

루나는 조개 껍데기를 귀에 댔다. 서퍼들의 함성, 윙윙 부는 바람, 곧이어 고요함, 귀가 멍멍한 통증. 빙글빙글 도는 아빠의 얼굴. *루나야, 내 말 들려?* 아빠가 말했다. 엄마가 공포에 질려 모래사장 위로 도망치는 회색 거미를 가리켰다. *마사, 저게 루나를 물었나 봐.*

#

"루나?" 엄마가 그녀를 쳐다보고 있었다. "식사 안 하니?"

루나는 달걀과 소시지, 우유를 앞에 두고 눈만 깜박였다. 달걀이 스펀지처럼 보였다. 소시지를 좌우로 굴리며 말했다. "배가 안 고파요." 케이티는 고양이보다 잽싸게 포크를 들어 루나의 소시지를 가져갔다.

"케이티." 아빠가 신문을 내리며 말했다. "먼저 동생이 다 먹었는지 물어봐야지."

"하지만 루나가 안 먹는데요."

다들 귀를 막고 있는 루나를 쳐다봤다.

"난 배고프지 않아요."

아빠는 그녀의 손을 살며시 쥐며 물었다. "어디 아프니?"

"배가 안 고파요." 루나는 거듭 말했다.

"그래, 그럼 나중에 먹어라." 엄마가 냅킨을 접으며 말했다.

"좋아, 그럼 난 갔다 올게. 점심 무렵에 돌아올 거야." 아빠는 신문을 접고 의자에서 일어났다. 요즘 아빠는 병원에 혼자 면회를 갔는데, 30분쯤 후에 돌아온다는 약속이 4, 5시간으로 늘어지곤 했다.

"너희들이 만든 조개 팔찌를 할아버지께 드릴게. 아주 좋아하실 거야." 아빠는 아이들에게 말한 뒤, 엄마를 보며 당부했다. "오후 6시 저녁식사를 잊지 마. 병원에서 아버지를 단 몇 시간이라도 외출하게 해줄지 보자."

"난 점심만 간단하게 먹는 줄 알았는데." 엄마가 말했다.

"어머니는 우리 모두 멋진 저녁식사를 하자고 하셨어."

"마사, 우리는 그러겠다고 한 적이…."

"아버지와 하는 마지막 식사일 수 있어. 그걸 왜 이해 못 해?" 아빠는 열쇠를 집어 들며 말했다.

엄마는 굳은 표정으로 아빠를 응시했다. 루나가 언니를 곁눈질해보니, 샐쭉한 표정의 케이티가 달걀과 소시지를 우적우적 먹고 있었다. 매년 여름 마지막 날이면 할머니는 루나와 케이티에게 팥밥과 꼬치 요리를 만들어주셨다. 루나는 팥과 찹쌀에 약간의 소금과 흑깨를 뿌려 만든, 할머니의 끈적한 팥죽을 좋아해서 일주일 전부터 고대하고 있었다. 접시를 밀어내자, 엄마의 시선이 루나에게 쏠렸다.

"우유라도 다 마시렴."

우유는 엘머 회사의 유제품 광고처럼 하얗고 짭조름했다. 컵을 들자 달콤한 향내가 풍겼다. 주위를 흘끗 봤더니, 엄마는 창문 너

머로 아빠가 렌터카로 가는 모습을 내다보고 있었다. 루나는 눈을
감고 우유를 들이켠 다음, 울렁대는 속을 참으며 컵을 개수대에
갖다 놓았다.

#

점심 식사가 끝난 후, 집에 돌아온 아빠는 그동안 자주 얘기해온
사당(祠堂)에 가 보자고 했다. 그곳은 아빠와 할아버지가 시장 뒷골
목의 채소 가게를 드나들 때 우연히 발견해서 종종 들렀던 장소라
고 했다. 여전히 채소 가판대는 같은 자리에 있었다. 가판대에 수
시로 채소를 무더기채 쌓을 때마다 다리가 무너질 듯 기우뚱댔고,
낡은 기둥에 달린 작은 나무통은 사람들이 돈을 넣을 때마다 장애
물 경주처럼 지폐 사이로 동전이 굴러가는 소리가 났다. 루나는 이
뒷골목이 무척 마음에 들었는데, 여기 사당이 있었을 줄은 상상조
차 못 했다. 다른 관광 명소와 달리 초라하고 작은 데다 인적이 드
문 길에 위치해 있어서 사람들 눈에 잘 띄지 않는다고 아빠가 설
명했다. 그래도 그 사당은 천 년을 거슬러 올라가는 오랜 역사가
있었고, 사당 앞에 있는 당산목은 그 둘레가 어른 다섯 명이 두 팔
을 벌려야 감쌀 정도의 너비다. 사실 이곳에 사당이 세워진 연유도
여행하던 승려가 신령이 깃든 당산목에 반했기 때문이었다.

　"일반인에게 개방된 곳이야? 안전해?" 엄마가 물었다.

　한 달 전이라면 소심한 관광객이라고 웃고 넘길 텐데, 아빠는
정색을 하며 동네 사람들이 가는 곳이라면 우리도 안전한 게 당연
한 게 아니냐고 반박했다.

　"그곳에 영혼이 사나요?" 루나가 물었다. 예전에 아빠가 들려

준, 여우와 너구리의 영혼들이 돌아다니며 마을 사람들을 골려주는 설화가 생각났다.

아빠는 진지하게 고개를 끄덕였다. "실제 신령이 산다는 소문도 있지. 수로인(壽老人)이라고 불러." 아빠는 루나와 케이티가 알아듣기 쉽게 천천히 발음했다. "수로인은 행운을 가져다주는 칠복신(七福神) 중 하나야. 기억나니?" 아이들은 고개를 갸우뚱하면서도 끄덕였다.

"수로인이 가진 초능력은 아주 긴 수명이지. 이곳에 수로인이 있어서 우린 정말 다행이야."

"그럼 수로인이 할아버지를 낫게 해주나요?" 루나는 눈을 빛내며 물었다.

"글쎄, 그건 두고 보자꾸나." 아빠가 웃었다. 그런 다음 아빠는 그들에게 비밀 이야기를 들려주었다. 수로인은 사실 일본인이 아니라 중국인이고, 신령이 되기 전에는 신드바드에게 보물을 빼앗겼던 도박꾼 해적이라는 것이다. 루나는 깜짝 놀랐다. "수로인이 신드바드를 안다고요?" 케이티는 꾸며낸 이야기라며 핀잔 주었지만, 루나는 흥분을 감출 수 없었다. 이제 산행을 시작하기에 앞서, 케이티는 자외선 차단제를 꼼꼼히 발랐고, 루나는 챙모자를 눌러 썼다.

#

할아버지 집 뒷편 차고에 렌터카를 주차했다. 평소 같으면 차 소리가 나자마자 할머니가 현관 앞까지 나와 어서 간식을 먹자고 맞이했는데, 오늘은 웬일인지 달콤한 향내만 풍기고 대문은 닫혀 있었다. 찌는 듯한 날씨에 루나는 왠지 속은 듯한 기분이었다. 귀가 아팠고, 전자레인지에 구운 젤리처럼 귓불이 흐물해졌다. 가족과 몇 걸음 떨어져 걷던 루나는 갈림길에서 잘못 돌아 비포장 도로로 접어들었다. 뽀얀 먼지투성이 산길을 절반쯤 내려갔을 때, 루나는 아빠의 부르는 소리에 길을 터덜터덜 되돌아갔다. 아빠가 옆에 바싹 붙어 곳곳에 있는 진흙탕을 건너게 붙잡아줬고, 좁은 길에선 대나무 덤불을 무사히 빠져나가게 도와줬다. 얼마나 오래 가야 하냐고 물어보자, 아빠는 미국 어바나의 집에서 놀이터까지 가는 거리라고 대답했다.

마침내 제법 도로 다운 도로가 나왔다. 신호등이 있었고, 도로 한편에는 문구점이, 맞은편에는 화장품과 미용 크림을 광고하는 포스터, 마네킹이 전시된 올망졸망한 가게들이 있었다. 약국과 미용실, 그리고 쌀 자판기가 있는 쉼터도 있었다. 케이티는 쌀 자판기를 구경하러 달려갔다.

"뭐라고 적혀 있는 거예요?" 케이티는 버튼을 전부 눌러대며 물었다.

아빠는 쌀알의 종류(짧고 타원형/길고 가는 형/크고 둥근 형)부터 품질(특미/일반미), 도정 상태(현미/5분도/백미) 등 다양한 선택 버튼을 읽어 주었다.

"쭉정이를 고른 사람도 있어." 아빠는 말했다.

루나는 오트밀 대신 쭉정이를 내는 아침 식사를 떠올렸고, 케이티는 쭉정이로 매트리스를 만들 수 있을지 궁금해했다.

"쭉정이를 그렇게 많이 집에 가져가려면 가방이 더 필요할 걸."

아빠는 웃음을 터트리며 말했다.

아침부터 내내 조용했던 엄마가 말없이 방향을 돌렸다.

옷 가게와 국수 가게를 지나자, 들판이 펼쳐졌다. 멀리서 금속 야구 배트가 쨍강거리고, 하늘 높이 여름 연이 하늘거렸다. 엄마는 딸들의 건조해진 얼굴을 가볍게 두드려보곤 물병을 건네줬다.

"도착하려면 멀었어요?" 케이티가 물었지만, 아빠는 생각에 잠긴 듯 햇볕에 그을린 목을 늘어뜨리고 묵묵히 걷기만 했다.

햇살이 반사되어 눈이 부신 도로가 끊기고, 벌초를 끝낸 들판은 풀밭으로, 무성한 관목으로 차례로 바뀌더니 햇빛이 거의 들지 않는 빽빽한 수림이 나타났다. 이윽고 아빠가 걸음을 멈추고 언덕 아래, 쩍 벌린 입처럼 검은 구덩이를 가리켰다.

"사당으로 가는 게 아니었어요?" 케이티가 물었다.

"물론 그럴 거야. 가는 길에 특별한 걸 보여주고 싶었어." 아빠는 의기양양하게 대답했다.

더위가 기승을 부리고, 매미가 시끄럽게 울었다. 아무도 말을 하지 않았다.

#

아주 오래된 터널이었다. 터널 입구에는 이끼가 잔뜩 덮여 있는데다가, 비탈 위로는 맹아림(萌芽林)이 무성해서 비행기 같이 높은 위치에서 보면 터널이 보이지 않았다. 이 터널은 수 세기 동안 주변 마을을 연결하는 통로로, 전쟁 중에는 다른 용도로 사용되었다고 아빠가 말해줬다. "무슨 역할을 했는지 맞혀볼까?"

터널의 냉기와 저 끝에 비치는 불빛에 겁 먹은 소녀들은 얼굴을 찡그렸다.

"마사, 너무 더워." 엄마는 투덜거렸다.

"그럼 직접 들어가서 확인해 볼까?" 아빠가 동굴 속 탐험을 제안했다.

"루나는 혼자 가고 싶은가 봐요." 케이티가 놀리듯 말했다.

햇빛을 집어삼키고 아무것도 토해내지 않는 어두운 터널을 보고, 루나는 불현듯 두려워졌다.

"난 돌아갈래요." 루나는 투정을 부렸다.

아빠는 루나의 얼굴에 달라붙은 머리카락을 천천히 떼주며 말했다. "한번 가 보자꾸나."

터널은 어둡고, 땅은 축축하고, 광물질(鑛物質)의 벽에는 금속성 숨결이 뿜어나왔다. 루나는 언니의 팔을 꽉 잡았고, 케이티는 동생에게 팔을 내밀었다. 두 아이가 조심스럽게 걸음을 내딛자, 박쥐의 불협화음처럼 터널 구석구석에 축축한 발소리가 울려 퍼졌다. 루나의 귀가 다시 꿈틀거렸다. 습기가 꽉 들어찬 터널의 압력 때문에 편두통이 심해졌고, 균형감각이 무뎌졌다. 케이티는 동생을 가까이 당기며 속삭였다. "여긴 지하 감옥이야."

아니나 다를까, 루나는 터널 벽을 따라 희미한 윤곽을 발견했는데, 대충 만든 지하 통로들 사이로 드문드문 금속처럼 보이는 은빛 줄무늬가 보였다. 그리고 놀랍게도 통로 입구마다 송곳니 같은 창살이 쳐져 있었다.

"정말 지하 감옥이에요?" 루나는 몸을 떨며 질문했다. 공기를 훅 빨아들이는 동굴의 압력이 영원히 계속될 것 같은 느낌이었다.

아빠가 그녀의 머리를 쓰다듬으며 말했다. "제법 추리가 훌륭하네. 하지만 이곳은 해체된 방공호란다. 지금은 메워버렸지만, 예전에는 언덕 곳곳 멀리까지 터널이 뻗어 있었지." 아빠는 손을 뻗어 동굴에 메워진 장소를 더듬었다.

"창살은 왜 만들었어요?" 케이티가 물었다.

루나가 언니 뒤로 바짝 달라붙자, 엄마가 그녀의 등을 쓰다듬어 줬다. "마사, 아이들이 겁먹었어."

아버지는 쇠창살은 사람을 가두기 위한 것이 아니라, 하늘에서 낙하산 부대가 내려오면 방공호를 닫는 철문이라고 설명했다. "오히려 여기가 가장 안전했어. 마치 마법의 망토와 갑옷을 두른 것처럼."

하지만 그곳은 절대 안전해 보이지 않았다. 루나는 유령의 손가락이 쇠창살을 두드리는 광경, 그리고 폭탄과 낙하산이 투하되기 전에 어둠 속에 옹기종기 모여 숨죽이는 군중들의 모습이 보이는 듯했다.

"우리가 여기 갇히면 어쩌죠?" 루나는 물었다.

엄마는 그녀의 어깨를 꽉 쥐었다. "아무도 갇힐 리 없어. 전쟁은 아주 오래전 일이야. 공중 폭격 따위는 더 이상 없거든."

아빠가 빗장의 흔적을 살피면서 말했다. "사실 전쟁은 언제나 어디서든 일어나는 중이야. 어떤 지역에선 케이티와 루나 같은 아이들이 자살폭탄이 되기도 하지."

"폭탄? 어떻게 그런 일이 가능해요?" 케이티가 말했다.

루나는 햇빛이 들어오는 터널 입구를 돌아보았다. 점점 줄어든 햇빛은 이제 터널 출구에서 들어오는 햇살 크기와 똑같아졌다.

"나는 폭탄이 되진 않을 거예요. 절대로." 루나는 잘라 말했다.

"우리가 선택할 수 없는 상황도 있어." 아빠가 말했다.

"어쨌든 지금은 아니야." 엄마는 아빠의 말을 잘랐다. "이리 오렴, 그만하면 됐어." 엄마는 아이들의 팔을 잡고 불빛 쪽으로 끌어당겼다.

아빠는 움푹 파진 벽을 더듬어가며 천천히 걸음을 옮겼다.

"할아버지 할머니가 전쟁을 겪었다는 사실을 너희들도 알 거야. 다행히 그분들은 살아남았지만, 많은 사람이 희생된, 끔찍한 시대이지. 군인, 민간인, 강제 징집된 식민지 병사들은 물론이고." 터널의 불길한 울림소리에 아빠의 목소리가 거의 들리지 않았다.

갑자기 엄마가 휙 돌아섰다. "그래? 우릴 여기에 데려온 이유가 그거야?"

아빠의 신발 밑창이 바닥에 질질 끌리는 소리가 멈췄다.

"이건 중요해. 그들의 역사이거든."

"맙소사."

"모든 사람은 자기 뿌리를 알아야 해, 사라."

"이리 오렴." 엄마는 딸들에게 빨리 앞으로 가자고 재촉했다.

"게다가 그들은 내 반쪽이거든."

벽에 튕긴 아빠의 목소리가 그녀의 귀 이관(耳管)을 통과해 서로 쫓고 쫓기는 메아리가 되었다. 루나는 스스로를 '반쪽'이라 생각한 적이 없었다. 그건 예전에 봤던, 엉덩이를 맞대고 비벼대던 개들처럼, 한때 합쳤다가 분리된 것이다. 그 당시 마침 지나가던 맹인 여자가 개들의 으르렁거리는 난장판에 휩싸여 비명을 질렀다. 엄마가 상황을 설명해주려 했지만, 개들이 컹컹 짖고 야단법석을 피운 바람에 맹인은 지팡이를 떨어뜨렸다. 엄마가 도와주려고 뛰어갔을 때, 광활한 우주에서 길을 잃은 여자의 눈동자가 언뜻 보였다. 벗겨진 선글라스 뒤로 나타난 우유빛 눈동자.

"엄마?" 케이티가 불렀다. "루나가 울 것 같아."

루나는 몸을 비틀어 안으려는 엄마의 품에서 빠져나갔다. 그녀의 귓속은 터널 속처럼 메아리가 울렸고, 온몸이 햇빛을 갈망했다. 양지바른 곳에 와서야 그들의 얼굴이 보였고, 자신의 머리카락을 쓰다듬는 아빠의 손가락을 느꼈다. 루나는 눈물을 참을 수 없었다.

#

그날 저녁 식사는 조용했다. 할머니의 바람에도 불구하고, 외출을 허락받지 못한 할아버지의 빈 자리는 스산했다. 케이티는 자리에 오지 못한 사람을 위해 밥을 따로 차려내는 관습을 이해할 수 없었다.

"너무 오싹해요." 케이티는 할머니가 차린 할아버지 밥상을 보면서 말했다.

"할머니는 할아버지가 그리우신 거야. 이러면 모두 함께있는 것 같으니까." 엄마가 설명했다.

할머니가 엄마가 좋아한다며 콩소메 수프를 한솥 가득 끓여냈고, 아빠는 모두의 그릇에 그득히 퍼줬다.

"할아버지에 대한 공경의 표시란다. 그분도 이 자리에 오고 싶었다는 걸 너희들이 알아줬으면 해.”

“아무튼 섬뜩해요.” 케이티는 할머니가 내민 달콤한 계란말이 조각을 집으며 말했다.

팥죽 그릇만 쳐다보고 있던 루나가 냉큼 일러 바쳤다. “케이티는 감사 인사를 빼먹었어요.”

“너나 잘해.” 케이티가 대꾸했다.

“케이티?” 엄마가 넌지시 말하자, 케이티는 나직이 ‘아리가토(감사합니다!)’라고 중얼거렸다.

할머니는 고개를 끄덕였다. 할머니는 혼자 집에 계실 때조차 늘 완벽하게 다림질된 옷을 입었다. 이런 습관에 대해 엄마는 구세대의 예절이라고 얘기했고, 아빠는 대공황과 전쟁의 영향이라고 설명했다. 할머니는 음식이 수북한 접시를 내밀었다.

“야키토리(닭꼬치)?”

“땡큐, 아리가토.” 엄마는 꼬치 요리를 받아 접시에 나누어주며 재촉했다. “얘들아?”

아이들도 다시 한번 ‘아리가토’라고 인사를 드렸다.

할머니의 두 눈에 연민의 빛이 역력했다. “카와이소 네(불쌍해라).”

난처해진 아빠는 통역을 생략하는 대신, 질문을 던졌다. “얘들아, 음식을 먹기 전에 뭐라고 말할까?”

“이타다키마스(잘 먹겠습니다).” 자매는 일제히 합창했다.

아빠는 가장 좋아하는 오이절임 요리를 들기 시작했다. 잠시 후 그는 말했다. “요전 날, 내가 뭘 배웠는지 맞혀보렴.”

루나는 젓가락으로 수프에 있는 당근과 양파 조각을 건져내려 애썼다.

"내가 입양아라는 사실을 알았어."

"아빠가 고아에요?" 케이티가 놀라서 물었다.

"고아가 뭔데?" 루나가 말했다.

"엄마나 아빠가 없는 아이야." 케이티가 대답했다.

루나는 아빠와 할머니를 번갈아 본 다음 눈살을 찌푸렸다. 아빠는 그녀의 턱에 묻은 밥알 한 점을 떼 줬다.

"케이티 말이 맞아. 그래도 다행히 전쟁이 끝난 후 아빠의 엄마가 돌아가시자마자 입양이 됐지. 그분이 매우 아프셨거든. 그렇지 않나요?" 아빠는 할머니와 일본어로 잠시 대화를 나눴다.

할머니는 지친 듯 고개를 끄덕였다. 할머니는 아빠의 통역을 통해 당시는 전후라서 식량과 의약품이 매우 부족했다고 설명했다. 할머니는 "미국"이 들어간 뭔가 다른 말을 했는데, 아빠는 그 말은 굳이 통역하지 않았다.

"그럼 친할머니는 터널에 살았나요?" 루나가 물었다.

"얘야, 터널에는 아무도 살지 않았어." 엄마가 말했다.

"실제로 주민이 살았을 거야." 아버지는 계속 말했다. "우리가 갔던 터널은 아니지만. 마츠시로 마을에는 천황이 대피할 수 있게 거대한 지하 미로를 건설했지. 공사 중에 희생자들이 많았고, 대부분 일본 정부에 의해 강제로 징용된 한국 사람들이었지."

엄마가 깨를 잔뜩 뿌린 시금치를 그릇에 옮겨 담았다.

"어머니를 생각해서라도 이 얘기는 나중에 하는 게 어떨까?" 그녀는 할머니에게 미소를 보냈다.

루나는 할머니의 슬픈 얼굴을 올려다보았다.

아빠는 젓가락을 내려놓았다. "언젠가는 아이들 문제이기도 하니까 제대로 알아야지."

"그러니까 나중에 얘기하자고." 엄마는 고집했다.

아빠는 그릇을 들어 올리며 말했다. "부모님이 한국 사람인 걸 이제야 알다니. 난 41년 동안 일본인으로 살았는데, 정작 친부모가 식민지 분들이신 거야."

"식민지가 뭐예요?" 케이티가 물었다.

여전히 유쾌한 가면을 쓴 채, 엄마는 단호히 말했다. "내 외할아버지는 독일 사람이야. 하지만, 그게 어때서? 느닷없이 입양 사실을 알아서 감당하기 어렵겠지만, 그렇다고 당신이 다른 사람이 되는 게 아니잖아. 내가 독일인이 아닌 것처럼, 당신은 한국인이 아니야."

케이티는 눈이 휘둥그레졌다. "우리, 한국인이에요?"

"수로인처럼?" 루나가 물었다.

"수로인은 중국 사람이야, 바보." 케이티가 통박을 줬다.

아빠는 고개를 흔들었다. "아무것도 바뀐 게 없는 것처럼 말하는군. 마치 자기 정체성이 선택 사항인 것처럼. 하지만 그건 선택이 아니야."

"그렇다고 뭐가 변해? 당신 인생에 전혀 없던 의미를 갑자기 주장하는 거라고."

부모님은 표정 변화 없이 계속 목청을 높였다. 할머니도 그들을 지켜보고 있었다.

아빠는 한숨을 쉬었다. "우리는 자신의 역사와 분리될 수 없어, 사라. 나는 내 뿌리와 뗄 수 없다고. 그 관계를 단절하는 것이야말로 불행이라는 걸, 왜 이해 못 하지?"

할머니의 시선을 의식한 엄마는 고개를 숙여 양해를 구하면서도 말을 이어갔다. "때때로 당신 인생에서 무엇이 진짜고, 무엇이 현재 가장 중요한지 잊지 말아. 당신 말이 옳아. 아마 내가 이해가 부족한가 봐. 하지만 당신은 이미 선택한 거야. 정체성을 자각하는 쪽으로, 내 말이 틀려?"

"당신도 선택을 내린 것 같군."

서로 배려하고 중용을 지키려 했지만, 그들 사이엔 눈에 보이지 않는 다리와 완고한 침묵이 도사리고 있었다.

이윽고 엄마가 말했다. "당신은 계속 아이들이 알 자격이 있다고 주장하는군. 그래, 당신 말이 옳겠지." 그녀는 아이들을 향해 돌아섰다. "얘들아…."

"그러지 마…."

"아빠는 내일 우리와 함께 미국에 돌아가지 않아."

루나는 깜짝 놀라 믿을 수 없다는 듯, 아빠 얼굴을 쳐다봤다.

"왜?" 케이티가 물었다.

"가을까지 이곳에 있는 거예요?" 루나는 물었다. 가을학기는, 학교 달력을 따라 생활하는 가족에게 아주 중요한 시기였다.

아빠는 난처한 듯 이마를 문질렀다. "할아버지가 매우 아프셔. 이곳에 잠시 있으면서 아빠가 할아버지를 도와드려야 해."

엄마는 코웃음을 쳤다. "오, 그럴듯하네. 아이들에게 거짓말하지 마."

"거짓말이 아니야."

"아빠가 지금은 한국인이기 때문이에요?" 루나가 물었다.

아빠는 눈을 깜박였다. 그리고 루나의 뺨을 쓰다듬었다. "상황이 정리될 때까지 잠시만이야. 어쨌든, 너도 매우 바쁠 테니까."

아빠는 학교가 개학하면, 루나가 수영 연습과 파자마 파티, 오트밀 크림 파이와 수지~유 과자를 즐기느라 바쁠 거라고 상기시켰다.

"수지~큐." 케이티가 알려줬다.

"수지~큐." 아빠는 다시 고쳐 말했다.

할머니는 옷깃을 가리며 기침하기 시작했다. 엄마는 뛸 듯이 자리에서 일어섰다. "괜찮으세요?" 할머니는 물잔을 가리켰다.

"울고 계셔." 케이티가 할머니를 주의 깊게 보면서 말했다.

"그냥 사레 들리신 거야." 엄마는 할머니의 등을 부드럽게 두들기며 말했다.

아빠는 할머니의 잔을 다시 채우기 위해 부엌으로 갔다. 개수대에서 고개를 떨군, 아빠의 지친 등은 마치 낡은 코트처럼 닳아 보였다.

루나는 자기 귀를 누르며 물었다. "아빠가 우리와 이혼하는 건가요?"

"그럴 리가…" 아빠는 부인했지만, 동료들과 술을 마실 때처럼 얼굴이 벌게졌다. 케이티는 의자를 뒤로 젖히고 방에서 뛰쳐나갔다.

"거짓말." 케이티는 소리쳤다.

현관문이 쾅당 닫혔고, 루나는 귀를 막았다. 할머니는 자리에서 일어나 식탁 밑에 의자를 가지런히 넣어둔 뒤, 케이티를 따라 밖으로 나갔다. 여름 햇살로 투명해진 유리문을 통해 루나는 할머니가 정원의 벤치 쪽으로 꼬부장하게 걸어가는 모습을 지켜보았다. 루나도 할머니를 따라가려고 슬며시 자리에서 일어났다.

바깥에는 매미가 시끄러웠고, 뽀얗게 피어오른 아지랑이는 어지러울 지경이었다. 루나가 다가서자, 할머니는 케이티 옆자리에 루나가 앉을 자리를 만들어줬다. 할머니의 온기는 마치 어바나 집의 돌담처럼 부드럽고 든든하게 느껴졌다. 미풍에 실려 할머니의 반짝이는 일본말이 꽃가루처럼 퍼지는 즐거운 저녁이었다. 저 위 구름은 푸른빛에서 분홍빛으로 천천히 물들었다. 할머니는 손녀들의 무릎을 토닥거려 주며, 예전에 가르친 일본말 호타루(반딧불)를 들려줬다. 그래, 사실이었다. 곧 반딧불이 빛나는 은하수처럼 풀밭에 펼쳐졌다.

#

아침이 되자 그들은 다시 넌더리 나는 렌터카를 타고 공항으로 갔다. 여느 때라면 간식과 특가 선물을 사려고 공항에 일찍 도착했을 테지만, 오늘은 활주로가 보이는 식당에서 늘상 하던 식사도 생략했다. 곧장 체크인 장소로 향했고, 아빠가 여행 가방에서 여권을 도로 꺼내는 장면도 못 본 척했다. 아빠는 보안 문 앞에서 카메라를 꺼냈다. 엄숙한 엄마와 침울해진 두 아이.

"온주 귤을 깜박했어!" 케이티는 숨가쁘게 외쳤다.

루나는 그 포동포동한, 껍질이 매끄럽게 벗겨지는 귤을 떠올렸다. 그들은 항상 공항 앞 매점에서 귤 한 묶음을 샀다.

"귤을 살 수 있어요?"

아빠는 시계를 힐끗 보았다. "아마 면세점 안에 들어가면 팔 것 같은데?"

가방의 지퍼를 확인하고 있던 엄마는 대답하지 않았다.

"분명히 면세점에서 팔 거야." 아빠는 확신에 차서 말했다.

루나는 아빠의 거짓말을 눈치챘다. "거기엔 상점들 뿐이에요."

그녀는 중앙광장 아래편의 휘황찬란한 상점들을 가리켰다.

"잘 들어라." 아빠는 무릎을 꿇고 말했다. "비행기를 놓칠까 봐 그래. 한 번만 봐주면 어떨까?"

루나는 아빠의 눈길을 피하며 대꾸했다. "그래도 사고 싶은걸요."

"좋아." 그는 계속 설득했다. "이렇게 하자. 집에 갈 때, 내가 한 상자 사 갈게."

루나가 아빠를 빤히 쳐다봤다. 작은 산 크기의, 빛나는 나무상자가 공중에 둥둥 떠다니는 것 같았다.

"정말요?"

아빠는 고개를 끄덕였다.

"약속하는 거예요?"

아빠는 눈을 감았다. 다시 눈을 떴을 때, 아빠의 눈빛은 고통으로 빛났고 입술엔 작은 경련이 일었다. 그의 얼굴이 굳어졌지만, 루나는 그의 입술 모양에서 "사랑", "그리움", "곧" 등의 단어를 읽었다. 루나는 아빠의 말이 진실인 동시에 진실의 전부가 아님을, 아니, 그저 진실이기를 바라는 말을 들려줄 뿐임을 깨달았다.

2장 루나

그래서 아빠의 혀가 무게를 담아 말을 꺼내는 순간, 그러니까 아빠가 거짓말을 꺼내는 순간이 닥쳐오기 전, 루나는 옳은 방향(더이상 아빠가 보이지 않는 방향)으로 고개를 돌렸다. 아빠가 하는 달콤한 약속이나 사과의 말은 흘려듣고 싶었다. 단지 아빠의 숨결이 그녀의 귓속에 작은 폐허를 남겼다는 걸 느꼈다. 그래도 아빠가 뒤로 물러나 그녀의 얼굴을 들여다봤을 때, 울고 떼쓰는 모습을 보이고 싶지 않았던 루나는 철석같이 믿는 듯 활짝 웃어 보였다.

그날 이후 누가 일본의 여름을 이야기하면, 루나는 이중문화와 분절과 같은 단어를 통해 가슴을 후벼파던 그날의 고통을 설명하려 들 것이다. 아빠와 마찬가지로 학문의 엄격성에서 자기 위안을 찾고 상실을 보상받으려 할 것이다. 20대 후반이 되어서, 그녀는 첫아기를 임신하고, 일본의 고향 집에서 상처로 얼룩진 행복을 깨달을 것이다. 그때 어느 상처보다 더욱 깊이 감동하고, 더욱 깊이 상처받을 것이다. 그런 다음에, 고통과 실망을 딛고, 무엇과도 바꿀 수 없이 아빠를 사랑했다는 사실을 깨달을 것이다.

하지만 지금 루나는 이 감정을 형용할 말이 없다. 그 무게는 그녀의 귀에서 가슴으로 옮겨졌고, 감정을 애써 눌러 탑승할 때도 눈물 흘리지 않았다. 이제 자신들을 갈라놓는 공항 유리창 뒤에서, 그녀는 아빠가 손 흔드는 모습을 지켜본다. 비행기에 탑승한 루나는 언니와 엄마 사이에 앉아 오렌지 주스와 땅콩을 먹느라 여념 없다. 이때 루나는 짐작조차 하지 못했다. 아주 오랜 세월이 흘러야, 그녀가 초로의 아빠를 마주하게 된다는 것을, 그리고 아빠는 결코 딸을 직접 만날 수 없다는 것을.

제3부

3장 충성

마사하루는 스스로를 "원칙이 있는 사람"이라고 자부했다. 결국 이 말도 안 되는 전쟁, 암울한 종전 무렵에는 누구라도 의문을 제기할 정도로 극한으로 치달은 전쟁의 한가운데에서, 그는 마지막까지 이성을 잃지 않았다. 심지어 겁쟁이 천황은 자기 혈족의 목숨을 부지하기 위해 더 많은 국민을 희생할 요량이었다. 잿더미가 된 패전의 혼란에서, 지금이라면 이해되지 않을 식량 배급제 하에서 살면서도 그는 냉철한 판단력을 잃지 않았다. 그런 그가 비로소, 황폐해진 대지 곳곳에 미국인들이 트럭과 지프차를 몰고 모습을 드러낸 후에야, 자기 내면에 도사린 냉정함, 마치 은빛 물고기가 검은 영혼의 심연으로 미끄러져 회귀하는 것처럼 그의 심장 한복판을 저미는 냉정한 면모를 깨달았다. 그는 자기 소신을 시종일관 위태롭게 하던 감정에 또다시 취약함(아마도 그에게는 불변의 약점인)을 드러냈다.

그날 아침 그와 아내는 평소처럼, 보리 죽과 고구마 반쪽만 놓인 빈약한 아침상을 차렸다. 여느 때처럼 그는 젓가락을 들고, 과거라면 평범하다고 여겼을, 훌륭한 성찬을 상상했다. 흰 쌀밥과

된장국, 굵은 소금을 친 꽁치구이. 그는 죽을 할짝이며 흰 쌀의 단맛과 꽁치의 쓴맛을 천천히 탐색하고 음미할 작정이었다. 아무래도 마른 밑동만 남은 감자는 상상만으로 구제하기 어려웠다. 그는 감자를 한입에 꿀꺽 삼켰다.

"내 감자도 먹을래?" 더 작은 그릇에 담긴 죽을 다 비운 아내가 물었다.

어젯밤 셋방 창문 너머로 아내가 감자를 정성껏 굽던 모습이 떠올랐다. 아궁이 속에서 타오르던 감자의 보라색 껍질이 마치 소년의 다리처럼 보였다. 아내가 손도 대지 않은 감자를 집어 통째로 삼켰다. 목이 메었다.

"내가 나가기 전에, 더 필요한 거 있어?" 그녀는 그릇들을 포개며 물었다.

마사하루는 젓가락을 아내에게 건네주며 궁시렁댔다. 그보다 한 살 연상인 아내는 품위 있는 여인으로, 자식의 혼사를 간절히 바라던 부모님을 위해 그가 직접 찾은 배필이었다. 지난 몇 년 동안, 그녀는 몹시 살이 빠져 옷을 몇 겹씩 걸쳐 입어도 헐렁해 보였지만, 그래도 남들처럼 살집이 움푹 들어가거나 앙상하게 보이지는 않았다. 그는 때 묻은 다다미 바닥에 등을 기대고 누운 채, 왜 그녀가 이런 궁핍한 상황에서도 남편이 뭘 원하는지 끊임없이 물어볼까 자문해봤다. 아마 13년을 함께 살면서 생긴 아내의 습관이니 했지만, 니시 마사코(그는 아직도 아내를 결혼 전 성으로 불렀다)는 어떤 의미로든 순종적인 여성은 아니었다. 아내는 자기의 호불호를 분명히 밝힐 줄 아는, 결단력 있는 여자고, 그런 면에서 그에게

3장 충성

잘 어울렸다.

머리를 귀 뒤로 단정히 넘긴 아내는 세면대로 쓰는 싱크대를 행주로 꼼꼼히 훔쳤다. 일요일마다 쳇바퀴처럼 항상 똑같았다. 아내가 그의 지인이 소개해준 직장에 타이피스트를 하러 가는 동안, 그는 지하무덤 같은 골방에서 그녀를 기다렸다. 지금 이 시각에 일하러 가는 게 마음에 걸렸지만, 어쨌든 공휴일에도 쉬지 못하는 아내의 처지도 딱했다. 웬만한 사내라도 지쳐 쓰러질 만했다. 하지만 보이는 것만이 진실은 아니라고 그는 생각했다. 4주 전인 10월의 어느 저녁, 아내가 일터에서 돌아온 뒤부터 두 사람의 대화는 끊기다시피 했다. 아내는 유난히 침묵을 지켰으며, 다음 날 아침에도 변함 없는 아내의 태도에 그 역시 입을 다물 것을 결심했다.

"좋아, 당신이 더 필요한 게 없다면." 아내는 샌들을 꺼내 신었다. 이번에는 그를 보는 아내의 시선을 느끼면서 마사하루는 애써 외면했다. 그녀는 옷 보따리를 집어 들고 문을 닫고 나갔다.

#

아내가 덜컹거리는 철제 계단을 내려가는 소리를 들으며, 마사하루는 언제부터 무슨 행동이든 해야 한다는 충동에 사로잡힌 걸까 기억하려 했다. 아마 10월 저녁의 침묵 때부터? 아니, 아니야, 마사하루는 부인했다. 그의 경력을 관통해온 기자의 욕망도 지금처럼 그를 절박하게 사로잡지는 않았다. 어쩌면 그때가 아닐까? 8개월 전인 작년 3월, 13년의 결혼 생활 중 가장 최악의 밤.

그날 밤, 밤하늘에 폭격기들을 채 발견하기도 전에 나무와 종이로 만든 온나라가 갑자기 불타 올랐다. 대부분 주민처럼 소이탄의 정체를 정확히 몰랐던 마사하루와 그의 아내, 그리고 열세 살 아들 세이지는 대피장소를 위해 구덩이를 2미터 깊이로 파고 양철 판자로 덮어 놓았다. 공습 경보가 울렸을 때, 아내는 피난 가방을 가지러 현관으로 향했고, 그는 세이지를 찾아 아들의 방에 가려 했다. 복도를 지나가던 중, 이상한 휘파람 소리가 연달아 들리면서 섬뜩한 폭발음이 이어졌고, 다음에는 거리로 뛰쳐나온 군중들 발걸음 소리가 요란했다. 잠시 후 소이탄이 폭발하기 시작하면서 굉음의 아수라장이 일어났다. 우레처럼 나무가 무너지는 소리, 대기를 뒤흔드는 굉음과 함께 붉은 화염이 사람들을 집어삼켰다. 그와 그의 아내가 방공호로 피했을 때, 온 동네는 쑥대밭이 되어 가장 안전하다고 생각했던 지정대피소(콘크리트로 된 고등학교와 올림픽 수영장)들마저 전소되었다. 그들이 확실히 증언할 수 있는 것은 공습 경보가 울렸던 3월 밤, 그리고 그 이후로 세이지는 집에 없었으며, 대피소와 학교 건물, 수영장 바닥에서 긁어낸 시신들의 녹아버린 잔해, 어느 곳에서도 발견되지 않았다는 것이다.

\#

콘크리트 계단 위를 콩콩 걷는 소리가 울렸다. 잠시 후 아내는 창문 아래를 지나 기차역 쪽으로 향할 것이다. 마사하루는 우두커니 서 있다. 한 달 내내 그는 '왜?'라는 물음표를, 그리고 아내의 침묵을 곱씹어왔으며, 그럴 때마다 가슴속 깊이 형언할 수 없는 두려움이 밀려왔다. 모성이 겪을 수 있는 가장 끔찍한 참사에서도 그녀는 버텨오지 않았던가? 과연 무엇이 그토록 그녀를 불안하게 했을까? 아직도 집에 오면 말문을 닫는 아내로 인해 그들의 일상은 무던하지 못했다. 몇 년의 전쟁 기간에 아내가 애국 경찰의 감시망을 피하는 데 이골이 나 있던 것을 고려하면 아주 뜻밖의 불안이었다.

아내가 건널목에서 문득 걸음을 멈추자, 마사하루는 자기 기척이 들통난 것으로 알고 황급히 창문 뒤로 물러섰다. 두 사람은 이렇게 한 쌍처럼 동조화되어 있었다. 어쩌면 그와 세이지의 관계보다 더 가까웠다. 걸을 때 그림자의 움직임, 일이 안 풀릴 때 버럭 짜증 내는 성격까지 세이지는 그와 닮았었다. 그리고 아내와 세이지는 탯줄이 떨어지지 않은 것처럼 같은 궤도를 공전했다. 마사하루는 이 작은 가족을 소중히 여겼고, 가족 간의 균형을 유지하는 버팀목이 아내라는 것을 알고 있었다. 그래서 비록 사사로이 타협을 받아들이더라도 가족을 온전히 지킬 수만 있다면 뭐든 하겠노라고 그는 다짐했었다.

마사하루는 재킷과 모자를 집어 들었다. 주머니를 가볍게 두드려 열쇠를 잘 챙겼는지 확인한 다음, 문을 닫고 조용히 철제 계단을 내려갔다.

돌발변수를 고려해 일찌감치 집을 나섰던 아내는 정작보다 30분 앞서 기차역에 도착해 있었다. 수풀이 우거진 언덕 위로는, 자비를 상징하는 여신인 관음의 거대한 흉상이 25미터 높이의 반석 위에 세워져 있었다. 16년 전인 1929년, 한 자원단체가 이 관음상을 세우기 시작했는데, 그로부터 5년 후 중국과 갈등이 높아지면서 공사가 잠정 중단되었다. 평민의 동맹자였던 관음상도 다른 모든 것들처럼 전쟁을 위해 희생된 것이다. 세이지가 태어날 무렵, 시즈오카에 사는 외과 의사인 형을 방문하러 도쿄발 기차를 탔던 그들은 차창을 통해 이 관음상을 처음 봤다. 근대화와 군국주의 시대에 이런 기념비를 건설하는, 시대착오적인 계획에 그들은 매우 감동했다. 그런 인연으로 3달 전, 전쟁의 참화가 미치지 않은 도시를 찾던 그들은 낯선 도시, 오후나(Ofuna)에 살기로 결심했다. 그때는 두 번째로 투하된 '최신형 폭탄'이 나가사키를 완전히 파괴했다는 소문을 듣고 도쿄 탈출을 결심한 무렵이었다. 만약 미국이 기독교인의 도시조차 지도에서 지운다면, 도쿄의 운명은 이미 정해진 것이나 매한가지였다.

"예전엔 몰랐는데, 관음상이 도쿄를 등지고 있어." 오후나에 도착했던 날, 아내는 말했다. 그녀의 손에는 폭격으로 파괴된 도쿄의 폐허에서 수습한 몇몇 물건 보따리가 들려 있었다. "딱하게도 사람들이 관음상 건설을 중단했어. 수치스러운 일이야. 그러니 우리가 흔적 없이 사라진다 해도 놀랍지 않아." 그녀는 흉물로 남겨진 공사판 비계를 쳐다봤다. "우리 정부는 수모를 당해도 싸. 이런 패배 말이야." 마치 불량 풍선을 터트리는 듯, 그녀는 말을 자근자근 내뱉었다.

마사하루는 주위를 슬쩍 둘러봤다. 아무리 패전이 가까워졌다 해도, 난민들로 붐비는 역사에서 누가 귀를 쫑긋 세우고 염탐한다면 위험할 수 있었다. 그는 아내의 팔을 잡고 출구로 나갔다.

"미신을 믿는 건 당신답지 않아. 설마 당신은 관음상을 완성하지 않아서, 풍수에 맞는 위치가 아니라서, 우리가 버림받았다고 주장하는 거야?"

그녀는 가시 돋친 눈빛으로 쏘아봤다. "관음상은 절대 우리를 버리지 않아. 그게 어떤 방향이든."

그는 아내의 결연한 표정에 놀라 재빨리 인정했다. "중요한 건, 우리가 여기 있다는 거야. 그리고… 어쨌든 여기 형편이 더 낫겠지."

오후나의 포로수용소가 가장 잔혹한 시설의 하나임을 그도 알고 있었지만, 뒷말을 덧붙였다. 이곳에 수용된 미국인이나 백인 죄수에 대해 아는 것도 없었지만, 패배가 목전에 차오른 상황에서 그런 시설 주변에 사는 것까지 걱정한다면 사치에 불과했다.

"방을 빌려 보자." 그는 설득했다. 그렇지만 아내는 너무 낙담해서, 여인숙 다다미 바닥에 풀썩 주저앉고 나서도 좀처럼 기력을 회복하지 못했다. 이제 그들은 여기에 있다는 사실을 부정할 수 없었다. 맥 빠진 그는 문득 자기가 말한 '버림'이라는 표현이 아내를 흥분시킨 걸 깨달았다. 결국 빗발치는 폭탄을 피해, 쑥대밭 된 도쿄에 등 돌리고 떠나기로 한 사람은 바로 그녀, 니시 마사코다. 그 도시는 아직 아들의 유골조차 내놓지 않았는데 말이다.

기차를 기다리는 아내를 지켜보면서, 마사하루는 저 보기 흉한 비계에서 그녀가 무엇을 봤을지 궁금했다. 희망이나 구원의 약속? 아니면 후회? 다음 단계로 넘어간다는 죄책감?

그러나 그늘에 몸을 떨 뿐, 아내는 여전히 평온의 가면을 쓰고 있었다.

열차가 덜컹이며 정차했다. 그는 군중을 헤치고 아내가 올라탄 객차 쪽으로 갔다. 그녀는 앉아 있을까 아니면 서 있을까? 13년의 결혼 생활이 그런 것까지 예측해주지는 않는다. 그는 모자를 깊숙이 내려쓰고 아내와 마주치면 늘어놓을 변명을 생각하면서 인파 틈에 끼어들었다. 아내는 객차 맨 끝에 앉아, 코트는 무릎 위에, 그리고 귤 모양으로 묶은 옷 보따리는 코트 위에 가지런히 올려 두었다. 그는 삐쩍 마르고 키 큰 남자 뒤에 서 있으려 했는데, 이내 암시장에 쌀을 파는 행상 무리에 휩싸였다. 그의 주위로 봇짐 장사치들이 낑낑거리고 비틀대며 몰려들었고, 한 아낙네가 처네 포대기로 단단히 여민 등짐을 휘두르는 바람에 통로까지 밀려났다. 빈 좌석을 찾으러 허둥대다가, 아니나 다를까 아내의 시선과 마주쳤다.

"토미타 선생댁 가는 길이야?" 그녀는 남편의 곡예에 웃음을 참으며 물어봤다.

마사하루는 투덜거렸다. 동료 언론인이자 완고한 공산당원인 토미타 요시아키는 일본 정부가 "반애국적 활동"을 탄압하기 위해 만든 치안유지법 때문에 투옥 되었고, 이후 연합군이 법령을 폐지한 뒤 석방되었다. 사건 초기에 토미타는 일본군의 만주 주둔이 합법인지 의문을 제기해 검열 대상이 되었다가, 외교정책 전반에 대한 비판 수위를 높이자 체포 당했다. 무려 10년 동안의 투옥 생활은, 20년 이상 감옥에 갇혔던 수백 명에 비하면 형이 약한 편이었다. 마사하루는 땀에 젖은 모자를 벗었다.

"이번 일요일에 만나는 걸 깜빡했어."

아내 덕분에 그럴싸한 핑계를 떠올린 것이 다행이었다.

"토미타 선생은 열성분자야. 당신이 골똘히 생각에 잠겨있지 않았다면, 같이 출발할 걸 그랬어." 아내는 손수건을 건네주며 말했다.

얼굴의 땀을 훔치던 마사하루는 아내가 부드럽게 떠보는 걸 애써 모른 척했다.

"토미타는 더욱 조심해야 해. 미국식 민주주의가 정말 관용적일지 모르니까."

"다시 감옥 갈 마음이야 없겠지. 게다가 토미타 선생이 당신에게 일거리를 줄지 누가 알아." 얘기를 마친 아내는, 물통을 열려고 끙끙대다가 자기와 부딪힌 젊은 여자를 돌아보며 괜찮다는 눈짓을 보냈다. 아이와 차 보따리를 품에 끼고 있던 여자에게서 푸릇한 차향이 풍겼다. 여자는 그들에게 고개를 숙이며 사과했다.

"도와줄까요?" 맞은 편에 있던 여자가 물통을 가리키며 물었다. 그녀는 서양식 드레스와 구두를 차려입었고 손톱에는 화려한 빨강 매니큐어를 칠했다. 유독 화장기 없는 얼굴은 기차를 타는 상황 때문일 수도 있고, 아니면 다른 승객들의 적대감을 피할 생각인지도 모른다. 옆자리에 있던 할머니는 코웃음을 쳤다. 할머니가 꼭 움켜쥔 기모노 보따리는 암시장에서 교환하려는 것 같았다. 차 보따리를 끼고 있던 여인은 어색해하며 물통을 건넸다. 그는 아내를 다시 돌아봤다.

"토미타는 일본이 아니라, 우리 남자들이 패배했다는 사실을 받아들여야 해."

"남자들이 상황을 이 지경까지 끌고 온 건 확실하지." 아내는 웃음을 참으며 수긍했다.

"맞아요." 그들 주변에 있던 한 여자가 갑자기 떠들기 시작했다. "사내들이 하는 일이라곤 온통 전쟁 뿐이에요."

"더구나 그 전쟁조차 졌어." 다른 여자가 끼어들었다.

"여자들도 정부에 입각한다고 하죠. 머지않아 이 나라를 여성들이 운영한다고요." 그의 뒷자리에 앉아 있던 남자가 말했다.

"다행인 줄 아세요. 그러면 전쟁에서 지는 일 따위는 없을 테니까. 우리 여자들은 전쟁은 하지 않거든요." 세 번째 여자가 듣고 있던 사람들을 선동했다.

일본이 전쟁에서 승리했다면, 이 여자들은 무어라 말했을까, 그는 궁금해졌다. 승자는 무엇이든 정당화할 수 있다. 불과 몇 달 전만 해도, 다들 총력전에 뛰어들지 않았던가? 그의 뒤에 있던 남자가 혀를 끌끌 차면서 별 대꾸를 하지 않았다.

아내가 일침을 놓았다. "우리 모두 이 전쟁에 공헌했지 않나요? 적어도 전쟁을 반대한 건 아니었죠."

객차 안에는 차량이 덜컹대는 소리 뿐 침묵이 흘렀다. 그녀가 옳았다. 대부분 사람들과 달리, 그와 아내는 정부의 선동에 항의하기 위해 군대 환송식을 보이코트하는 노력을 기울였는데, 결과적으로는 집단적 운동과 연결되지 않는, 산발적인 개인 행동에 불과했다. 만약 아내와 아들의 안위를 개의치 않았다면, 마사하루는 직접 쓴 폭로 기사를 복사하고 배포할 수도 있었다. 옛날, 그리 멀지 않은 옛날에는, 그의 이름에 무게가 실려 있었다. 그렇지만 그는 감옥을 선택할 수 없었고, 토미타의 시련을 목도하게 된 지금은 자신의 타협이 후회되지 않았다.

놀랍게도 서양식 드레스 차림의 십 대 매춘부가 침묵을 깨고 말했다. "하지만 우리 모두 속았어요. 그렇지 않나요? 천황에게 속은 것 뿐이에요."

할머니는 신성 모독에 움찔했지만, 다른 사람들은 동의했다. 심지어 점령본부도 같은 논리를 밀어붙였다. 일본인은 잘못 지도받은 아이들이라 약간의 재교육이 필요하며, 이번에는 미국 아버지에게 순종할 차례라고. 이것은 철저한 식민 통치의 논리라고 마사하루는 생각했다.

"글쎄요, 모두 속는다면, 하나같이 어리석은 국민인 거죠, 그렇죠? 뭐라 해도 우리는 전쟁에서 패배했어요." 어린아이를 데리고 있던 차 행상인이 기차의 덜컹 소리에 맞춰 다시 말을 꺼냈다.

객차 문이 좌우로 흔들리다가 열렸다. 마사하루는 아내의 좌석 손잡이를 꽉 붙잡았다. 만원이 된 다른 객차에서 몇몇 승객들과 미국 군인 두 명이 자리를 옮겨왔다. 점령군의 분리 규정을 무시하고 현지 생활 체험에 나선 것이 분명했다. 수탉처럼 휘젓던 여느 군인들과 달리, 이들 군인 한 쌍은 규율 불복종에 우쭐해도 악의는 없어 보였다.

"쿠니치와." 인사하는 군인들의 얼굴은 벌겋게 달아올라 낙천적이고 영양 상태가 좋아 보였다. "하우 아 유 투데이, 마이 네임 이즈 짐(안녕하세요? 내 이름은 짐이야)." 군인들은 여학생들에게 말을 건넸다. "왓쓰 유어 네임(네 이름은 뭐니)?" 몇몇 여자들이 킥킥거렸다. 남자들은 외면했다. 객차에 불쾌한 침묵이 감돌고, 나지막

한 불평이 일어나기 시작했다. "네임(이름)?" 군인들은 손을 뻗었다. "나~메(이름)?"

신경이 곤두선 여학생들은 키득거렸다. 그의 뒤에 있던 남자가 또다시 혀를 찼다. "우리나라를 점령하고, 지금은 우리 객차까지 점령하려나?"

"저쪽 객차에 사람이 많나 봐요." 한 여자가 대답했다.

"고작 대여섯 명밖에 없을 걸?" 그 남자가 쏘아붙였다.

"그냥 소년들일 뿐이에요." 누가 그 남자를 호되게 나무랐다.

마사하루는 맞는 말이라고 생각하면서 아내를 돌아봤다. 그것은 전쟁에 관한 문제다.

"소년들은 결과 따위는 신경 쓰지 않아. 그러니 전쟁에서 쓸모가 있었겠지. 세이지만 해도⋯." 그는 도로 말을 삼켰다. 세이지는 그들이 마음 편히 입에 올릴 대상이 아니었다. 지난번 그의 말실수를 두고, 그들은 서로 손가락질하며 저주를 퍼붓지 않았던가. 그는 아내의 처연한 미소를 떠올리며 그녀를 곁눈질했다.

플랫폼을 스쳐 지나가는 창밖을 아내는 묵묵히 내다보고 있었다. 햇살을 느끼며, 남편 말은 아예 귀담아듣지 않은 듯했다. 마사하루는 손등으로 이마를 훔쳤다. 왠지 공허하고 무기력한 그녀의 모습은, 4주 전인 10월 저녁때의 모습과도 같았다. 마치 느슨한 줄에 매달린 꼭두각시 인형처럼 보였던 아내, 그가 아무리 그녀의 몸을 흔들어도 아무 반응을 보이지 않았다. 마침내 그는 포기하고 물러났고, 아내는 살며시 미닫이 창호를 닫아걸었다.

"손수건 좀 줄래?" 그는 말했다.

3장 충성

아내가 손수건을 건넸다. 물자 부족의 영향 때문인지, 그녀의 얼굴에 낯선 느낌이 감돌고, 만약 그가 하얗게 질린 손을 보지 못했다면 차가움으로 오해될 만큼 그녀는 극도로 예민해 있다. 평소에 자제력이 강했던 그녀답지 않았다. 몇 년 전, 일본군 헌병대가 최초로 집을 덮칠 때도, 그녀는 자기 손으로 가족을 거의 파멸시킬 뻔했다. 다행히 풋내기 헌병대원은 아내의 이상한 낌새를 알아차리지 못했고, 그때야 마사하루는 자기의 반체제 성향이 아내에게도 큰 영향을 미쳤다는 걸 깨달았다. 아내의 손을 다시 바라봤다. 그 10월 밤에 두 사람은 무엇을 했던가? 해진 방석 위에 그녀는 정좌하고 얼어붙은 듯 정면을 응시했다. 하지만 그녀의 손은 어땠지? 그는 손수건으로 얼굴을 훔쳤다.

한 여학생이 객차 앞으로 나왔다. 그녀는 주먹을 허리에 대고 안달복달하는 선생처럼 군인들을 바라보았다.

"나~마~에, 곤니치와(안녕하세요)." 그녀는 말했다.

병사들은 서로 눈짓을 주고받았다. "나메! 쿠니치와!" 병사들은 이를 드러내며 웃으며 말했다.

"나~마~에, 곤~니치~와." 소녀는 한 자씩 또박또박 발음했다.

"나메! 쿠니치와!" 군인들은 환호했다.

그때 누가 객차 벽을 주먹으로 내리치는 바람에 쩌렁하는 울림이 공기를 갈랐다. "이게 게임인 줄 알아? 여기서 환영받을 걸로 생각해? 너희들 있던 곳으로 돌아가." 일본말이지만 단호한 어조는 분명히 전달되었고, 십 대 군인들은 바싹 긴장하며 소총을 움켜쥐었다. 마사하루는 아내의 긴장을 느꼈다.

뒷 좌석에 앉아 있던 아내는 작은 체구라 총구에 노출될 가능성은 없었지만, 그래도 그는 몸을 틀어 그녀를 가려주었다. 군인들은 군중의 움직임을 주시했다. "왓 두 유 세이(뭐라는 거야)?" 짐이라 불렸던 군인이 소리쳤다. 차 행상인은 천방지축인 아이를 제자리에 눌러 앉혔다. 병사들이 말을 주고받으면서 객차 안에 불안감이 커졌고, 점점 빠르게 오가는 대화 속에서 승객들은 작금의 상황을 자각했다. 높은 곳에서 들려오는, 천황처럼 접근하기 어려운 언어.

"헤이, 아메리카!" 한 남자가 벌떡 일어섰다. 젊은 시절에는 볼살이 제법 매력 있었을 얼굴이었다. "하로! 모네이? 가아루? 초코라이토? 잉구리슈 프리세!(안녕! 돈? 소녀? 초콜릿? 영어, 제발!)" 그는 유머 있게 사과한 뒤 귀를 쫑긋 세웠다.

병사들은 몸을 돌려 그를 바라보았다.

"잉구리슈?(영어?)" 그 남자는 다시 시도했다.

병사들은 꼼짝하지 않았다.

"오~라이, 오~케이(좋아요)." 그 남자는 윗입술을 훔쳤다. "USA!" 그는 엄지손가락을 치켜 올렸다.

몇몇 여자들은 웃음을 간신히 참았다. 군중들은 숨을 죽였지만, 다들 서서히 공포심이 풀리면서 긴장된 호기심으로 바뀌었다. 마침내 군인들이 소총 총열에서 손을 뗐다.

"오케이." 군인들은 조심스럽게 미소를 지었다. "토모다치." 그들도 엄지손가락을 치켜세웠다.

토모다치. 친구. 얼토당토 않은 말이군, 마사하루는 생각하면서 아내에게 시선을 돌렸다. 온화해 보이지만 아내는 어딘가 냉소에 깃든 묘한 표정을 짓고 있었다. 무심코 내려다본 그녀의 두 손은 잘 닦인 돌처럼 보따리 위에 얌전히 놓여 있었다. 목덜미까지 오싹한 기분이 차 올랐다.

"오늘 밤에 늦게 들어올 거야?" 갑작스러운 아내의 질문에 그는 깜짝 놀랐다.

"당신도 토미타 성격을 알잖아." 그는 투덜거리며 모자를 눌러 썼다.

#

그들은 역 출입구에서 헤어졌다. 마사하루는 몇 걸음 더 걸어가서 인파의 물결에 들어갔다가 되돌아왔다. 낯익은 아내의 모습을 멀찍이 바라보면서 자문했다. 그냥 토미타를 찾아갈까? 그러나 주인댁 과부가 마지못해 열어 준 토미타의 방에서 혼자 오도카니 있는 것보다는 아내 뒤를 따라가는 게 좋을 성 싶었다. 이렇게 화창한 일요일에 토미타가 방에 있을 리가 없지 않은가. 게다가 오늘 운세를 고려하면, 아내가 토미타와 마주치지 않으리란 법도 없었다. 그가 한 거짓말을 과연 토미타가 둘러댈 수 있을까? 시야에서 사라진 아내를 좇아 마사하루는 걸음을 재촉했다.

역 밖에서는 한창 장사 중인 행상인들이 값싼 기념품을 찾는 미국 군인을 끌려고 서로 아귀다툼을 벌였다. 녹은 녹색 유리, 군 비축품에서 빼돌린 군복, 대공포를 다시 조립한 파이프들. 오늘날에는 뭐든 패전 기념품으로 팔렸다. 심지어 잃어버린 다리도! 그는 절단된 다리를 보여주며 의연금을 구걸하던 퇴역군인을 피해

거리를 걸었다. 그의 바로 옆, 서양 드레스를 빼입은, 야한 차림의 여자가 한 사내가 내민 담배에 불을 붙이고 있었다. 아마 미국인 고객 중 한 명일 것이다. 그 여자는 지나치는 그를 향해 느릿느릿 품평을 해댔다. 대충 칠한 화장도 그녀의 인생 역경을 감출 수 없었고, 마사하루 자신도 결코 매춘의 쾌락을 살 생각이 없었지만, 그런 특권을 미국인에게 뺏긴다는 사실 자체가 괴로웠다. 그때 저 멀리서, 고개를 이리저리 돌려 검댕 묻은 고아들을 바라보는 아내를 발견했다. 그는 호주머니에 다시 손을 찔러 넣었다.

#

아내가 어떻게 받아들였는지 몰라도, 그들이 세이지를 찾아다닌 것만큼은 사실이었다. 전류가 끊긴 전선, 빛나는 재, 불꽃에 검게 탄 시체들이 널린 도쿄 거리를 그들은 샅샅이 뒤졌다. 처음에는 그도 희망을 잃지 않고 한때나마 기자란 걸 다행으로 여기며 정보를 수소문했다. 하지만 그런 행동은 아내에게 고통을 안겨 주었다. 시간이 흐를수록 피해 규모가 확실히 드러났고, 그의 신념도 크게 흔들렸다. 죽은 자와 죽어가는 자들이 학교 운동장에 연신 실려 왔고, 그들을 위한 화장을 준비하고 뼈를 수습하다 보면, 차라리 세이지의 실종은 희망 섞인 신호나 마찬가지다. 하지만 그런 자원봉사를 통해 아내가 기운을 차렸던 것과 달리, 마사하루는 더는 헛된 재회의 희망에 매달리기 싫었다. 세이지가 수포로 뒤덮인 채 생존한 모습을 봤다는 목격자의 주장이 있었지만, 그 교사의 달콤한 말은 크게 기댈 게 없어 보였다.

그러다 봄이 여름으로 바뀌었고, 지붕과 나무가 전소된 대지를 태양이 철퇴처럼 내려쳤다. 들끓는 파리떼, 시체 썩는 악취, 견딜 수 없는 더위 속에서 희망은 곤두박질치고, 이미 지칠 대로 지친 그들은 사기가 꺾였다. 거의 실신 상태이던 아내는 가시처럼 곤두선 절망에 빠져 신경 과민에 시달렸다. 그래도 여전히 미래는 열린 길처럼 그녀 주변을 맴돌아서 언제든 그 길 끝에 세이지가 나타날 것 같은 환영에 사로잡혔다. 그들은 계속 머물러 신원 불명자를 확인하러 다녔다.

어느 날 밤, 그가 B-29 폭격 희생자를 위해 마련된 화장터에 있을 때, 아내가 조용히 다가왔다. 시신에 일렁이는 불꽃에 그녀의 얼굴이 희미하게 드러났다.

"정말 모리 선생님이 세이지를 봤다는 말을 믿어?"

아내의 질문에 그는 깜짝 놀랐다. 여태껏 그녀는 한 치의 의심도 허용한 적이 없었다. 그는 아직도 물기가 질퍽한, 반쯤 그을린 사체를 장대로 불꽃 속에 밀어 넣었다. 다른 많은 시체처럼 이 시신도 강이나 연못에 빠진 채 불타 죽었다는 사실을 믿기 어려웠다.

"불가능한 건 아닐 거야." 그는 조심스럽게 말을 꺼냈다. "하지만 모리 선생은…." 그는 최근에 모리 선생의 실종 사건은 굳이 꺼내지 않았다. 그때 임시 텐트 앞에 작별 선물처럼 버려진, 아내의 삭발한 머리카락을 발견했다.

"당신은?" 아내는 물었다. "당신은 어떻게 생각해? 당신은 세이지가…." 마사하루는 장작 더미가 비상 착륙등처럼 탁탁 튀며 신비롭게 타오르는 광경을 잠자코 지켜봤다.

"내가 할 수 있는 말은, 그저 죽은 사람이 당신이 아니라 다행이라는 것뿐이야."

아내는 그 말에 몸서리치는 대신, 남편의 팔을 한번 쓰다듬은 다음에 짐을 싸러 떠났다.

\#

번잡한 거리로 되돌아온 마사하루는 아내와의 거리가 줄어든 데 깜짝 놀랐다. 아내가 준 손수건으로 얼굴을 닦으며 속도를 좀 더 늦추기로 했다. 그냥 토미타를 찾아갈까? 두더지처럼 살금살금 쫓아다니는 자기 자신에게 수치심을 느꼈다.

아내는 교차로에서 잠시 멈췄다. 그녀는 좌우를 둘러본 뒤에 비좁은 거리로 돌아 들어갔는데, 그곳에는 대부분 폐점된 상점들 뿐이라서 전쟁 이전의 휘황찬란한 명성을 자랑하는 가게는 단 한 곳뿐이었다. 걸음을 멈춘 아내는 모여든 군중 속으로 합류했다. 마사하루도 천천히 발걸음을 옮겼다.

옻칠 장식의 거울과 빗, 정교한 기모노. 이런 사치품이 대놓고 전시된 장소에 언제 마지막으로 왔는지 그는 기억조차 없었다. 상류층 게이샤와 배우들이 재판매를 위해 위탁한 소품들을, 아무리 할인한다 해도 누가 살 수 있을까? 아마도 외국 군인의 비위를 구슬리는, 인기 있는 매춘부나 가능할 것이다. 그런데, 하필이면 아내가 왜 그런 물건을 멍하니 쳐다보고 있을까? 그의 뒤에 있던 한 외신 기자가 카메라로 사진을 찍고 메모를 적었다. 마사하루는 기사 제목을 뻔히 상상할 수 있었다. 전쟁에 피폐한 여인들이 고급 화장품에 유혹받는다. 그리고 기사 옆에 아내의 얼굴 사진이 실릴 것이다. 도대체 그녀가 뭘 정신없이 보는지 확인하기 위해, 그는 목을 죽 빼고 군중을 헤치며 들어갔다. 느닷없이 창문에 비친 아내의 눈과 그의 시선이 마주쳤다. 그는 황급히 뒤돌아서 열린 뒷문으로 뛰어들었다.

아내가 그를 봤을까? 문짝이 떨어진 가게 입구 위에서 종(鐘)이 뎅그렁 울렸다. 한눈에 봐도 과거 제과점으로 보이는 가게 벽에 부딪혔는데, 한때는 달콤한 화과자와 사탕이 가득했을 전시대는 지금은 부서진 가판대에 지나지 않았다. 창틀만 남은 창문 너머로 바깥을 둘러봤다. 거리를 오가는 사람들은 계속 새로운 얼굴들로 바뀌었고, 아내는 이미 자취를 감췄다. 그는 다시 어두운 거리로 뛰쳐나갔다.

#

만약 그가 미래를 예측할 수 있다면, 과연 그녀를 따라갔을까? 마사하루는 생의 마지막 고비에서 때때로 이렇게 자문할 것이다. 과거로 돌아갈 수 있다면 그는 자기가 걸은 궤적을 찾아 결정적 순간으로 돌아간 다음 그때와는 다른 행동을 했을 것이다.

그러나 가지 않은 길의 끝이 여기에 있었다. 거리 너머에 광활한 황무지와 무너져 가는, 녹슨 도리이(鳥居)가 보였다. 마사하루는 아내의 손수건을 꺼내 입술에 묻은 흙을 털어냈다. 앞쪽에 있던 아내가 잔해가 치워진 길을 요령껏 빠져나가고 있었다. 그렇게 그녀는 무너진 건물 뒤편으로 사라졌다. 그는 서둘러 그녀를 뒤쫓았다.

놀랍게도 건물들 뒤로 빠져나가자, 도시 유흥가로 이어지는 큰 길이 나타났다. 과거 폐쇄된 이곳 지역은 다시 번성을 되찾고, 폐점한 상점들은 서구식으로 화려하게 장식한 뒤 전후 물자 부족과 상관없는 백인 전용 술집과 댄스 홀로 간판을 바꿔 달았다. 난잡한 차림새를 한 건달들, 술 취한 미국 군인들, 전쟁으로 폭리를 얻는 부유층 사업가들. 시끌벅적한 거리에는 가벼운 실랑이가 끊이지 않았다. 지나가는 여성들을 낚아 채며 고함치는 군인들을 피하고 군중을 헤치며 마사하루는 앞으로 계속 갔다. 저 앞에 걸음을 서두르는 아내가 보였다. 거리의 소년들과 익숙한 듯 손을 흔들어 주던 그녀는 인력거꾼 바로 앞에서 홀연히 사라졌다. 그는 사춘기 소년처럼 보일 정도로 체격이 좋은 군인들의 허우대에 가려, 아내의 모습을 찾지 못했다. 그는 달음박질 하고 싶은 충동을 눌러 참으며 보폭을 넓혀 걸었다.

바리케이드가 쳐진 도로 부근에서 아내를 놓쳤다고 생각한 순간, 그는 미군 헌병 두 명이 그녀를 붙잡은 광경을 발견했다. 너무 검은 헌병의 피부색에 놀라, 마사하루는 잠시 얼어붙었다. 그는 흑인을 본 적이 없었던 데다가, 점령군 규정에 따라 미군 출입 금지 구역에서 헌병들과 마주치니 놀랄 만했다. 게다가 또 다른 헌병은 삶은 새우처럼 창백한 분홍빛 피부라서 주변 이목이 쏠렸다. 군중들은 떼지어 웅성대는 가운데, 헌병들이 그녀를 체포했다.

그녀가 무슨 짓을 했을까? 아무리 흥분된 상태라 해도 의미 없는 물음이었다. 무슨 일을 했든 아니든, 그녀는 의지할 데가 없었다. 그는 멀리서 헌병들을 뚫어지게 주시했다. 그들은 화내지 않았지만, 외국인은 원래 종잡을 수 없지 않은가? 아내의 작은 얼굴이 더욱 조그맣고 두려움에 일그러진 듯 보였다. 미국 헌병들은 군중의 기세를 꺾고, 아내의 팔을 나꿔채 거리 아래로 데려갔다. 마사하루는 군중 속에 뛰어들었다.

다시 그들의 모습을 발견했을 때, 마침 거리에는 다른 백인 군인들이 술에 취해 비틀거리고 있었다. 만취한 그들이 헌병들에게 욕설을 퍼붓자, 주위 사람들은 멀찍이 자리를 피했다. 군중들은 긴장했다. 몇 주 전에도 사소한 실랑이가 난투극으로 번지면서 수백 명이 그 폭동에서 죽거나 크게 다쳤다. 이후 점령군은 순찰 횟수를 더 늘렸지만, 안심할 상황은 아니었다. 헌병들이 이를 무시하고 계속 걸어갔고, 백인 군인들은 그들을 에워쌌다. 그의 등에 전율이 흘렀다.

군화가 부딪히는 소리가 들렸고, 그는 급히 달리기 시작했다. 기껏해야 15미터 거리인데, 아득히 멀게만 느껴졌다. 출구마다 군인들이 쏟아져 나오는 것 같았다. 10미터⋯. 드디어 주먹이 부딪치는 소리가 들렸다. 가슴이 쿵쾅거렸다. 군중들은 야유하고, 조소하고, 고함을 질렀다. 사람들 장벽을 차례차례 뚫고 가야 그는 그곳으로 뛰어들 수 있다. 여전히 헌병들은 싸움질을 하고 군화가 땅바닥을 짓밟는데, 아내의 모습은 찾을 수 없었다. 군인들이 싸우는 와중에 그는 상체를 좌우로 움직이며 틈새를 살폈지만, 아내는 흔적조차 보이지 않았다. 좀 더 멀리 고개를 둘러보니까, 저쪽 골목길을 빠져나가는, 낯익은 걸음을 발견했다. 그가 아내를 다시 쫓아가려는 순간, 누구든 그를 방해하려 공모라도 했는지 네 명의 군인들이 씩씩대며 길을 막았다.

#

토사물과 소변으로 더럽혀진 뒷골목을 서성이며 아내를 찾게 될 거라곤 마사하루는 상상조차 못 했다. 골목을 빠져나와 모퉁이만 세 번을 돌았다. 똑같은 헌병 무리, 소리 지르는 군인들의 똑같은 행렬, 아까처럼 닫힌 문들. 그는 대형 간판을 올려다보았다. 싸구려 물감을 파도처럼 휘두른 싸구려 붓글씨. 단어 하나하나가 보란 듯 적혀 있었다. *오아시스.*

  선뜻 그는 점과 선들을 연결하는 데 실패했고, 아무리 머리를 굴려봐도 도통 이해할 수 없었다. 그러다가 그는 불현듯 모든 사정을 이해했고, 벼락 맞은 것처럼 꼼짝하지 못했다. 헌병과 군인들의 줄, 그리고 아내가 사라진 뒷골목. 그의 몸은 새로운 공포에 휩싸였다. 그때 앞문이 휙 열렸다. 문틈 사이로 웃고 있는 주인과 늘어선 여자들이 보였다. 여자들의 얼굴은 멀어서 제대로 보이지 않았지만, 다들 그가 좋아하는 짧은 단발이었다. 문이 쾅 닫혔다. 마사하루는 무작정 앞으로 돌진했다.

  두 쌍의 손이 그를 붙들었다. 검은 피부의 헌병이었다. "일본인은 안돼." 헌병은 머리 위 간판을 가리켰다. 무표정한 얼굴은 적대감은 없었으나, 그 손아귀의 힘은 확고했다. 그는 그들의 손을 노려봤다. 진보한 세상이 기적처럼 미군을 지구 반대편 끝에서 이곳까지 데려 왔다면, 서로 상대방을 이해할 시간은 전혀 주지 않은 것은 진보의 광기라 할 만했다. 그는 어떤 수단을 써야 자기 마음을 설명할 수 있을까? 그는 그들이 조금 전에 아내를 붙잡았던 것을 기억했고, 희미한 서광이 비친 것 같았다. 그들이 정말 그녀를 알까? 그리고 그녀를 보호할 수 있을까? 그들의 얼굴을 올려다봤다. 그의 빈약한 영어 단어들이 구슬처럼 알알이 부서졌다. 잠시 문이 열렸을 때, 그는 느닷없이 "와이프"라는 영어 단어를 내뱉었다. 손가락으로 문을 가리키며, 몸을 버둥거리며, 그 말을 자꾸 반복했다. 군인들은 웃음을 터트렸다. 헌병들은 고개를 휘휘 저었다. 문이 다시 닫혔다. 그들은 "다~메(안~돼)"라고 한 음절씩 또박또박 말한 후에, 그를 밀쳐냈다.

마사하루는 거리로 다시 돌아왔지만, 어찌해야 할지 몰랐다. 만약 다른 남자였다면, 어떤 위험이든 무릅쓰고 뒷문으로 들어가 내부 시설을 뒤지며 칸칸이 쳐진 커튼을 벗겼을 것이고, 결국은 땀에 젖은 그녀를 발견해내고 굴욕감을 느꼈을지 모른다. 그런데, 마사하루는 원칙이나 분별을 잃는 유형이 아니었다. 지금 그의 일부는 그녀가 나타나기를 기대했고, 그녀가 남편의 공포에 소스라치게 놀라기를 바랐다. 아내가 이부자리를 펼치고, 누군가 그녀의 여윈 몸에 돼지처럼 올라탄 장면을 상상하면 안 된다.

마사하루는 거리를 빙빙 돌면서 몇 번이나 골목과 문을 확인하러 몇 번이고 돌아왔다. 어깨까지 내려오는 단발, 새로 시작된 일요일 근무. 왜 아무것도 눈치채지 못했을까? 아내가 타이피스트로 출근하던 날, 그녀를 동행하던 기억이 떠올랐다. 징발된 건물, 철조망 울타리, 무장 검문소. 그때 그는 자신의 출입을 가로막는 군인들에게 화가 났는데, 이제는 그 아이러니에 쓸쓸해 할 뿐이었다. 토미타와 달리, 그는 사실 일본의 패전을 기대했다. 세이지의 징집일은 해마다 가까워졌고, 가족들의 다른 삶을 염원했기 때문이다. 폭격이 시작되었을 때, 그는 짧게나마 희망의 빛을 느꼈었다. 시골로 도망가려 해도 성년이 거의 다 된 아들이 징집을 피할 수 있는 길이 보였다. 그런데 정작 전쟁이 끝났을 때, 세이지가 실종될 것이라고, 과연 누가 상상을 할 수 있었을까?

거리의 추잡한 네온사인을 보면서, 이토록 끈질기게 승자와 패자를 구분하고 폭력을 허용하는 세계사에 대해 마사하루는 새삼 감탄했다. 수 세기에 걸쳐, 인류는 처음에는 혈통의 이름으로, 다음에는 국익의 이름으로 이런 야만을 저질렀다. 약탈과 강간, 그리고 대륙 전체를 몰살하는 것이 고귀한 권리라도 되는 듯. 이제 폭격기와 폭탄이 도시 전역을 사라지게 했다는 괴상한 소문이 돌았다. 어떻게 그럴 수 있을까? 불타는 거리, 반쯤 검게 그을린 시체들, 그가 지핀 화장터의 불꽃. 세계 각지에서 누군가 그가 했던 일, 그러니까 남성들의 탐욕과 국가의 탐욕을 애도하며 이 모든 파멸을 돕는 일을 계속 수행하고 있었다. 그는 마음 깊숙이 통한을 느꼈다. 그는 그 시설, 늘어가는 남자들의 행렬, 그리고 구석구석 열리는 아내의 몸을 봤다. 앞으로 어떻게 이 모든 것을 극복할 수 있을지, 그는 전혀 상상할 수 없었다.

#

자정이 다 되어서야 그는 기차에서 내렸고, 15분쯤 더 걸어서 여인숙 앞 사거리에 도착했다. 네모난 창문에서 불빛이 흘러나오고 있었다. 아내는 창문턱에 팔꿈치를 괸 채, 고개를 들어 하늘을 바라보고 있었다. 흐릿한 얼룩 외엔 아무것도 보이지 않던 도쿄의 약탈당한 하늘과 달리, 이곳 하늘에 떠 있는, 수없이 많은 별빛을 보며 별점이라도 치는 걸까? 하지만, 아내는 그저 천으로 밥상을 잘 덮어놓고 남편이 돌아오기만을 기다리고 있을 것이다. 마사하루는 알았다. 이 밥상이야말로 일주일 중에 가장 최상인 식사였고, 그녀의 노동에 대한 보상임을. 그는 자기 의지에 반해서 배에서 꼬르륵 나는 소리를 들었고, 그 동물적 생존 본능에 씁쓸함을 느꼈다.

그의 뒤편으로, 새로운 통금처럼 어둠이 내려앉은 언덕 위로, 관음상이 비현실적인 모습을 드러내고 있었다. 불현듯 그는 자신도 도망가서 주변의 사람들처럼 사라져 버릴까 잠시 고민했지만, 결국 사라지는 모든 것은 변절에 지나지 않았다.

창문 아래를 지나가던 그는 아내의 눈빛과 마주쳤다. 아내의 눈동자에는 딱히 감정이 실려 있지 않았지만, 그녀의 동요와 격정의 파문, 어쩌면 남편을 추궁하지 않고 용서하려는 의지와 그와 싸우려는 분노가 함께 느껴졌다. 그는 건물 모퉁이를 돌아 철제 계단을 올라가며, 차가운 대기에 울려 퍼지는 자신의 걸음 소리를 들었다. 한 달 안에 혹독한 겨울이 닥쳐와 그의 무거운 발걸음을 먼지처럼 무의미하게 만들고, 병들고 굶주린 수천의 사람들을 동사시킬 테지만, 당분간 그들은 그럴 걱정이 없을 것이다.

그는 주머니에서 열쇠를 꺼내 어두운 복도에 우두커니 서서, 그녀의 이미지(타인의 향락을 위해 벌린, 번들거리는 입술과 젖은 허벅지)의 공격을 받았다. 잠시 그대로 있었다. 어떻게 견뎌낼 것인가? 그는 열쇠를 쥐고, 문 저편에 있는, 자기가 잘 알던 여인이 그의 밥상을 차리는 모습을 불러내려 했다. 당연히 아내는 항상 이렇게 그의 마음을 상하지 않으려 애써왔으며, 지금에야 그는 그것을 깨달았다. 그러니까 그녀가 노력해 온 것처럼, 그도 자기가 알고 있다는 사실을 내색하지 말아야 한다. 지극히 공평한 일이었다. 결국 그들은 살아남기 위해 선택했을 뿐이며, 이제 그들 앞에 펼쳐진 인생을, 그들은 함께, 또 각자의 침묵에 갇혀 외따로 살아가야 했다.

4장 윌로우런

"윌로우런"을 알아요?

네, 나무의 "윌로우", 달린다는 동사의 "런"에서 나온 말이에요. 물론 그때는 그게 무슨 뜻인지, 그 군인이 무슨 뜻으로 사용했는지 몰랐어요. 하지만 윌로우런이라는 소리가 왠지 연약하며 자유로운 기분이 들어 좋았어요. 돌이켜보면 우습지만, 그때는? 익숙하지 않은 발음이라 몇 번씩 반복했죠. 여자들이 경전을 천천히 암송하듯 말이죠. 하지만 그런 상황에서는⋯. 미안해요. 어떻게 얘기를 시작하면 좋을까요?

#

저는 다이쇼 원년에 태어났어요.

네, 맞아요, 1912년. 서양식으로 연도를 계산하면, 일본인 특유의 어감이 사라져요. 예를 들면 부모 세대인 메이지 사람들과 달리, 우리 다이쇼 사람들은 서양 세계에 매우 개방적이에요. "모단 가루(모던 걸)"에 대해 들어봤나요? 소싯적에 우리들은 스스로 매우 현대적이고 세상 물정에 밝다고 생각했어요. (웃음)

10월이면 일흔아홉 살이 됩니다.

네, 남편은 작년에 세상을 떠났어요. 그래서 인터뷰 기회를 잡기로 결심한 거예요.

맞아, 제 아들은 학자예요. 하지만 전화로 이미 설명했듯이, 이 일에 아들을 끌어들이고 싶진 않군요.

네, 네, 당신은 법률가로서 절차를 충분히 설명했어요. 하지만 제 이름이 나가지 않아도 되는 게 확실한가요?

아니, 전 말할 준비가 되었어요. 그냥…. 음, 당신이 보여준 용기의 절반만 제게 있었더라면…. 당신 같은 젊은 여성이 미국에서 여기까지 왔잖아요. 당신 부모님이 한국인이라고 했죠?

당신이 관심 가지는 것도 당연하죠. 그런데 카메라맨도 역사학자인가요? 왜 미국 남성이 관심을 보일까…? 미안해요. 이렇게 떠들다니, 신경이 날카로워졌나 봐요. (웃음) 사람들이 전면에 나서지 않았던 것은 아니야. 항상 나서려 했죠. 안 그런가요? 더구나 쇼와 천황이 세상을 떠났으니, 다들 그의 치세를 반성하려…. 당신이 전화해서 증언을 부탁했을 때… 그런 이야기를 들려달라며 간청하는 사람은 처음 봤어요. 오! 미안해요. 손수건! 아니, 아니, 괜찮아요. 카메라가 아직….

#

일본이 항복을 선언했을 때, 남편과 나는 이미 O시(市)에 있었어요. 아들을 잃고 도쿄에서 피난 왔으니까….

아뇨, 우리는 아이 하나밖에 없어요. 전쟁 후에 현재 아들을 입양해서….

네, 학자예요. 그 아이에게 더 빨리 말해줬어야 했는데…그러니

까 입양에 관해서요. 하지만 그때로 돌아가더라도… 글쎄요, 모든
게 갈가리 찢겼으니까, 다시 뒤를 돌아보고 싶지는 않아요. 당신
도 알 거예요. 우리는 친아들의 시신을 찾지 못했죠.

그 아이는 열세 살이었어. 그날 밤, 왜 방에 없었는지.

네, 3월 공습입니다. 우리는 준비를 제대로 못 했어요. 아마 연
습경보에 익숙해졌기 때문이겠죠. 고작 멀리서 번쩍이는 불빛만
봤을 뿐이죠. 하지만 그날 밤엔… 1분도 지나지 않아서, 우린 휘파
람 소리를 들었어요. 마치 천 개의 불꽃을 쏘아 올린 것처럼. 그날
우리는 옷을 입은 채로 잠자리에 들었고, 그저 비상 가방을 챙기
고 바보 같은 두건을 둘러쓴 게 고작이었어요.

아, 그냥 천 조각을 덧댄 두건이에요. 정부가 날조한 이야기 중
하나였어. 그런데 우리 중 절반은 불붙은 두건을 쓰고 뛰어다녔
어. (웃음) 불길에 휩싸이는데, 달리고 또 달렸어. 불이 술 취한 악
마처럼 요란한 굉음을 내리라곤. 그리고 그 열기, 고무 마스크를
뒤집어쓴 것처럼 숨이 막혔어요. 숨 쉴 수 없었고, 아무것도 볼 수
도 없었죠. 우리는 고작 길모퉁이 사이를 뛰어다닐 뿐이었는데…
사방에서 연기를 뿜어냈고, 그림자가 나타났다 사라지거나 볼링
핀처럼 튕겨 날아갔어요. 여기저기서 가족들이 소리쳐 불렀고, 어
떤 엄마는 결연한 표정으로 아기를 업고 지나갔는데, 그 불쌍한
아기. 난 절대 그 장면을 잊을 수 없어. 뒤로 젖혀진, 그 작은 머리
가 달걀처럼 대롱거렸어. 길 잃은 아이들이 너무 많았는데, 우리
가 함께 도망가려 해도 아이들은 부모가 데리러 올 때까지 버티려
했어. 드디어 우린 대피소를 찾았지만… 다음 날 아침, 모든 것이

산더미처럼 쌓여 있었어. 공기마저 그을렸고, 불씨는 반딧불처럼 공중을 떠다녔어. 마침내 집으로 돌아갔을 때, 산산이 흩어진 시체들이 도랑을 막고 거리에 온통 널려 있었어. 제 머릿속에 떠올랐던 것은, 세이지가 비상 가방을 가져갔을까, 아니면 현관에 그 가방이 있었던가, 그런 생각뿐이었어. 그때를 떠올리게 하는 것들은 이젠 별로 없지만, 그래도 기억나는 것은 몸이에요. 어떤 사람들은 폭죽 소리를 못 참겠다는데, 전 고기 굽는 냄새가 역겨워요.

#

처음엔 저는 다른 일을 했어요. 아버지 덕분에 타자를 배웠으니까. 아버지는 제가 어렸을 때 놀아가신 어머니가 당신 책임이라고 했죠….

　아무튼 전 비서직을 맡았어요. 미 육군 총사령부에서요. 그때도 본부가 요코하마에 있었거든요.

　오, 아뇨, 남편은 제가 일하는 걸 싫어했어요. (웃음) 하지만 남편 같은 사람이 할 일이 없었죠. 그는 신문 기자였어요. 정치부 기자. 아뇨, 좌파에 가까웠어요. 아니, 당원은 아니었고. 하지만 그때는 약간만 "급진적"이면, 그냥 "빨갱이"라고 불렀던 시절이었고, 미국이 점령했어도 분위기는 그대로였죠. 그래서 전쟁이 끝난 후, 아무도 남편을 고용하는 위험을 감수하려….

　전쟁 때? 특고경찰이 종종 방문해서, 이웃들은 우리 집에 10미터 이내로는 얼씬도 안 했어요. 전 여성이니까, 제 형편껏 가장 좋은 차를 대접하고, 경찰들이 남기고 간 '선물들'을 치웠죠. 깨진 찻주전자, 뒤집힌 가구, 부서진 창호지, 그런 것들. 그들은 기회를 놓치질 않았어요. 사내들이 하던 식으로 온갖 횡포를 부렸고, 나중엔 정리할 물건도 없어서 집이 아주 널찍해졌다니까요.

12명. 그들은 20대와 30대 여성들 12명을 고용했어요.

아니, 아니, 모두가 타자를 한 건 아니에요. 서류 정리부터 바닥 청소까지 온갖 일을 했죠. 저는 메모, 녹취록, 보고서 따위를 타자 치는 팀에 있었어요.

글쎄요, 우리는 그런 고급 정보를 다루지 않았어요. (웃음) 우리가 봤던 유일한 보고서는 이런저런 '민주적' 성공을 선전하는 홍보물이었죠. 우리 중 아무도 영어를 모르니까요, 우리 감독관만 빼고. 그녀, 그러니까 A씨는 가끔 토막글을 번역해 줬는데, 주로 우리를 웃기려고요.

네, 그녀는 중개자인 셈이에요. 몇몇 미국인은 일본어를 했지만, 우리는 거의….

우리는 정말로 그녀를 좋아했어요. A씨는 정말 도움이 되었어요.

물론 그녀를 싫어하는 사람도 있었지만, 어떤 사람은 항상 누군가를 싫어하니까, 그렇죠? 무엇보다 그녀는 미국인들과 가까운 데다가….

그럼요, 우린 그녀를 믿었어요. 그 시절에는 어느 정도 믿고 살아야 해요. 다들 아주 가난했기 때문에, 쉽게 구분할 수가….

장점? 무슨 뜻이에요?

아뇨, 아뇨, 아뇨. A씨가 간통한 건 아니에요. (웃음) 사무실엔 그런 짓을 할 뒷문이 없거든요….

이왕 말이 나왔으니, 일을 시작한 지 한 달 만에 전 서류 한 장을 발견했어요. 이른바 탐정처럼, (웃음) 공습 정보를 찾고 있었거든요. 제가 훔쳐본, 파일 캐비닛에 있던 서류에 우리 얼굴이 줄줄이 인쇄되어 있었고 그 아래에 우리 이름이 로마자, 그러니까 영어로 적혀 있었어요. 알파벳은 알고 있었으니까, 그게 우리 이름인 줄은 알았죠.

처음엔 직원 명단인가 했죠. X표시가 된, 몇몇 얼굴은 퇴직자인가 생각했는데, 다들 그곳에서 근무하고 있더군요….

네, 절반쯤. 여자 중 절반은 X표시가 있었고, 그 위에 '무스'라는 글자가 있었죠. 아니, 디저트가 아니라, 동물 말이에요. (웃음) 처음 든 생각은 A씨에게 보여줘야겠다….

아뇨, 그녀 얼굴에는 X표시가 없었어요.

네, 그녀는 매우 동요했고, 입을 다물었죠. 마침내 그녀는 미국인이 축약형을 즐겨 쓰는 걸 아냐고 물어봤어요. (웃음) 지금 당신처럼 저도 당황해 보였겠죠. '아가씨'가 일본어로 뭐라는지 알아요?

그래요. 무스메. 미국인 표현은 무스메산. '무스'는 무스메의 줄임말이었어요. 그들은 '무스 사냥'이라는 인기 있는 게임을 한 거죠.

네, 무스를 사냥한다고요. 맞아요, 그 서류가 그들의 게임 채점표였어요.

대부분 이런 일을 눈치채겠죠. 여자들은 대개 어린 자녀와 부양할 부모가 있는 미망인이었고, 그 군인들은…. 그들이 여기에 좀 즐기러 왔다고 봐야겠죠.

사무실에는 20명 정도 남자가 있었어요. 경관까지 포함해서.

네, 그들도 가담했을 거예요.

A씨? 그녀는 제게 혼자만 알고 있으라고 했어요. 어디에도 의지할 곳이 없었으니까, 당신은 이해할 거예요. 한동안 사진 속의 얼굴들과 마주치면, 끔찍하게 난도질 된 X표시만 떠올랐어요.

A씨가 그 서류를 폐기하지 않았을까요…? 글쎄, 며칠 후, 정문에 도착했을 때, 그들이 저를 통과시키지 않더군요.

아, A씨는 관련이 없겠죠. 그녀가 무엇을 할 수 있었을까…?

네, 전 일주일 동안 집에 빈손으로 돌아가야 했고, 낯익은 얼굴이라도 마주칠까 해서 몇 번이나 찾아왔어요. 하지만 아무도 말을 걸지 않았죠. 그렇다고 저도 다른 이들의 직장까지 위태롭게 할 수는 없었죠.

아뇨, 그 후로 A씨를 보지 못했어요. 하지만 거긴 항상 그런 식이었어요. 마치 그녀가 그 건물에 들어왔지도, 나가지도 않았던 것처럼. 제가 왔을 때 그녀는 늘 그곳에 있었지만, 제가 떠난 후로는….

오, 아뇨, 그녀가 함께 가담하지 않았을 거예요. 비록 해야 하니까 다들 한 것은 사실이지만. 단 한 명이라도 제가 세이지를 찾을 수 있다고 말해줬었다면….

네, 전 결국 채용담당자를 만났어요. 그는 일본인 경찰이었고, 공공안전협회에서 일했죠. 경찰은 관할 구역에서 면허증이 있는 여자들, 심지어 면허증 없는 여자들까지 모두 알고 있었으니까요.

아, 네, 우리 정부는 여자에 열중했어요. "인민 외교"라고 부르면서요. (웃음) 우리의 역할은 "외국인의 기분을 달래주고, 어린 소녀와 여성의 순수성을 보호"하는 일이래요. 보여주기에 불과하죠, 안 그래요? 우리에게 무엇을 요구하는지 그들은 정확히 알았거든요. 결국 경험이 풍부했던 그들은 오랫동안 군인들의⋯ 요구를 채워줄 방법을 꼼꼼히 설계했어요.

채용담당자? 상당히 유쾌하고, 청결을 강조하는 사람이라서 안심했어요. 강압적이었냐고요?

글쎄, 그는 신체적으로든 언어로든 절대⋯.

그래요, 그건 제 결정이었어요. 하지만 '자발적'이란 게 꼭 그런 것만은⋯.

글쎄, 당신 말대로 많은 여성들이 강요받았어요. 하지만 '강요'라는 단어는⋯ 간사한 말이에요.

아니, 그렇지 않아요. 제가 대수롭지 않게 여기는 게 아니라⋯.

하지만, 전 제가 강요당했다고 말하진 않았어요. 전화로 당신한테 말했는데⋯ 하지만 당신도 동의했잖아, 제 이야기를 듣고, 제 편에서⋯.

\#

전 운이 좋았어요. 평일 근무였고, 남편은 의심 많은 타입이 아니니까요.

오, 아니, 절대 남편에게 말하지 않았어요. 당시에 남편은 매우 좌절감이 깊었으니까. 미국 당국과 있었던 몇 차례 실랑이 때문에, 일자리를 구할 수 없던 상황이었죠. 어느 날, 남편이 저를 따라오더군요. 명색이 기자라서, 더 신중할 줄 알았는데. (웃음) 그가 문 앞에서 난동을 부리는 장면을 당신도 봤어야 했어요. 그가 불쑥 들이닥칠까 봐, 전 무서웠죠. 아니, 그곳은 백인만 입장할 수 있어요.

네, 흑인 군인에게는 별도 시설이 있었어요. 어떤 여자들은 그 시설을 더 좋아했어요. 좀 더 동정적으로 대했달까요? 아마도 흑인 군인들 처지 때문인지….

네, 경비원은 두 명. 군인들이 줄을 제대로 서는지 지킵니다. 아, 네, 영업을 시작해서 끝날 때까지, 건물 주변을 지켰어요. 보통 그들은 아침부터 술 마시며 기운을 차렸죠.

우리는 14명이었어요. 누군가는 항상 병에 걸려 있었지만. 네, 그랬죠. 우리만의 지정 진료소가 있었어요. 아니, 그들은 일본인이었고, 미국인 의사가 감독했죠.

아, 네, 매주예요. 왜 군인들은 우리처럼 검사받지 않았을까요?

15분짜리와 30분짜리. 대부분 병사들은 15분짜리를 선택했어요.

40엔입니다. 상상할 수 있어요? 담배 한 갑 가격인 거죠.

평균을 내면? 음, 15명에서 20명 정도 손님을 받았어요. 하루에 30명 이상 상대해야 했던 여자는 페니실린 치료를 받으러 실려 가면서도 되려 안심하더군요.

네, 성병 치료 목적입니다.

물론, 콘돔은 필수 사항이지만, 우리가 군인에게 억지로 하게 할 수야….

첫 경험이요? 제가 어떻게 집까지 갔었는지…. 다리가 와들와들 떨려서 몇 걸음 걸으면 쉬어야 했어요. 집에 오던 중에, 피를 흘리고 또 흘렸어요. 마치 아이를 낳는 것처럼 고통스러웠고, 다음 날…. 온통 아파서, 엉덩이, 관절… 물이 닿을 때마다 쓰라렸고…. 이윽고 우리 모두… 적응했지만, 그 짓에 익숙하기는 힘들었죠. 어떤 날은 아예 씻기 어려울 정도로 부어올랐고, 그 스며드는 느낌…. 마치 전부 썩어가는 것처럼. 항상 끔찍한 냄새를 달고 사는 것 같았고, 질병에 걸려 결코 깨끗해질 수 없는 느낌이랄까. 씻고 또 씻고….

아뇨, 남편은 한마디도 안 했어요. 저를 따라온 후부터, 그는 더 이상 시도하지 않았어요. 알죠? 한 번만 빼고, 남편이 술에 취해서, 하지만 그가 나의… 봤을 때… 무슨 뜻인지 당신도 짐작할 테죠.

아, 그들은 눈치채지 못했어요. 어쩌면 그들은 그런 종기를 즐겼을지도. 물론, 항상 거기… 검사를 고집해서 장갑까지 챙겨온 사람도 있었어요. 하지만 대부분은 문을 열고 들어오기 전에, 마음의 준비를 해요.

자신들은 화대를 내는 손님으로 생각했을 겁니다. 40엔을 주면 대가로 요구할 수 있는 것들. 무엇을 기대하나요? 청년 한 무리를 제 뜻대로 할 수 있는 나라에 풀어 놓았는데. 체면은 신경 썼지만, 대부분은 호기심이 많았고 결국 그런 짓에 익숙해졌죠. '게이샤의 기교'를 요구하더군요. 왜 우리가 그런 걸 알 거라고 믿었는지….

가끔 그런 군인들이 있어요. 일주일에 두 번 찾아왔던, 어떤 군인은 계단을 쿵쿵거리며 올라와서 여봐란듯이 소리를 질렀지만,

일단 방(실제 칸막이에 불과했죠)에 들어오면 저를 쳐다보지도 않았어요. 대부분 돈을 낸 만큼 즐기다 갔어요. 심지어 남들과 다르다고 자처하는 이들조차 연신 떠들고 애무하면서 우리에게 다리를 더 벌리라고 했어. 하지만 아까 그 군인은? 그는 아무 짓도 안 했어요. 마침내 제가 용기를 내어 아들을 찾는 방법을 물어봤지요. 그는 적당한 단어를 찾느라 한창 머뭇거리더군요. 그의 일본어 실력은 제 영어보다 조금 나은 수준이었거든요. (웃음) 친절하게도 그는 진실을 얘기했어요. 나를 나무라더군요. 미국인이 세상의 모든 해답을 가진 것처럼 생각하는 것 자체가 어리석다면서, 수백만 명의 실종자 중에서 일본 소년 한 명이 더 실종되었다 해도, 그들에겐 아주 작은 문제일 뿐이라고요. 그가 옳아요. 그가 윌로우런에 대한 이야기를 해 주었어요. 몇 년 후에 윌로우런이 장소, 그러니까 공장이란 걸 알았는데…. 그곳에서 B-24를 제작한 거 아세요?

네, 그것들이 독일을 폭격했죠. 그들은 그걸 해방자라고 불렀어요. 재미있죠? 군인들도 스스로 해방자라고 자처했어요. 세월이 흐른 후에, 아마 80년대쯤인가, NHK 방송에서 윌로우런 사진을 봤어요. 당신네 나라, 루스벨트 대통령에 관한 프로그램이었는데, 그렇게 중요한 공장이었다니…대부분 조립 공정이었고 그중 하나는 군용 침대가 줄줄이 놓인 큰 방이었는데, 자막에 뭐라고 쓰여 있는지 알아요? "한 시간에 폭격기 한 대!" 한 시간에 폭격기 한 대! (웃음) 그래서 그 군인이 그곳에 관해 얘기했는지 모르겠지만, 우리를 바라보는 시선이 드러나더군요. 한 시간마다 폭격기

한 대. 제 위에서 헉헉대는 청년들을 보면서, 세이지라면 과연 이럴 수 있을까 궁금했어요. 만약 세이지가 자기 엄마를 알아봤다면 어땠을까요? 차라리 세이지에게 그런 기회가 주어지지 않은 것을 매번 감사했어요. 정말 끔찍하죠? 고작, 그런 것에 고마워하다니. 제발 그 카메라, 너무 가깝네요….

K씨는 더 젊은 20대였어요. 그녀는 목소리가 강하고 또렷했고, 누구에게든 맞서는 힘이 있었어요. (웃음) 제가 도착했을 때, 그곳에 한 달째 있었던 그녀는 매니저에게 우리를 존중해달라고 당당히 요구했어요. 매니저는 40대나 50대 초반이었고, 다행히 괜찮은 여자였어요. 매니저는 미국과 우리 정부에게 종종 호출받기 때문에, 우리 같은 여자들에게 잔인하게 굴거든요. 그렇다고 그녀의 위치가 부럽지는 않았고요.

네, 그녀는 K씨에게 모질게 대했어요. 하지만 어쩌면 K씨를 좋아했을지도 모르죠. 그녀도 나름 애썼는데…. 죄송합니다….

아뇨, 괜찮아요. 그건 그저…. 군인 한 명이 있어요. 야수 같은 놈인데 단골이었어요. 그는 색다른 것을 좋아하는 취향이라 우리는 서로를 보호하려 애썼어요. 저를 따라서 그 일을 시작한 여자가 있었는데, 아마 군수 공장 소녀였던 것 같아요. 그러니까 장교들 파티에 '길들일 목적'으로 끌려가는 소녀들…. N씨는 어렸어요. 아주 어렸어. 당시에는 모두 삐쩍 말라서 실제 나이를 짐작할 수 없었지만, 그녀는 아마 15살이나 16살 정도로 보였어요. 그리고 그 남자, 그 살인자가 강제로 그녀의 등 뒤로 올라타서….

미안해요. 네, 항문. 누구든 소리를 들었을 텐데, 그 불쌍한 소녀는…. 접수대에 나타나지 않아 매니저가 찾아 나섰을 때, 이미 그녀는 피 흘린 채 바닥에 쓰러져 있었죠. 분비물이 흘러나왔고…. 그 괴물, 그 놈이 마약에 취해서 그녀를 산산조각 낸 거예요. 그녀의 이름조차 몰랐는데….

네, 우리는 이름을 할당받았습니다. 키미코, 에미코, 마이코, 뭐든 발음하기 쉽고 화사한 이름으로. 그러면 우리 신원을 비밀로 하기 좋아서….

K씨? 그녀는 완전히 광분했어요. 다들 그녀가 그놈에게 덤빌까 봐 걱정했어요.

아뇨, N씨는 다시 돌아오지 않았어요. 그 병사를 보고한다고요? 누구에게? 우리 경찰? (웃음) 당신 정부라면… 지금도 당신 군인들은 미군 기지로 돌아가면, 무슨 벌이든 피할 수 있지.

아, 네, 항상 그랬어요. 특히 오키나와에서는. 당신 정부는 절대 협조하지 않아요. 오히려 군인들, 그 범죄자들을 보호해 주니까요.

그 괴물? 아무 일도 없었던 듯 다시 우리에게 돌아왔어요. 하루는 그가 곤봉을 몰래 숨겨와서는…. 누구를 때리려는 게 아니라, 알잖아, 그 불쌍한 여자는 비명을 지르고 또 질렀어. 어떻게 그 나이에 그런 잔인한 짓을…. 확실히 그들이 우리 아이들과 마찬가지로 좋은 집안 출신이었을 텐데, 그런 상상하기 힘든 야수성을 드러냈죠. 전 운이 좋았어요. 제법 나이가 있으니까, 일부러 반응을 숨기는 방법을 터득했어요. 기능이 '망가진' 기자를 남편으로 두면서 훈련된 셈이죠. (웃음)

K씨는 모두에게 똑같이 아무 반응하지 말라고 충고했어요. 하지만 우리가 항상 자기 몸을 통제할 능력이 있지는 않아서… 특히 두려울 때는….

K씨는 결코 극복하지 못했답니다. 그로부터 6주쯤 후인가? 어느 날, 저를 구석으로 데려가서 부탁하더군요. 자기에게 무슨 일이 생기면 아기를 맡아줄 수 있냐고. 무척 놀랐어요. 그녀에게 아기가 있었다는 사실을 몰랐으니까요. 하지만 K씨는 매우 소중한 친구였고, 그녀의 부탁을 거절하거나 의심할 이유는 없었어요. 돌이켜보면, 제가 그녀에게 세이지에 대해 전부 말했으니까 아마 내 감성을 느꼈던 것 같아요. 자기 아들을 3주 후에 하룻밤 봐달라고 부탁했어요.

네, 심부름하러 간다고 했어요. 그리고 5일 후, 그녀는 깨진 맥주병이 세 개나 박힌 채로 스미다강에 떠올랐어요. 온몸에 화상 자국이 있었고, 목에는 밧줄이 묶여 있었죠. 그때 이후로 많은 여자가 품에 청산가리를 지니고 다녔어요. 네, 우리가 습격당할 때를 대비했어요.

아니, 결코 밝혀내지 못했어요. 그 괴물과 관련 있지 않을까 막연히 생각했지만 확인할 길이 없었어요. 매니저가 우연히 자기를 알아본 경찰과 안면 튼 덕분에 수사 도움을 받았어요.

네, 그녀가 아들을 찾으러 오지 않자 나는 곧장 매니저에게 갔어요. K씨가 어디에 사는지 아무도 몰랐기 때문에, 매니저가 그 경찰에게 부탁했어요. 알고 보니 K씨는 5분도 채 떨어지지 않은 아파트에서 다른 한국 여성 두 명과 살고 있었어요. 네, 저는 K씨가 한국인이라고 생각합니다.

아뇨, 그녀는 말수가 적었어요. 하지만 자기 부모님이 광산에서 징용 노동을 했다고 말했거든요. 일본어는 나무랄 데 없었어요. 아마 어린 소녀 때부터, 일본어를 배우라고 강요받았나 봐요. 아뇨, 같이 살던 여자들은 억양이 달랐어요. 글쎄, 그들 직업을 묻지는 않았어요. 문을 두드렸을 때 그들은 겁에 질렸고, 우리가 심문하려는 것도 아니었으니까…. 아마 전직이 그랬을 수도 있겠죠…

K씨도, 당신이 말하는 '위안부'였을 수도 있겠죠. 솔직히 그 순간에는 그런 생각은 떠오르지 않았어요.

아뇨, 전혀 몰랐어요. 이런저런 변형된 용어로 들어서, 그게 일종의 간호 부대라고 생각했어요. 실제로 '위무 부대'에 대한 암시가 있었고, 그런 암시는 항상 있었잖아요? 남자들이 술 한 잔 마시면서 툭툭 던지는, 그런 농지거리, 안 그래요? 그러니까… 종군 민간인은 예상했어도 그런 시스템까지…. 상상할 수 없었거든요.

…. 감사합니다. 성 노예.

네, 당시에 도쿄 전범 재판이 계속 진행되고 있었지만, 점령군이 사전에 검열했고 남편의 연줄로 듣는 정보도 항상 누군가 또는 제삼자를 통해 전해 들은 것에 불과했죠. 하지만 백인 여성들에 대해 들은 적은 있습니다. 그들은 인도네시아에 있었다는데, 아마 네덜란드 통치 아래에 있었죠? 우리 일본군이 점령하기 전에? 네, 그런 사건이 재판 기간에 제기되었지만, 정작 어느 곳에서도 다루지 않았을 거예요. 그건 남자들의 법정이니까. 아는 사람이 얼마나 있었냐고요? 수만 명의 여성들이 있었으니까 상당히 알려진 관행이었다고 믿어요. 적어도 남자들, 백인 남자들, 관리자라면…. 백인 네덜란드인에 관한 일도….

방송에서 첫 증언을 들었을 때 어땠냐고요? 저는 너무 떨리더군요. 용감한 한국 여성들. 모든 세월이 흐른 후에 세상 사람들 앞에서 그렇게 나설 수 있다니. 저는 K씨가 어떻게 생각했는지 계속 궁금했어요. 물론 저는 자막과 더빙으로 봤어요.

(웃음) 꼭 제 아들처럼 말씀하시네요. '재식민지화(再植民地化).' 아들은 특히 더빙을 질색하지만, 제가 뭘 할 수 있겠어요? 전 한국어를 거의 몰라요. 그녀들의 얼굴을 보고, 우리 군인, 우리 군대가 한 모든 일을 듣기 위해서…. 그리고 그 인터뷰를 봤을 때…. 퇴역 군인이 전쟁 경험을 증언하고 있었어요. 기자가 그 군인에게 "위안소"를 방문한 적이 있냐고 물었을 때, 당신도 그의 얼굴을 봤어야 했어요. 마치 어린 소년처럼 표정이 밝았다니까요. 자기는 다정한 기억만 남았대요. 상상할 수 있나요? 궁금할 지경이에요. 당신네 미군들이 도대체 뭘….

아, 그럼요, 우리 상황은 그곳 여자들이 일하는 환경과는 매우 달랐어요.

…. 죄송합니다. 여자들은 위안소에서 노예가 되었습니다. 물론, 저는 많은 위안소가 사창가처럼 세워졌다고 들었어요. 여자들이 돈을 받았다는 게 아니에요. 그런 행동을 용서해야 한다는 것은 더욱 아니고….

아니, 아니, 전 사창가를 말한 게 아니에요.

제 상황과 '동일화'하려는 뜻은 아니에요. 가끔 한 나라의 군인이 타국의 군인과 다를지 의문이지만. 지금도 외국 군인들이 있는 곳이면, 어디든, 심지어 평화유지군이든… 필리핀에 주둔했던 한국 부대….

하지만 이 점은 명확합니다. 단지 '국가적' 문제나 '역사적' 문제가 아니에요. 바로 지난주에 우산을 쓴 오키나와 여자가…. 신문에서 못 봤어요?

그것은 단지 '외따로이 고립된 사건'이 아니에요. 왜 항의하는 사람들이 그렇게 많다고 생각해요?

음, 그게 유일한 이유는 아니에요. 술에 취한 군인들의 뺑소니, 환경 파괴 등이 있었기 때문이죠.

아니, 아니, 전 '책임 전가'를 하려는 게 아니에요. 우리 정부, 우리 언론, 우리 남자들….

네, 당신의 구체적인 사명을 이해합니다. 당신의 주장을 이해합니다.

네, 그 오키나와 여성은, 당신 말대로 '전문가'였어요. 하지만 우산.

아니, 저는 위안부가 아니었어요. 저도 알아요. 우리나라는 다른 나라에 전쟁 범죄를….

그런데 뭐 하는 거예요? 어디 가려는 거예요?

아니, 제발 가지 말아요.

제발, K씨는 한국인이었고, 아마…. 아니, 제발요. 당신이 세상에 알려야 해. 당신이 우리의….

아니, 제발. 당신이 멈춰야….

제발, 제발 K씨가 무엇을 겪었는지 생각해봐요. 제발, 그녀와 약속했어요. 제가 스스로 약속했어요. 보세요, 제 아들, 그녀의 아들, 제발!

5장 피고인

…내가 그를 "폐허의 예수"라고 부른 것은 그릇된 기대였던가?

-이시카와 준, ≪폐허의 예수≫ 중에서

Q: 1947년 4월 29일 오후, 당신은 어디에 있었지?

등화관제(燈火管制)를 위해 창문에 붙인 종이 틈새로 오후의 햇살이 흘러들어왔다. 어슴푸레한 방 귀퉁이, 웅크린 몸은 미동조차 없었고, 소년 역시 속절없이 그 시신을 응시하며 서 있었다. 바깥에는 점포들이 다시 문을 열어서, 상점의 도어벨 소리, 현금 등록기 소리, 세상(공습과 항복에 이어 지금은 점령군이 지배하는)에 흩뿌려지는, 일상의 시시한 소음들이 들려왔다. 이 건물 어딘가에 철컥거리며 돌아가면서 인쇄기의 둔탁한 소리가 공기를 가로질렀다. 소년의 뒤편에 열려 있던 문 사이로, 뜨끈한 잉크와 종이 냄새를 따라온 한 사내가 어두운 복도에 들어서는 모습이 보였다. 목덜미의 솜털까지 곤두선 소년은 천천히 돌아보았다. 그 사내는 후루카와였다.

목격자 #1: 사토
도쿄 경시청, 1947년 4월 29일 오후 6시

그래, 약 7개월 전에 시내 번화가, 리틀 아메리카라고 불리는 거리에서 그 아이를 처음 만났어. 난 키야마와 같이 있었어. 이번에 당신이 나랑 같이 붙잡아 온 남자 말이야. 나는 점령본부의 민간검열국에서 출판 부문을 담당하고 있어. 요즘 출판 일이라면, 우리가 찍어내는 잡지나 훑어보면서 미국인 검열에 맞게 '체제에 불순한' 내용을 삭제하는 것을 뜻하지. 이를테면 전쟁이나 점령을 조금이라도 암시하는 내용은 골칫거리가 되는 거야. 난 그래도 괜찮지만, 영화 부문을 맡은 키야마는 양키들이 나오는 장면들 때문에 재촬영하기 일쑤였지. 미군들은 어디든 돌아다니고, 게다가 아주 작은 비행기 소리라도 문제가 됐으니까 말이야. 이런 것이 진정한 검열이지. 도대체 무엇이 바뀌었는지 궁금할 거야. 우리도 이 민주주의에 기대가 컸으니까. 왜 다들 우리 공산당한테 몰려오는지 궁금해? 그럼 우리의 권리, 자유, 미래의 향방을 위해 어느 누가 이렇게까지 투쟁하고 있지?

아무튼 그때 우리는 리틀 아메리카에 있었어. 그리고 이런 난장판이 되기 전부터 오랜 단골이었던 대폿집에 잠깐 들렀지. 그 가게 주인이 시험 기간에는 점심을 공짜로 줬거든. 손으로 뽑은, 최고의 국수를 말이야. 우리가 대학생이라는 이유만으로. 그날 밤 우리가 그 가게에서 나오려는데, 양키 두 명이 그 아이를 걷어차고 있더군. 그 혼혈 군인들은 방금 순찰을 끝낸 모양인데, 벌써 술을 몇 잔 마신 것 같더군. 우리 역시 대폿집에서 나왔으니 한 두어 잔 걸쳤었지. 미군정 치하의 삶이란 게 어떤지 당신도 알 거야. 척추라도 부서진 듯 밤낮으로 고두(叩頭)를 조아려야 하지. 그러니까 당원이라서 폭력적이라고 생각하면 안 돼. 그건 오해야. 공산당원이 모두 급진파는 아니야, 그렇지? 양키를 보고 우리가 바로 달려들어서 얼굴이 피떡이 된 아이를 구한 다음, 당신네가 만들어 줬던 쉼터로 데려가서 며칠간 돌봐줬지. 그 아이가 정신을 차리자마자, 처음 한 말이 뭘 것 같아? *저는 천국이 더 멋진 줄 알았어요.* 시간을 거꾸로 돌려 그가 왔던 곳으로 돌려보냈다면 좋았을 텐데. 내 말은 그는 아직 아이라는 거야. 거창한 책략이나 계획을 꾸미지 못해. 그는 사랑을 위해서 살 뿐이야. 그 여자의 이름? 왜 그걸 당신에게 말해야 하지? 아이에 관해 물어보려고 날 잡아 온 건데. 이게 진실이야. 그는 음모가도 아니고 살인자도 아니야. 저 아이가 성인 남자를 제압할 수 있을 것 같아? 고작해야 열세 살짜리인걸.

Q: 1947년 4월 29일 오후, 당신은 누구를 만났지?

후루카와는 제법 나이가 들어 보였다. 서른두 살이나 서른세 살 정도에 마른 체구인 그는, 너덜거리는 버튼다운 셔츠를 낡은 바지에 집어넣고 항상 파리한 얼굴을 아래로 떨군 채 돌아다녔다. 마치 시든 콩나물처럼 세파에 찌들어 보였지만, 실제 그는 새 시대 개척에 필수적인 왕성한 활동력을 갖췄다. 적어도 소년의 눈에는 그의 모습이 범상치 않게 비쳤는데, 오래전부터 소년은 대숙청 시기에 공산당원인 동료 수백 명을 희생하고 혼자 살아남은 한 변절자의 전설을 들어왔었기 때문이다. 방이 어둑했던 탓에, 후루카와의 모습은 소년의 아버지가 썼던 잡지 기사 속의 사진보다 더 흐릿했다. 소년의 아버지는 공산당 숙청을 폭로한 전쟁 기사로 유명세를 떨쳤었는데, 그가 정보를 수집한 공산주의자 중에서 후루카와는 단연 주목할 만한 인물이었다. 후루카와는 아주 평범해 보였지만, 아버지의 취재에 스스럼없이 대답해서 소년과 소년의 아버지 둘 다에게 깊은 인상을 남겼다. 그런데 정작 오늘 소년을 바싹 긴장시킨 인물이 바로 그 후루카와였다. 미군정이 들어선 지 일 년도 채 지나지 않아, 미국인들은 공산주의의 확산 속도를 경계하며 시민의 자유를 철회하기 시작했고, 최근에는 몇 달 전에 대규모로 석방했던 정치범들을 다시 옥죄였다. 후루카와가 미군 감시망에 올랐다는 소문이 퍼지면서, 그는 얼마 전에 공산당을 합법화했던 미국이 온갖 제재를 취하는 데 분개하며 폭력 노선으로 선회했다. 그는 전쟁 때와 똑같이 무용지물인 언론과는 결별한 채, 검열받지 않은 신문과 소책자를 인쇄하며 적색혁명을 준비한다는 혐의를 받고 있었다.

저 구석에 있는 시체, 흐린 불빛 아래 웅크린 작은 등을 흘깃 본 후, 소년은 자신의 이름을 밝히면서 넌지시 두 대학생의 이름을 흘렸다. 키야마와 사토, 두 대학생은 당원 모임에서 후루카와와 만났던 사이였다.

"제 사정이 급해서, 그들이 당신이 있는 장소를 말해줬어요. 저는 코노미를 찾고 있어요."

후루카와가 전혀 아는 체를 하지 않자, 종기투성이인 소년의 얼굴은 한 줄기 열기로 경련이 일었다. 지금은 새 피부가 돋았지만, 2년 전 도쿄 전역을 휩쓴 소이탄으로부터 제때 도망치지 못한 데다 치료 시기를 놓치고 영양부족까지 겹쳐 소년의 신체는 발진과 농양이 끊이지 않았다. 자기 몸이 지독한 악취를 풍기는 것을 잘 알고 있던 소년은 공습 후 몇 달여를 주로 인적이 드문 지역에서 폐허를 헤매며 다녔다. 그렇게 도시 전역과 암시장에 출몰하던 폭력배 조직원들을 피해 다녔다. 그러던 지난겨울, 피골이 상접해 열병에 시달리던 그는 발길 닿는 대로 걷다가 코노미의 노점 옆 나무 그늘에서 잠시 휴식했다. 코노미는 소년을 쫓아내는 대신, 그에게 의자를 내주고 따뜻한 죽 한 그릇을 대접했다. 몇 주 만에 최초로 누군가가 소년에게 말을 걸어 준 것이다. 그때가 정확히 1년 전인 4월 말이었다.

소년은 다시 한번 시신을 힐끗거렸다. 그 시신은 여자라 봐도 무방할 만큼 작은 체구였다.

소년을 경계하면서, 후루카와는 방안에 들어와 시신을 확인하러 몸을 굽혔다. 손가락 두 개를 시신의 목젖에 대보고, 다시 시신의 손목을 들어 맥박을 짚었다. 그 팔은 아직 경직이 시작되지 않았다.

소년은 입술을 핥았고, 고름의 쓴맛을 느꼈다.

"이런 방식이 당신네 규칙에 어긋난다는 것쯤은 나도 알아요. 당신이 나를 믿을 이유는 없겠죠. 하지만 나는 그녀를 찾아야 해요. 당신이 그녀와 함께 있었다는 건 나도 알아요."

소년은 이내 뒷말을 덧붙인 것을 후회했다. 그것은 색다른 소식통, 즉 일본군 차림으로 시내 거리를 배회하며 풍문을 수소문해서 알려주는 노인을 통해 얻은 정보였다. 그 노인은 소년이 지난 7개월 동안 살던 쉼터에 자주 왔는데, 정보수집력이 특출난 데다 어디서든 주위들은 소문으로 군중을 끌어모으는 재주가 있었다. 그것이 소년이 가지고 있던 단 하나의 단서였다. 코노미는 거의 한 달 동안 행방불명 상태였다.

후루카와는 계속 시체를 유심히 살펴봤다. 그런 뒤 시체의 손목을 놓고 일어섰다. "네 눈과 귀가 누군지 모르겠지만, 아주 구닥다리 정보를 물어다 주는군. 네 친구 코노미는 배신자야."

그 말은 소년의 정곡을 찔렀고, 작은 파문을 일으켰다.

"그렇지 않아." 소년은 분연히 말했다. "그녀는 절대 그럴 사람이 아니에요."

"그렇지 않다고? 그럼 말해 봐. 그녀가 왜 미국인을 위해 일하지?" 후루카와는 창문 쪽으로 걸어가서 등화관제 종이를 뜯어냈다. 먼지가 자욱이 피어오르는 가운데 햇살이 시체를 비췄다. 시체는 코노미가 아니라 체구가 작은, 정장 차림의 남자였다. 후루카와의 오른팔인 오쓰카였다.

목격자 #2: 키야마
도쿄 경시청, 1947년 4월 29일 오후 6시 30분

내가 알기로는, 코노미는 우에노 시장, 그러니까 경찰이 철거해버린 암시장에서 그 아이를 처음 만났어. 지난여름 많은 사람이 떼로 굶어 죽던 무렵이었지. 그곳에서 그녀는 노점을 했지. 그 아이를 보고 노점 안으로 데려갔어. 얼마 후엔 그 아이가 주위에 기웃거리는 불한당한테서 그녀를 지켜주며 일을 돕고 있더군. 사토가 코노미에 대해 아무 말 안 했다고? 나는 항상 사토가 그녀를 좋아하는 게 아닌가 생각했어. 어쨌든 문제는, 아무도 한 달이 넘도록 그녀를 보지 못했다는 거야.

코노미는 독특한 존재야. 솔직하고 예쁜 데다 전통적이지 않아. 뭐랄까, 어딘가 매혹적이고 할까. 다리를 약간 절지만, 그런 건 전쟁에서 얻은 기념품이나 마찬가지지. 어쩌면 그 아이는 그녀를 차마 떠날 수 없었을 거야. 그 아이는 요즘 보기 드물게 온전한 자아를 드러내며 사는 정직한 소년이지. 요즘은 다들 자기 처지를 불평하고 천황에게 어떻게 속았는지 투덜거리기만 해. 하지만 왜 그렇게 되었는지 묻는 사람이 있나? 생각해 봐. 우리는 음식, 사상이나 자유를 뺏기는 것을 선호하지는 않아. 포탄의 선두에 있는 것도 좋아하지 않아. 심지어 동료들이 죽거나 굶주리고, 고문당하고, 그들의 집과 가족에게 버림받고, 생존권을 뺏기는 것을 원하지도 않아. 그런데 왜 우리는 그랬을까? 왜냐하면 우리가 인간성을 잃었고, 우리의 정신을 입으로 나불대는 대로 맡겨두었기 때문이야. 타인의 영혼과 우리 자신의 영혼이 한데 묶인 줄도 모르고, 느닷없이 북을 시끄럽게 울리며 행진을 했지. 떠넘겨 받은 깃발을 양손으로 흔들면서, 가능한 한 무엇이든 집어삼키려고 입을 벌리고 말이야. 일단 시작하면 우리는 멈추지를 않았어. 더욱 빨리 행진했고, 더 큰 깃발을 흔들었어. 우리의 아이들을 희생하며 제국을 건설했어. 이런 짓들을 했는데도 결국은 모든 것을 잃었지. 그러니 지금 무엇을 해야 할까? 우리는 어떻게 살아가야 할까?

하지만 그 아이만큼은 절대 휴머니티를 잃지 않았어. 그가 좌절했을까? 그의 몸을 한번 봐.

만약 내가 그를 촬영한다면, 그 소년의 몸은 이 나라의 완벽한 자화상이 될 거야. 그는 누군가를 원망했을까? 그는 그럴 만했지. 가족은 그를 두고 떠났고, 그는 아직… 열네 살이던가? 내가 아는 바로는, 그는 자기 과거를 말하지 않아. 그저 자기는 아무것도 아니라고 말할 뿐이야. 정말 슬픈 이야기지? 그가 과연 복수심에 불타올랐을까? 내가 말했듯이, 그 아이는 완전체야. 그의 정신은 눈물에 젖은 심장 위를 떠돌지 않아. 그는 단지 하나의 목적을 위해 살 뿐이야. 바로 사랑. 우리 모두 사랑이 무엇인지는 알지만, 과연 사랑만으로 먹고 살 수 있을까? 내 부모님의 사랑이 전쟁을 위해 희생된 내 동생의 죽음을 막아주지는 못했지. 아무튼, 그게 중요한 것은 아니고, 결국은 모두가 끝장났다는 거야. 당연히 그 아이는 자기를 남동생처럼 여기는 여자를 사랑하기가 쉽지 않았겠지. 코노미도 그걸 알았지. 그녀가 한동안 나타나지 않아서, 그 아이가 풀이 죽어 지냈어. 내 말을 못 믿겠어? 그건 당신 사정이야.

오늘 그가 노동절 행사를 도울 수 있겠냐고 물어와서, 우리는 정말 기뻤어. 우리는 그에게 와서 행진하라고 말했었지. 그가 불안해 보였냐고? 아니. 그가 어떤 살인이나 암살 음모에 대해 말했냐고? 아니, 그렇지 않아. 우리가 당원이니까 당연히 과격파라고 생각했겠지. 그런데 그것이 뭐가 문제야? 식량을 달라는 요구가? 노동자의 안전이? 모두를 위한 평등과 정의가? 말해 봐. 물론 당은 권력을 추구하겠지만, 우리가 폭력을 행사할 만큼 바보로 보여? 그런 건 영화에서 나오는 거야. 우리는 이런 민주주의를 사랑하는 것은 아니야. 우리의 자유를 후퇴시키는 이중 잣대를 가진 민주주의를 말이야. 적어도 우리가 미국 제국의 온순한 신하가 될 때까지?

Q: 당신은 1947년 4월 29일 오후 미군정 본부에 나타났어. 거기서 무슨 짓을 했나?

인쇄소에서 빠져나온 후, 소년은 여기저기 푹 꺼진 선로 위를 늙은 젖소처럼 덜컹대며 달리는 전차를 따라갔다. 그는 철제 난간 손잡이를 움켜쥐고 전차 안에 뛰어올랐다. 이미 만원이 된 전차 내부에는, 노인과 젊은이, 운이 좋은 사람과 덜 좋은 사람이 한 무리가 되어 나른히 졸고 있었다. 옛날 옛적에 세상이 여전히 꽃 피는 공원에서 봄 소풍을 즐겼을 때, 그는 가족의 도시락을 감싸 안은 어머니를 보호하며 군중 속을 능숙하게 돌아다녔다. 그런 그가 지금은 전차 난간에 매달려 황량한 땅에서 불어오는 매콤한 먼지를 들이마시고 있다.

지난 한 달 내내 그는 코노미의 시신을 발견하거나, 혹은 최악의 상황이겠지만 어떤 흔적도 발견하지 못할까 봐 두려웠다. 그런데 그녀가 미국인들을 위해 일한다니, 상상조차 못 했다. 후루카와는 공산당을 급습하려는 미군정에 관해 정보를 수집하고 침투 계획을 수립해왔다. 그러니까 분명히 코노미가 미군정 본부에서 일하는 임무를 자원했을 것이다. 후루카와가 말한 대로, 한 달 전부터 일이 시작되었으니까 그녀의 실종 시기와도 일치했다. 후루카와는 3주 전부터 코노미와 오쓰카가 "변절했다고 낌새챘다"라고 말했다. 그리고 그의 오른팔이었던 오쓰카는 지금 사체로 발견되었다. 후루카와는 어딘가 의심쩍었지만, 그의 비통함만큼은 진심이었다. 그리고 그는 소년에게 어디로 가면 코노미를 찾을 수 있는지 말해주었다.

선로가 반듯해지면서 전차는 상점과 사무실들이 있는 업무 지구에 접어들었고 곧이어 황궁의 해자(垓子) 앞을 지났다. 소년은 황급히 전차에서 뛰어내렸다가 백인 손님의 절반밖에 안 되는 체격에 뼈와 가죽만 남은 인력거꾼들 앞까지 데굴데굴 굴러갔다. 그는 일어나서 교차로를 건너갔고, 그러자 그의 눈앞에 미군정 본부가 입주해 있는, 콘크리트로 만든 베헤못의 위용이 그 모습을 드러냈다. 넓은 대로와 그 너머로 펼쳐진 황궁 해자의 더욱 광활한 거울은 삭막한 콘크리트 기둥들을 장엄하게 돋보이게 했다. 경비가 삼엄한 궁궐 정문으로 가는 계단을 살펴보면서 소년은 후루카와가 말해 준 일본인 전용 출입구를 찾고 있었다. 그는 자기에게 쏠리는 따가운 눈총들을 의식하면서 시선을 내리깔고 계속 걸었다. 그의 옆을 지나가던 경비병들이 멀찍이 떨어져 걷고 있는 활기찬 젊은 여자들에게 일본어로 농을 걸고 있었다.

그때 세 번째로 지나간 여자가 바로 코노미였다.

목격자 #3: 코노미
도쿄 경시청, 1947년 4월 29일 오후 8시

키야마와 사토가 무슨 말을 했는지 모르겠지만, 그들은 진짜 공산주의자가 아니에요. 그들은 연신 말을 하지만, 정작 신경 쓰는 건 "육체의 혁명"이니까. 그들 말로는, 잘못된 이데올로기를 벗어던지고 인간 본연의 가치로 돌아간다던가. 매우 그럴듯한 신념으로 보이지만, 말 그대로 사람들을 불러 모은 후에 벗기는 거죠. 아주 편리한 방식으로. 그렇다고 그들이 아주 질 나쁜 사람들은 아니에요.

그런데 그 소년은 그들과는 달라요. 신체 절반이 화상을 입어 종기로 뒤덮였기 때문에, 그는 아직도 꾸준히 치료받아야 하죠. 그를 안 지 1년이 넘었는데, 그가 자기 가족에 대해 단 한 번도 말하지 않았어요. 왜 그런지 아세요? 그는 생존했기 때문이에요. 최소한 그런 소년에게 음식과 약, 일자리를 주어야 마땅했는데, 당신네는 마치 해방군이 아무 여성이나 잡아가서 무작위로 성병 검사를 했듯이 그를 체포해갔어요. 우리도 한때는 제대로 된 삶을 살았어요. 그런데 이번 달에는 얼마나 많은 주택을 징발하고 "미국인의 생활 수준"에 맞게 개조했는지 한번 말해 보세요. 미국인들이 지프 트럭에서 초콜릿과 껌을 던져준다고 누군가의 삶이 달콤하게 될까요?

당신 마음대로 협박해도 좋아요. 하지만 저 아이는 살인자가 아니에요. 그는 내 아버지를 돌보고 옷을 갈아입히고 침과 피를 닦아줬어요. 이런 시기에 누가 자기 건강이 위험해질 일을 마다하지 않을까요? 아마 공산주의자들 몇 명과 어울렸을 수는 있겠죠. 그런데 그게 어때서요? 그는 정말 고결한 사람이에요. 당신 같은 아첨꾼은 인민을 위해서 손가락 하나 까딱 않고, 그저 새로운 권력을 향해 게걸스럽게 달려들 뿐이죠. 도대체 누가 그런 삶을 살 수 있겠어요?

자, 당신들도 이제 기회가 왔어요. 저 아이를 내보내 줘요. 만약 그가 점령군 본부나 미국 대사관에 있었다면, 아마도 나를 찾기 위해서 그랬겠죠. 내가 종적을 감췄으니까요. 아버지가 세상을 떠났으니까 내 장래를 고민해야 했어요. 미국인이 쓰는 화장실을 청소하는 일이라서 자존심은 상하지만, 요즘 어디서 그런 일거리를 얻겠어요? 하지만 그 소년에게 알리고 싶지는 않았어요. 누구도 알 필요가 없으니까. 그가 어떻게 나를 따라왔냐고요? 전 모르는 일이지만, 그게 살인과 무슨 상관이 있나요? 방금 암살 음모라고 말했나요? 여태껏 들어본 말 중 가장 터무니없는 얘기군요.

Q: 1947년 4월 29일, 당신을 미국 대사관에서 목격한 사람이 있어. 그곳에서 당신은 뭐 하고 있었던 거야?

코노미는 너무 말랐지만 쇄골이 드러나 보이고 가슴에 딱 붙는 푸른 드레스를 입었고, 그녀의 트레이드 마크였던 딸깍발이 나막신 대신 영화배우처럼 서양식 하이힐을 신고 또각또각 걷고 있었다. 그녀가 그런 스타일로 차려입은 것은 소년은 결코 본 적이 없었다. 물론 후루카와의 말을 전부 믿지는 않았지만, 지금 미군정 본부에서 나온 코노미를 보면서 소년은 가슴이 쥐어뜯기는 기분이었다.

지난봄 노점에서 처음 만났을 때부터, 그는 거의 매일 그녀와 함께 주먹밥을 팔았고 시비를 거는 불한당이 나타나면 그들을 내쫓았다. 경찰 단속으로 암시장이 해산된 후, 그녀가 자기에게 남겨진 유일한 것을 팔려고 돌아다니는 동안, 그는 판잣집에 남아서 그녀의 아버지를 보살폈다. 코노미는 직접 호객하지는 않았지만, 주로 그보다 나이가 어린 수줍은 백인 군인들을 골라 받았다. 그의 속은 까맣게 타들어 갔다. 꾸물거리는 시간, 치솟는 두려움, 그러다 그녀가 안전히 귀가하면 안도의 한숨이 곧 이글거리는 분노로 바뀌었다. 하지만 그는 그녀 역시 괴로워하고 있으며, 그녀 아버지의 결핵 치료에 필요한 페니실린 배급표를 위해서는 어쩔 수 없다는 것도 잘 알고 있었다.

7개월 전인 어느 날 저녁, 그들은 코노미를 잘 아는 식당 주인에게 음식 잔반을 얻으러 나갔다. 온갖 사람이 붐비는 음식점 골목 어귀의 노점 식당에서 군인 두 명이 좁은 자리를 비집고 서서 음식을 후루룩 그릇째 들이키고 있었다. 그때 소년은 시끌벅적 떠드는 군인의 팔꿈치 아래에서, 계산대 위에 올려 둔 지갑을 보았다. 옛날 아버지가 쓰던 것과 같은, 말랑말랑한 가죽 지갑이었다. 소년은 지갑 위에 슬그머니 손을 올렸고, 그가 기억하는 것은 그때까지만이었다. 며칠 후 텐트처럼 보이는 장소에서 그가 깨어났을 때, 그의 뼈마디는 사방이 욱신거렸고 키야마와 사토의 대화 사이 사이로 코노미의 말소리가 들렸다. 학생들은 그에게 창피를 주는 대신 오히려 쉼터에서 함께 지내자고 제안했다. 덕분에 코노미 또한 판잣집 관리인에게 병든 부친뿐만 아니라 소년까지 더부살이하는 것을 눈감아달라고 뇌물을 줄 필요가 없어졌다. 모두가 만족할 만한 해결책이었다. 소년은 공산당의 심부름꾼인 학생들을 도왔고, 코노미가 도움을 부탁할 때는 그녀의 부친을 돌봤다. 그의 일상은 제 목적을 찾았고 그는 긴장을 풀고 지낼 수 있었다. 적어도 코노미가 사라지기 전까지는.

목격자 #4: 이시카와 교수
도쿄 경시청, 1947년 4월 29일 오후 9시 30분

정말, 제게 이러실 필요는 없습니다. 저는 경찰서를 "염탐"하려던 것이 아니라, 지난 7월에 우에노 시장에서 처음 만난 청년에게 관심이 있었을 뿐입니다. 누더기와 종기로 뒤덮인, 우리 시대의 더러운 실수인 그는 마치 폐허에서 우뚝 솟아난 새 시대의 예언자처럼 보이더군요. 생존하기 위해 제 이빨을 드러내지만, 자기 자신이 패배한다면 스스로를 냉소하고 조롱하는 결기가 있었죠. 그런 그의 에너지는 존중받아 마땅했고, 그가 숨 쉴 때마다 그 어떤 것에도 구속되지 않는 동물적 결단력이 뿜어 나왔습니다. 암시장의 불한당조차 그에게 꼼짝 못 할 정도였으니까요. 그때만 해도 저는 그와 젊은 노점상 여자가 가까운 사이라는 것을 눈치채지 못했습

니다. 인생의 재미에 상당히 굶주렸던 제가 욕심을 부렸는데, 그때 그가, 저 화농투성이의 젊은이가 형벌의 대리인으로 제 앞에 뛰어들었죠.

장담하건대, 저는 아주 중요한 증인입니다. 예를 들면 오늘 4월 29일에 그 청년이 쉼터뿐만 아니라 형사님들이 수사하시는 바로 그 장소, 오래된 인쇄소에도 있었다는 것을 제가 확인해줄 수 있습니다. 그러니 저는 평범한 증인이 아닙니다. 벌써 몇 달째 그를 따라다녔으니까요.

저는 결코 강인한 사람이 못 됩니다. 정신적 삶을 위해 육체적 추구를 포기해왔고, 더 높은 소명이라 믿는 것을 위해서 제 몸을 송두리째 바쳐왔습니다. 특히 패전 후에는 더더욱 이런 신념에 매달릴 수밖에 없었죠. 바로 인류 정신이 인간에게 기억하는 능력을 부여했고, 기억이 없었다면 역사의식이나 책임도 있을 수 없습니다. 그렇지 않나요? 그런데 고작 몇 달 만에 우리 패배자들은 동족상잔의 지옥으로 내던져져서 육신이 필요로 하는 것들 외에는 모든 가치를 상실했어요. 폐허로 변한 국가에 새벽이 왔는데, 모두 현대성의 과잉을 뉘우치고 새로운 사회를 건설하기는커녕, 다른 사람의 뒤통수를 치며 폭리를 취하느라 여념이 없었습니다. 우리 문명의 현대적 만행이 그런 식으로 나타난 것이죠.

이런 맥락에서 저는 우에노 시장의 젊은 노점상 여자가 신경 쓰이더군요. 그녀는 고전적인 미인이 아니고 절름발이에다 안면경련이 있는지 입술을 약간 떨었어요. 하지만 그녀는 탄력 있고 활기가 넘쳐서 마치 제 젊은 육체와 재회하는 기분이 들었죠. 그래서 터무니없는 가격에 그녀의 것을 샀고, 제 앙상한 손가락으로 그녀가 동전을 받으려고 내민 손바닥을 더듬기도 했어요. 마치 혀를 내밀듯이….

7월의 마지막 날, 이런 분위기를 내려고 제가 손을 더 뻗으려 했는데…. 그 청년이 뛰어들어 허사가 됐습니다. 저는 굴욕감을 느끼면서 일단 물러났습니다. 그런데 청년은 아직 끝낼 마음이 없었나 봐요. 제가 우에노 언덕을 절반쯤 올라갔을 때, 그가 야생동물처럼 날뛰면서 느닷없이 저를 덮쳤어요. 아주 격렬한 싸움이었습니다. 그와 나는 서로 부둥켜서 필사적으로 사투를 벌였고, 축 늘어진 제 근육이 마침내 그를 옴짝달싹 못하게 만들었어요. 제가 얼마나 우쭐했는지요! 그의 얼굴을 손가락으로 할퀴고 그의 숨통을 조였을 때 제가 느낀 기분은 황홀경이라고 할밖에요. 저는 그때 그 진실을 봤습니다. 제가 생존에 대한 절박한 탐욕에 사로잡혀서 다름 아닌 고통받는 우리 구세주를 목을 졸랐다는 것을요.

아무튼 제가 손아귀를 풀자마자, 곧장 그가 주먹으로 제 얼굴을 때렸다는 것만은 확실히 말해두겠습니다. 몇 주 동안 그날의 경험을 잊을 수 없었던 저는 그를 다시 한번 만나려고 그 일대를 돌아다녔습니다. 마침내 그가 시장통의 그 여자와 함께 서로 비틀거리며 술 취한 사촌들처럼 텐트처럼 보이는 곳에 들어가는 것을 봤습니다. 저 같은 사람은 품위가 손상될까 봐 감히 들어갈 엄두가 나지 않는 복지 쉼터였어요.

그래도 행운은 제 편이었습니다. 여자의 목소리가 들리는 텐트 속을 훔쳐봤더니, 그 얇은 가림막 사이로 젊은 남자 두 명이 있었는데 바로 제 대학 학생들이더군요. 청년과 학생들이 그곳을 은신처로 삼았다는 것을 저는 금세 알아챘어요. 그 여자는 어디에 사는지 알 수 없었지만, 네 사람은 매일같이 그 텐트에 모이더군요. 저는 방수포 뒤에서 가족같이 생활하는 그들에게 점점 마음이 들었습니다. 그런데 한 달 전에 한 손님이 찾아왔어요. 구식 양복을 입은, 체구가 작달막한 녀석. 그때 여자도 거기에 있었지만, 청년은 없었습니다. 이틀 후부터 그 여자는 더 이상 그곳에 나타나지 않았고, 청년은 수시로 들락날락하기 시작하더군요. 분명히 그는 그녀를 찾고 있었습니다. 그 손님은 처음 나타난 이후로 다시는 그곳에 오지 않았습니다.

오늘 4월 29일 정오 즈음, 그 청년이 쉼터에 나타났습니다. 매우 흥분한 그는 학생들의 텐트로 뛰어들어 격렬하게 논쟁하다가 다시 뛰쳐나가더군요. 저는 그를 따라갔어요. 그래서 그 낡은 인쇄소까지 가게 된 겁니다. 그 청년은 문을 두드리고 건물 안으로 들어갔죠. 그리고 아마 30분 정도 있다가 다시 나타나서 전차를 탔어요. 그때 그의 종적을 놓쳤지만, 저는 그를 뒤따라 나온 다른 인물이 제 관심을 끌더군요. 축 늘어진 자세로 그 녀석은 청년의 뒷모습을 노려보고 있었는데, 저는 한눈에 그가 청년에게 증오에 가까운 감정을 품고 있다는 것을 알아차렸습니다. 왜냐하면 그의 얼굴은 바로 제 자신의 얼굴처럼 부서진 영혼을 가진 짐승의 면상이었거든요.

메시아는 사람의 걸음으로 오시든, 짐승의 발굽으로 오시든 간에 여러 모습으로 세상에 임한다는 것을 우리는 기억해야 합니다. 그 청년이 이 땅의 상속자라는 것은 흔들림 없는 사실입니다. 형사님은 제복 속에, 저는 제가 말하는 방식 그 자체에 갇힌 존재입니다. 반면, 그 청년은 잿더미에서 오늘날의 세상으로 나아가는 신인류예요. 우리가 상실한 이성과 비겁한 영혼으로는 감히 꿈꿀 수 없던 세상으로 말이죠. 그러니 형사님은 제 증언을 잘 적어두셔야 합니다.

Q. 당신은 점령군 본부와 미국 대사관에서 각각 목격되었다. 당신은 맥아더 장군을 공격할 계획이었나?

코노미가 아주 능숙하게 하이힐을 또각거리며 대로를 따라 걷는 모습에 소년은 아주 놀라웠고 감탄스러웠다. 후루카와의 말대로 그녀는 또 다른 미군정 소속 건물인 미국 대사관으로 향해서 가고 있었다. 그녀에게 아는 체를 할지 고민하면서 그는 군인과 헌병이 모여든 번화가를 요리조리 빠져나갔다. 코노미가 인적이 드문 옆길로 가기를 바라며 그녀의 뒤를 슬그머니 밟던 그의 눈앞에, 거대한 석조건물이 나타났다. 그 앞에서 걸음을 멈춘 코노미는 경비원들과 몇 마디 말을 주고받더니 건물 정문을 통과해서 사라졌다.

 후루카와가 옳았던가? 미군정 건물 앞에는 많은 사람이 지나다녔지만, 현재 미국 장군이 묵고 있다고 알려진 대사관은 정문이 굳게 닫혀 있었다. 그는 관자놀이를 신경질적으로 문질렀다. 보리 낟알만 한 맥박이 둔탁하게 뛰놀았다. 그는 당내 움직임을 잘 알고 있었다. 미군정 당국이 일방적으로 공산당원들을 탄압하면서,

당은 초조함 속에 동요하기 시작했다. 당원들은 지난날 효과를 보지 못했던 전시 저항운동의 망령을 기억했기 때문에, 어떤 조치를 실행해야 한다는 데 다들 동의했다. 부장봉기를 선호했던 후루카와는 자기를 지지할 세력을 규합했고, 코노미와 학생들은 혁명을 이루기 위한 수단이라 할지라도 폭력에 비판적인 반대진영에 합류했다. 급기야 후루카와가 소비에트 동지들을 당에 참여시키자고 제안하면서 이번 사태는 일촉즉발의 상황으로 급변했다.

소년의 관자놀이에 뛰는 맥박은 이제 조약돌 크기만큼 커졌다. 만약 후루카와가 소련의 지원을 받아 전면적인 군사 쿠데타를 준비하고 있었다면, 상황은 어떻게 될까? 완강한 평화주의자인 코노미는 후루카와를 막기 위해서라면 미국 정부와 협력하는 위험을 감수할까? 오늘 아침 소년이 노인에게 인사했을 때, 노인은 코노미와 후루카와가 함께 있는 모습을 보았었다고 말했다. 소년이 후루카와에게 주장했던 것이 바로 그 노인이 전해 준 얘기였다. 하지만 두 사람의 언쟁을 들었다는 노인의 말까지는 소년은 후루카와에게 일부러 말하지 않았다. 후루카와가 반대 세력에 대항해 모종의 음모를 꾸몄을까? 오쓰카의 시체, 그리고 그때 후루카와의 얼굴에 드러났던 극심한 충격을 소년은 떠올렸다. 당연히 후루카와가 오쓰카를 죽였다고 인정하지는 않겠지만, 그의 충격과 고통은 진짜처럼 보였다. 소년은 그 자리에 넋을 놓고 서 있었다. 극심한 통증으로 그의 머리가 부서질 것 같았다. 그러다가 뜨거운 종이와 인쇄 잉크의 냄새를 맡고 그를 따라온 사람들에게 끌려 나갔다.

목격자 #5: 더헤븐리 커튼 호텔, 희망의 집 주인
도쿄 경시청, 1947년 4월 29일 오후 10시

그 아이는 종기투성이지만 아주 착한 아이야. 요즘 세상에 누가 얼굴로 사람을 판단하겠어? 내가 있는 곳을 봐. '더헤븐리 커튼 호텔, 희망의 집', 도쿄 여관연합회가 후원하는 40번째 복지 호스텔. 겉보기에는 거창한 이름의 기관으로부터 보증받는 꽤 괜찮은 시설로 생각되겠지. 하지만 실제 현실은 판자로 대충 만들어진 2층 합숙소에 불과하지. 기름먹인 커튼으로 칸막이를 치거나 지붕을 덮어서 저 위 천국으로부터 손님이 쉴 곳을 마련해 주지. 그래서 더헤븐리 커튼 호텔, 희망의 집으로 이름을 지은 거야. 쉼터와는 엄연히 달라. 명색이 복지 호스텔이니까 물론 사회보장 프로그램이 입주민에게 제공될 것 같겠지만, 장담하건대, 그런 것은 없어. 우리의 점령군이 아무리 동정심이 있다지만, 신세계로부터 온 위대한 민주주의 전초 기지 따위는 없어. 분명히 말하는데, 이 호텔의 운영자는 바로 나일세.

호텔의 다른 손님들처럼 그 아이도 여기 단골이었어. 그 아이는 열세 살이나 열네 살로 보이는데, 특히 장애인이나 실성한 사람들에게 아주 친절하게 대해줘. 사생활을 즐기러 한 시간씩 머물다 가는 손님들과 그 아이는 아예 결이 다르거든. 그렇다고 내가 그런 손님에게 불평하는 것은 아니야. 그들 덕분에 내가 협회 회비를 꼬박꼬박 지불할 수 있으니까.

청년들은 23세 혹은 24세 정도 된 대학생이라고 들었어. 여자는 말투가 거칠었지만, 원래는 점잖은 집안 출신으로 보였고. 결핵 환자인 아버지를 모시고 산다더군. 이런 젊은이들과 친구가 되면서 그 아이가 생기를 되찾은 걸 보니, 나도 기쁘더군. 언젠가 그가 어떤 사람이 될지 당신도 보고 싶을 거야.

요즘 아이들은 그 아이와 종자가 완전히 달라. 단 일 분 안에 당신을 칼로 쑤시고 강도질할걸? 그러다 나쁜 일을 벌이고 나면, 5, 10, 15세짜리 아이들이 뿔뿔이 흩어졌다가 일주일 안에 종적을 감춰버리지. 때로는 영원히. 하지만 그 아이는? 그는 절대 사람을 해치지 않아. 당신이 가진 증거가 뭔지 모르지만, 그 아이는 정직하고 어떤 사람이든 도와주려 해. 나는 그에게 누누이 말 해왔어. 언젠가 사람들이 자립할 수 있는 진짜 호스텔을 소유하게 되면, 반드시 같이 일하자고 말이야. 내가 당신이라면, 오늘 저녁에 사방을 들쑤시고 다녔던 그 남자를 불러서 학생들에 관해 물어보겠어. 여기저기 염탐하고 다니는 놈이거든. 게다가 신문 더미 냄새까지 났는데….

Q. 너는 미군정 본부에 있었잖아. 네 계획이 좌절되니까 미국 대사관으로 간 거야. 맥아더 장군을 암살할 계획이었지? 일본을 위험에 빠뜨릴 작정이었나? 대답해!

만약 그 소년에게 물어봤다면, 그는 열다섯 살이며 반정부적인 부모님을 두었지만 전쟁 중에 시위에 나섰던 적은 없었다고 그들에게 대답했을 것이다. 즉 옛날에는 그는 친구가 있었고, 성적은 탁

월하지 않지만 양호했고, 화과자 같은 예쁜 선생님에게 홀딱 반했었다고 얘기했을 것이다. 기자인 아버지로 인해 특고경찰이 정기적으로 집을 찾았고, 어머니가 끓여낸 차를 마시고서 온기가 가시지 않은 도자기 다구를 깨버렸지만, 그래도 그들의 삶은 행복했었다고 말했을 것이다. 그때가 잔인할 정도로 가장 단순한 인생의 시기였으며, 모든 것이 폭탄과 징집에 내몰렸던 시간 저 너머에 놓여 있었다고 말했을 것이다.

항복선언 5개월 전인 어느 3월 밤, 모든 것이 바뀌었다. 하늘은 B-29 미제 전투기로 덮였고, 도시는 불길에 휩싸였으며, 이웃들은 끝내 사라졌으며, 고향 땅은 사방에 흩어진 잔해의 바다가 되었으며, 불에 탄 시신들의 몸통이 숯검정이 된 화물들과 섞여 마구 뒹굴었다. 그의 얼굴과 신체 일부는 강풍에 쓸려 온통 까매지고 물집 잡힌 피부가 벗겨졌다. 뜨거운 열기가 채찍이라도 휘두른 듯 코를 파내고 폐를 훼손했으며, 화학적 불꽃이 벌떼처럼 그의 몸을 공격했다. 더구나 그 후에 이어진 고통은 더욱 최악의 것이었다. 괴저성 염증과 싸우며 지옥이 된 몸, 목을 갈퀴로 긁는 끔찍한 갈증, 식도 근육에서 쉴 새 없이 일어나는 경련과 마찰음, 이 모든 상황으로 인해 그는 미칠 것 같았다. 자발적으로 조직된 생존자 단체로부터 구조받았지만, 그런 상황에서 가능한 수준의 치료밖에 받지 못했다. 흉터에 새 살이 차오를 때 즈음, 백인 군인들이 도처에 모습을 드러냈다. 소년은 패전에 대해 아버지가 가져온 은밀한 열망, 그를 옹호했던 자기 자신의 우유부단한 희망을 떠올리며 처음으로 오싹함을 느꼈다.

그러면 지금은?

그는 광대한 폐허를, 빨랫감이 펄럭이는 곳곳의 판잣집들을, 그리고 저절로 복원되는 저 조잡한 삶의 개화(開花)를 손을 들어 가리켰다. 아직 태동하지도 않은, 진정한 민주주의에 대한 비전에 우쭐해진 음성을 들으라, 그는 말했다.

지난 2년 동안 생존을 선택한 사람들은 온갖 역경을 딛고 살아남았다. 이제 그들이 스스로 일어서서 살아가야 하는 때가 왔다. 백인의 숭고한 이념과 커다란 총을 들고 미국인들은 이 땅에 성큼성큼 걸어들어왔다. 한 손으로는 자유를 팔면서 동시에 다른 손으로는 권리와 자유를 억압하면서, 그들은 몽상가를 자처하며 든든한 후원자로서 행세했다. 집을 잃고 굶주리는 수백만 명의 헐벗은 사람들에게 자신들의 호화로운 생활방식과 주택 계획을 유지하기 위하여 얼마나 큰 비용을 부담시키려 했는가? 인간의 삶을 건전한 이윤 창출에 종속시키는 자본주의적 민주주의의 익살극에 사람들을 얼마나 오래 동원했는가? 보라, 그는 이렇게 말했다. 혁명의 순간은 빠르게 지나가기 시작했다. 역사는 스스로 써 내려갔고, 균열을 메꾸었고, 잔해 위에 건물을 세웠고, 파괴의 흔적들을 지웠고, 8천만 명의 목숨을 대가로 하여 이곳을 무균(無菌)의 양수 공간으로 만들었다. 곳곳에 등장한 건설 크레인의 금속 팔들이 하늘로 뻗었으며, 쇠망치가 지구를 두드리며 한 나라를 위한 토대를 쌓아 올렸다. 곧 이 나라는 이 순간을 잊어버리라고 격려할 것이다. 모든 것을 잠시 유보하라고, 이미 알려진 세계가 낱낱이 분할되는 이 과도기적 정부를 잊어버리라고, 아직 만들어지지 않은 미래에서 모두가 자기 스스로를 재평가하고 삶을 재구조화하라고, 그리고 슬픔에 빠져도 자아를 잃지 말라고 우리를 압박할 것이다. 서구세계의 이익 수호를 위해 미국은 평화헌법을 대필하고 벌써 일본의 재군사화를 서두르고 있다. 또한 중국과 한국에서 일본이 쌓은 전투 경험을 활용하려고 퇴역군인들을 다시 불러들이고 있다. 머지않아 전쟁의 수혜자인 전범 기업은 전사자의 뼈를 빨아먹으며 새로운 전쟁의 잔치를 벌일 것이며, 일본의 복구는 늘 이런 식으로 진행될 것이다. 바로 전투 차량과 전쟁 물자에 대한 미국의 수요를 충족시키면서 동해 전역에 있는 나라들을 더욱더 잘게 쪼개고 불태우는 것.

이 모든 것에도 불구하고, 소년의 부모는 새로운 미래에 대한 가능성을 믿었다. 소년 역시 그 가능성을 믿고 싶었다. 여전히 그들의 생명을 의미 있게 하는 씨앗들을 파괴로부터 지키고 쟁취하기 위해서.

목격자 #6: 후루카와
도쿄 경시청과의 전화 통화, 1947년 4월 30일, 오전 10시

내 부하들이 그 아이를 경찰서에 불쑥 던져 놓고 말했던 것처럼, 그 아이가 인쇄소에 나타났을 때 나는 밖에 있었어. 내가 그 건물에 들어갔을 때, 친구 오쓰카는…. 당신도 이미 그 시체를 봤잖아. 너희 돼지들이 하던 방식대로 오쓰카는 의자에 묶여 있었지. 당입장에서는 정말 큰 타격이야. 오쓰카는 그 아이가 정보를 요구하

면서 돌아다닌다고 여러 번 불평했어. 예를 들면 맥아더가 도착하는 시간, 뭐 그런 것. 물론 나는 그 아이가 실제로 무언가를 시도할 줄은 상상도 못 했어. 그런데 아이는 그 말간 얼굴을 하고 거친 행동을 한 거야. 그의 가족을 학살한 우리 해방자들을 증오했던 게 틀림없어. 들어봐, 난 당신네 부탁을 이미 들어줬어. 암살이 시도되기 전에 그를 발견하게 도와줬으니까. 그 보답으로 내 동료들 몇 명을 풀어줘야 해. 그들은 단지 민주적 권리를 행사해서 항의 시위를 벌였을 뿐이거든. 내가 직접 증언하고 싶지만, 당신들도 내 안전을 보장하기 힘들 거야. 일단 너희 돼지우리에 들어가면, 내 안전이라든가 자유 시민으로 떠날 권리, 그런 것이 지켜질까?

나는 그 아이의 친구들도 줄곧 지켜봐 왔었어. 애초에 그들이 소년에게 이 일을 시켰다고 해도 난 놀라지 않을 거야.

Q. 네게 후루카와는 어떤 존재야? 또 누가 너와 공모했지? 나 좀 봐!

꿈속에서 그는 그녀와 함께 이 도시이면서 동시에 이 도시가 아닌 장소를 걷고 있다. 그는 나이가 좀 더 들어서 그녀와 똑같은 나이다. 그녀는 절룩거리는 걸음 소리가 나지 않게 발꿈치를 가볍게 들고 그와 나란히 걷고 있다. 도시는 조용하다. 자줏빛 구름이 쪽빛 저녁 하늘에 몰려왔고, 절대 눈물을 흘리지 않는 하늘에서 비가 내려 멍이 든다. 항상 도시에는 폭풍이 일어 화석화된 뼛가루가 먼지처럼 흩날린다. 그 도시들은 역사에 등장했다가 생존 가능한 미래를 상상하는 데 실패했기 때문에 그 자취를 감췄다.

다른 도시의 폐허 위에 세워진 이 도시는 역시 흉터로 뒤덮였고, 그들은 그 흉터에서 돋아난 초록빛 잎새를 매만져 시든 잎을 솎아내며 걸어간다. 도시의 경계에서 이윽고 그들은 영겁의 시간 동안 파괴와 재건을 거듭한 성벽에 도달한다. 오늘날 성벽은 서서히 무너지고 있다. 종말이 다가오기에, 혹은 종말이 아닌 재건의 시작인가? 어느 쪽인지 그들은 해독할 수가 없다. 그들은 평소처럼 성벽을 기어올라 나무 밑에서 휴식을 하려 한다. 하지만 잎새가 없는 나무는 과거에 몸을 의탁했던 사람들에게 드리워진 그늘의 옛 기억을 되새겨줄 뿐이다. 지금은 그 자신의 꿈속이기 때문에, 그의 얼굴에 화상을 입히고 그의 집을 불태웠던 화학 물질, 그의 세상이 화형당하기를 거부하자 오히려 망가뜨려 버린 바로 그 화학 물질이 그녀의 몸까지 흉물로 만들었다. 이제 그녀는 흉물이 된 자기 몸의 지형을 더듬도록 그를 허락한다. 이제 그녀는 그와 마찬가지로 새로운 자아에, 손아귀에 느껴지는 이질감에, 살갗이 잡아당기는 고통에 적응해야 한다. 그녀가 가장 예리한 고통을 느끼는 곳은 입술이며, 눈 근육의 떨림으로 앞을 제대로 볼 수 없으며, 사흘에 한 번은 얼음송곳에 찔리는 두통에 시달린다. 옛날옛적에 그녀 역시 과거 소년이 그러했듯 육체를 당연한 것으로 여겼으나, 지금은 그녀는 집에 틀어박혀 과거 그녀를 위해 봉사했던 자아에 굽신거리는 생활을 체념하며 받아들여야 한다. 그는 그녀의 축 처진 입술을 어루만져 준다. 그녀의 얼굴이 맑아진다. 그러나 그의 꿈속이라 할지라도 이미 일어난 일은 되돌릴 수 없다. 그저 그가 잠에서 깨어나면, 그의 꿈이 구원받기를 바랄 뿐이다.

이 도시와 12킬로미터 떨어진 다른 곳에서는, 한때 그를 이용했던 그의 영웅이 동료들을 사냥하고 있다. 한때 영웅이었던 그는 전쟁과 평화, 적과 친구, 현재와 과거를 전혀 구별하려 하지 않는다. 왜냐하면 그로서는 한 압제자가 다른 압제자로 대체되었을 뿐 아무것도 변하지 않았기 때문이다. 좌절의 폭풍은 두려운 마음에 눈을 멀게 하고 절대 멈추지 않는다.

목격자 #7: 노인
도쿄 경시청, 1947년 5월 3일 오후 2시

응? 종기로 뒤덮였다고? 쓰레기장 같은 '더헤븐리 커튼 호텔'에는 그런 사람이 수백 명쯤 있는걸! 온통 얼룩덜룩한 얼굴의 장 발장, 패전한 일본의 산물. 물론 나도 별 볼품은 없지. 앞니 두 개가 빠지고 코 반쪽을 복원해 넣었거든. 이 코에 넣은 조각은 최고급 가문비나무로 깎은 거야. 하지만 나는 이곳저곳을 여행하면서 내 몫만큼 비극적인 삶을 살고, 비극적인 광경을 보고, 비극적인 이야기를 겪었어. 예를 들어 살인, 사랑에서 비롯된 자살, 하늘에서 벼락처럼 떨어진 대화재 같은 것들을 겪었지. 대화재는 우리를 영원히 지네로 살게 했고, 외국인이 버린 헌 옷을 주워 입는 처지로 만들었지. '하늘 저 높은 곳에 지저귀는 새가 있네…'. 이 노래를 아나?

40년, 아니 50년 전, 이 폭풍우가 몰아치는 여정을 떠나기 훨씬 전부터 우리나라는 전쟁을 첫 번째 장에, 돈을 두 번째 장에 둔 거야. 정원 가꾸기나 여성에 대한 주제 같은 필수적인 문제들은 서

너 번째 장으로 내팽개쳤어. 그런데 당신은 오늘날 거리에서 일어나는 진짜 사건을 듣고 싶다는 건가? 보시하는 셈 치고, 최근에 자기의 시대를 기다리는 외롭고 연약한 새싹에 관한 이야기를 들려주겠네. 학생 두 명과 한 여자가 감옥에 갇힌 한 소년의 운명을 두고 말이 다르다는데, 그 소년이 우리에게 가짜 동전을 뿌리러 온 외국 장군의 목숨을 노렸다는 바로 그 우화 속의 주인공이라더군.

큰 파도, 작은 파도 끝없이 넘실거리네.
끊임없이 바다의 파도 소리가 울려 퍼지네.

이따금 머릿속에 이런 곡조가 계속 떠오른다네. 마치 다른 세상에서 보내는 경고 같아. 나는 저쪽 세상에서 틀림없이 성직자나 위대한 판사, 아니면 관청의 포고문을 외치는 관원 같이 아주 중요한 사람이었을 거야….

Q. 한 번 더 묻겠다. 1947년 4월 29일 오후, 너는 무엇을 하고 있었지?

4월 29일 새벽녘, 잠에서 깨어난 그는 낯선 식당 뒷문에 기대어 콘크리트 계단에 쭈그려 앉아 있었다. 딱히 다친 데는 없었고, 그저 어깨와 엉덩이가 빳빳이 굳었고, 발가락은 돌멩이처럼 오그라들어 있었다. 안구 깊숙이 맥박이 요동쳤다. 맥박은 훗날 뿌리를 내려 꽃봉오리를 맺고 마침내 진홍빛 꽃잎을 내뿜는 꽃의 심장처럼 뛰겠지만, 지금 당장은 그는 무탈해서 기분 좋고 낭창한 하루를 보내고 있었다. 그가 거리 모퉁이를 돌아가자 이제야 문을 닫는 가게의 셔터가 들썩이며 금속성 소음과 열쇠 소리가 부지런히 밤을 쫓고 있었다. 5시간 후 그는 배회하는 노인에게 인사하고, 6시간 후 그는 학생들을 찾아가며, 7시간 후 그는 후루카와를 만날 것이다. 하지만 당장은 그날 낮, 그날 밤, 그 주, 그달에 일어날 어떠한 실행계획도 문제가 되지 않았다. 길 건너편에서 누군가가 킥킥거리며 웃고 있었다. 아직도 어둠이 거리를 어슬렁거리는 시각, 아이들은 여전히 점령군에게 누이를 대주는 포주 노릇을 하고 있었고, 도랑에는 다 쓴 콘돔이 떠다녔다. 그러다가 지평선 위로 태양이 슬그머니 떠오르면, 창녀들은 혼혈 사생아를 집안으로 불러들이고, 순찰대는 거리의 취객을 흔들어 깨웠다. 이른 시간에 그는 막 꿈에서 깨어난 상태다. 몇 달 만에 그는 제대로 된 꿈을 꾸었다. 키야마, 사토, 코노미는 그의 부모님과 함께 옛집에서 그를 놀래주려고 기다리고 있었다. 그는 그 장면을 앞으로도 결코 볼 수 없겠지만, 그들의 따뜻한 온기를, 자기를 감싸는 하얀 누에고치를 느꼈다. 이제 그는 불이 반쯤 켜진 거리 아래로 뱀처럼 흐르는 스미다강을 따라 걸어간다. 강물의 유등은 오렌지색과 노란빛으로 반짝이고 있다. 한때 강물에 격렬히 번졌던 불의 유령은 강 위로 굴러떨어진 시체들을 태우려 날뛰었다. 평소에는 그를 압도하던 이 기억의 불꽃을 애써 물리쳤지만, 오늘만큼은 그대로 타오르게, 감정이 전부 소진되도록 그는 스스로를 내맡긴다.

그날 3월 밤 공습 직전, 배고픔과 짜증에 잠을 들지 못했던 그는 통금시간이 시작되자 집에서 나가 부유한 학교 친구의 집 대문을 두드렸다. 아무도 그 친구를, 군대에 있는 아버지의 덕택에 순조로웠던 그 오만한 녀석을 좋아하지 않았었다. 그런데 공습이 재개된 후부터, 그 친구가 놀랍게도 부모의 창고에서 음식을 빼돌린 다음에 통금시간에 체포를 감수하고 몰래 찾아온 절박한 친구들에게 나눠주었다. 소문에 의하면 공습경보가 울릴 때마다 그 친구는 펄쩍 뛰고 벌벌 떨며 울었다고 한다. 하지만 그는 그런 모습을 직접 보지는 못했다. 처음이자 유일했던 그의 일탈은 공습경보와 함께 나타난 붉은 꼬리로 중단되었다. 마치 종말을 애도하며 침몰하는 뱃고동 같았다. 여러 의미에서 그는 결코 그 순간을 떨칠 수 없으리라. 자기 집과 친구 집의 중간쯤에서 그는 무슨 일이 일어나고 있는지 깨닫는 순간, 위장까지 얼어붙었다. 물론 그는 곧장 달렸다. 부모가 지도에 표시해주고 아들의 뇌리에 각인시켰던 공습대피소의 위치를 떠올렸다. 하지만 그는 그곳까지 도착하지 못했다. 휘파람이 들려오는 하늘은 그가 뛰는 속도보다 훨씬 빨리 열렸고, 그의 동네는 이미 폭격당했다. 그리고 처음으로 그는 우주의 미적분학이 그조차 이해할 수 있는 매우 단순한 셈법으로 치환되는 광경을 목격했다. 그의 이기심 때문에 부모님의 단 한 가지 규칙, 통금시간 이후에는 절대 집에서 나가지 말라는 규칙을 무시했고, 그로 인해 부모를 잃었다는 사실을.

새벽의 가장자리에서, 또 다른 시간을 연상시키는 붉게 물든 하늘이 그가 가던 길을 멈추게 할 때까지, 그는 절대 이 논리에 의문을 품지 않았다. 왜냐하면 그는 그곳에 갔으니까. 그렇지 않은가? 몇 주 후 드디어 그는 기력을 회복하고 검게 그을린 거리를 지나 옛 학교로, 가족과 약속해둔 비상시에 만나는 장소를 찾아갔었다. 이 지역에서 가장 큰 콘크리트 건물이었던 학교 건물은 아직 있었다. 둥그렇게 둘러싼 돌무더기 잔해 속에 심하게 부서진 건물 외벽이 남아 있었다. 그래도 학교 입구는 온전해서 철제 대문이 활짝 열려 있었고, 한 여자가 홀로 생존자 무리에게 안내하고 있었다.

처음에 그는 그녀를 알아보지 못했다. 그녀의 부스스한 머리칼은 하늘로 곤두서 있었다. 자기 스승임을 그가 알아봤을 때, 마침 그녀는 부드럽게 고개를 돌렸다. 잠시 넋을 잃은 그는 이뻤던 스승의 환영이 자기 심장 속으로 뛰어든 것 같았다. 그녀는 그를 보고 대문에서 나와 급히 달려왔다. 그녀의 눈빛은 반가움에 가득 찼고 두 손은 사과의 표시처럼 합장하고 있었다. 하지만 무언가가 잘못되었다. 그녀의 얼굴에 그늘이 있었다. 나무도 없고 그림자도 없는 곳에 그늘이 드리워져 있었다. 선생님은 미소를 짓고 머리를 들어 올렸다. 예상 밖의 섬광, 조금 전까지 그가 무엇인지 채 깨닫지 못한 것, 얼굴의 균열. 한때 모든 여학생이 부러워했던 그녀의 얼굴 왼쪽은 여전히 아름다웠지만, 오른쪽은 눈썹이 벗겨지고 피부가 갈라져 벌레가 들끓고 있었다. 몇 발짝 떨어진 곳에서, 선생님의 입술이 열린다. 그녀는 무슨 말, 무슨 소식을 알리려 했을까? 그의 세계는 그녀의 입술 모양에 달려 있고, 그의 부모의 운명을 알려주는 소리가 거기에 있었다. 그는 뒤로 홱 물러났다. 한 발짝, 두 발짝. 그러고 나서 그는 달렸고, 선생님의 혼란한 외침은 그의 귀에 닿기 전에 주변의 소란에 묻혀버렸다. 그런데 선생님은 뭐라고 말했던 걸까? 그는 정지된 시간을 뚫고 다시 메아리치는 말의 유령을 들으려 애썼다. 왜냐하면 선생님은 뭔가를 말했었다. 그는 이제야 선생님의 목소리가 다급하게 높아진 이유가 고통 때문이 아니라 놀라움, 어쩌면 기쁨에서 비롯된 것인지 모른다고 뒤늦게 깨닫게 된다. 그녀의 얼굴과 학교로부터, 시체 냄새를 내뿜던 생존자들의 대열에서 그의 육신은 뒷걸음치고 그의 정신이 달음박질쳤을 때, 그는 마침내 공식적으로 사망한 사람이 되었다.

제4부

정오쯤에 그가 도착했다. 이 병사는 '무라야마'라고 자신을 소개했다. 처음에는 최근 몇 달 동안 들렸던 사람들처럼, 그가 음식을 구걸하러 왔거나 내가 들어봤거나 들어보지 못했던 누군가의 소재를 물어보러 방문했다고 생각했다. 하지만 병사 무라야마는 종이를 움켜쥔 채 나의 아들 야스시를 찾으러 왔다.

　요즘 보기 드문 공손한 표정을 짓고 있는 그를 선뜻 믿을 수는 없어서, 나는 그의 수척한 얼굴과 여기까지 그를 오게 만든 종잇조각을 찬찬히 훑어보았다. 그는 손가방을 손에 들고 정중하게 말을 꺼냈고, 물어볼 것이 강물처럼 많은 나는 곧장 질문을 던지지 않고 말을 아꼈다. 그는 두들겨 맞은 개처럼 지치고 수치스러워하는 얼굴이었고, 아마 열대의 태양에 그을려서인지 매우 쪼그라든 모습은 한낮의 거리에서 네거티브 사진을 찍은 것처럼 어둡게 보였다. 나는 야스시가 아직 전쟁에서 돌아오지 않았다고 말해주었다. 이 소식을 듣고 무라야마의 눈빛이 잠시 번득였지만, 매일 아침 남편이 나갈 때마다 경고하는데도 매번 내가 깜박하고 열어 놓은 문틈 사이를 엿보는 무례 따위는 저지르지 않았다. 잠시 후 나는 약간의 차와 기장국수 한 그릇을 대접하겠다는 핑계를 대고 그 병사를 앞채 객실로 데려갔다. 내가 해줄 수 있는 것은 그것밖에 없었다. 이 남자가 우리 아들에 대해 무언가 말해줄 수만 있다면 무엇이든 듣고 싶었다. 그런데 차마 이 사람을 문전 박대할 수는 없다고 나는 속으로 중얼거렸다.

그가 들고 있는 갈색 종이는 아주 닳고 닳아서 빤질거렸다. 창피할 정도로 연한 차를 따라주면서, 나는 그 종이를 보고 싶은 마음을 애써 눌렀다. 그리고 내 저녁참에서 국수를 조금 덜어서 그에게 내밀었다. 미닫이 유리문 바깥에서 바스락거리는 삼나무를 뚫고 한낮의 햇살이 은은하게 비치는 방으로 들어오자, 그는 조금 전보다 덜 위축된 듯 보였고 팽팽한 근육에는 초조한 기운이 흘렀다. 나는 낯선 그를 방안까지 들인 것이 슬며시 후회되기 시작했고, 저녁에 남편이 돌아오는 시간을 가늠해보며 그를 어떻게 다시 쫓아낼지를 생각했다. 그때까지도 그가 방문한 사실을 나 혼자 간직하려 했다. 돌이켜 생각하면, 누구를 생각해서 그랬는지는 모르겠지만, 아마 일터에서의 경계 본능과 비슷했다.

무라야마는 곧바로 이야기를 꺼내지는 않았다. 대신 그는 방을 천천히 둘러보았다. 남편이 하얼빈에서 일할 때 보내온 백자 화병 외에는 마땅한 물건이 없는 방 내부는 휑했다. 다른 물건들처럼 화병 역시 이 방에 오래 있지 못하고 조만간 곡식 한 자루나 채소 몇 줄기와 맞바꿔지겠지만, 현재는 차분한 모양새와 정갈한 색채로 방에 활기를 부여하며 방문객의 눈길을 끌고 영혼을 어루만졌다. 그러나 무라야마는 별 감흥이 일지는 않았던 것 같다. 그가 점점 침울해하는 모습을 지켜보면서, 나는 슬며시 자리에서 일어나 유리문을 약간 열어두었다.

바깥 공기는 움직임 없이 고요하고, 지금이 한여름인 것을 알려주려는 듯 시끄러운 매미들 소리로 요란했다. 제철이 될 때까지 보기 드물었던 연(鳶)과 수박으로 더위를 달래야 할 때가 되었다. 지금은 벌써 7월, 일본이 항복한 지 거의 1년이 흘렀다. 지금도 귀향 군인과 피난민들의 물결이 계속 이어지면서, 영원한 기다림에 묶여 있는 사람들에게 새로운 희망과 힘겨운 비보(悲報)를 안겨주었다. 지금까지 나는 야스시가 살아있더라도 한때 가출할 만큼 싫어했던 집으로 돌아오지는 않을 것이라고 속으로 생각해왔다. 하지만 지금은? 나는 다시 자리에 앉아 옻칠 된 평상의 귀퉁이에 놓인 꾸깃꾸깃한 종이를 쳐다보았다.

아예 나의 존재를 잊고 있는 듯한 무라야마에게 나는 차와 국수를 권했다. 놀랍게도 그는 내 시선을 똑바로 응시했다. 이 남자, 이 병사는 야스시를 알았으며, 그런 사실은 갑자기 손뼉 치듯 우리 사이에 흐르는 공기를 바꿔놓았다. 잠시 내 아들의 존재, 몸과 얼굴이 거의 보이는 듯했는데, 무라야마가 움직이면서 그 마법의 순간은 저절로 풀렸다.

무라야마는 고개를 숙여 인사를 한 뒤에 젓가락을 들고 식사를 시작했다. 국수를 씹고 국물을 홀짝이는 그의 동작은 마치 예전에 누군가에게 천천히 조심해서 먹으라는 충고를 들었던 것처럼 차분했다. 그의 어머니가 음식 예절을 강조했다고 그는 설명하면서 이런저런 이야기들을 털어놓았다. "천천히 먹어서 좋은 점은 배고

품을 덜어준다는 거예요." 그는 마지막으로 충분히 음식을 먹은 것은 이틀 전이며, 그 당시에 그의 고향 나고야가 소이탄에 파괴된 모습을 복격했다고 덧붙였다.

"가족은 찾았나요?" 나는 손수건으로 눈물을 훔치며 물었다.

무라야마는 내 눈길을 피했다. 그는 송두리째 전소된 폐허 속 판자촌들을 샅샅이 다녀봤지만, 그의 가족을 보거나 소식을 들은 사람을 찾을 수 없었다고 했다.

"그래서 제가 찾을 수 있는 사람들을 만나기 위해 여행을 떠나기로 결심했어요. 먼저 가장 가까운 시즈오카로 왔어요. 아주머니를 찾게 될 줄은 몰랐어요. 이 도시도 나고야처럼 전부 끝장난 듯 보였으니까요."

그는 화병, 벽, 작은 정원의 풍경을 감상이라도 하듯 차례로 둘러보았다. 수년 동안 활기가 없었던 이 집이 갑자기 되먹지 못하게 호화롭게 느껴졌다.

나는 다시금 눈물을 훔쳤다. "지금은 어려운 시기죠. 여기까지 와 주셔서 감사합니다. 야스시가 당신을 만나지 못해서 아쉬워할 거예요." 그의 눈이 다시 번뜩였다. 나는 재빨리 말을 계속했다. "서로 안 지 오래됐나요?"

무라야마는 그들이 각자 다른 부대에 주둔했다고 설명했다.

"전쟁이 계속되고 많은 대원을 잃으면서 부대가 합쳐졌죠. 저는 필리핀에 있는 루손섬에 주둔했었는데, 그곳에서 다나카를 만났어요. 그러니까 아드님은 '다나카 지로'라는 이름을 썼거든요. 어머님도 그 이름을 알고 있으세요?" 그의 시선이 나를 향했다.

다나카 지로. 내가 알고 있는 이름이었다. 한때 남편을 '반애국적' 견해를 가졌다는 이유로 심문하러 집에 들렀던 경찰의 이름이었다. 남편처럼 존경받는 의사조차 정부가 원한다면 그런 상상력 없는 포괄적인 죄목으로 고발을 당했다. 야스시가 그 이름에 집착했었다는 것은 정말 충격적이었다. 우리는 나이 어린 아들에게 결코 그런 얘기를 하지 않았다. 아무리 야스시와 남편이 항상 의견이 달랐다 하더라도, 이것은 잔인한 냉소였다.

"무라야마 씨, 7년 전에 야스시가 가출한 후로, 저희는 그의 행방을 전혀 몰랐어요. 겨우 고등학생인데 군 복무를 했다길래 부모의 동의 없이 입대 방법을 찾았구나 짐작했죠. 물론 저희도 계속 수소문을 했지만 야스시의 흔적을 찾을 수 없었어요. 이제 왜 그랬는지 알겠네요. 왜 그 이름을 골랐는지 말하던가요?"

내 말에 열중하던 무라야마는 고개를 가로저으며, 루손섬에 주둔했던 3개월 동안만 두 사람이 함께 있었다고 설명했다.

"자대 배치를 받기 직전, 저는 공학 기술자라서 잔류하게 됐죠. 지휘관에게 부대와 같이 데려가 달라고 요청했지만요."

"하지만 결국 당신은 그곳에 남았군요." 나는 떨리는 목소리로 말했다.

"후방에 남는다는 것을 알았을 때, 저는 만약 그런 일이 닥칠 때를 대비해서 동료들에게 유류품을 보관해 주겠다고 제안했어요. 처음에 다나카는 유류품을 돌려보낼 사람이 없다고 말했었죠. 하지만 다음날 그들이 떠난 후에, 제가 이걸 발견했어요." 그는 종이를 가리켰다.

6장 방문자

그 폭로는 내게 충격적이었고, 그의 무뚝뚝함은 다른 해석의 여지가 없었다. 야스시는 우리와 절연했음이 분명했다. 그리고 그 밑바탕에 숨겨진 뜻은 더 최악이었다.

"무슨 임무였죠? 그게 언제였어요?"

무라야마는 자리를 당겨 앉았다. "2년 전에요. 섬을 수비하라고 배치받았어요. 당시 전투 상황으로 봤을 때…."

"그러니까 당신은 아무것도 듣지 못했나요? 어떤 소식도요?"

무라야마는 시선을 내리깔았다. "저는 곧바로 배로 이송되었어요. 마지막에 그들의 연락이 끊겼다고 들었어요. 하지만 그건 아무 의미도 없습니다." 그는 황급히 덧붙였다. "이상한 일들은 항상 일어나니까요."

그것은 틀림없는 사실인 동시에 매우 고통스러운 희망의 원천이었다. 그러나 나의 두려움이 확인된 듯했다. 몸이 떨렸다.

"제 말을 들어보세요." 그는 젓가락을 내려놓았다. "아무도 확실히 알 수 없어요. 그것만이 진실이에요. 요즘에는 언제 누가 나타날지 정말 알 수 없어요." 그런 말을 한 다음에 그는 군인들이 고향에 돌아와 가족 묘지에서 자기 이름이 새겨진 비석을 발견하기도 한다고 넌지시 말했다.

나는 고개를 끄덕였지만, 정신이 멍했다. 밖에는 삼나무 잎새들이 동전처럼 반짝였고, 매미들은 경쟁적으로 합창하듯 울고 있었다. 꽃병을 힐끗 보았다. 한때 새치름하니 둥근 외관은 지금은 속이 텅 빈 내부만 두드러져 보였다.

"봐도 될까요?" 나는 종이를 가리키며 물었다.

무라야마는 내게 사과하면서 종이를 건넸다. 종이는 내 예상보다 더 부드러웠고, 잘 접힌 부분에서는 가죽 냄새가 났다. 금방 아들의 글씨를 알아봤다. 진작부터 교정하려 했어도 여전히 왼쪽으로 삐친 아들의 필적 그대로여서, 그 거칠고 친숙한 서체가 나의 가슴을 에이는 듯했다. 그리고 그가 적은 두 개의 이름, 특히 가증스러운 가명 아래로 밀려난 진짜 이름이 내 마음을 아프게 했다. 가슴이 벅차오르고 상처받았으나, 깊은 슬픔은 종국에는 야스시의 글씨가 담긴 종잇조각이 내게 돌아온 데 대한 감사함으로 바뀌었다.

나는 종이를 전달해준 무라야마에게 진심으로 감사함을 전하려 했다. 그런데 고개를 들었을 때, 그의 얼굴에 교차하는 야릇한 표정을 보았다. 마치 이 순간을, 이를테면 외로운 중년 여성이 옷을 천천히 벗는 순간을 기대하는 것과 같은 묘한 분위기가 풍겼다. 위장이 조여왔다. 그는 군인이었다. 불현듯 거리에서 떠도는 수상쩍은 소문이 내 귀까지 들리는 듯했다. 그가 예의 바르고, 야스시를 알고 있으며, 누군가의 아들이라는 사실이 그토록 중요할까? 기계 설비 작업으로 단련된 그의 손을 힐끗 쳐다보았다. 또 다른 목적 때문에 그가 온 것인지 누가 장담하겠는가? 찻잔을 만지작거리는 그의 무딘 손가락을 보며, 나는 이렇듯 굵고 지친 군인조차 감당할 수 없을 것으로 생각했지만, 조금씩 화병 쪽으로 몸을 움직였다.

무라야마는 나의 경계심을 알아차리지 못한 듯했다. 다시 한번 자신이 불쑥 나타난 것을 사과하면서 환대에 감사드리고 단지 다나카가 돌아왔기를 바라며 찾아왔노라고 거듭 설명했다.

"달리 어디로 가야 할지, 어디에 있어야 할지 몰랐어요. 요즘 우리 군인들은 환영을 못 받거든요."

나는 아무런 대꾸를 하지 않고, 대신 자리에서 일어나 유리 미닫이문을 활짝 열었다.

날은 무르익고, 가벼운 바람이 솔솔 불어오고, 처마 끝에 걸친 시원한 그림자는 땅까지 길게 늘어져서 미닫이문 아래에 놓인 섬돌을 가릴 만큼 넉넉하고 관대했다. 우리가 늘 원했지만 끝내 완성하지 못했던 차양 모습이 연상되었다. 심지어 야스시조차 차양을 만드는 데 찬성했는데, 아마도 비가 오면 몰래 담배를 피우기 좋겠다고 생각했던 듯싶다. 아들의 찬성에 고무된 남편은 한동안 차양을 세우려고 온 힘을 다했고, 일시적이나마 두 사람이 서로 화해하는 듯했다. 그러던 어느 날 오후, 학교에 갔던 야스시는 다시 돌아오지 않았다. 오늘처럼 그날 저녁에도 매미들은 가차 없이 울었고, 그 통한의 기억은 아직도 가슴을 아프게 했다. 내 자리로 다시 돌아왔다.

"사람들은 그저 지쳤을 뿐이에요. 그들은 정당화를, 어떤 식으로든 이해할 만한 방법을 원하는 거죠. 그렇다고 그들이 당신을 괴롭히게 두면 안 돼요."

이번에는 무라야마가 아무 대답을 하지 않았다. 대신 그는 찻잔을 빙빙 돌리며 찻잎 찌꺼기가 가장자리에 떠오르는 모습을 지켜보았다. 그의 이마에 빛이 감도는 것을 느꼈다. 왜 그가 여기에 온 걸까? 그 질문이 떠오르자 지금껏 마음 한구석에 품고 있던 의심은 허탈해졌지만 새로운 두려움이 엄습했다. 사정을 알고 보니 야스시가 여기 없다는 것을 그도 분명 알았을 것이다. 그런 추측에 도달하자 나는 긴장했다. 잠시 후에 나는 거듭 말했다.

"이런 상황을 개인적으로 받아들이면 안 돼요. 사람들은 긴장했을 뿐이고, 당신은 따라야 할 명령이 있었죠."

처음에는 무라야마가 내 말을 건성으로 듣는 듯했다. 그는 고개를 들더니 내 동정심은 고맙지만, 소위 시민들이 응원의 카펫을 펼쳤다가 상황이 힘들면 금세 걷어 들이는 데 진력이 났다고 퉁명스럽게 말했다. "왜 당신들은 권리가 있다고 생각하죠? 위험을 무릅쓴 것은 당신들이 아니라 오히려 우리 인생이었는데."

"글쎄, 우리가 알았더라면, 제대로 된 정보를 받았더라면…."

"그럼 뭐가 달라졌을까요? 당신이라면 어떻게 했을까요?"

"누군가 중단시켰을 거예요."

"천황처럼?" 그는 웃었다. "진실은 바로 당신들 중 아무도 진실을 알려 하지 않았다는 거예요. 그런데 이제 우리를 교수형에 처하려고 하죠."

"그건 불공평해요. 명령에 따랐다고 당신을 탓하지는 않아요." 나는 반박했다.

"명령?" 무라야마는 나를 쳐다봤다.

"제발." 나는 루손섬 어딘가에서 묻혀왔을 먼지로 더러워진 그의 손을 보며 말했다. "몇 달 후면 사람들이 상황을 더 정확하게 볼 수 있을 거예요. 차 한 잔 더 드릴까요?" 차가 얼마 남지 않았다는 것을 알면서도 나는 다소곳한 척 움직였다.

무라야마는 열정적으로 손바닥을 탁자에 탁 내리쳤다.

"사람들이 뭐라 하는지 알아요. 우리가 해야 했던 모든 일, 살육이나 그런 것들. 내가 알고 싶은 것은 당신도 그런 것을 믿냐는 거예요. 당신은 믿나요? 당신 아들이···."

나는 블라우스의 옷깃을 여몄다. "무엇을? 내가 뭘 믿는다는 거죠?"

무라야마는 자기 입술을 핥았다. 잠시 후, 그의 표정이 누그러졌다. "잊어버리세요. 다나카는 멋진 놈이었어요. 모범 병사였죠." 그의 목소리는 본분에 충실했지만 공허했다.

나는 종이를 집어 들고 다시 야스시의 필적인지 꼼꼼히 살폈다. 야스시에 관한 폭로성 내용은 없었지만, 군인의 어머니로서 나 역시 세상에 도는 소문에 영향받았다. 군인들의 섬뜩한 분위기, 내밀한 비화, 무명의 권력에 취해 있었다는 여러 내막(內幕)은 내 마음 한편에 비밀의 진주 알갱이처럼 모여들었다. 이것이 무라야마가 온 이유인가? 나에게 자백하고 싶어서?

무라야마는 욕망이 가득 찬 미심쩍은 얼굴로 나를 빤히 보았다. 그는 화병을 흘낏거렸는데, 햇빛이 비친 화병은 녹색이 거의 투명한 청자색으로 보였다. 그는 나를 돌아보며 다나카는 모든 사람에게 사랑받는 올곧은 군인이었다며 안심시켰다.

"우리는 그저 임무를 수행했어요. 물론 굶주린 군인들이 이성을 잃고 서로 잡아먹었다는 뜬소문이 돌았지만, 그곳은 아주 외딴 곳이죠. 오해하지 마세요. 다나카가 있던 곳은 마을이 있는 섬이기 때문에···. 확실히 자신의 안전을 확보해야 했어요. 제 요점은, 만약 주민들이 협조를 원했다면 당연히 우리가 알아야 할 것을 말해 줬겠죠. 하지만 그 지역 주민들은…." 그는 초조하게 웃었다. "제 앨범 보시겠어요?"

잠시 무슨 얘기인지 나는 어리둥절했다. 그다음 나의 심장이 뛰었다. 그래, 앨범. 유족이 된 이웃을 방문했을 때 그 앨범을 본 적이 있었다. 거기에 내 아들이 등재되지 않기를 바랐다. 무라야마의 기색을 살폈다. 산들바람이 방까지 들어왔지만, 그의 얼굴은 땀에 젖었고, 몸에서 시큼한 냄새가 났다. 나는 손수건을 꼭 쥔 채 고개를 끄덕였다. 앨범을 보고 싶었다.

무라야마는 이마를 닦고 가방으로 손을 뻗었다. 다른 연대 출신인 야스시는 그의 앨범에 실리지는 않았지만, 어디나 군대 생활은 비슷하기 마련이라고 그는 장담했다.

"이것 보이세요?" 그는 첫 번째 사진을 가리켰다. "이게 저예요."

그는 다른 학생들보다 약간 작은 체격이지만, 불확실성에 맞서려는 열렬한 결의와 함께 자기의 미래로 믿은 장래 인간상을 얼굴에 결연히 드러내고 있었다. "저기 저 남자는?" 그의 첫 번째 벙커 침대 동료였다. 그는 앨범의 페이지를 넘길 때마다 사진 속의 등장인물을 골라서 사단, 지휘관, 대대, 소대, 그리고 군대 계급 등에 대한 얘기를 시시콜콜 늘어놓았다. 사진 속의 군인들 숫자는 점점 더 적어질수록 그는 목청을 더 높였으며, 개개인의 얼굴은 더 선명해졌고, 사진 배경은 들판, 활주로, 항구 등으로 바뀌었다. 그는 부대의 단체 사진을 펼친 다음 캠프 생활의 어려움에 대해 재미있는 일화를 들려주었다. 특히, 캠프 훈련은 대원들을 단련시키기보다는 오히려 적에 노출되기 마련인데, 아무리 빠른 반사신경이라 해도 총알의 속도에 비하면 터벅터벅 걷는 것이나 마찬가지였기 때문이라고 했다.

"언젠가 군인들이 당신들의 공포를 물리치려고 정말 노력했음을 아시게 될 거예요." 따귀를 한 대 맞을 때마다, 주먹을 한 방 먹을 때마다 그가 얼마나 굴욕을 느꼈는지 떠올렸다. "가장 최악은 어떤 바보가 일을 망치면, 모두가 벌을 받는 거예요. 그게 단체 정신이라나. 거의 항상 서로 죽이고 싶었는데 말이죠." 그는 웃었다. "아니면 그들을 죽이든가요." 그는 훈장을 달고 있는 장교들의 사진을 노려보며 신랄하게 말했다.

"그런 사고가 있었나요?"

무라야마는 미소 지었다. "우리 부대에는 없어요. 그건 자살 행위와 같거든요." 그는 페이지를 넘기면서 좀 더 다채로운 인물들을 찾아 그들의 소소한 반항에 얽힌 일화를 들려줬다. 나는 다시 야스시와 가까워졌다는 느낌이 들었다. 내가 얼마나 이걸 염원했었지? 나는 야스시를 어른으로 여기며 살았지만, 그는 이제 아무 연관이 없던 장소에서, 상상이 아닌 현실에 등장했다. 이제 나는 아들의 세계를 지켜보고 있다. 나는 아들의 목소리와 얼굴, 인생에 대한 단서를 주는 환경과 디테일을 보는 데 정신이 팔렸고, 그런 뜻밖의 재회에 푹 빠져들었다.

오후 5시에 남편의 구스타프 베커 벽시계가 괘종을 울렸고, 그 낭창한 알림 소리에 두 사람은 깜짝 놀랐다. 노랗게 석양이 물드는 하늘에 대해 말을 꺼내려는 찰나, 나는 나무 울타리의 틈새로 보이는 지나가는 차들의 헤드라이트에 주목했다. 곧 남편이 귀가할 시각이다. 다행히 무라야마는 앨범의 마지막 페이지로 넘어가 자기가 직접 찍은 스냅 사진을 보여주고 있었다. 이 대목에서 사진을 촬영한 장소의 위치(싱가폴, 말레이반도, 필리핀)를 설명하느라 잠깐 꾸물댔다. 그리고 사진 속에서 가장 친했던 친구들을 보여주면서 누군가 야스시를 잘 구슬려 손에서 카메라를 놓게 했다면, 그의 사진도 몇 장쯤 찍혔을 거라고 설명했다.

"그는 사진을 좋아해서 사진기자가 될 수도 있겠다고 생각했어요. 그가 가장 좋아했던 사진들이에요."

야스시가 찍은 사진들은 작고 감상적인 것들, 가령 담배꽁초 위에 개미 한 마리, 빈 게 껍데기에 담긴 물고기 등과 같은 것이었다. 그 이미지들은 그의 눈이 본 것을 포착해서 기록한 것이기에 나는 목구멍까지 치미는 속울음을 삼키며 천천히 한숨을 내쉬었다.

내 감정을 눈치챈 무라야마는 서둘러 나를 위로했다. 그는 그들의 우정과 그들이 즐겼던 웅대한 논쟁을 묘사했다. 주로 논쟁은 촬영 기술에 대한 의견 차이에서 시작되었다가, 열띤 토론을 벌이고 헛침을 뱉으면서 마무리되었다.

"저희가 사진에 대해 무엇을 알았겠어요?" 그는 웃었다. "그래도 그는 마지막까지 뭔가를 배우려 했어요."

그는 야스시가 찍은 사진 몇 장을 더 보여줬는데, 대부분 초상화이며 그중 일부는 사진술이 확연히 발전해서 내가 지켜보지 못했던 장래성이 드러났다. 나는 앨범을 만졌다. 무라야마가 갑자기 벌떡 일어나서 앨범을 거칠게 덮고, 내 손에서 벽으로, 그리고 화병으로 시선을 옮겼다. 다시 예의 이상한 표정이 떠올랐다. 냉정하고 분별력이 있지만 거의 죄책감과 비슷한 표정이었다. 나는 다시금 그가 어떤 목적 때문에 왔다는 생각이 들었다. 아마도 결국 강도질을 하려던 것일까? 나는 재빨리 사과하면서 내가 해를 끼치려던 의도가 아니며 그의 방문이 선물이 된 셈이니까 답례로 선물을 하고 싶다고 제안했다.

"별것은 아니지만, 아들의 옷을 좀 가져갈래요?"

무라야마가 눈을 깜박였다. 그의 얼굴은 구겨지고 충격받은 것 같았다. 그는 고개를 가로젓고 황망한 사과를 중얼거리며 일어섰다. 가방 속에 앨범을 쑤셔 넣고 내 환대에 다시 한번 감사를 표시했다.

"절대 이해하지 못할 거예요." 그는 각반을 신고 손가방을 들면서 말했다. 가볍게 떨리는 그의 목소리가 집안에 울렸다. "다나카는 뭐든지 훌륭히 해내는 것으로 유명했어요. 정말로 그가 집에 돌아온다면, 무라야마가 찾아왔었다고 전해 줄래요?"

나는 그러겠다고 약속하고 더 도울 일이 없냐고 물으면서 문을 열어줬다. 그는 내게 충분히 폐를 끼쳤다고 대답하고 묵례를 한 뒤에 손을 한 번 흔들고는 저녁의 군중 속으로 사라졌다.

집안에 돌아와 서둘러 방을 정돈하고, 젓가락을 모아 정돈하고, 그릇에 찻잔을 겹쳐 담았다. 평상을 닦고, 다다미를 쓸고, 종이를 살며시 접어 주머니 속에 넣었다. 미닫이 유리문을 닫고 자물쇠를 잠근 후에 빗장을 힘차게 당겨 제대로 잠겼는지 확인했다. 밖으로 나오다가 잠시 화병을 보고 먼지를 닦으러 멈췄다. 그런데 둥근 화병 속에 사진이, 어둠 속에 낙인처럼 찍힌 하얀 종이가 들어 있었다. 등골에 한기가 스멀스멀 기어올랐다. 그 사진을 꺼냈다. 맨 앞에 있는 무라야마는 햇빛이 찬란하지만 열대 지방의 태양에 얼굴이 타지 않은 한 소년을 보고 활짝 웃고 있었다. 그의 뒤로 펼쳐진 들판, 저 멀리 몇 그루의 관목, 탁 트인 초원. 그리고 대각선으로 분할된 사진 구성이었다. 아래에는 새로 파낸 참호, 그 참호를 따라 줄지어 있는 사람들. 그들은 옷을 제대로 걸치지 못하고 눈을 가린 채 무릎을 꿇고 있었다. 땅 깊숙이 박힌 말뚝에 달린 밧줄로 그들의 손목과 팔목이 묶여 있었다. 그들의 얼굴은 비록 거리는 멀었지만 또렷했다. 눈가리개의 천 자락이 바람에 펄럭였으며, 그들의 벌어진 입은 몇 미터 뒤에 총검을 치켜들고 늘어선 군인들에 대한 불길한 예감으로 일그러져 있었다. 죄수들과 마찬가지로 병사들의 얼굴 역시 선명했다. 내 시선은 총검을 움켜쥔 소년 군인들의 잔인한 얼굴과 절망에 뒤틀려 콧물 범벅인 죄수들의 얼굴에 차례로 꽂혔다. 나는 양측의 표정이 사실 똑같은 두려움에 사로잡혔다는 것을, 공격자들이 예상하는 순간과 피해자들이 예상하는 순간이 서로 관통하고 있음을 여실히 깨달았다.

　처음엔 내가 보고 있는 장면이 실제 처형이 아니라 훈련에 불과하다고 여겼다. 늘어선 관목은 진짜 관목이 아니라 훈장을 받은 장교들이 공연 관람을 위해 앉는 나무 의자들이 아닐까. 그때 두 가지 질문이 떠올랐다. 무라야마는 왜 이 사진을 꽃병 속에 숨겨

두었을까? 그리고 이 사진을 야스시가 찍은 걸까? 그러다 이 방문 전체가 야스미가 꾸민 계략이었을지도 모른다는 생각이 퍼뜩 떠올랐다. 한 편으로는 전쟁 범죄와 연루된 촬영 사진을 폭로하기 위해서(그런 것이 사진기자들의 몫이 아니던가?), 또 다른 한편으로는 (비록 야스시가 소식을 전하는 데 무심했지만) 실제로 자기가 살아있다는 일종의 신호를 보내기 위해서일까?

이 마지막 생각이 내 상상력을 자극했고, 곰곰이 생각할수록 점점 더 그럴듯해 보였다. 그렇다면 무라야마의 독특한 행동이 설명된다. 마지막 순간에 그는 내게 야스시의 귀환을 은근히 암시하지 않았던가? 사진을 가까이 대보니, 희미한 화학 냄새가 코끝을 자극했다. 그래, 그들은 정말 장교들이었고, 확실히 훈련받은 병사들의 행렬이었다. 한쪽 끝에는 무라야마의 머리가 보였고, 다른 끝에는 맨 마지막 병사가 사진 끝에 잘려 절반만 보였다. 앞으로 내민 한쪽 다리, 총검을 들고 있는 한쪽 팔, 그리고 치켜든 얼굴은 온전히 보였다. 전류가 내 몸에 흘렀다. 내 아들, 야스시!

서늘해진 바깥 하늘은 상쾌한 암청색이 되었고, 행인들의 딸각거리는 구두굽 소리에 섞여 한 쌍의 발걸음 소리가 대문 앞에 멈춰 섰다. 남편이 돌아왔다. 나는 황급히 사진을 움켜쥐었다. 사진을 숨길 곳을 찾다가, 무라야마의 시선처럼 나의 시선이 화병에 멈췄다. 나는 사진이 찍힌 면이 바닥을 향하도록 조심해서 화병에 밀어 넣었다. 이제 사진의 회색 얼굴은 화병의 어두운 내부에 스며들 것이다. 뒤로 물러났다. 무릎에 힘이 풀려 바닥에 털썩 주저앉았다. 밖에서는 대문이 잠깐 덜컹거리다가 늘 그렇듯 녹슨 빗장이 열렸다. 나는 매무새를 고치고 블라우스 주름을 펼친 다음 허리를 곧게 폈다. 아주 잠깐, 방에 깔린 정적은 곧 매미 울음의 습격을 받으며 어두워지는 여름 하늘로 빨려 들어갔다.

7장 하얼빈으로 가는 열차

하얼빈으로 가는 열차에서 나는 한 남자를 만났다. 그는 나와 비슷한 나이로, 기름지고 가늘어진 머릿결을 보면 전성기가 지난 나이임을 쉬이 알 수 있었다. 아마 그가 다른 시대, 다른 배경에 있었다면, 그는 자기 삶에 대충 만족해하며 경력을 순리대로 마무리하고 은퇴했을 수도 있었다. 하지만 당시는 1939년, 중일 전쟁이 본격적으로 진행되던 때였다. 열차에 탑승한 우리 모두처럼 그도 인생의 황혼기에서 마지막 미끼를 물려고 했다. 사실 대학병원 의사들에게는 일생일대의 기회가 온 것이고, 우리 모두 그 사실을 잘 알고 있었다. 당시에는 더더욱 그랬다.

열차가 원산에서 하얼빈까지 2박 3일 동안 달려오던 푸르른 벌판은 카키색 군복을 입은 군인들의 트럭과 병참 창고에 가로막혔다. 아무런 설명이 없는 검문 검색과 이송 작업에도 불구하고, 내가 S라고 부르는 이 남자는 하루의 시간대나 객차의 어두운 조명과 무관하게 어둑한 빛의 그늘 속에 무표정한 얼굴로 앉아 있었다. 주변의 소음에 초연한 듯 그는 굳은 표정으로 차창에 기대고 있었다. 훗날이 되어서야 나는 그의 태도가 일종의 자기 질책이었음을 깨달았지만, 당시만 해도 니가타에서 동해를 건너 원산으로 가는 최초의 여행에서 간신히 내 몸을 추르면서 모든 상황을 멀찍이 관망했던 입장에서 동료들의 상태를 살피거나 교감할 여력이 없었다. 아직 술이 풍족했던 시기였기에 전날 밤 동료들은 열광적으로 술을 들이마셨고, 말수가 적은 사람들도 주정을 부렸다. 그래서 나는 동료들에게 양해를 구한 후 곧바로 자러 갔었다. 정신을 차려보니 새벽 동이 트기 시작했다. 기나긴 열차 객차들은 여전히 잠의 장막에 싸여 있었다. 열차가 갑자기 급정거했을 때, 차창에 휘영청 몸을 부딪치며 잠에서 깬 사람은 나뿐이었다. 창문에 비친 내 모습만 빼면, 열차 안은 여전히 어둠에 잠겨있었다.

열차는 화물을 찾기 위해 정차한 것이 분명했으며, 군사 작전이 노출되지 않도록 군용트럭이 에워싼 현장에서는 실랑이 소리가 희미하게 들려왔다. 당시 열차가 정차했던 사유를 세월이 흐른 후에야 알게 됐지만, 그때는 한 치 앞을 분간하기 어려운 상황이라 나는 한 시간 정도 더 정차해서 휴식할 수 있기를 바라며 창문에서 물러났다.

40년 후, 다른 장면들은 내 기억 속에 희미해졌거나 사라졌지만, 이 장면만은 지금도 아주 생생히 떠오른다. 아마 사람의 정신이 어떤 사실을 수긍하기 힘들 때, 그는 그 사실을 언젠가 다시 떠올려 디테일을 예리하게 다듬고, 이미지를 분해하고, 자기가 이해할 수 있는 방식으로 과거를 재구성함으로써 그간 결코 찾을 수 없을 우연성의 실마리를 다소나마 찾으려고 한다. 현재의 나는 대부분 일상으로 굳어진 습관대로 행동한다. 하지만 바깥이 그렇게 어두워져 창문의 블라인드를 내리고 오후 진료를 단축하려 할 때면, 나의 현재는 과거로 퇴행하고 가느다란 내 의식의 끈은 지난 82년 세월 동안 끈덕지게 버텨온 과거 기억과 대적할 수 없다. 과거와의 대면이 조금 덜 고통스럽다면, 나는 일찌감치 뒤늦은 깨달음에 대한 관점에 따라 내 모호한 행동의 단계를 재조명하려 했을지도 모른다.

그러나 결국 나는 이런 통찰에까지 이르지 못했고, 양자택일해야 하는 현재에도 과거와 똑같은 모호성을 벗어나지 못했다. 누가 뭐라 해도, 그것은 전쟁이었다. 그런 논리는 절대 용서받을 수 없지만, 이는 엄연한 사실이다. 아무것도 통제할 수 없다고 느낀 현실에 우리는 적응해야만 했다.

과연 우리가 무엇을 할 수 있었을까? 중국과의 7년간의 분쟁과 2년간의 공식적인 전쟁은 우리에게 일상에 부과되는 세금으로 돌아왔다. 궁핍해진 거리, 빈약해진 진열대, 어두컴컴한 창문 등 임박한 물자 부족으로 인한 징후들이 곳곳에 나타났으며, 최고급 식당의 메뉴판마저 특고경찰이 노골적으로 검열하는 서적과 신문들과 비슷해졌다. 호국영웅 후보자들을 찾기 위해 공무원들이 우호적인 대학들을 순회하기 시작하자, 대학 학장은 명단을 작성해 제출했고, 그날 이후 더 많은 공직자가 군사 호위를 받으며 우리 대학을 방문했다. 우리가 두려워했던가? 몇몇 동료들은 그랬을지 모르겠다. 그러나 세계 최고 수준의 시설과 무한대의 지원이 예상되면서 대부분 야망에 부풀었다. 오랫동안 실질적인 학술 활동을 하지 못하고 대학병원에 구조화된 파벌에 답답함을 느꼈던 우리는 그 누구도 저항하지 않았다. 우리는 아부에 우쭐했고, 높은 연봉과 획기적인 승진의 유혹을 받았다. 특히 언제라도 꺼질지 몰랐던 우리의 삶을 돌이켜보면, 그 제안은 더욱더 유혹적이었다.

니가타를 출항하던 날 우리는 모두 의기양양했다. 새벽하늘은 안개가 자욱했고, 일본호의 뱃고동이 삼각파도를 헤치고 나아갔다. 비록 복잡한 심경이었지만, 해안선이 점점 멀어질수록 우리의 근심 걱정은 뒤에 남았고, 원산에 도착할 즈음에 우리는 확고한 신념만 남았다. 격동의 이틀을 보낸 후, 우리는 다행히 육지에 상륙해서 새로운 냄새와 소리, 분주한 여행객들과 야단법석인 행상인 무리에 압도당했고, 우리를 마중하러 파견된 젊은 대표자의 인솔을 받았다. 매우 활기차고 밝은 눈빛을 가진 그 젊은이는 약간 경솔한 구석이 엿보여서 어딘가 나의 아들을 떠올리게 했다. 어쩌면 나와 아들 모두 더 이상 일본 땅에 없다는 사실을 실감했기 때문인지 모르겠지만, 여행 내내 지속된 그 젊은이의 인상은 나를 우울하게 만들었다. 물론 이때는 S에 관한 기억이 내게 없었다. 정지된 열차에서 몇 시간의 휴식이 차가운 차창의 기억에 녹아들기 전까지는 말이다. 내가 군인과 트럭에서 시선을 돌렸을 때, 군인들의 어두운 윤곽은 차창에 반사된 나의 얼굴로 바뀌었으며, 나의 얼굴 위로 나를 쳐다보는 또 다른 얼굴이 겹쳐 보였다.

S를 본 것은 바로 그때라는 확신이 든다. 줄곧 감시당해온 입장에서 당연한 반사 작용으로 나는 매우 움찔했으며, 그때 내가 받은 충격이 이후 S와의 만남에 영향을 미쳤다. 그래서 수십 년이 흐른 후에도, 맡겨진 소임에 적응하고 완수하는 우리 모습을 지켜

보는 그 남자에 대한 불길한 인상을 나는 줄곧 간직해왔다. 우리가 그때 서로 대화를 주고받았던가? 그러지 못했던 것을 나는 후회한다. 내가 정신을 차렸을 때 그는 이미 사라진 후였다. 2시간 후 하얼빈에 도착했고, 천황은 메시지를 보내 우리의 새로운 부임을 축하해주었다.

이제 우리는 하얼빈에서 남쪽으로 22킬로미터 떨어진 핑팡(平房) 지구로 향할 예정이었다. 그래도 우리는 이 유명한 도시를 둘러볼 시간을 몇 시간 정도를 허락받았고, 유럽풍의 상점과 카페가 즐비하고 부유한 러시아 사람들과 소수의 중국인 고관들로 북적대는 번화가를 돌아다니며 즐거워했다. 더구나 다들 우리 일행에게 정중히 대접했고, 설령 우리를 경계하더라도 절대로 내색하지 않았다. 우리는 일본어 한자(国字)가 낯설어 보이는 표지판과 광고판을 번갈아 읽으며 관광객처럼 돌아다녔다. 교회의 뾰족지붕과 불교 사원의 첨탑들과 반구형 돔이 우뚝 솟아올라 하얼빈의 두 번째 스카이라인이며 한때 러시아에 할양되었던 "중국인 지구"의 풍광을 가리고 있었다. 번호판이 없는 승합차들이 우리 주위를 두어 차례 지나다녔지만, 우리는 그런 것에 아랑곳하지 않고 인파 속을 거닐며 도시의 경이로움과 즐거움을 만끽했다. 10월의 대기는 쌀쌀했지만, 햇살이 내리비쳐 등에 땀이 촉촉이 밸 정도였다. 만약 작은 소동만 없었다면, 하얼빈은 중국에 대한 추억의 오아시스로 남아 있었을지 모른다. 하지만 처음부터 짜증스러웠던 젊은 인솔자가 우리가 예전부터 들어봤을 이런저런 명소를 가리키며 수다를 떨곤 했는데, 산책이 길어질수록 그 잘난 척하는 목소리가 너무 시끄러워서 나 스스로 놀랄 정도로 그에게 매우 거칠게 쏘아붙였다.

동료들이 재빨리 끼어들어 어미 암탉처럼 그 청년을 감싸면서 나의 혹독한 성격을 나무랐다. 나와 아들이 논쟁했을 때와 똑같이 상황이 흘러갔다. 나는 청년의 속쌍꺼풀 눈이 마음에 들지 않았고, 그의 무분별한 성격, 엉뚱한 용기와 순진한 이상을 맹비난하며 훈계했다(이런 품성 때문에 아들이 충동적으로 가출하고 입대까지 하게 되었다고 나는 믿었었다). 당시에 나는 이성을 잃을 정도로 화를 내다가 문득 아내의 애원하던 얼굴이 떠올라 멈칫했다. 내가 매번 아들을 찾지 못하고 돌아오던 때 아내는 부부의 연을 생각해서 두려움을 참으며 인내했었다. 나는 언성을 낮추고 다른 사람들이 나무라는 소리를 묵묵히 들으면서 다시 햇볕이 내리쬐는 거리를 걸어갔다. 오늘은 며칠 만에 제대로 된 식사를 하러 갈 참이었다.

그날의 특선은 오리 요리였다. 31명의 얼마 안 되는 인원을 위해 레스토랑 전체를 징발했기 때문에, 중앙에 큰 식탁 두 개와 우리가 앉을 의자들만 줄줄이 늘어 놓은 연회장이 유난히 한적해 보였고, 거대한 벽과 바닥에는 우리의 구두 굽 소리와 의자 끌리는 소리가 연신 울려서 소란스러웠다. S는 가만히 우리를 관찰하고 있었다. 접시와 그릇이 식탁에 가득 차려지자 뺨을 붉히며 젓가락을 휘젓는 우리의 요란한 모습과 대비되어 S의 무뚝뚝한 얼굴이 더욱 경직되어 보였다. 마침내 오리 요리가 우리 눈앞에 차려졌다. 일행 대부분은 처음 오리 구이를 접했기 때문에, 우리는 톡 쏘는 살점과 관능적인 육질, 양념이 반지르르하게 스며든 바삭한 껍질에 과거의 열정이 떠올라서 젊은 날의 욕망에 관한 이야기를 주고받았다. 하지만 나는 왠지 모르게 고향 집 뒤편 연못에 물장구 치던 오리에게 쉴 새 없이 먹이를 뿌려주던 누이와의 옛 추억이 떠올랐다. 그날 일행들은 내게 감상주의자라는 별명을 붙였다. 하지만 그 순간 우리는 즐거움과 동시에 호사스러운 낭비를 즐기는 죄책감을 함께 공유하면서 서로를 이해하게 되었다. 그때 고향에 있는 가족들은 애국적인 검소함을 요구받으면서 음식 부스러기로만 연명하고 있었을 테니까. 그래서인지 하얼빈은 내게 늘 향수를 불러일으키는 동시에 불쾌한 감정, 이런 향연의 시간이 연상되는 데 따른 분노 장애가 뒤따르는 도시가 되었다.

#

사람들이 기억의 구덩이에 무언가를 숨겨 두었다고 해서, 실제 그것을 잊지는 않는다. 직업상 익명으로 남은 우리 상당수는 전시의 성과물에 대한 숨은 진실을 자동차 열쇠처럼 무심코 던져둔 채, 핵심 위치에서 열심히 일해왔다는 자부심으로 마땅한 대가를 얻어낸 것처럼 오만하게 굴었다. 그런데 과연 우리가 그 모든 것을 잊고 살았을까?

8년 전부터 두 명의 동료와 나는 일본 북부 도시의 근교에서 매년 겨울마다 한 번씩 식사 모임을 가져왔다. 동료들은 단언했다. 그때 하얼빈의 식사가 아니었다면 현재를 사느라 그 기억을 오래전에 묻어버리고 아예 망각했을지도 모른다고. 현재는 우리의 기억을 굴복시키고 왜곡하며, 간혹 수면 위로 떠 오르더라도 별것 아닌 감정으로 치부하게 한다. 그런 이유로 동료들은 되묻는다. 왜 추방된 과거를 무덤에서 파헤쳐 우리와 연관된 사람들을 마조히즘적으로 추적하는가? 그런 이기적인 행동보다는, 아무것도 모르고 호기심도 없는 젊은이들에게 그냥 세상을 맡기면 어떨까? 고대 역사처럼 아득히 먼 과거의 전쟁은 영화나 교과서의 몇 장에서 어쩌다 반짝하는 희미한 열기, 또는 젊은이들과는 무관한 늙은이들의 오랜 불평에서 촉발된 작은 불씨에 불과하지 않은가?

그들 의견에 나는 반대한다. 그렇지만 삶은 계속 흘러갔고, 전쟁의 종말은 우리를 집어삼킨 후 완전히 다른 사람으로 뱉어낸다. 다른 모든 사람처럼 우리는 슬며시 평화의 세상으로 돌아가서 생명의 파괴가 아닌, 생명의 보존을 위해 명확한 경계와 법률의 수호를 받는다. 그런데 S가 시간의 땅굴을 뚫고 나의 현재에 침입해 들어와서, 자꾸만 서로가 공유한 과거, 우리를 둘러싼 핑팡의 벽처럼 온갖 핑계를 대며 굳게 지켜왔던 과거를 되살렸다.

어쨌든 이것만은 이해해줘야 한다. 우리는 항상 생명을 지키려고 했다. 수천 명의 적을 희생해서 수십만 명의 우리 군인들을 구한다면? 우리의 논리가 그렇게 놀라운 것만은 아니었다고 생각한다.

정말 놀라운 것은 핑팡 지구였다. 잘 계산된 격리시설로 놀라운 위용을 갖춘 구조물, 고압 전류가 흐르는 벽으로 보호되는 광활한 땅. 게다가 건물 모서리마다 세워진 망루에는 무장한 경비병들이 배치되어 네 개의 문을 감시했고, 어떤 고함과 비명도 시설물 위를 정규적으로 선회하는 정찰기의 소음에 묻혀 들리지 않았다. 우리가 덜컥거리는 군용트럭을 타고 핑팡에 처음 도착했을 때, 수용소의 벽이 몇 미터씩 끝없이 이어졌을 때, 흥분에 들떴던 우리의 얼굴은 긴장의 끈이 팽팽해지면서 점차 굳어졌다. 우리들의 경직된 표정에 젊은 인솔자는 너털웃음을 터트리며 말을 꺼냈다.

"당연히 여기서는 아무도 천황의 표식을 달지 않아요."

아니나 다를까, 출입 허가를 위해 검문소에 정차했을 때, 정말로 그 벽에는 아무런 표식이 없었다. 죽은 영혼조차 천황의 표식을 지녀야 하는 작금의 세상에서, 그 표식의 부재는 실로 공포에 가까웠다. 금기시되는 핑팡의 웅장함을 처음 목격했던 때가 아마 그때였을 것이다. 표식이 없는 벽은 그 안에서는 앞으로 무엇이든 할 수 있음을 예언하는 것 같았다. 그때 정문이 열렸고, 우리는 경례를 받으며 안으로 들어가면서 누구에게도 예외가 없는 핑팡의 경고를 엄중히 받아들였다.

점차 우리는 핑팡의 야욕에 깊숙이 관여하게 되었다. 처음에는 단지 몽롱할 뿐이었다. 매일 세미나와 예비 교육에 바빠서 짐을 풀 시간조차 주어지지 않았고, 우리의 몸과 정신은 항상 백색 수면 상태여서 너무 빠른 햇빛에 떠내려가는 기분이었다. 강건한 체질인 사람들조차 회의실에서 강당으로 이리저리 끌려다니면서 차츰 쇠약해졌다. 가끔 야외 견학을 나갈 때는 우리를 싣고 간 군 트럭이 너무 덜컹거려서 이빨이 덜덜 떨리고 머리가 울릴 지경이었고 바깥 풍경을 구경하다가 난시가 생길 정도였다. 보름 후에는 모두 한계점에 도달했다. 지나친 혹사로 인해 우리는 기진맥진했고 단지 부서진 빈 껍데기만 남았다. 그때까지 우리는 별 기대 없는 온화한 일상에 익숙해 있었는데, 이제는 전쟁의 긴급상황에 의해 매사가 통제되는 생활로 합류한 것이었다. 우리는 새롭게 적응했고, 지성과 감성을 새로운 요구에 맞춰 재조정했다. 결국 인간은 무엇이든 적응하기 마련이다. 우리는 때때로 이런 변명에 의지했는데, 바로 이런 생각이 핑팡에서 벌어진 사태의 근저에 깔려 있었다고 나는 믿는다.

#

그날 밤 내가 기차 창문에서 본 장면을 제대로 이해했다면, 과연 나는 방향을 돌려 집으로, 내 경력의 안전지대로 복귀했을까? 그랬을 것이라고 상상하고 싶다. 제정신이었다면 분명히 그래야 했으니까. 그러나 여기에 문제가 있다. 바로 '위반'의 문제. 평시에는 모든 경계가 더욱 명확하다. 법원의 판결을 받을 때는, 우리 스스로 동기와 증거를 제출하면 된다. 비록 소송 절차에 흠결이 있거나 확정 평결이 내리지 않더라도, 우리는 스스로 법을 위반하여 범죄를 저질렀는지를 내심 알 수 있다. 하지만 전쟁 시기에는? 어떤 범죄행위가 성립하려면, 여전히 '의도'가 요구되는가? 아니면 직접적인 결과를 명령하지 않았지만, 명령의 기조만으로 행동을 실행하는 간접적 여건을 조성하거나 공모하는 정황만으로 충분한가? 나는 잘 모르겠다. 하여 나는 지금도 기억의 숲을 뒤지면서, 그 정확한 다리, 우리 자신의 양가성(兩價性)을 가로질러 저 너머의 세계로 건너가는 지점을 찾으려 노력한다.

나의 두 동료는 하얼빈이 바로 그 다리라고 믿는다. 그들의 주장에 따르면, 우리는 관광객처럼 이국적인 풍물에 빠졌기 때문에 다른 맥락에서 보면 명백히 잘못된 행위를 묵인하게 되었다는 것이다. 나는 이 견해를 논박하지 않을 생각이다. 하지만 우리가 원산으로 항해하기 훨씬 전부터 이런 범죄의 함정에 갇혔던 것은 아닐까?

오래전부터 떠돈 소문대로 전쟁의 분위기가 급격히 얼어붙으며 일제 단속이 이어졌고, 한때 멀게만 느껴졌던 호전론자들의 '완장'이 이제는 대문을 두드리며 우리의 신념을 공개적으로 밝히라고 압박했다. 이제 애국적 의무와 민방위 훈련의 강제적 참여라는 두 개의 허드렛일은 전쟁만큼이나 외면하기 힘들었다. 우리의 저항은 만용이 되었고, 혹독한 기후는 점성학적 사실로 바뀌었고, 공포화된 권력은 신비한 효력을 발휘했다. 하지만 나는 과학자였기에 자연재해에 관한 신비주의적 주장에 흔들리거나, 휘몰아치는 연극에 포획당하지 않았다. 그래서 젊은 시절, 아직 정신이 꼿꼿한 긍지를 품었던 때, 나는 당국에 의해 체포되었다. 내 아들 야스시는 당시 여섯 살이었지만, 외롭고 원대한 이상에 민감한 시기를 겪으면서 아마 내가 체포된 사실에 수치심을 느꼈었던 것 같다. 그는 반항아가 되었으며, 그의 유아적인 불복종은 열네 살 무렵 전면적인 반항으로 폭발했다. 아내는 내게 아들과 마주하고 대화할 것을 간청했다. 그런데 나는 그러지 않았다. 내가 어떻게 그럴 수 있었겠는가? 나는 결국 내 신념을 철회했었다. 아내와 아들, 내가 협조하기를 거부하면 고통의 길을 가야 하는 가족을 생각해서 신념을 꺾은 것은 진심이었다. 그러나 종국에는 내가 견뎌낼 수 없었기 때문이었다. 곤봉, 물, 전기 등의 세례를 줄줄이 받아야 했던, 형체 없는 끔찍한 시간. 그런 뒤에 나는 마침내 굴복했다.

40년이 흐른 지금, 야스시의 생존을 믿을 근거는 어느 곳에도 없다. 하지만 동남아시아 정글에서 제국군 패잔병을 발견했다는 소식이 들려올 때마다, 나는 그냥 지나칠 수 없었다. 가장 최근에 발견된, 최후의 송환자인 나카히라 후미오 대위는 현재 도주중으로 알려져 있다. 무려 35년 동안을 정찰을 피해 숨어 살았던 그의 움막이 2주 전에 민도로섬에서 발견되었고, 마침내 당국은 그의 사진을 공개했다.

내가 무엇을 할 수 있었을까? 나는 신문 가판대로 무작정 뛰어들었다. 화질이 조야한 학창 시절 사진 속에서 가슴팍이 오목한 소년이 동년배 젊은이들에서 볼 수 있는 상냥한 표정을 짓고 있었다. 야스시가 그의 신분을 훔쳤을까? 야스시는 부단히 입대하려 노력했지만 나이가 너무 어렸다. 그는 내게 동의해달라며 입대 서류를 내밀었지만, 나는 학업이 더 중요하다는 이유로 거절하면서 혹시 내 서명을 위조할까 걱정했다. 하지만 야스시는 외골수였고, 나보다 한 수 위였다. 위조 서명은 추적이 쉽다고 생각한 야스시는 아예 가짜 신분을 구하기로 결심했다. 우리가 알아낼 수 없을 이름으로 말이다. 더구나 군대가 병사 모집에 혈안이 되었다지만, 그의 부친인 나는 무려 반역죄로 기소된 전과가 있었으니까.

나는 사진 화질을 비교한 후 비교적 나은 신문으로 여러 장 골라 아침 햇살이 비추는 거리로 나왔다. 그때 나는 그 사람, S를 발견했다. 젊은 시절의 그늘이 남아 있는 한 늙은 남자, 새처럼 앞으로 길게 뺀 목, 한때 맥이 풀린 듯 질질 끌던 걸음에서 보폭이 제법 빨라진 걸음걸이. 나는 그에게 말을 걸려 했다.

그런데 내가 무슨 말을 해야 할까? 만약 내가 다른 사람이었다면, 나를 쉽게 비난하는 자들의 시선을 내가 견딜 수 있었다면(그들 역시 나의 위치에 있었다면 똑같이 행동했을 사람들이다), 나를 심판할 권리가 있는 유일한 사람을 나는 용기 있게 불러세웠을 것이다. 하지만 난 그런 사람이 아니다. 인간이 아무리 적응하는 존재일지라도, 우리의 변화 능력까지 설명해주지는 않는다.

#

아까 이야기했듯이 나는 핑팡에서 24개월을 보냈다. 공식 명칭은 보에키 규슈이부, 관동군 방역급수부 731부대, 정치부 및 전염병 예방 연구소. 핑팡 구역은 숲과 목초지가 딸려 있는 300헥타르에 달하는 땅이며, 본부뿐만 아니라 연구소, 기숙사, 비행장, 온실, 수영장 등 많은 건물과 화려한 설비를 갖추었다. 지역 사회에서 목재 공장으로 알려진 이 시설에는 실제로 산업용 굴뚝 한 쌍이 밤낮으로 연기를 뿜어댔다.

내가 처음 그 굴뚝 아래에 서 있던 때가 생각난다. 절차를 전부 끝낸 다음에 들것을 따라 밖에 나갔을 때, 우리는 서리가 하얗게 내린 축축한 공기와 발밑에 자박자박 밟히는 흙을 느꼈다. 우리처럼 S 역시 침울한 기분이었다. 자연 상태의 세균학적 연구는 어느 정도 진척을 보였지만, 해독제 개발은 거의 성과가 없었기 때문에 모두 초조한 상태였다. 그때는 1940년 즈음이었다. 중국에서 교전이 계속되고, 남쪽 지방으로 전선이 확대된 상황이었다. 정말 야스시가 입대했다면 끝내는 열대 지방에서 전투가 벌어질 텐데, 그 지역이야말로 우리 연구의 결실이 절실히 필요한 곳이라고 나는 확신했었다.

어떻게 감히 내 생각을 솔직히 털어놓았는지 모르겠다. 어쩌면 그런 방식이 아들을 받아들이는 나만의 자세였던 것 같다. 나는 S 에게 다가갔다. 그전까지 다들 판에 박힌 답변을 반복하며 전문가의 입장을 조심스럽게 유지했던 반면, S는 다분히 동정적인 태도를 보였다. 그는 여러 주제의 대화를 하면서 내 예상에 동의하지만, 전쟁이 남쪽 전선에서 확대되기 전에 미국 해안에서 발발할 수 있다는 견해(당시로서는 아주 보기 드문 발상)를 덧붙였다. 나는 그런 작전의 실현 가능성, 또는 대담성에 관해 더 캐물으려고 했다. 그때 뜨거운 불꽃이 일렁이고 들것이 마루타(그들에게 붙인 우리의 은어는 바로 '통나무'였다)를 비우고 나오면서, 우리는 다시 하던 일로 관심을 돌렸다.

이미 알려진 바대로, 마루타는 핑팡이 세워진 이유였다. 즉 핑팡은 우리가 여전히 통제하기를 희망하는 것(바로 생체 데이터의 수집!)을 완벽하게 숨기도록 설계되었다. 그게 아니면, 우리가 어떻게 경쟁할 수 있었겠나? 자원이 빈약하고 제국주의 서방에 의해 부과된 얼토당토않은 금수조치에 방해받던 작은 우리나라. 우리에게 주어진 단 한 번의 기회는 손실을 최소화하는 우리의 능력에 달려 있으며, 그중 군대의 손실보전이 가장 시급한 과제였다. 그런데 전쟁의 가장 효율적인 적수인 전염병에 의해 군대는 너무나 자주 희생되었다. 전쟁을 위해서는 시간 낭비를 줄여야 하는데, 우리는 되돌이표처럼 항상 하나의 벽에 부딪혀 좌절했다. 다시 말해서, 의학계의 골칫거리는 바로 윤리성의 문제였고, 핑팡은 그

윤리성을 제거하려는 시도였다. 그것은 우리가 감히 상상할 수 없던 해결책이었지만, 사실 의학계의 모두가 꿈꿔왔던 것이었다. 우리는 단지 주사를 놓고, 증상을 기록하고, 배양균을 연구하는 작업을 계속했다. 이 모든 것은 오랜 의료 경력에서 일상적으로 해왔던 행위였다. 그러나 과거와는 확연히 달랐다. 우리는 치료제가 아니라 병원체를 주사기에 채웠다. 수술이 아니라 생체실험을 위해서 메스를 휘둘렀다. 그리고 우리가 얻은 조직 샘플은 동물이 아닌, 인간의 것이었다. 그것은 핑팡의 가장 큰 성과였다. 정상의 허울. 우리는 계속했다. 우리 군인들, 우리나라 전체의 목숨은 우리에게 달려 있다는 신념 아래서.

누가 '마루타'라는 용어를 처음 고안했을까. 아마도 우리가 오기 전부터였을 것이다. 처음 우리가 병동에서 봤을 때, 그들은 매일 갈아주는 깨끗한 시트 위에서 삽관을 받는 여느 환자들처럼 보였다. 두 번째로 감옥 병동에서 봤을 때, 죄수복 차림의 그들은 우리를 경계하는 여느 죄수처럼 보였다. 우리는 두 번 모두 자신들이 본 것을 정확히 기록해야 했었는데, 그때마다 조금 전에 안내받으며 들어갔던 때의 활기는 사라지고 짙은 침묵만이 깔렸다. 우리가 연구책임자로서 전적으로 권한을 행사하게 되었을 때, 우리는 이 마루타라는 용어를 사용하여 침대를 배정하고 집계하고 인도했다. 그날 아침 하얼빈으로 가는 열차에서 우리가 목격한 것은 정말로 화물 운송이었다고 나는 믿는다.

왜냐하면 나 역시 그런 화물을 검사하라는 명령을 받은 적이 있었다. 숙소에서 잠자던 중에 나는 느닷없이 지프를 타고 온 장교로부터 호출받았다. 나는 호송되는 내내 잠에 취해 멍해 있었다. 이번 출장의 목적인 예비 건강 검진에 관해 정보를 물어보려 했지만, 일체 사담이 금지되었고, 그러다 아무 준비 없이 외딴 역에 도착했다. 소수의 경비 대대가 엄폐된 열차의 객차를 순찰하고 있었는데, 화물 객차의 하얀 방수포를 벗기자 그곳에 판자에 묶이고 가죽 재갈이 물린 12명의 죄수가 나타났다.

나의 첫 반응은 병적인 매혹이었다. 이렇게 꽉 들어찬 사람들의 이미지를 달리 표현할 길이 없었기 때문에, '마루타'라는 용어는 끔찍하지만 매우 적절해 보였다. 내가 숨넘어가듯 웃음을 터트리자, 나를 떠밀고 가던 장교는 못마땅해서 나를 노려봤다. 그들이 어떻게 살아남았는지 상상조차 할 수 없었다. 얇은 죄수복만을 걸친 그들은 벌벌 떨며 분비물에 젖어 찌들어 있었다. 하나둘씩 일어나라고 지시를 받아도 여전히 손발에 묶인 족쇄 때문에 제대로 운신조차 힘들었다. 아무도 항의하지 않았으며, 그저 경비병들이 옷을 벗기고 쿡쿡 찌르며 고함치는 소리만 들려왔다. 병사들은 칼끝으로 옷을 갈기갈기 찢어서 추위에 그들의 맨살을 드러낸 다음, 또 한 쌍의 병사들이 호스를 들고 그들에게 물을 뿌렸다.

그들이 허락한다면 나는 직위를 내려놓았을지도 모른다. 내가 포기할 것 같았는지 장교가 내 팔을 꽉 움켜쥐었다. 그의 차분한 얼굴에는 새겨진 혐오는 누구를 향한 것인지, 무엇을 위한 것인지 알 수 없었다. 병사들은 물을 뚝뚝 흘리는 마루타를 대충 닦은 후에 나를 가장 가까운 곳에 있는 판자 쪽으로 데려갔다. 그곳엔 네 명의 여자가 한 족쇄에 같이 묶여서 벌벌 떨고 있었다. 모두 20대나 30대 여자였고, 우리에 대한 비난과 공포로 눈동자는 시커멓게 질렸고, 부들부들 떨리는 몸은 소름이 심하게 돋아서 거의 촉진이 힘들 정도였다. 두 번째 판자에는 삐쩍 마르지만, 막노동을 했던 듯 강인해 보이는 남자들이 있었다. 매우 원시적인 방법으로 굴욕적인 조사를 해야 했던 탓에, 내 손이 와들와들 떨렸다. 세 번째와 마지막 판자는 남녀가 섞여 있었는데, 아마도 가족이었으리라. 절름발이 소녀에게 내가 손을 뻗으려 하자 한 여인이 너무 동요해서, 나는 간신히 기차에서 남자 한 명을 끌어내 기록한 다음 화물로 추가했다. 새 죄수는 나와 비슷한 나이로 건강 상태가 양호했으며 기차 창문에서 '염탐'을 하려고 장막을 들춰볼 만큼 용기가 있었다. 군인들은 내 앞에 그를 끌고 와서 진정시키라고 요구했으며 나 역시 그 명령에 따랐겠지만, 등 뒤에 느껴지던 군인들의 삼엄한 열기 외에는 나는 아무 기억이 나지 않는다. 다음 날 내가 병동에 들어갔을 때, 나는 그 누구의 얼굴도 알아보지 못한다는 사실에 막연히 안심했다.

목재 공장이라고?

아무도 그렇게 순진했으리라고 나는 믿지 않는다.

\#

전쟁과 함께 확장된 핑팡 작전은 원래의 방어 기능에서 선천성 쌍둥이 격인 생물학 무기의 개발로 그 목표가 대체되었다. 초기부터 추진되었던 이런 작전은 주로 대테러 진압 지침에 부가된 창의적인 주석에 따라 소규모 실험 형태로 은밀하게 진행되었다. 그러다가 미국과의 전쟁으로 치명적인 분위기로 흐름이 바뀌면서 핑팡의 연구는 절정에 달했다. 당시에는 많은 연구자가 새로 정복한 지역이나 고국의 전략적 요충지에 파견되어 있었고, 대부분 뜬소문이라고 여겼던 이런저런 소식들이 우리만이 알 수 있는 속사정과 함께 뉴스에 보도되면서 우리는 전황을 확인할 수 있었다. 전쟁이 막바지에 접어들면서 팡의 중요성은 더욱 높아졌다.

독일이 퇴각하자, 이미 러시아의 공격을 예상한 팡은 북쪽 지방의 영하 온도에서 인간 한계점을 시험하는 등의 새로운 실험을 개시했다. 데이터가 어떻게 사용될지는 우리도 몰랐다. 자원과 인프라가 거의 남아 있지 않은 상황에서 새로운 장비를 보급하기는커녕 마땅한 제조 방법도 없었다. 왜 이런 시험들이 더 잔인하다고 생각했을까. 아마도 그 실험 방법의 명백한 잔인함이 우리의 양심을 건드렸기 때문이다. 아니면 단순히 방어적인 반사 작용이랄까, 자신을 구하기 위해 다른 사람을 유죄로 기소하려는 자기 보호의 본능처럼 말이다. 결국 내가 그들의 위치에 있었다고 해도, 나 역시 병사의 전술적 생존력을 평가하기 위해 동상의 상태를 관찰하고 생체를 얼렸다가 녹이는 등의 실험을 자행했을 것이다. 일부 사람들은 인간성이 상대적인 것으로 주장했지만, 우리 중 누구도 그런 내용을 품위 있게 논쟁할 수 있다고 나는 믿지 않는다.

화물 검사에 관한 사실을 돌아보면, 결국 나는 이 일 때문에 개업의 (전쟁 후에 나를 위해 신중히 준비한 가정의학 클리닉) 생활을 포기했다. 그전까지만 해도 개업의는 나와 잘 맞는 듯 보였다. 클리닉은 생계를 꾸려나가기에 적당했고 간단한 진단과 치료만 반복하면 된다. 그런데 내 몸이 잊지 않았다. 그 끈적끈적한 팔과 떨리는 입술을. 한때 실험 대상을 꾸준히 충원했던 내 손에 이제 경련이 일기 시작했다.

그래서 8년 전 아내가 세상을 떠난 후, 나는 일본 북부에 있는 도시로 이사했다. 당시 중국은 대일 외교를 막 정상화했다. 비슷한 고비를 겪고 있던 나와 두 명의 동료는 오리 요리로 유명한 작은 국수 가게에서 재회했다. 그것은 전쟁 후 첫 접촉이었으며, 우리는 잠깐 머뭇거렸지만 이내 서로 인사를 주고받으며 흩어졌다가 모인 닭들처럼 두근거렸다. 우리는 다시 한번 게걸스럽게 밥을 먹으며 서로를 위로한 다음에 유쾌하게 작별했다. 하지만 우리가 두려워하고 갈망했던 순간이 마침내 왔다는 안도감이 없었다면, 우리는 각자 밥상 앞에서 조용히 먹는 편이 좋았을 것이다. 그 후로 우리는 일본호에 탑승했던 운명적인 10월에 매해 모이기로 무언의 합의를 했다.

#

S와 내가 긴 대화를 나눈 것은 단 한 번뿐이었다. 그날 나는 동료 T를 찾아 나섰는데, 상당한 재능이 있던 외과 의사였던 T는 여성 수감자들을 정기적으로 방문하는 것으로 유명했다. 한때 유순했고 품행이 단정했던 T는 한창 악명을 떨치고 있어서, 우리가 번갈아 가며 그를 말려야 했다. 그날 T는 여자 죄수 병동에 있지 않았다. 나는 그가 더 많은 '재료'를 요청하러 본부에 갔다고 생각했는데, 그곳에서도 그를 본 사람이 없었다. 다시 길을 돌아가려 할 때, S가 출입이 제한된 사무실에서 흰 가운 안에 서류 뭉치를 슬쩍 숨기고 나오는 장면을 목격했다. S는 나를 발견하고 잠깐 멈칫

했지만, 애써 변명하려 들지 않았다. 대신 S는 나와 나란히 걸으면서 핑팡의 모든 건물로 연결되는 지하 통로의 문을 싹싹하게 열어 주었다.

"이런 일이 끝난 후에, T는 어떤 상황을 맞이하게 될까?" S의 가운 속에 있는 서류를 보지 않으려 애쓰면서, 나는 말했다.

"전쟁 후를 말하는 거야?" S는 어깨를 으쓱하며 말했다. "누가 신경이나 쓰겠어?"

"조금만 신중했으면, 그는 아직 경력, 그러니까 미래가 있잖아."

"미래?" S는 의외로 즐거워 보였다. "이 전쟁이 어떻게 될 것 같아?"

나는 소리를 낮추며 말했다. "우린 그냥 명령을 따르는 거야."

"세상이 우리를 동정할 것 같아?"

"우리에게 다른 선택이 있어? 아무튼 T는 너무 지나친 것은 사실이야."

"당신은 그들과는 조금 다르다고 생각하나 보군."

"세상이 그런 차이를 고려해야 한다고 생각해."

"세상이 그렇지 않다면?"

나는 침묵했다. 그것은 사실이었다. 세상이 그럴 의무는 없다. 만약에 서구의 법원이 이 일을 다룬다면, 우리에게 어떤 기회가 있을까? 우리가 명령에 복종했더라도 어쨌든 실제 그 명령을 수행한 사람들이었다. 자기 손을 내려다보며 떳떳이 결백을 주장할 수는 없다. 상관들이 명령했던 대로 그 일을 처리할 준비를 했고, 정작 더러운 일을 아랫사람에게 떠넘기면서 "의료계를 위한 일"

로 완벽하게 세탁되기를 기대했다. 우리가 감내할 수 있다고 예상했지만, 애초부터 우리가 감당할 수 없는 상황이었다. 우리의 책임이 아닌데 책임을 지게 될까 봐 나는 분개했었다. 그래서 나는 일부러 보고서를 틀리게 기록하기 시작했다. 작은 실수는 쉽게 넘어가지만, 실수가 거듭되면 무시할 수 없게 된다. 나는 동물을 지칭할 때 쓰는 접미사 대신에 인칭용 접미사를 적기 시작했다. 핑핑에 걸맞게, 나는 계산된 무작위성으로 체계적으로 하나씩 대체했다.

나는 S의 실험실 가운과 그 안에 있는 훔친 서류를 힐끗 보았다.

"누가 이 일을 알아내느냐에 달렸겠지."

S는 가운을 가볍게 두드렸다. "우리 모두 우리가 해야 할 일을 해야지, 안 그래?"

"다 끝난 후에, 그들은 우리를 보호할 수밖에 없을 거야." 나는 말했다.

S는 동의하지 않았다. "이 문제는 우리 군대나 정부뿐만 아니라, 다른 국가들도 관심을 가지게 될 사안이야."

그가 옳았다. 실제로 그런 식으로 사태가 흘러갔다. 냉전이 최악의 상황으로 치닫자, 러시아를 두려워하는 미국인들은 우리 중장과 협상하기로 합의했다. 미국은 우리 연구에 대한 독점적인 접근권을 확보함으로써 그간 의료 윤리로 인해 발목이 잡혔던 비밀 생체프로그램을 진전시키려 했다. 그 결과는? 인간과 그 밖의 모든 데이터는 우리들에 대한 완전한 면책특권과 교환되었다.

#

이제껏 핑팡의 만행에 대한 증거를 폭로한 출판물이나 역사학자는 거의 없었다. 폭로했던 사람들은 피해자의 숫자를 놓고 각자 의견이 갈렸다. 한편에서는 핑팡의 사상자 수를 수천 명으로 추산했다. 다른 측 주장에 따르면, 20만 명에 가까운 사람이 희생되었는데, 그들 대부분은 중국인이고 일부 러시아인과 일본인도 포함되었다고 한다. 나는 두 수치가 모두 진실이라고 믿는다. 6년간 운영한 용광로에는 마루타가 부족하지 않았지만, 우리의 목표는 결코 대량 박멸이 아니었다. 인체와 유기체의 처리와 유지 과정에 집중된 실험은 비용이 많이 들었고, 현장 연구는 데이터의 추적 관리가 용이하도록 작은 촌락과 외진 마을로만 제한되었다. 그러나 핑팡의 규모를 5년 동안의 운영에 국한해서 보아서는 안 된다. 1만5천 명의 노동자를 동원하고 6백 명의 주민을 퇴거시키면서 핑팡을 건설하는 데만 2년 이상이 걸렸다. 항복 후에 벽체가 두꺼운 복합 시설을 파괴하기 위하여 특수 다이너마이트를 동원해야 했다. 마지막 폭발 때 그곳에서 살아서 탈출할 수 있었던 유일한 생명체는 동물뿐이었다고 전해진다. 그래서 뭘 얻었느냐고? 군사적으로는 생물학 무기와 미지의 전염병에 대한 소문이 떠도는 등 매우 애석한 결과로 이어졌다는 것을 역사가 입증했다. 한편 의학적인 평가는 어렵다. 우리 연구로 인해 일본 의학은 최첨단 수준으로 부상했고, 연구자 중 일부는 제약 분야에서 영향력 있는 위치에 올라 의학 교육과 의료계의 자금을 진두지휘했다는 것은 부인할 수 없는 사실이다.

　가장 아이러니한 것은 우리가 핑팡의 벽 안에서 음식을 잘 먹었고, 마루타는 최적의 생물학적 상태를 유지하기 위해 우리보다 더욱 잘 먹었다는 사실이다. 풍요함과 죽음의 외설적인 결합, 그 호화로운 공모 관계는 핑팡의 기억에 일종의 강렬함을 불어넣었다. 그리고 그 영원한 기억은 두 개의 굴뚝 주위를 에워싼 생생한 흐릿함으로 집약된다. 이 쌍둥이 형상은 언제나 눈앞에 어른거리다가 내가 집중하려는 순간 어느덧 사라지고 만다. 오늘날 나의 영혼은 핑팡의 비현실성과 계속 충돌하며 나를 끝없는 공포로 몰고 갈 뿐만 아니라, 그들의 손과 얼굴과 목소리를 모두 풀어놓겠다고 안개에 갇힌 내 과거에 으름장을 놓는다.

내 동료들은 운이 더 좋았다. 우리의 연례 식사가 그들에게 도움이 되었을까? 세월이 흐른 후, 미네랄이 고갈된 옛 흙을 갈아엎고 새로운 대기를 호흡할 수 있도록 드러낸 셈이다. 시간의 뒤안길로 사라졌지만 내가 잊지 못한 장소와 사람들에게로 나는 다시 끌려왔다. 내 나이에 이르러서 그것은 현존하는 시간이며, 그것의 물질성은 그동안 내가 결정 내리고 살아온 모든 선택의 최종 결과를 떠올리게 한다.

오늘 아침 동료들은 나카히라 후미오 대위, 그 행방이 묘연해진 낙오자의 이야기를 하잘것없는 농지거리로 치부했다.

그렇게 인생은 흘러가고, 시간은 변덕을 부려 우리가 희망하던 것과는 달리 우리를 쥐었다 풀었다 하면서 현재에서 과거로 뒷걸음치게 만든다. 그리고 아마도 그래야만 할 것이다. 나카히라 대위가 내 아들이었다면, 나는 어떻게 해야 할까? 야심에 찬 기자들과 내 아들의 앞에 나설 용기가 내게 있을까? 나는 아내의 무덤을 마주할 용기조차 없었다.

#

작년에 나는 동료들에게 S에 관한 얘기를 다시 꺼냈다. 지난번 갈등을 겪은 후 동료들의 생각을 알았지만, 나는 또다시 충동에 사로잡혔다. 우리의 식성에 맞게 준비된 오리 요리를 앞에 놓고, 나는 그가 훔쳤던 서류와 나와의 대화를 설명했다. 지난번처럼 동료들은 내 얘기를 끈기 있게 경청했고, S의 용기와 뛰어난 선견지명, 무모할 정도로 고결한 성품을 칭송한 후에, 우리가 어떻게 그런 인물을 잊었는지를 반문했다. 나는 그의 고독함, 우리를 집요하게 지켜봤던 그의 침묵을 묘사했다. 그런데 동료들은 S라는 사람 자체를 기억하지 못했고, 다만 지난번 내가 S를 설명했던 내용만을 기억할 뿐이었다. 그가 서류를 공개해야 할까? 나는 질문을 던졌다. 그러자 동료들은 다시 한번 내가 왜 이 문제를 꺼내는지, 무슨 이해관계가 있어서 자꾸 도덕적 물음을 제기하는지를 묻고, 그런 폭로는 나의 마조히즘적 행동에 불과하다고 반박했다.

내가 가상의 S를 창작해 낸 것이 아니냐고 동료들은 의심했다. 나는 스스로 변호하기 위해 동료들 중 한 명은 다른 두 사람이 기억하지 못했었다는 사실을 지적했다. 게다가 또 다른 삶이든, 혹은 또 다른 자아든 간에 우리가 상상해냈는지는 중요하지 않다고 강조했다. 그 증거로 세월이 거듭할수록 우리가 쓸모없는 석기시대 노인으로 전락한 것을 보라고 덧붙였다.

우리의 침묵 속에 가시가 돋아났다. 처음으로 우리는 불편한 마음으로 헤어졌고, 억지로 꾸며낸 쾌활함으로도 서로의 균열을 감추지 못했다. 최근 우리는 식욕이 여전했지만, 기름진 오리 요리에 부담을 느꼈고 기억 속의 메뉴를 다소 기계적으로 선택해 왔다. 더구나 기억 속의 먹거리를 거의 소비한 지금, 우리가 오리 요리에 대한 입맛을 잃지 않았다는 확신이 들지 않았다. 아마도 우리 나이라면, 시계를 거꾸로 맞춰 시간을 되돌려 해방되고 싶은 것이 당연한지도 모른다.

여태껏 드러난 정황을 보면, S는 세상에 존재하지 않았을 수도 있다. 그가 절대 공개하지 않았던 문서처럼 말이다. 하지만 그는 우리가 가야 할 다른 경로를, 새 비전을 제시했다. 그것은 아마 나의 최종 범죄로 이어질 것이다. 나는 결코 위험을 감수하지 않았다. 대신 나는 매해 몇몇 남은 사람들과 과거를 회상하며 세상의 행진(또 다른 전쟁, 또 다른 시대로의 행진)을 외면해왔다.

어쩌면 이것 때문에 우리의 행동을 바로 잡을 수 있었던 바로 그 순간마다 내가 감질나게 계속 뒤로 후퇴했는지도 모른다. 왜냐하면 과거에도 나도 그런 기회를 잡을 수 있었다. 굴뚝으로 걸어가던 날 바로 직전에 우리는 수술을 집도했다. 나는 수술대 맨 앞에서 차트를 작성했고, T는 마루타의 정중앙을 메스로 절개했으며, 미래의 국수 가게 동료인 Y는 시계추에 따라 맥박의 박동을 재며 바이탈 사인을 추적했다. 피실험자의 신체는 안구 진탕, 머리 떨림 등 모든 특징적인 발작 증세를 보였다. 한때 따뜻했던 육체는 피부가 점차 식으면서 경련을 일으켰고, 우리가 그런 육체의 반란과 씨름하는 동안 그 진득한 피부는 장갑 아래로 버둥대며 미끄러졌다. 만약 Y가 절차를 고수했었다면. 그런데 바이탈을 관찰하고 있던 Y는 피실험자의 상태와 특이 조건을 추적하는 중에 문득 한 개의 맥박이 아닌, 두 개의 맥박(그리고 두 번째 맥박은 태아의 것이었다)을 발견했다. 그래서 Y는 손가락을 안에 밀어 넣었다. 마루타는 단단히 묶여 있었다. 우리에게 시선을 고정한 채 입만 벌리고 있었다. 우리 중 몇 명은 주머니 속에 있는 사전처럼 겉핥기식으로 외국어를 배웠지만, 그녀의 말을 이해하는 데는 굳이 언어가 필요하지 않았다. 그녀의 울리는 목소리는 어머니의 간청임이 틀림없었다. 그녀는 모두에게 우리의 임무가 생명을 파괴하는 것이 아니라 생명을 살리는 것임을 알리려 했다.

더 말할 필요도 없이, 우리는 그날 그 방에서 누구의 생명도 구하지 않았다. 대신 우리는 기록적으로 많은 절차를 완수해냈고, 일부 절차를 생략하더라도 효과를 높이기 위해서 인체들을 훼손했고, 데이터를 기록했으며, 붐비는 복도와 의례적인 검사실을 끊임없이 가동했다. 우리는 전쟁의 요구에 맞춰 무리한 실험을 밀어붙였으며, 그 전쟁은 우리에게 적당한 훈장으로 장식해줬지만 결국은 우리 뒤에 남겨진 풍경만큼 우리 자신이 황폐해졌다.

S가 사무실에서 문서를 슬쩍 빼돌린 그날부터 그의 이야기는 우리의 이야기에서 돌이킬 수 없이 벗어나기 시작했다. 우리가 움츠러드는 동안, 그는 회피할 수 없는 정의를 상상하며 계획을 세우고 음모를 꾸몄다. 전쟁이 끝나고 재판이 시작되었을 때, 정의가 그를 찾아오는 시간을 그는 두려워하며 기다렸을 것이다. 하지만 어떤 선고도 내려지지 않았고, 그는 자신이 짊어진 무게를 두 배로 무겁게 느꼈다. 그래도 그는 그 문서를 공개하려 하지 않았

다. 대신 그는 문서를 따로 챙겨서 오래된 의학 서적들 사이에 끼워놓고, 언젠가 돈이 궁한 대학생이 찾을 수 있도록 여러 중고 서점에 기증할 계획을 세웠다. 어딘가 그것을 호기롭게 세상에 공개할 용기가 있는 학생이 있을 것이다.

그러다 8년 전 S는 북부 도시 시골 외곽의 한 주택으로 은퇴했다. 그곳 후원에는 봄이면 새들이 찾아오고 겨울에는 눈으로 덮였고, 늙은 삼나무 한 그루가 그림자를 드리우고 있었다. 그는 헛간 뒤에 심은 묘목들을 돌보며, 헛간에 있는 오래된 교과서 상자 속에 문서를 숨겼다. 때때로 그의 마음은 그 나무 상자 주위를 맴돌면서, 자기 자신을 보호하려는 끊임없는 인간의 의지에 경악했다.

그런데 봄기운이 미풍을 부드럽게 녹이고 새들이 마당을 찾는 오늘 하루, 그는 문서를 꺼내야겠다는 충동에 휩싸인다. 오랜 세월이 흘렀어도 문서는 약간 누렇게 되었을 뿐, 온전히 보존되어 있다. 그는 문서를 헛간 바깥에 있는 작업대 위에 올려놓는다. 햇빛 아래에서 보면, 또렷한 필체와 익숙한 철자 오류가 그를 동요시킨다. 다시 한번 여자의 동그랗게 뜬 눈과 헐떡이는 입술, 태아가 오물통에 버려지는 축축한 소리, 그리고 그 이후에 찾아든 침묵이 떠오른다. 며칠 동안 그는 요리와 세탁, 소독약이라는 일상의 흔한 냄새 밑에서 풍겨오는, 그 타는 듯한 냄새에 시달렸다.

그는 헛간으로 돌아가 잠시 벽에 걸린 갈퀴와 삽, 긴 손잡이가 달린 녹슨 울타리 가위를 둘러보며 어느 것을 고를지 따져본다. 허파 깊숙이 숨을 들이마신다. 이 부패의 냄새에는 오랜 세월에 걸쳐 자연히 부패하는 호사가 보장된, 생명의 증거인 편안함이 있다. 그는 밧줄을 풀고 상자 속의 문서를 비운다. 밧줄은 나무 상자 만큼 튼튼하다. 그는 아치형 삼나무 아래에 가서 땅 위에 나무 상 자를 똑바로 세워놓는다. 올해에도 동료들이 서로 만날지 잠시 궁 금해한다. 그는 나무에 밧줄을 매달고 벽을 보고 마주 선다. 또다 시 산들바람이 불어와 이웃의 복숭아와 매화의 향기를 열심히 퍼 트리고 벽 위의 덩굴의 어두운 잎새들을 흩트려 놓는다. 그는 밧 줄을 잡는다. 상자가 덜그럭거린다. 나는 그 시간을 정확히 측정 한 적은 없다. 공기가 폐에 흡수될 때까지, 뇌에 혈류가 끊길 때까 지, 신체가 스스로 살려는 몸부림을 멈출 때까지 걸리는 시간을 계산한 적이 없다. 하지만 그런 시간이 주어지는 동안 나는 내 누 이와 고향 집 연못에서 헤엄치는 오리와 같은 의식의 단편을 한 번 더 떠올릴 수 있기를 희망한다.

8장 제국군의 최후의 보루

1944년 10월 28일 오전 9시

파리가 그의 얼굴에 붙어 있다. 진흙과 거뭇한 때로 얼룩진 그의 피부에는 턱부터 입가까지 딱지들이 뒤덮여 있었고, 이미 오래전에 수통 바닥까지 말라붙게 한 열기로 인해 입술이 심하게 부르트고 농익은 염증과 진물이 마치 웅덩이처럼 고여있었다. 하얀 열대 태양으로 눈이 아픈 그는 말없이 눈꺼풀만 끔벅거렸다. 그의 앞쪽에서 발가락 신발인 지카다비를 질질 끌고 가는 소리가 들려왔다. 포연이 피어오르는 해안선을 뒤로한 채, 그는 다시 행진을 시작했다. 저 멀리 독수리가 연처럼 하늘을 빙빙 돌고 있었다.

1944년 10월 28일 오후 3시 13분

최종 집계에 따르면, 부대원은 원래 연대의 ¼인 2천 명 밑으로 줄어들었다. 임시 게릴라 부대만 방어선에 남겨둔 채, 연대 전체가 9일 전에 점령했던 해안선에서 내륙 방향으로 8㎞ 지점까지 후퇴했다. 폭격기를 실은 수백 척의 적함이 티끌 하나 없는 에메랄드색 파도에 실려 도시로 몰려들었다. 사전 경고도 없이 한 달 전부터 모든 통신이 두절된 상황에서, 병사들은 쓸모없을지 모르는 명령을 계속 수행하면서 전선에 남아 있었다. 임무는 실로 간단했다. 8천 명의 병사를 이용해서 적군이 파괴하거나 뚫기 힘든 인간 벽을 세우는 것이었다. 간단히 말해서 그들의 임무는 제국의 최남단 관문을 지키는 가장 치열한 니오(仁王)로 변신하는 것이다. 이곳에 파견된 후 6개월 동안 한 일이라곤 그저 참호를 파고 망치를 두드리고 깃발을 게양한 것뿐이었지만, 그들은 제국군의 최후 보루라는 자부심을 지키며 최근에 파기된 약속조차 이해하고 받아들였다. 병사들은 하루에 두 번으로 줄었다가 지금은 하루에 한 번이 된 식사를 감내해야 했고, 그들이 휘두르는 삽과 곡괭이는 차가운 바위와 산호초에 속절없이 부딪혀 둔탁한 조롱처럼 울려 퍼졌다. 전쟁 초기부터 일본 제국군이 하늘과 바다를 모두 장악하지 못한 것은 명확했지만, 지도에서 도시가 통째로 사라졌다거나 다가오는 적들의 목표가 격퇴가 아닌 말살로 수정되었다든가 하는 정보들은 대원들이 전혀 예측할 수 없었다.

　가장 먼저 공군부대가 교전을 벌였다. 섬 주변 곳곳에 숨어 있던 40대의 비행기가 일제히 떠올라 수백 대의 적기와 자웅을 겨뤘다. 마지막 에이스가 이끄는 공군부대는 최선을 다했고, 조종사마다 평균 3대의 적기를 격추한 끝에 끝내 청록색 바다로 추락했다. 한 시간 후에 첫 번째 해상 포격이 개시되었다. 끊임없는 굉음에 허공이 찢기고, 모래가 튀어 오르고, 나무가 쪼개지면서 1차 방어선 너머로 분화구 크기만 한 구덩이가 뚫렸다. 그간 주의 깊게 보관했던 연료와 중무기는 적들의 일제 사격 앞에서 무용지물로 변했다. 지축이 흔들리고, 나무가 뿌리째 뽑히고, 몸이 뜯겨나가는 상황에서 그는 한 바퀴 굴렀다가 다음 순간 공중에 솟구친 뒤에 공중제비를 돌았다. 다른 동료 소대원이 그를 용케 잡아채지 않았다면, 그는 그대로 흙구덩이에 산채로 매장되었을 것이다.

1944년 10월 28일 오후 5시 25분

그는 물통을 기울여 홈 가장자리에 남아 있는 물 한 방울이라도 짜내려 했다. 이 불볕더위 속에서 물이 바닥 나자, 그의 심장은 아주 빠르고 낮게 두근거렸다. 바람도 구름도 없는 데다가 햇살이 쉬지 않고 쨍쨍 내리쬔 탓에, 그의 피부는 갈라졌고 겨드랑이와 사타구니, 발가락들처럼 연한 살이 접히는 부위가 몹시 쓰라렸다. 들쑥날쑥한 바윗길에 군화 밑창이 뚫리자 일부 부지런한 병사들은 수선해서 신었지만, 대부분은 젖은 천에 맨발이 까지느니 차라리 마른 흙을 밟고 다니는 게 낫다며 군화를 버렸다. 그는 시체에 박힌 미제 M1 소총을 뽑아 챙긴 후, 서둘러 주위 동료들과 보폭을 맞추었다. 그의 목숨은 부대의 이동 속도를 따라잡는지 아닌지에 달려 있었다.

마침내 행군을 멈춘 부대는 일몰을 기다렸다. 가끔 그루먼 전투기가 허공을 가르며 지나갔지만, 수백 명의 군인은 오히려 적기가 정찰하는 동안 행군을 멈출 수 있는 것을 감사히 여기며 별 동요 없이 나무 그늘에서 휴식을 취했다. 아직 사기가 여전한 병사들은 해안선을 중심으로 완강히 저항하면서, 여러 번 착륙 지점을 확보하려던 적군을 궁지에 몰았다. 최전방 군대가 후퇴하면서 들쭉날

죽한 방어선이 조금씩 무너졌지만, 그들은 밤낮을 가리지 않고 교대로 공격하면서 탱크에 다이너마이트를 터뜨리고 야영지에 수류탄을 던지고 식량을 약탈했다. 간혹 항복하자는 말을 퍼뜨리는 병사들도 나왔는데, 그들은 M2 소총으로 총살당했다. 마침내 작전변경 명령이 하달되면서, 병사들은 서로를 부축하며 행군해서 50 평방미터 넓이의 개간지 주위로 모여들었다. 바람에 흔들리는 우거진 풀숲이 적당한 은신처가 되었으며, 가끔 출몰하는 적군의 정찰병 무리를 매복하기에 알맞았다.

그는 나무 그루터기에 몸을 기대고 부드럽게 흔들리는 풀밭의 유혹을 버티려 했다. 이미 곳곳에 병사들은 땅바닥에 널브러져 쉬고 있었고, 몇몇 병사들은 철퍼덕 주저앉은 채로 각자 지저분한 통조림에 눈독을 들였다. 그의 앞에는 등이 넓은 덩치 큰 병사가 무릎을 덜덜 떨며 살에 박힌 파편 조각을 뽑으려고 상처를 후비고 있었다. 그 뒤편에는 신경질적인 얼굴의 십 대 병사가 어머니를 찾으며 울부짖고 있었다. 어디선가 어떤 병사가 담배에 불을 붙이자, 회색 연기가 퍼져나가 작은 소동이 일었다. 그는 웅성거리는 소음 속에서 온갖 번잡한 생각에 빠져들었다. 근심 어린 어머니와 고압적인 아버지, 한동안 잊으려고 애썼던 얼굴들이 유령처럼 허공에 떠올랐다. 그러다 무릎이 휘영청 하며, 그는 소스라치듯 깨어났다. 어느새 팔은 어깨관절에서 탈구된 듯 축 늘어져서 손가락에 차가운 풀잎이 닿았다.

땅거미가 어둑하게 내렸다. 모기가 들끓는 황혼이 차츰 사위어 간다. 아예 움직일 수 없거나 움직일 마음이 없는 사람들 틈에 자리 잡고 누운 병사들은 고요한 하늘에 가끔 불어오는 눅눅한 바람에 몸을 뒤척였다. 최전방에는 장교의 지휘 아래 병사들이 야영지를 가로지른 수풀 아래 재빨리 몸을 숨기고 있었다. 숲 너머로는 어두운 숨을 내뿜는 산이 희미하게 그 모습을 드러내고 있으며, 병사들은 한 명씩 포복하며 차례로 이동했다. 그의 차례가 오자 그는 동료들과 함께 돌진했다. 그의 눈앞에 나무들이 다가왔고, 밤이 그를 감싸 안았다. 바깥소리에 신경을 곤두세운 채, 그는 자기 앞에 있는 동료의 어깨를 더듬어가며 어둠 속에 몸을 감췄다. 어둠이 서서히 짙어진다. 박자에 맞춰 병사들이 신속하게 이동을 끝내면서 발걸음 소리가 차츰 잦아들었고, 다만 이따금 나뭇가지가 부러지는 소리와 함께 어둠 속에서 제 방향을 찾지 못하고 동료를 부르는 소리만 적막을 뚫고 들려왔다.

1944년 10월 30일 오전 1시 59분

가스 램프를 든 참호 여단대원들과 마주쳤다. 마지막 저항을 위해 여기에 주둔하면서 쌀꾸러미와 수통을 따로 비축하고 있었다. 얼굴이 멀끔한 두 명의 장교는 이제 야전 탁자를 펼쳐놓고 어느 부대가 어떤 전투를 담당할지를 두고 말다툼을 벌였다.

그는 마지막 배급식량을 챙겨 나무 아래로 갔다. 주변에는 이미 한 무리의 병사들이 모닥불을 피우며 낡은 도시락통을 데우고 있었다. 익숙한 얼굴은 보이지 않았지만, 그들은 자리를 비켜주고 그에게 도마뱀처럼 보이는 것을 건넸다. 그는 모닥불 위에 자기 몫의 음식을 걸어놓고, 행복한 불빛이 서서히 타오르는 것을 지켜보았다. 어린 시절 그는 모닥불을 싫어했는데, 사람들이 불길에

찡그리는 얼굴이 어딘가 사악하고 불길한 기운이 느껴져서였다. 오로지 어머니의 얼굴만 변함이 없었다. 불길의 흔들리는 그림자가 그녀의 얼굴을 핥을 때조차, 아버지가 아들을 꾸짖을 때마다 어머니가 애원했을 때와 똑같은 간절함이 엿보였다. 지금도 그는 부모님들만 생각하면 가슴이 답답해졌다. 물론 어머니의 겨울 나베 요리, 육수에 생선과 채소를 푹 끓인 요리가 이곳에 있다면 마다하지 않겠지만 말이다. 그는 담배에 불을 붙였다. 5일 만에 폐를 달랠 수 있었을 뿐 아니라, 미카사 담배보다 싸구려인 골든배트 담배가 의외로 모기 퇴치에 효과적이라는 사실을 알게 되어 기뻤다.

1944년 11월 2일 오전 11시 45분

군사력이 보강된 적군을 임시 부비트랩이나 89식 기관총만으로 저지하기는 힘들었다. 산이 우르르 쾅쾅 울었고, 병사의 사지가 색종이 조각처럼 허공에 뿌려졌다. 쟁탈전 와중에 흰 연기와 함께 그는 발목과 무릎 사이에 격발을 당했다. 고통에 기절할 뻔했다. 다시 정신이 번쩍 돌아왔을 때, 그는 무의식적으로 팔꿈치를 휘저으며 전진하고 있었다. 지형지물이 대부분 파괴된 상황에서 그는 간신히 동굴을 발견했는데, 그곳에는 이미 공포에 질린 병사 세 명이 도망 와 있었다. 여러 차례 헤어짐과 만남을 거듭했던 병사들은 그를 동굴 밖으로 밀어내면 자신들 목숨 보전에 유리하다는 점을 알면서도 그를 내쫓지는 않았다. 그들 사이에는 암묵적인 동지 의식이 싹터서 서로 적군의 위치나 날씨 상태의 변화 등 간단한 정보를 주고받은 다음, 각자의 일화를 조곤조곤 말해주었다. 그들 사이에 껴들은 그는 자기 이름이 '다나카'라고 밝혔다. 나머지 세 명도 대답했다. 가장 건장한 야마다, 가장 잘생긴 마에다, 가장 키가 크고 지위가 높은 기무라. 그리고 각자 자신의 주머니에 든 물건을 꺼내 서로 나눴다. 담배 한 개비, 물 한 컵, 말린 오징어.

"이건 어디서 났어?" 마에다가 오징어 냄새를 맡으며 물어봤다.

"이건 할머니 솜씨지." 그들이 단백질과 소금의 기적을 음미하는 것을 지켜보면서 야마다가 대꾸했다. 알고 보니 야마다는 어부의 아들이었다. "마지막으로 그럴듯한 음식을 먹은 게 그 마을에 불을 질렀을 때야. 혹시 너는 그 진수성찬을 챙기지 못한 거야?"

몇 주 전에 있었던 약탈을, 불타는 마을 사이를 지나갔던 질박한 꿈을, 다나카는 기억했다. 야마다도 그곳에 있었던 사실을 물론 그는 전혀 알지 못했다. 그 자신도 한밤중에 음식의 유혹에 이끌려 자원했지만, 누가 어떻게 약탈을 조직했고 얼마나 많은 사람이 참여했는지는 알지 못했다.

마에다는 아무 말 없이 오징어를 씹어 꿀꺽 삼켰다.

기무라는 동굴 밖을 내다보며 재촉했다. "제군들, 구름 떼가 모여드네. 이제 언덕을 올라갈 준비를 하자고." 아직 그들이 한 조로 움직이던 시절, 기무라는 정찰 담당이었다.

다나카는 지혈대를 다시 조였다. 아무도 그의 다리 상태를 눈치채지 못했다.

1944년 11월 3일 오전 7시 4분

 적군이 기력을 재충전하고 다시 몰아쳤다. 시체가 쌓였다. 산속 깊숙이 안개가 자욱한 가운데, 햇빛이 나무 꼭대기를 뚫고 비추면서 태곳적 차양을 열어젖혔다. 적군은 섬의 상수원을 점령한 다음, 그동안 약탈당한 경작지와 아내와 딸들의 복수를 할 수 있게 분노한 주민들을 무장시켰다. 일본 제국군은 휘청거렸고, 만세 삼창이 울부짖는 비명으로 바뀌었다. 때때로 적군 편에서도 비슷한 비명이 울려 퍼졌지만, 결국은 적의 공세를 늦추지 못했다. 제국군은 적에 가로막혀 쓰러졌고, 병사들은 동굴로 뿔뿔이 흩어졌다가 불길에 휩싸이거나 다이너마이트에 폭발되거나 땅속에 파묻혔다. 정글의 미로에서 많은 사람이 길을 잃었으며, 설사 탈출했더라도 고열에 시달렸다. 절벽 아래 동굴에서 때를 기다리며 네 명의 병사들은 기무라가 전해준 소문을 들었다. 섬 주변에 선박이 숨겨져 있다는 소문에 대해 각자 전략을 짜고 논쟁을 벌이는 동안, 다나카는 자기 다리가 곪아가는 것을 지켜보면서 원시의 분화구처럼 공포가 치솟는 것을 느꼈다.

1944년 11월 4일 오후 11시 20분

 다시 밤이 찾아왔다. 그의 상처는 새 국면에 접어들었고, 찬란한 고통이 정동석(晶洞石)의 환한 동굴 내부처럼 빛났다. 진땀이 나고 소름이 돋기 시작했다. 바깥에서는 낙엽들이 바람에 휩쓸리는 소리가 들려왔다. 간혹 조명탄이 터지고 기관총 연발 소리가 들렸지만, 이조차도 간헐적으로 들릴 뿐이었다. 다들 죽음에 익숙해졌지만, 그래도 그는 자기 자신이 존재하기를 멈춘다는 생각이 들자 새삼 두려워졌다.

다른 군인들이 그렇듯, 그도 야스쿠니에 합사된 전쟁 영웅들과 나란히 위패가 놓일 수 있도록 자기 생명을 바쳐 공훈을 세우겠다고 서약했다. 하지만 당시에 기고만장했던 허세가 오늘날의 그를 조롱하는 것 같았다. 열아홉 해의 인생에서 자기 자신이 이렇게 날 것으로 느껴진 적은 처음이었다. 그의 곁에 있는 동료들은 각자 좋아했던 소녀들을 회상하고 있었다. 처음에는 학교, 다음에는 위안소로 이야기의 순번이 몇 차례씩 돌아갔고, 처음에는 조용했던 그들 목소리도 점차 흥에 겨워 자세한 내막과 이름을 늘어놓기 시작했다.

각각의 음절들이 설레듯 하나의 단어로 결합했다. 하루코, 하루코, 하루코. 루손섬의 위안소에서 잠자리했던 여자. 그는 그녀의 가냘프고 빛나는 눈빛을 보며 결코 잊지 못했던 초등학교 시절의 첫사랑을 떠올렸다. 몇 날 며칠 동안 그는 무슨 말을 하고 어떻게 행동할지 고심해왔다. 그런데, 부대 배치를 준비하느라 매우 흥분했던 데다 그런 새로운 감각을 너무 오래 기다렸었던지 그는 스스로 자제하는 데 실패했다. 그는 너무 빨리 절정에 달하자 삼진 아웃된 것 같이 놀라고 당혹스러웠다. 게다가 그녀가 너무 무뚝뚝하고 역겨워했던 터라 그는 속이 우글거렸기에 예전이라면 하지 않았을 몹쓸 짓을 벌였다. 그는 때린 후에 곧바로 사과했지만, 예전에도 몇 번이나 구타당했을 하루코는 얼굴을 수그리며 그의 손길을 피했다. 그는 손이 너무 떨려 옷끈을 제대로 추스릴 수 없었고, 다음 날 다시 와서 자신이 다른 사람들과 다르다는 것을 증명하겠노라고 연신 맹세했다. 하지만 다음 날 아침, 그러니까 바로 일 년 전, 그는 부대 배치를 받아 출항했다.

1944년 11월 5일 오전 1시 12분

그의 다리는 잘 익은 파파야 크기의 걸쭉한 애벌레였다. 어느 순간, 야마다가 그의 머리를 눕혀주며 말했다. *마셔.* 그리고 그는 장어처럼 목구멍으로 흘러드는 질척한 늪 같은 물을 마셨다.

한 번은 마에다가 따뜻한 것을 씹어서 입에 밀어 넣고 갔다.

한참 후에는 기무라가 귀에 갖다 대고 뭐라 말했는데, 그때는 이미 그의 의식이 혼미해져서 정신을 잃었다.

1944년 11월 5일 오전 3시 47분

전쟁이란 극장에는 많은 뒷문이 있다. 때때로 그들은 우연히 보병의 눈에 발견되기도 한다.

1944년 11월 10일 오후 6시

그는 갑판 위에 서 있었고, 흐릿한 섬들이 주위에 솟아 있었다. 앞에는 야마다와 마에다가 난간에 기대어 있었고, 단짝인 기무라는 그들 틈에서 그에게 윙크를 보냈다. 아무도 무슨 일이 있었는지 말하지는 않았지만, 그는 기무라가 섬 주변에 숨겨져 있던 어선 중 한 척을 찾아냈다는 것을 짐작할 수 있었다.

그는 바닷바람을 맞으며, 햇빛에 초현실적으로 보이는 다리의 꿰맨 자국과 깨끗이 소독된 피부를 보며 살아 있다는 사실에 경탄했다. 비록 통증은 여전했지만, 상처가 봉합된 부위가 깨끗해서 동굴 입구부터 어선까지의 바위투성이 행군을 기억의 흔적까지 씻어냈다. 이제 어선은 순양함 옆에 묶여 있었다. 그들이 탄 어선이 최근 제국군이 격파된 필리핀해 전투에서 유일하게 남은 순양함과 마주친 것은 실로 기적에 가까웠다. 따지고 보면 부상당한 그가 대오에서 뒤처지지 않았다는 사실이야말로 기적이었다.

그는 야마다와 자리를 맞바꾼 다음 쌍안경을 들어 바다를 바라봤다. 초록빛 바닷물은 단조롭고 매혹적이어서 그 수면 아래에 잠복해 있을지 모르는 적군에 훨씬 유리했다. 보초들은 눈이 부시지 않게 각자만의 방법을 고안했는데, 그의 마음은 이런 데 아랑곳없이 물결 너머 파도의 운율을 따라 섬으로, 동료들이 개처럼 도살되고 버림당한 섬으로 흘러갔다. 그들은 제국군의 숙명을 받아들이는 대신, 가족과 조국과 대동아 공영권을 구원했다는 명예를 얻었다. 그런 숙명에서 그가 홀로 빠져나왔다는 것은 이해하기 힘든 굴욕이었으며, 동시에 죄책감이 번민이 되어 올가미처럼 그의 가슴을 조여왔다. 그는 왜 생존했을까? 일렁이는 파도가 비말이 되어 부서지면서, 옛 부대원들의 얼굴이 비눗방울처럼 파도 거품을 따라 떠다녔다. 그는 잠시 유예된 시간에 유령처럼 매달리기보다는, 그들처럼 신이 되어야 했다. 그런데 멀쩡해진 다리로 서성일 때마다 그는 남몰래 감사하는 데 대해 수치심이 몰려들었다.

1944년 11월 12일 오전 8시

군대의 위계질서에서 권력은 절대적으로 비대칭적이다.

1944년 12월 4일 오후 9시

　그들은 대만 해안을 떠나 일본 해군 잠수함 사단인 제6함대에 징집된 상선으로 배치를 받았다. 목적지가 비공개였기 때문에, 그들은 막연히 일본 근해인 분고해협에 있는 해군 전초기지로 향한다는 사실만 알고 있었다. 그는 갑판에서 아직 제국군 관할인 영공과 영해를 즐기며 담배를 꺼내 물었다. 3시간 전에 적군의 어뢰는 일본 수송선 두 척을 파괴했고, 적군 포로 220명을 포함한 1천여 명의 군인들, 귀중한 연료와 무기, 그리고 식량 약 1,100톤을 바다에 수장시켰다. 어떤 이유로든 그가 죽음을 모면했다면, 그것은 계시임이 분명했다. 그가 했던 모든 일, 예를 들면 열다섯 살에 도망쳐서 이름과 나이를 속여서 입대했던 일은 더 큰 계획의 하나이고, 돌이켜 보면 신들이 그의 통행을 보장한 것이나 다를 바 없었다. 군대를 매우 경멸했던 아버지는 입대 동의서에 절대 서명하지 않겠다고 단언했다. 그는 그런 자신의 운명을 저주하고 부끄러워하며 청소년기를 보냈다. 긍지가 높고 거침없이 말하던 아버지는 어디든 비애국적인 말을 잡아내는 염탐꾼이 있다는 사실을 잊은 탓에 체포되었는데, 얄궂게도 그런 사건이 결국 다나카의 길을 열어줬다. 당시 다나카는 겨우 여섯 살이었지만, 집에 불쑥 들어와 아버지의 뺨을 시퍼렇도록 때리고 체포했던 경찰을 잊지 않았다. 9년 후 아버지가 동의서에 서명하기를 거부하자 다나카는 바로 그 경찰을 찾아가서 적당한 신병 모집원을 소개받았다. 새 이름이 필요했던 다나카에게 경찰은 자기 이름을 빌려도 좋다고 허락했다. 다나카 지로. 인생 최고의 순간 중 하나였고, 지금 순간 다나카는 그때를 회상하며 숨을 들이켠다. 그의 주위로 평화가 멋들어지게 퍼져나갔다.

드디어 통행금지로 어두워진 밤의 단조로움을 깨고 규슈의 신성한 산들이 위용을 드러냈다. 마지막으로 이 산봉우리를 구경했던 4년 전 축제의 전경과는 완연히 다른 풍경이라서 마치 수시로 뒤바뀌는 전쟁터의 국경이 연상되었다. 부모님은 어떻게 지내고 있을까? 지금쯤이면 부모님은 아들이 죽었다고 포기했겠지. 어머니는 상심했겠고, 아버지는 하나뿐인 아들을 망친 역마살을 저주했을 것이다. 그러자 그는 아버지의 반대 속에 살아왔던 세월이 떠올라 매우 심기가 불편해졌고 멜랑콜리한 기분에 젖었다. 고향에 귀환하는 날을, 고개를 높이 들고 훈장으로 가슴을 화려하게 장식하고 돌아오는 그날을 그가 얼마나 꿈꾸었던가? 그는 몇 년 동안 정글에서 뱀과 거머리와 사투를 벌이면서 하얀 악마들을 물리치려 했는데, 그 악마들은 갈라진 혀를 날름거리며 일본의 눈앞에서 아시아를 약탈하며 세계대전의 동맹국들에게 값싼 대가를 약속했다. 아버지가 고개를 떨구는 모습을 보겠다고 그는 과연 무엇을 바쳤던가? 항상 그가 옳다고 믿는 방식에 따라 세상에 봉사하려는 야망을 아버지는 철없는 소리라고 치부했었다. 이제 그의 육신은 사라져도 대동아 공영권에 대한 공헌이 세상에 알려지는 때, 그는 역사 속에서 영원히 부활할 것이다.

1944년 12월 5일 오전 9시

수송 카트 위에 장착된 전술 무기에 대한 설명을 다들 들었다. 긴 몸체의 선수(船首)는 가는 원추 모양이었고, 네 개의 지느러미가 후미에 부착되어 있었다. 14.6미터 길이의 가이텐(回天)은 세계에서 가장 빠르고 가장 먼 거리를 요격할 수 있는, 일본 해군이 보유한 93식 어뢰를 확대한 버전이다. 가이텐은 30노트의 속도를 자랑하고 1.55톤의 탄두를 탑재할 수 있어서 항공모함 한 척을 거뜬히 침몰시킬 수 있다고 알려졌다. 지휘 책임자인 해군 소위 나가이는 그들을 가이텐 뒤쪽으로 데려가서 프로펠러 두 개가 새장 속의 꽃처럼 피어 있는 방향타를 보여줬다. 가이텐은 일종의 잠수 비행기였다. 나가이 소위는 어뢰 추진체계를 설명하면서 그것의 빠른 발사 능력과 놀라운 사거리를 강조했다. 최대 속도 23킬로미터, 연합군의 어뢰보다 두 배 이상 빠른 속도다. 그는 그들에게 15미터 길이의 잠망경 아래를 내려다보라고 했다. 하단부에는 사람 어깨가 간신히 통과할 정도로 좁은 해치가 있었다. 그들은 일렬로 도열했다.

"야마다 일병, 마에다 일병, 다나카 일병. 양심의 가책을 느끼나?"

병사들은 소위를 쳐다보았다. 이제껏 어떤 누구도 양심에 관해 물어본 적은 없었다.

"제군들은 육군에 복무했고, 매우 용감했음은 의심할 여지가 없지. 이제 제군들은 우리나라를 수호할 뿐만 아니라 우리 민족이 전멸되는 일을 막기 위해 해군에 입대할 수 있는지를 묻겠소."

병사들은 가슴을 폈다. "네, 할 수 있습니다."

"확신하나?"

그들은 서로를 힐끗 쳐다본 뒤에 소위를 쳐다보았다. 무엇이 달라진다는 것일까? 그들 뒤에서 수송 카트가 삐걱댔고 핵심 부품을 아직 장착하지 않은 가이텐의 검은 몸체가 흔들거렸다. 다나카는 눈을 감았다. 밀림의 꽉 맞잡은 손들이 그를 질식시킬 것 같았다. 그들은 일제히 합창하듯 소리쳤다. "네, 확신합니다."

"가장인 사람이 있나?"

야마다는 숨을 훅 들이마셨다. "아닙니다." 그는 말했다. 마에다도 아니라고 대답했지만, 다나카는 잠시 망설였다. 그는 가문의 유일한 상속자인 독자(獨子)였다. 하지만 그런 질문은 사소한 절차에 불과했고, 당연히 형식적인 물음에 불과했다. 그의 목이 잠겼다.

나가이 소위는 이미 모든 병사가 외우고 있는 면책 조건을 암송했다.

다나카는 시선을 내리깔고 대답했다. "죄송합니다. 저는 가장이 아닙니다."

나가이 소위는 고개를 끄덕였다. 아주 잠깐 동정심을 내비치는 듯했지만, 소위는 다시 무표정한 얼굴로 돌아왔다. "훈련은 오전 8시 30분부터 모의실험실에서 시작되네. 내가 출격하기 전까지는, 자네들 보고는 내게 직접 하도록." 소위는 말을 덧붙였다. "그래 맞아. 나는 장교이지만, 이번에 출격하기로 했네. 자, 그럼, 해산!"

1945년 2월 6일 오후 2시 30분

누군가가 선체를 한 번 두드리면, 그는 열까지 센다. 두 달간의 시뮬레이션에도 불구하고 실전 훈련은 느낌이 달랐고, 그의 손이 흔들리는 바람에 조정 감각이 흐트러졌다. 잠수용 크랭크, 해수 밸브. 그는 억지로 집중하려 했다. 가이텐의 깊이는 15미터로 적군의 탐지를 피할 수 있었지만, 그래도 파도 위에 잠망경이 드러날 수도 있었다. 밸브를 열자 가이텐의 데이터가 기록된다. 비교적 물결이 잔잔한 만 안쪽에 있었지만, 진행 경로는 해류와 만나는 지점이었다. 그는 크랭크를 쥐어짜듯 돌리고, 요철 부분으로 올라 탔다. 15미터 깊이에서 수평을 맞췄다. 각도를 확인한 뒤 물이 입수되기를 기다렸다가 액셀을 밟았다. 가이텐이 발사되었다. 레버를 잡았지만, 가이텐이 암초에 걸려 병사는 혼비백산했고 조종석은 훼손되어 깊은 곳에 가라앉았다. 다나카는 힘껏 매달렸다. 가이텐은 사방을 돌아다니며 수면을 스쳤다가 물에 떠 올랐다. 그는 스톱워치를 움켜쥐고 숫자를 세기 시작했다. 등에 식은땀이 났다.

10분 후에 잠망경을 올렸다. 회청색 바다. 나침반을 확인했다. 목표물은 어디 있을까? 정찰하고 후퇴할 때까지 주어진 시간은 단 7초뿐이었다. 오른쪽으로 선회했다. 바닷새처럼 노니는 하얀 거품과 바닷물뿐이다. 왼쪽으로 선회했다. 경고 사격 2발. 잠망경을 급하게 돌렸다. 바위! 그는 방향타를 꺾고 액셀을 다시 밟았다. 파도가 덮쳤다. 그는 조종 장치들과 싸웠다. 꼬리 부분이 저절로 내려가서 한 번, 그리고 두 번 충돌하고 난 뒤에 부러졌다. 2분 후

호위선이 그를 발견했다. 30분 후에 그는 항구에서 아침으로 먹었던 시큼한 조각들을 살점을 토해내듯 바다에 게워냈다.

1945년 3월 3일 오후 5시

일본 제국군의 승리! 중요한 타격 목표가 네 개 있다. 수송선, 구축함, 두 척의 중순양함. 물론 어느 것이나 좋았지만. 다들 항공모함을 원했다. 그는 수백 번이나 상상했다. 바닷속에서 가장 큰 항공모함의 정중앙을 타격하는 광경을. 그리고 대문짝만하게 실린 신문 기사와 말문이 막힌 부모님, 그리고 자신의 영혼이 야스쿠니 신사에 비극적인 영광의 모습으로 안치되는 장면을 상상했다. 그에게 필요한 것은 역사의 흐름을 바꿀만한 좌표였다. 그리고 아무것도 남지 않을 것이다. 그저 태양과 바다와 섬에 부서지는 공허한 파도, 지나간 전쟁의 흔적들. 오직 그의 기억만이 바위에 걸려 있다가, 산들바람에 잊혀진 채 저 멀리 날아가리라.

1945년 4월 12일 오후 1시

전시에는 정보 관리가 가장 중요하다.

하지만 필연적으로 소문은 입에서 입으로 전해지기 마련이다. 발사 임무에 실패하고 돌아온 유일한 가이텐 조종사 노구치 소위의 죽음처럼 말이다.

노구치는 명예 제대했으며, 그가 실패한 원인은 기술적 결함으로 알려져 있다. 그로부터 일주일 후, 그는 해안가 암초 아래에 불가사리처럼 벌어진 무탄도 어뢰와 함께 자신의 몸을 던졌다.

야마다, 마에다, 다나카 세 사람은 몰래 빠져나가 절벽 끄트머리에서 노구치를 위한 밤샘 기도를 올렸다.

1945년 4월 18일 오전 6시 30분

출격하는 조종사들을 위한 만세 삼창! 그는 다리를 쭉 펴고 쉬고 싶었지만, 전날 밤의 단편들이 그의 휴식을 방해했다. 그는 첫 술부터 머리가 빙빙 돌았던 데다가 마음껏 들이키는 음주에 익숙하지 않았기 때문에, 첫 번째 건배 후에 시간이 얼마나 흘렀는지 가늠할 수 없었다. 그의 머리는 교토에서 가장 큰 사찰의 종만큼 부어올라서 점호 시간을 간신히 맞출 수 있었다. 새해가 되면 17명의 승려가 종을 울리는 관습이 있었는데, 지금 그는 귓가에서 17번이나 종을 울린 것처럼 느껴졌다. 그들은 한 사람씩 청주 잔을 비운 후 술상에 거꾸로 잔을 엎어 놓았다. 그들은 깊숙이 절을 하고 단검을 받은 다음에, 부두를 따라 I-55 잠수함으로 행군했다. I-55는 그들을 바다로 태우고 갈 제국군의 마지막 잠수함이었다.

1945년 4월 22일 오전 4시 30분

낮에는 수중에 입수하고 밤에는 수면 위로 부상하면서, 잠수함은 동중국해를 지그재그로 움직이며 대만 해협과 북태평양 사이에 밀집해 있는 적 함대를 우회하여 통과했다. 오키나와로 향할 것으로 예상되는 적군 항공모함을 찾기 위해서, 잠수함 승조원들은 기압, 수압, 좌표 같은 숫자를 연신 외치며 해치를 통해 갑판 아래 통로를 돌아다녔다. 작은 객실을 본거지로 삼은 가이텐 조종사들은 볼트로 고정된 벙커 침대에 누워 책을 읽고 카드놀이를 하며 고향에 편지를 쓰곤 했다. 야마다는 백 번 이상 벌떡 일어났다 앉기를 반복했다.

"항공모함 편대를 찾으려면, 얼마나 시간이 걸릴까?"

책을 보고 있던 마에다가 금속 바닥을 쾅 내리쳤다. "만약 네가 똥오줌도 못 가린다면, 너를 보내지는 않겠지. 너도 노구치처럼 인생을 끝내고 싶어?"

다나카는 벙커 침대에 누워, 코에서 고작 몇 인치 떨어진 금속 천장을 응시하고 있었다. 침대 공간에 비해 그의 어깨가 너무 넓었다. 옆으로 누워 자는 습관 탓에 이따금 주어지는 휴식 시간에도 마음 편히 누워 잘 수가 없었다.

"어쩌면 항공모함을 못 찾을지도 몰라. 그렇게 생각하는 것이 마음 편하지." 야마다는 중얼거렸다.

마에다는 책을 집어 던졌다. "누가 뭐래. 어쨌든 이 전쟁은 이미 끝장났어."

"그래? 그런데 넌 왜 아직도 여기 남아 있지?" 야마다는 발끝으로 마에다를 툭툭 건드렸다. "기회가 있을 때 백인에게 항복했으면 됐잖아? 걔들은 너를 똥만큼도 신경 안 쓸 테니까, 네가 항복하면 고향의 네 엄마한테 돌려보내 줬을 거 아냐."

마에다는 야마다의 발을 멀리 치웠다. 대만 사람인 그는 자기 지위에 대해 민감했고, 동족의 자존감을 위해 싸우겠다는 명분으로 식민지 징집명령에 순응했다. 누구보다 빨리 성공하기를 원했던 마에다는 일본어 실력을 연마해왔기 때문에, 그의 말을 바로 알아들었다.

"전쟁 결과를 걱정하는 척하지 마. 나는 네 정체를 알아. 넌 기회주의자거든. 많은 녀석이 그 섬의 소녀들을 쫓아다닐 때도 너는 스스로 자랑스러워했잖아. 그저 자신을 만족시키는 것 말고 신경 쓰는 게 없어." 야마다가 낄낄거리며 말했다. "네가 놓친 파티는 정말 좋았어. 그 여자들을 보니 네 누이가 생각났나 보군. 안 그래, 식민지인?"

마에다는 한심한 듯 대꾸했다. "미친놈."

야마다는 웃으며 마에다의 목에 팔을 둘렀다. "이봐, 난 개자식이 맞아. 하지만 내 말은 맞지. 네게 기회가 있을 때 백인에게 항복했어야지. 하지만 나와 다나카라면?" 그는 손가락으로 목을 긋는 흉내를 냈다.

다나카는 눈을 감았다. 그들에게 필요한 것은 담배, 그리고 함교탑에서 불어오는 신선한 바람이었다.

1945년 4월 27일 오전 8시 3분

필리핀해 연안 수심 75미터, 그들은 잠수함을 향해 빠르게 다가오는 신호를 포착했다. 호위함 두 척과 미확인 선박 한 척, 아마 순양함일 것이다. 미처 속도를 내지 못한 선장은 수중 압력을 감수하고 더 깊이 잠수했다. 탁 트인 밀도의 물을 통해 희미한 엔진 소리가 들렸다. 각자 가까이 있는 고정물을 꽉 움켜쥐었다.

첫 번째 폭발이 잠수함을 뒤흔들었다. 그다음 불빛이 끊겼다. 그는 난간을 움켜쥔 채로 충격파 속을 뚫고 각자의 피해 상황을 보고하는 외침과 비명을 들었다. 폭발음 소리가 한 번 더 터지고, 증기가 쉿 소리를 내며 그의 얼굴 위로 지나갔다. 바닥이 기울어졌고, 볼트로 고정된 탁자가 무너져 그의 무릎에 부딪혔다. 허둥지둥 움직이던 그는 팔다리를 휘저으며 버텨보려 했지만, 바닥이 흔들려 몸은 휘청거리고 머리는 콩 자루처럼 마구 흔들렸다. 몸이 떠밀렸다. 야마다가 재빨리 움직여 어부가 낚시하듯 그의 손목을 낚아챘다. 몇 분 후 폭뢰가 멈췄다. 2시간 후에 잠수함은 적에 노출될 위험을 무릅쓰고, 수면 위로 부상했다. 갑판에 있던 가이텐 세 두는 전부 놀랄 정도로 온전했다. 승무원들은 청주 한 병을 꺼내 기적을 축하하며 한 모금씩 나눠 마셨다.

1945년 5월 12일 오후 3시 21분

마침내 레이더가 켜지자 미세 폭발 표시가 화면에 나타났다. 두 개의 긴 선에 이어 세 번째의 긴 선, 그리고 아주 짧은 선들이 마구 깜박였다. 지휘관은 그들의 선실로 내려왔다. 가이텐 3두를 발사할 임무는 그에게 주어졌고, 조종사들의 감정적 한계치 따위는 전혀 고려할 대상이 아니었다. 그는 철문을 노크한 뒤에 부드럽지만 단호한 목소리로 전쟁 상황과 여러 군사적 선택이 내포하는 위험과 이익, 그리고 단 한 가지를 제외한 다른 방법의 문제점에 관해 설명했다. "제군들은 이 임무의 중요성을 알고 있나?" 지휘관은 물었다. 야마다는 턱을 꽉 다물었다. "네. 알고 있습니다." 그는 대답했다. 어떤 반대도 없자, 지휘관은 그들과 일일이 악수했다. 3분 후에 대기 벨이 울렸다.

1945년 5월 12일 오후 3시 24분

　스톱워치, 손전등, 해도(海圖). 다나카는 정비 대원에게서 모든 물품을 받았다. 그는 전등 스위치를 켜고 조종석으로 들어가는 해치를 힘차게 열었다. 늘 그렇듯 공기는 차갑고 고요했으며, 녹이 슬면서 나는 시큼한 냄새가 희미하게 느껴졌다. 벨트를 단단히 채웠다. 다이빙 크랭크, 방향타 제어장치, 나침반. 금속 피부가 물에 잠긴다. 출발 기어인 자이로스코프를 점검했다. 준비 완료, 그는 세 번 두드렸다. 나사가 돌아가며 발아래에 있는 해치가 잠겼다. 그는 숨을 내쉬었고, 첫 번째 공포의 물결이 그를 덮쳤다.

　마침내 지휘관의 목소리가 이어폰을 통해 메아리쳤다. "가이텐 1호, 준비 완료!" 다나카는 잠망경을 돌려 야마다를 쳐다봤는데, 그의 긴 코는 녹조류의 선사시대처럼 보였다. 야마다는 야스쿠니 신사를 누구보다 먼저 통과하고 싶어 했다. 다나카는 잠망경을 세 번이나 올려서 신호를 보냈지만, 야마다는 별다른 응답신호를 보내지 않았다. 10초 후 야마다의 엔진이 점화되었고, 그의 가이텐 꼬리에서 무수한 기포(氣泡)가 뿜어져 나왔다. 그리고 그는 사라졌다.

　"가이텐 2호, 준비하라!" 다나카는 오른쪽으로 잠망경을 돌렸다. 희뿌연 한 물속에서 그의 뒤쪽에 있는 마에다의 가이텐 후미가 보였다. 노구치가 자살하기 전, 학도병이었던 마에다는 같은 학생인 노구치와 함께 종종 전쟁으로 인해 민중 혁명이 일어날 가능성을 놓고 논쟁을 벌였었다. 가이텐 조종사들이 자신들이 참여할 수 없는 미래에 대해 격론을 벌이는 것은 어찌 보면 무의미한 일이었지만, 그 순간만큼은 그들 각자 다른 삶을 꿈꿀 수 있었다. 대화가 중단되었을 때 그는 아무런 아쉬움이 없었다. 케이블이 풀렸고, 엔진이 윙윙거렸으며, 반짝이는 거품이 마에다를 실어갔다.

"가이텐 3호, 준비하라. 각도 좌향 40도, 사정거리 10킬로미터. 적의 속도는 18노트, 경로는 240도. 네 목표는 구축함이다. 20분 동안 전속력으로 달리고, 위치를 확인하라. 행운을 빈다. 카운트를 시작한다."

10초 후에 그는 출발 기어를 잡고 뒤로 밀었다.

1945년 5월 12일 오후 4시 15분

그 함정은 거대했다. 심지어 500미터 떨어진 곳에서도 시야를 가득 채울 정도였다. 왼쪽으로 방향을 틀었다. 배도 없고, 잔해도 없었다. 오른쪽으로 돌았다. 적군은 어디에 있지? 그는 맹세하건대 분명히 폭발음을 들었다. 잠망경을 똑바로 올리니까, 구축함이 다시 보였다. 스톱워치를 힐끗 쳐다보았다. 시간이 다 되었다. 손을 핸들에 고정하고 각도를 조절했다. 2분 안에 그는 폭발음과 함께 야스쿠니 신사를 향해 달려갈 것이다. 혈관이 공포로 오싹해진다. 하지만 여기는 바다 한가운데이며, 그가 갈 길은 오직 하나뿐이다. 그는 작동 스위치를 탁 켜고 전속력으로 엔진을 가동했다.

1945년 5월 12일 오후 4시 17분

푸른 바다, 빛의 반짝임, 드러난 구축함의 위용. 그는 수심계를 응시하며 잠시 앉아 있었다. 17.5, 17.6, 17.7…. 그는 다이빙 크랭크를 덜컹덜컹 흔들었고, 급속한 강하로 위장이 곤두박질치는 것 같았다. 18.1, 18.2, 18.3…. 조종 장치를 콰당 닫았다. 그리고 1분 후에 그는 자동 폭발 스위치를 눌렀다.

1945년 5월 12일 오후 4시 55분

1.5톤의 가이텐은 외로운 강하를 계속했다. 그는 해치를 두드리고 폭발 스위치를 눌렀다.

35.2, 35.3…. 다리에 경련이 나기 시작했고, 근육과 신경이 마구 떨렸다.

35.6, 35.7, 35.8…. 가이텐의 예상 충돌 수심은 4백 미터였다. 이 각도와 속도를 유지하면, 해저에 도달하는 데 얼마나 걸릴까?

바닷물이 딱딱 소리를 내며 부드럽게 그를 지나간다.

1945년 5월 12일 오후 5시 35분

물컹한 혹. 그는 수심계를 보았다. 78.9미터. 잠망경을 응시했다. 가이텐은 분명히 암초에 부딪혔지만, 저녁이 된 캄캄한 수중에서 자세히 살펴볼 수 없었다. 방향타가 흔들린다.

78.9미터. 벽을 쾅 쳤다. 불빛이 깜박였다. 소리를 지르며 손전등을 더듬어 불을 켠다. 어두운 공기가 그 빈약한 빛을 삼켰고, 새로운 두려움이 그의 가슴을 내리눌렀다. 벽을 쾅쾅 두드리며 좌우로 몸을 흔들었다.

78.9미터. 밖에는 물이 아주 어두워 두꺼운 암막을 친 것 같다. 가이텐은 움직이며 흔들렸지만, 그 무엇도 드러내지 않았다. 목구

멍까지 흐느낌이 차올랐다. 그리고 방광이 풀렸다.

1945년 5월 12일 오후 6시 30분
  잠수함 I-55, 가이텐 3발 발사! 구축함 두 척과 수송선 한 대. 쇼
와 천황을 위한 만세!
  만세! 만세! 만세!

1945년 5월 21일
  미국인들은 이국적인 적과 유혈 사태를 일으키면서, 일본인들
의 정신 (그들은 문화적으로 아주 낯선 존재이며 거의 네안데르탈인처럼
그들과는 동시대적 존재가 아니다) 속에서 히로히토 천황이 곧 일본이
라는 사실을 깨닫기 시작했다. 천황은 일본이 총체적으로 담겨있
는 존재이다. 천황은 모든 역설을 동시에 지닌 일본의 국민정신이
다. 아름다움에 대한 지독한 야만과 감수성, 권위에 대한 광적인
열광과 끈질긴 인내심, 깨지기 쉬운 의례와 역겨운 악행, 습관적
인 규율과 돌발적인 광포한 행동, 신성한 사명에 대한 집착과 세
속적 권력에 대한 성급한 집착….

– 타임(Time) 지

1945년 8월 6일
  "엄청나게 눈이 부신 불빛이 번쩍였다. 심지어 낮인데도… 솟구치
는 먼지버섯이 멀리서도 보였다. 무려 2만 피트 떨어진 곳까지…."

–윌리엄 S. 파슨스 대위, 핵무기를 투하한 에놀라 게이 폭격기에서

제5부

9장 패싱

옛날 옛적에 '우라시마 타로'라는 이름의 어부가 노부모를 모시며 살고 있었다. 어느 날 바닷가에서 그는 우연히 바다거북을 괴롭히는 아이들을 보고 거북이를 구해 주었다. 다음 날 그가 바다낚시를 마치고 돌아왔을 때, 거북이가 선물을 가지고 기다리고 있었다. 그 선물은 바로 그를 바닷속 용왕의 성에 데려가는 것이었다. 타로는 거북이의 등에 올라타고 용궁으로 가서 아름다운 오토히메 공주로부터 환영을 받았다. 행복한 시간을 보내고 사흘째 되던 날, 부모님을 걱정한 타로는 공주에게 고향에 돌아가게 해 달라고 부탁했다. 오토히메는 슬퍼했지만, 그의 불행을 안타까워해서 돌려보내기로 결심했다. 그녀는 타로에게 '타마테바코(보물상자)'를 주면서 절대 열지 말라고 신신당부했다.

거북이 등을 타고 고향 바닷가에 도착한 타로는 낯선 풍경을 발견했다. 그 누구도 알아볼 수 없었다. 마을로 달려가 봤더니, 모든 것이 달라져 있었다. 며칠 동안 낯선 거리를 돌아다녔지만, 타로는 집을 찾을 수 없었고 아무도 그를 아는 사람이 없었다. 마침내 그는 부모의 묘지를 찾아가 진실을 알게 되었다. 바다 밑에서 보낸 3일은 무려 3백년의 세월이었고, 그가 알던 사람들은 모두 저세상으로 떠난 것이었다. 망연자실해진 타로는 타마테바코를 땅에 내동댕이쳤다. 그러자 상자에서 연기와 재가 쏟아져나와 타로를 노인으로 변하게 했다.

루나는 여행 트렁크를 끌고 할머니 댁으로 가는 갈림길로 접어든다. 가나가와현(縣)에 있는 이 작은 마을을 마지막으로 방문한 지, 벌써 20년이 흘렀다. 아홉 시간을 태평양을 건너왔는데, 루나는 여전히 마음의 갈피를 잡지 못한다. 흙길은 어디가 어디인지 몰라도 왠지 낯이 익었다. 그 구불구불한 길을 따라가다 보면 침엽수 사이로 고즈넉한 고택의 지붕 꼭대기, 간이차고의 처마 끝, 그리고 측광이 비치는 창문과 장엄한 대문이 차례로 그 모습을 드러낸다. 대문 앞 녹청색의 우산대는 여러 해 동안 빗물을 받아 이끼가 잔뜩 끼어 있고, 그 아래에는 그녀를 위한 열쇠가 숨겨져 있다. 1986년 무렵, 여섯 살이던 그녀는 부모님과 언니와 함께 조부모를 뵙기 위해 바로 이 대문 앞에 서 있었다. 할아버지의 병환이 깊어지면서 부모님 사이에 갈등이 싹트기 시작했지만, 그 당시만 해도 일본에 아버지만 남고 가족들이 떠날 것이라곤 루나는 상상조차 하지 못했었다. 물론 그녀의 아버지 역시 전혀 예상하지 못했으리라.

그로부터 23년 후, 와타나베라는 사람이 그녀의 가족에게 아버지의 사망 사실을 전했고, 가족 중 유일하게 일본어를 배웠던 루나가 가족을 대표하여 아버지의 유품을 정리하러 일본을 찾은 것이다.

이 집은 변화가 없다. 복도 마루와 계단에 발린 녹청(綠靑)이 더욱 짙어지고, 어디선가 골조가 삐걱대는 소리가 들리는 것을 빼고는 외관상으로는 거의 똑같다. 유선 전화기, 말끔히 정돈된 손님용 슬리퍼, 반쯤 성에가 껴 있는 창틀 등 대부분 물건 역시 여전히

1980년대의 우아함을 유지하고 있었다. 심지어 리넨조차 할머니의 부지런한 손길이 닿지 못해서 비록 낡고 얼룩이 생겼지만, 옛날 그대로 놓여 있었다. 조부모 사후 십 년이 넘도록 이 집에 홀로 살았던 아버지의 흔적은 거의 찾아볼 수 없었다. 그런 점이 루나를 불안하게 했다. 이 집은 마치 기억 속에만 존재하는 밀랍 인형 박물관처럼, 황량함이 돋보이는 완벽한 무대장치처럼 느껴졌다. 이 집에 살았던 사람들은 모두 세상을 떠났고, 벽과 복도만이 완강히 침묵하며 그녀의 불법 침입을 반대하고 있다. 루나는 히터를 켠 뒤 복도 아래에 있는 유일하게 잠겨져 있는 문을 연다. 한때 할아버지가 요양하던 이 방은 후일 아버지가 서재로 개조했었는데, 현재는 그의 가장 친한 친구이며 동료인 와타나베가 이곳에 불단(佛壇)을 임시로 설치하고 그의 유골함을 모셨다. 내일 아침에 그녀와 와타나베는 유골함을 들고 인근 사찰을 찾아 조부모님의 무덤에 합장할 계획이다.

불단은 아주 평범했다. 하단부는 흰 천이 덮여 있고, 그 위에는 유골 단자와 커다란 흑백 영정사진, 쌀과 물을 각각 담은 두 개의 공양 그릇, 그리고 화병과 향로를 나란히 놓여 있다. 와타나베는 불단에 음식과 꽃을 때맞춰 갈아주는 수고를 하면서도 유골함 안치를 3주 후로 연기해서 루나가 버클리 대학의 강좌를 끝내고 입국할 수 있게 배려해 주었다. 그는 관습에 비해 불단을 너무 소박하게 차렸다고 아쉬워했지만, 루나는 그저 감사할 따름이었다. 영정사진 속의 아버지 얼굴은 그녀의 상상보다 나이가 들어 보였지만, 난감해 하다가도 금세 즐거워하던 그만의 독특한 표정이 여전했다. 그녀가 잊고 있던 것들이 조금씩 열린다. 어머니와 언니와 달리, 그녀는 세월이 흐르면서 아버지에 대한 반발심이 점차 누그러졌지만, 태평양을 사이에 둔 이별로 인해 아버지에 대한 기억은 희미해졌고, 일주일에 한 번씩 걸려 오는 국제전화와 해마다 배달되는 형식적인 생일 축하 카드로는 쉽게 기억을 되살리기는 요원했다. 루나는 자신이 아버지를 단 한 번도 찾지 않았다는 사실에 죄책감을 느껴왔다. 그런 이유로 최근 몇 년간 그녀는 일본 방문을 진지하게 고민했었다. 그녀가 일본의 디아스포라 문학을 전공했다는 표면적 이유와 함께 아버지의 부재와 일본의 환상 속의 집에 내심 미련이 있었기 때문이었다. 하지만 다른 인생사가 그렇듯 당장 급한 일에 쫓기다 보니, 결국 그녀의 일본 방문은 성사되지 않았다. 지금은 이런 후회가 그녀의 뼛속까지 파고든다. 부엌에서 제사 그릇을 정리하는 지금 순간, 그녀는 전혀 상관도 없는 생각에 집착한다. 하나는 아버지의 목소리는 꾸지람할 때도 나긋했었다는 기억, 그리고 또 다른 하나는 생리 날짜가 가까워졌는데 아무런 준비물을 챙기지 못했다는 시답잖은 사실뿐이었다.

　그녀가 아버지의 상자를 발견한 것은 그 후, 그러니까 편의점에 갔다 와서 와타나베에게 전화를 걸어 그녀의 도착을 알린 이후였다.

#

루나가 아버지에 대해 알고 있는 것은 다음과 같다. 1945년 봄에 태어난 아버지는 여느 동시대인처럼 제2차 세계대전에 관한 연구에 집착했으며, 그런 연구 활동이 그가 태평양을 건너 미국으로 오게 된 최초의 동기였다. 그런데, 그는 자신이 미군정 시기에 입양된 고아, 더구나 한국인 전쟁고아임을 부모에게 듣게 되면서부터 뜻하지 않은 인생의 전환점을 맞이했다. 아버지는 엄격한 학문적 기준에 따라 아마 '전쟁 고아'라는 용어 자체를 반대했을 것이다. 그의 평소 지론에 따르면, 그가 고아가 된 것은 전쟁 때문이 아니라, 제국 식민주의가 그의 친부모를 대한해협 건너 일본 땅으로 강제 이주하게 했기 때문이다. 어쨌든 그는 부모가 내민 출생신고서에 매달렸다. 그 서류에 그의 출생지로 기록된 장소는 일본 중부의 작은 마을 마츠시로(松代), 전쟁 중에 수 마일을 걸쳐 지하터널을 뚫고 지하 벙커를 세웠던 곳이었다. 비록 공사가 완성되지는 못했지만, 종전 몇 달 전 패전의 기색이 역력해지자 일본 정부는 이곳에 천황을 대피시킨 뒤에 인명 피해를 감수하더라도 항복 조건을 협상하려고 했다. 당시 기록들은 이미 파기되었지만, 역사학자들이 추산한 바로는, 약 5천 명에서 1만 명에 달하는 한국인이 도끼와 곡괭이로 지하 벙커를 건설하는 강제 노역에 동원되었으며, 그 과정에서 다이너마이트 폭발, 동굴 붕괴, 영양실조와 질병 등으로 수백 명이 제때 치료받지 못하고 사망했다고 한다. 생존자들은 버림받았고, 일부는 보안 엄수를 위해 처형당하기도 했다. 또한 군인을 위한 성 노예 위안소가 이곳에 있었다는 기록도 일부 남아 있다. 이러한 증거가 아버지가 강제징용자 혹은 성 노예의 후손이라는 의미일까? 루나가 아는 것은 오로지 마츠시로 마을과 입양에 관한 진실을 아버지가 알게 되면서 미궁에 빠졌고 일본으로 귀국하게 되었다는 것뿐이다. 과연 그 여정의 끝에서 아버지는 무엇을 발견했을까.

#

다음 날 아침 와타나베가 집에서 준비한 도시락을 들고 그녀의 집에 찾아온다. 순박하고 향토적인 성품의 그는 냉장고에 음식을 가득 채우며, 그녀를 따뜻하게 환대한다. 그녀의 턱과 입술, 푸른 빛이 감도는 짙은 흑발이 그녀의 아버지와 닮았다고 말해준다. 그의 지적은 꽤 정확했다. 이곳에서 그녀가 마주친 마을 사람들은 아버지를 쏙 빼닮은 루나의 외모에 무척 놀라워했다. 그들은 루나가 쓰는 미국식 억양에 불편한 기색을 숨기지 않았지만, 그래도 그녀의 외모에 대해선 일단 합격점을 주었다.

"자, 떠나볼까요?" 와타나베는 루나에게 유골함을 건네주고 차 뒷좌석에 영정사진을 모셔 둔다. 4년 전, 법률가 출신의 사회운동가인 그는 해군기지에 주둔했던 기미가제 조종사들에 관한 통계를 조사하던 중에 그녀의 아버지를 만났다. 쇠락한 해군기지를 떠날 즈음, 두 사람은 이렇게 방치된 전쟁 현장과 역사를 어떻게 보존할지를 함께 상의하는 사이로 발전했다. 루나는 그들 두 사람의 동반자적 관계를 떠올려본다. 두 사람은 연구영역이 중복된다기보다 상호 보완적이었고, 현실에 기반한 행동주의에 관심이 높았다. 그런 일화는 그녀가 품어온 아버지의 이미지에 확신을 더해주었다.

드라이브는 즐겁고도 조마조마했다. 옛 기억과는 다를 것을 예상했지만 완전히 판이한 마을 같았다. 대나무와 느티나무 숲이 울창한 도립공원은 초입부터 과자틀에서 찍어낸 것처럼 비슷한 가옥들이 늘어서 있다. 어린 시절의 추억에 남아 있던 구불구불한 오솔길과 잡초가 무성했던 사당은 이미 오래전에 현지인 기억에서도 사라졌다. '현지인'은 대부분 교외 거주민과 경기 침체로 은퇴한 외지 사람들로 채워졌다. 동네 약국, 골목 문구점, 뚝방길에 있던 쌀 자판기도 전부 남아 있지 않다. 기억이 정확하다면, 제2차 세계대전 당시에 방공호로 쓰였던 어둡고 축축한 땅굴이 있었던 것 같은데 그곳조차 딱히 물어볼 사람이 없다. 우습게도 루나의 인생에 아주 작은 부분에 불과한 그 동굴은 그녀의 목에 가시처럼 걸려 있었는데, 이제 세월의 흐름에 따라 과거는 확실히 지워졌다. 전설 속의 환상 동물에 매달렸던 유아적 기억 역시 덧없는 순간을 간직하고 싶은 열망의 메아리에 불과했다.

"모두 달라졌어요. 마치 제가 우라시마 타로가 된 기분이에요." 루나는 새로 생긴 미용실, 체인 편의점, 인스턴트 식품 상자를 입구에 쌓아 올린 농산물 마트 등을 찬찬히 둘러보며 말한다. 그녀는 아버지 집에서 찾아낸 상자들을 떠올린다.

"아버지가 어디 이사할 계획이 있었나요?" 고운 숲길로 접어들면서 그녀는 묻는다. 그녀가 아는 바로는, 아버지는 갑작스러운 심장마비로 인해 돌아가셨다.

"처음 듣는 이야기예요. 왜요?" 와타나베는 멀리 나무들 위로 솟은 사찰의 처마 끝을 바라보며 그녀에게 묻는다.

루나는 자신이 본 상자에 대해 말한다. 상자들은 모두 일곱 개인데, 눈에 잘 띄지 않는 장소(커피 테이블 아래, 또는 반쯤 열린 문 뒤)에 놓여 있어서 건망증이 심한 아이가 대충 던져두고 잊어버린 것 같았다.

"상자들 안에 연구논문처럼 보이는 서류가 가득해요. 그런데 아주 뒤죽박죽이더군요." 대학원을 졸업한 후, 루나는 아버지의 연구분야를 그대로 따라갔다. 그녀는 학술 검색 엔진에서 아버지의 이름을 주기적으로 검색했고, 그의 최신 논문을 발견할 때마다 자신과 연구관점이 유사함을 확인하고 언짢은 마음과 동시에 내밀한 기쁨을 느꼈다. 작년에 있었던 세 가지 변화(그녀는 박사 논문을 끝냈고, 버클리 대학에 자리를 잡았으며, 결혼식을 올렸다)로 인해 그간 주의를 기울이지 못했다가, 와타나베의 전화를 받은 뒤에야 그녀는 아버지의 이름을 검색해봤다. 그런데 가슴을 두근대며 검색 결과를 조회하던 그녀는 그간 아버지의 연구가 전혀 없었음을 알게 되었다. 지난밤 상자를 발견했을 때 그녀는 예전과 똑같은 우려와 두근거림을 느꼈다. 그런데 정작 테이프를 벗겨낸 상자 속에서는 타이핑된 종이들, 이전 출판과는 무관한 주제들, 두서없는 단편들, 구두점이 빠졌거나 출처가 불분명한 자료들 뿐이었고, 그래서 마치 특징 없는 신체처럼 섬뜩하게 느껴졌다. 그녀는 일일이 집안의 전등을 켰다.

"이상했어요. 아버지는 항상 꼼꼼하셨던 것으로 기억해요."

"어쩌면 단순히 재활용하려던 상자인지도 모르죠."

"상자들은 꼼꼼히 포장되어 있어요. 이사를 하려 했거나 보관을 하려던 것 같아요."

와타나베는 아무 대꾸하지 않는다. 사찰에 세워진 표지판을 따라 차를 주차한 뒤에, 두 사람은 유골함과 영정사진을 들고 그늘진 계단을 올라 법당으로 향한다.

#

제사는 소박해서, 나이 든 승려와 그의 아들이 경전을 교대로 암송하고, 목어(木魚)를 두드리는 박자 소리는 꾸준히 흐르는 시간의 물결에 고삐를 잡고, 시차가 거의 느껴지지 않는 가까운 반구(半球)로 그녀의 혼을 데리고 간다. 소리의 그물에 흔들거리며 제단 위에서 자신을 내려다보는 아버지의 흑백 사진에 시선이 꽂힌 그녀는 자칫 향을 피울 차례를 놓칠 뻔했다. 어느새 제사는 끝나고, 궁극의 침묵이 그녀를 지상으로 돌려보낸다. 그녀는 그 감정을 오롯이 간직한 채 조부모의 묘지를 찾는다. 그분들을 이런 모습으로 다시 만나게 될 줄이야. 조그맣고 네모진 터에 화강암 비석에는 그분들의 이름이 새겨져 있고, 혼유석(魂遊石) 위에는 둥근 덮개의 회색 유골함 단지가 놓여 있다. 여기에 좀 더 밝은 회색의 아버지 유골함을 나란히 안치하자, 그녀는 기이하게도 영혼이 고양되는 인상을 받는다. 상쾌한 날씨의 하루였다. 그녀가 와타나베로부터 영정사진을 받아들자, 쌀쌀한 아침 한기를 누르고 나온 태양이 그녀를 따뜻하게 내리비춰 준다. 와타나베의 얼굴에도 연민을 넘어선 고독함이 서려있다. 루나는 집을 판 돈으로 아버지와 와타나베가 시작한 기획을 후원하기를 정말 잘했다고 다시 한번 생각한다.

"아버지는 가족을 떠난 후에 친부모를 찾아다녔어요. 그분들을 찾으셨을까요?" 루나는 산길을 내려가며 묻는다.

"마츠시로 마을에 몇 번 찾아가셨죠." 와타나베가 말한다.

마츠시로. 루나가 그 마을 이름을 들었던 것은 아버지가 이혼 후 관계 회복을 위해 애쓰며 전화를 걸었던 통화 속에서였다. 이제 와타나베에게서 담담하게 흘러나오는 소리를 듣노라니, 지나치게 우려낸 녹차처럼 세피아 톤의 씁쓸한 맛이 감돈다. 제2차 세계대전 이후 약 65년이 흐른 오늘날, 누가 역사의 내러티브를 통제할 것인가를 둘러싼 투쟁(이 주제는 그녀 아버지의 평생 관심사였다)은 잠잠해지기는커녕 오히려 격화되었다. 동아시아의 지역 안정은 강대국 간 균형에 아슬아슬하게 기대어 있을 뿐, 오래된 좌절과 새로운 불안감, 균열과 변화의 팽팽한 긴장 속에서 시장의 우선순위에 밀려 그간 해결되지 못했던 이 표면 위로 떠오르고 있었다.

사실 루나가 일본에 입국했을 때, 일본 신임 총리가 야스쿠니 신사에 참배하는지를 두고 동아시아 지역이 온통 들끓고 있었다. 야스쿠니 신사는 제2차 세계대전의 A급 전범을 포함해 2백만 명에 달하는 전사자의 영혼이 안장된 곳이다. 이 민족주의의 상징을 불태우고 미국 민주주의 정신이 집약된 다른 대체물을 세우자고 미군정이 제안했던 적도 있었지만, 결국 야스쿠니 신사는 그대로 존치되었고, 지금까지 일본 사회의 전쟁 책임론에 반대하는 상징물로 남았다. 역대 총리들은 준엄한 언론 보도와 외교를 고려해서 개인적인 참배라고 선을 긋고 자중하는 모습을 보였지만, 몇몇 총리들은 공식 참배를 감행하여 국제적 항의와 물의를 일으켰다. 특히, 일본 정부의 최근의 행보는 민중의 반대에도 불구하고 평화 헌법을 개정하려는 모종의 움직임과 관련되어 있다. 사실 미국 정부는 과거 미군정기에 평화헌법을 대필했던 것과 똑같이 지금도 평화헌법 개정 운동을 사실상 부추기고 있다.

루나는 아버지가 이 일에 대해 얼마나 분개했었는지, 어바나 캠퍼스 인근의 빅토리아풍 거실에서 일본 신문을 읽던 그가 얼마나 절박하게 그 외교적 함의를 설명하려 했던지 정확히 기억하고 있다. 그때만 해도 그녀와는 너무나 동떨어지고 상관이 없어 보였던, 그래서 머쓱한 기억이다. 그녀의 아버지가 자기 뿌리를 알았을 때도 똑같은 상황이었다.

"아버지가 그 얘기를 하시던가요? 그분의 민족 정체성에 관해서요." 그녀가 말을 꺼낸다.

와타나베는 그녀 말투의 미묘한 변화를 알아차린다.

"아니요. 하지만 그분이 전쟁 중에 한국인의 사연을 발굴해낸 헌신에 많은 사람이 감동했습니다. 당신도 아버님의 장례식에 늘어선 화환들을 봤어야 했어요."

역사의 산물이 되고, 그 유산의 무게를 느끼는 것. 루나는 거기에 일말의 부러움을 느낀다. 그것은 아버지에게 명확한 목표 의식을 부여해줬고, 그녀 자신은 그렇지 못했다. 세월이 흘러 역사를 낱낱이 증언할 수 있는 사람들이 사라지면서, 아버지가 역사의 뒤안길을 밝히려고 헌신했던 뜻을 이제 그녀는 수긍하게 된다. 아버지는 역사 속에 파묻혀진 뿌리뿐 아니라 더 나아가 미래의 연약한 지반을 드러냄으로써, 인류가 역사를 망각에 묻어두고 일부러 외면하려는 경향에 맞서려 했다.

"분명 보람 있는 일이겠죠." 그녀는 말투를 바꾸며 말한다. "오늘날 과거는 너무 빨리 묻히고, 사람들은 그 관계성을 보지 못하죠. 어쩌면 보고 싶지 않을 거예요. 제 학생들도 2백 년 전 사건에 대해 방어적 태도를 보이니까요. 일본 같은 나라가 평화운동의 선봉에 나선다면 좋겠지만, 아마 기대하기 어려울 테죠. 아버지가 왜 고국으로 돌아갔는지는 저도 알 것 같아요."

한낮의 교통 체증. 와타나베는 방향 지시등을 켜고 차량 흐름에 끼어든다.

"당신 아버님처럼, 저도 6, 70년대에 정치 운동에 뛰어들었어요. 미국 사회처럼 우리도 우리 자신만의 사회 운동이 있었죠. 가장 큰 화두가 군대의 미래예요. 일본인들 상당수는 전쟁에 대해 알레르기 반응을 보이는데, 앞으로는 어떻게 바뀔까요? 우리 정부가 어떤 변화를 강요한다면, 시민들은 어떻게 반응할까요?" 그는 중국, 남한, 북한 등 이웃 나라와의 막다른 외교에 관해 이야기해 준다. "진실은 우리 모두 과거의 역사에 의존한다는 거예요. 가장 완벽한 내러티브이니까요. 과거의 역사를 이용해서 이웃 나라들은 국가주의를 표방하고, 우리 정부는 국가주의 기반을 유지하며 강한 일본을 원하는 유권자를 결집하고 있어요. 당신 아버님은 쉽게 포기하지는 않았지만, 이런 사태에 진심으로 실망하셨죠. 큰 타격을 받으셨어요."

루나는 벌을 받는 아이처럼 자신의 무력함에 심장이 조여든다. "정말 맹목적이군요." 그녀는 자신이 읽었던 한 기사의 내용을 들려준다. 한 일본인 과학자가 어떤 중국인 마을에서 관개시설을 연구했는데, 그는 가장 행복했던 순간을 프로젝트가 성공했던 때가 아니라 마을 사람들이 몇 달간의 적대감과 불신 끝에 자신을 받아들였던 때를 꼽았다.

"물론 미국에 있는 우리도 그 역사의 내러티브에 연연해요. 제2차 세계대전이야말로 최후의 '명백한' 전쟁이니까요. 여전히 영향력이 크죠. 남들에게 오래된 화두에 연연하지 말고 앞으로 행진하라고 쉽게 말할 수는 없어요."

"일본경제로 인해 여기도 크게 다르지 않아요." 와타나베는 말한다. "미국, 일본 할 것 없이 제2차 대전을 각자 달리 해석하지만, 결국은 은유로 해석한다는 점에서는 같아요. 현실에서 분명히 전쟁과 그에 따른 막대한 희생이 발생했는데, 대부분 해외에 아웃소싱된 전쟁이라 사람들의 일상은 비교적 평온했으니까요."

와타나베의 말이 옳다고 그녀는 생각한다. 완벽하게 포장된 도로 옆에는 축제 행사 할인 현수막이 나부끼는 말끔한 인도가 이어져 있다. 국제도시의 화려한 이면에는 과거에 존재했던 전쟁을 기억할 만한 요소가 없다. 지금도 한편으로는 전쟁이 계속된다. 과거뿐만 아니라 현재 진행되는 사건에서도 말이다. 오늘 아침 루나는 뉴스 방송에서 오키나와 주둔 미군의 범죄에 대한 토론회를 시청했다. 뉴스에서 다룬 주제는 극히 일부였지만, 그녀가 받은 충격이 상당했다. 살인, 음주 운전, 강도, 여성과 아동에 대한 강간과 폭행이 그 범죄 목록에 올라 있었다. 이탈리아와 독일에서 미군은 해당 국가의 법률을 존중해야 하지만, 일본에서는 미군이 마음 내키는 대로 할 수 있다. 오키나와 주민들을 괴롭히는 여러 군사 작전 중에는 밤새도록 충격파음을 일으키는 훈련을 예로 들 수 있다. 미국 도시의 항공에서 신형 전술 무기들을 연습하기에는 너무 불안하기 때문이다. 때로는 헐거워진 부품이 학교 운동장 위에 떨어질 우려도 있다. 그녀는 막연히 시위가 벌어진다는 사실을 알고 있었지만, 매일 미군 기지 주변에서 열리는 집회 풍경은 충격적이었고 그 중 상당수 집회는 미국 언론에는 아예 방영되지 않았다. 어제는 미국식 억양 때문에 남들의 이목을 의식했는데, 오늘은 수치심을 느낀다. 자기 자신이 미국인임을 이렇게 의식한 적이 없었다.

"모든 것이 너무나 불안정하군요. 섬뜩한 평화라고 할까요. 저는 일본인들이 미국에 대해 그다지 분노하지 않는 것도 놀라워요." 그녀는 분노 역시 아웃소싱될 수 있는지, 그리고 그 분노는 어디로 향하는지 궁금했지만, 구태여 캐묻지 않는다.

#

그들이 집 모퉁이 쪽에 접어들었을 때, 어떤 여자가 문 앞에서 기다리고 있다. 작은 키의 그 여자는 50대쯤 되어 보였고, 옷차림을 보면 이 동네 사람이 아닌 것은 분명했다. 와타나베는 그 여자를 알아보지 못했지만, 루나는 그 여자와 아버지를 나란히 놓고 어떤 가능성에 왈칵 의심이 솟구친다.

"실례합니다만," 그들이 차에서 내리자 그 여자가 말을 건넨다. "마사아키 씨를 찾고 있어요. 그…. 아!" 흑백 영정사진을 본 그녀는 말을 잇지 못한다.

"제 아버지를 아시나요?"

"당신의 아버님?" 여자의 시선이 루나의 얼굴을 훑고 지나간다. "제가 모르는….."

"저는 미국에 살고 있어요." 루나가 약간 무뚝뚝한 말투로 대꾸한다.

"죄송합니다. 제 이름은 야기에요. 도쿄에서 하숙집을 운영하고 있죠." 그녀는 핸드백을 휘휘 뒤져 명함을 꺼낸다. 희망의 집.

루나는 모르는 주소였지만, 와타나베가 이 지역에 살고 있기에 잠시 그녀와 그곳 지리에 관해 얘기를 나눴다. 무슨 영문인지 모르는 채, 루나는 그 여자를 집 안으로 들여보낸다.

상자에서 꺼낸 서류 더미가 복도에 흩어져 있어 그녀의 생각보다 집은 훨씬 지저분하다. 야기가 부엌으로 안내받는 동안 주위를 둘러보는 호기심 어린 모습을 보면, 그녀가 이 집을 처음 방문한 것이 분명하다. 그녀가 마음을 놓아도 되는 사람인지 루나는 머뭇댄다. 야기는 자리에 앉은 후에 그들에게 지난여름 이후 루나의 아버지가 매주 하숙집을 방문했었다고 말해준다.

"미야기 씨가 무척 기다렸거든요. 그래서 당신의 아버님이 3주 연속 찾아오지 않아서…."

루나는 와타나베를 바라본다. 그도 똑같이 멍한 표정이다.

"실례합니다만, 미야기 씨가 누구시죠?"

야기는 잠시 뜸을 들이며 그들의 표정을 살핀다. 그녀는 탁자 위에 올려놓은 영정사진으로 시선을 옮긴 뒤에 실망감은 종국에는 슬픈 얼굴로 바뀐다.

"미야기 씨는 우리 투숙객이에요. 제 아버지가 종전 직후에 이 여관을 시작할 때부터 우리와 함께 머물렀어요. 미야기 씨는 당신

조부모님의 친아들이에요. 당신 아버님의 형님이신 거죠."

루나는 그녀를 노려본다. "그분이 제 삼촌이란 말인가요?"

와타나베는 똑같이 어안 벙벙해서 말했다. "그분은 형제에 대해 아무 말도 한 적이 없어요."

"그분들이 만난 것은 겨우 1년 전이었어요." 야기는 말한다. "미야기 씨는 도쿄 공습 때 부모와 생이별했어요. 당시 제 아버지는 복지 쉼터인 더헤븐리 커튼 호텔 희망의 집을 운영하셨죠. 그곳은 말 그대로 방수포를 꿰매어서 천막을 친 거였으니까요." 그녀는 웃는다. "미야기 씨는 당시에 십 대였어요. 제 아버지는 그분을 보자마자 마음에 들어 했죠. 저는 미군정 시기 막바지에 태어났고, 미야기 씨는 제게 삼촌이나 다름없어요."

"그럼 그분은 줄곧 도쿄에 있었던 건가요?" 루나가 물어본다. "저는 조부모님이 도쿄에 사셨는지도 몰랐어요."

"제가 알기로는 미야기 씨는 도쿄에서 태어났어요." 야기는 말을 이어간다. "종전 후에 많은 사람이 그랬듯이, 그분도 자기 신원을 증명할 방법이 없어서 주로 일용직에 종사하면서 저희 쉼터 일을 도왔어요. 그분은 평화 시위에도 참여했지만, 구체적으로 어떤 활동을 했는지는 아는 사람이 별로 없어요. 항상 비밀스러운 구석이 있었거든요."

"어떻게 아버지와 삼촌이 만났을까요?" 루나는 자세한 내막을 알려고 애쓰며 묻는다.

"미야기 씨는 노숙자를 돕는 단체인 '산유카이'라는 비영리 단체에서 자원봉사를 해 왔어요. 몇 년 전에 건강이 매우 나빠지면서 그분은 부모님의 묘지를 찾기 시작했죠. 사망자 대부분이 소이탄 공습 이후에 공동묘지에 묻혔기 때문에 사실 희망을 품기는 어려웠죠. 그런데 산유카이 단체의 도움으로 드디어 그분이 동생을 찾았던 거예요."

"그러면 그들은 서로에 대해 아는 바가 없었겠네요."

"당신 아버지는 형에 대해 알고 있었어요. 조부모님이 언젠가 얘기했었나 봐요. 그래도 미야기 씨가 집으로 찾아갔을 때 그분은 무척 충격을 받았다고 하더군요. 제가 여러 번 들었던 이야기에요."

루나는 상황을 그려보려고 애쓴다. 두 남자, 혈연으로 연결되지 않은 형제가 부모의 집 문턱에서 처음 마주치는 장면을.

"상상할 수가 없네요." 이어서 루나는 묻는다. "그들은 서로 잘 지냈나요?"

"오, 그들은 항상 무언가에 대해 아주 길게 얘기했죠. 아마 서로 알고 싶었던 일이 많았을 테죠."

루나는 그 이미지가 마음에 든다. 고아인 형제의 동지 의식. 그녀는 미야기 삼촌이 이 집의 복도에서 부모가 살았던 방들을 둘러보는 모습을 상상해 본다.

"그런데 참 이상하군요. 그들은 자주 만났나요?"

"아마 한 달에 두어 번 정도일 거예요." 야기는 말한다. "미야기 씨가 올여름부터 다시 건강이 악화하기 전까지는 말이죠. 그의 폐가 항상 문제예요. 소이탄 때문에. 저희 아버지도 같은 병환으로 당신 아버지 나이쯤에 돌아가셨거든요." 그녀는 루나를 슬프게 쳐다본다.

"지금은 어떠세요?" 와타나베가 묻는다.

"호전되었다가 나빠졌다가 하죠." 그녀의 얼굴이 밝아진다. "시간이 괜찮다면 병 문안 오시면 그분이 반가워할 거에요. 아마 미야기 씨는 조카와의 만남은 상상도 못 하실걸요."

루나는 공황을 일으킬 것 같다. 그녀의 목이 떨리는 것은 흥분이 아니라 두려움에 가깝다.

"그분은 내가 있는지조차 모를 텐데요."

야기는 탁자 위에 손을 뻗어 루나의 손을 잡아준다.

"보세요. 마사아키 씨에게 딸이 두 명 있다는 것은 그분도 아세요. 일리노이에 살았잖아요. 제가 그 사진을 봤었는데, 당신은 9살에서 10살이었을 거예요. 사진 배경에는 집 한 채가 있었고, 아마 어바나라고 불리는 곳이었죠?"

루나는 마음이 흔들린다. "글쎄요, 저는 기억나지 않네요."

#

그날 저녁 루나는 상자 안에 있던 서류를 분류해서 파일을 만들기 시작했고, 콕콕 찌르는 자궁 통증 때문에 화장실을 자주 드나든다. 아직 생리는 시작하지 않았다.

마침내 손님방에 누운 그녀는 용궁으로 가는, 해저 여행의 꿈을 꾸었다. 용궁에 도착하면 그녀는 창문 없는 방에 전구가 없는 소켓에 빛이 들어오는 것을 발견한다. 아무 소리가 들리지 않고 어떤 생명도 없는 그곳에서 그녀는 전깃줄을 뽑으려고 손을 뻗다가 그 방에 자기 자신이 없다는 것을 깨닫고 퍼뜩 잠에서 깬다. 자신이 부재하는 꿈을 꾼 것은 이번이 처음이다.

잠을 이루지 못한 루나는 어둠 속에 누워 복도까지 은은히 비치는 달빛을 보면서 마지막으로 아버지를 봤던 때를 회상한다. 4년 동안 엄마와 별거했던 아버지는 이혼을 마무리하기 위해 미국에 돌아왔다. 어린 시절 대부분 그랬던 것처럼, 언니가 두 시간 내내 아버지의 말과 행동을 낱낱이 비난하며 언성을 높였던 장면에 루나의 기억이 정지되어 있다. 최근에 그녀는 당시를 보다 차분하게 회상할 수 있게 되었다. 세월로 인한 소음의 껍질을 벗기고 아주 세세한 기억까지 드러내면, 그날의 장면은 케이티가 아버지가 집에 들어오는 것을 거절하는 것부터 시작된다. 결국 아빠와는 식당에서 만나게 되었다. 루나는 치킨 페이스트리에 있는 감자를 으깨서 원뿔 모양으로 쌓고 있었고, 아버지는 줄곧 질문을 던지고 딸들의 대답에 감탄하는 척했다. 하지만 초조히 음식을 짓이기던 그의 손동작, 잠깐 반짝였다가 이내 어두워지던 그의 안색, 모두 식당 밖으로 나간 뒤에 혼자 계산하러 가던 축 쳐진 뒷모습은 지금도 그녀의 기억에 선연하다. 그 다음 장면에서 가족들은 마당에 서 있었는데, 아버지는 너무 혼란스러워했던 나머지 케이티조차 그의 눈물 콧물 섞인 아나콘다 같은 포옹을 거절할 수 없었다. 한편 루나는 오금이 저려서 꼼짝하기도 힘들었기 때문에 아버지가 준 선물에 대해 감사함을 표현하지도 못했다. 그때의 선물이 바로 우라시마 타오의 영일대역본 그림책이었다. 삽화의 그림체를 보더라도 루나보다 더 어린 아이가 볼만한 동화책이었는데, 아마 당시 아버지는 그 동화책을 통해 딸을 일본어의 세계로 초대하고 싶었던 것이 아닐까 짐작한다. 실제로 루나는 훗날 일본어를 배웠으니 그 동화가 그녀의 학문 세계에 대한 일종의 입문서가 된 셈이다. 야기가 봤다는 사진은 바로 그날 아버지가 렌트한 자동차에 타기 직전에 가족이 함께 찍은 사진이었을 것이다. 그날의 순간은 루나의 인생에 스쳤던 숱한 경험들처럼 휘발되었고, 그저 위대한 심판중재자에게 소환되어 기억 속에 전시될 뿐이다.

#

희망의 집은 역에서 조금 걸어들어간 위치에 있었다. 역사적으로 무두장이, 백정, 망나니와 같은 불가촉천민(不可觸賤民)이 살던 이 지역은 이후 인접한 지구와 통합되었으며, 과거 수많은 노동자 숙소들은 지금은 일용직 노동자, 실직자, 노숙자들과 최근에 급증한 외국 배낭여행자들의 거주지로 이용되고 있다. 상당수는 한때 전후에 국가 재건을 위해 고용된 노동자들이었다. 와타나베는 산유카이 본사의 위치를 알려준다. 그 건물은 언뜻 폐건물처럼 보이지만, 이 단체의 봉사 활동과 생명 구호 서비스를 지원받기 위해 모인 사람들로 복작거린다. 거리 아래쪽에 조명이 켜진 네모난 간판들 사이로 야기의 하숙집이 자리하고 있었다. 불투명한 유리문에는 일본어와 영어로 셋방을 광고하는 전단지가 덕지덕지 붙어 있다.

야기는 접수대에서 일어나 그들을 반갑게 맞이한다.

"미야기 씨가 당신이 오기를 무척 기다렸어요." 그녀는 보드판에서 열쇠 꾸러미를 꺼내 들면서 말한다. 그녀의 안내를 따라 복도를 통해 주방, 화장실, 공동욕실을 지나 계단을 올라가면, 간간이 텔레비전 소리가 들리고 객실이 즐비한 복도가 나온다. 미야기의 방은 복도 맨 끝 방이다. 야기는 살며시 노크한 다음에 방 안의 기척에 귀를 기울이며 열쇠를 돌린다.

커튼이 드리워진 방은 아주 협소하고 어두컴컴하다. 한쪽 구석에는 소형 흑백 텔레비전이 놓인 협탁이 있고, 선반 위에는 개어놓은 옷 몇 벌과 책 몇 권이 놓여 있다. 다다미 바닥에는 요가 깔려 있었고, 그 위에 미야기가 이불을 덮고 누워 있다. 그의 얼굴에 덮인 흰 마스크를 보면서 루나는 불현듯 할아버지의 기억이 떠올라서 그분의 존재가 갑자기 시간 감각을 뒤흔들고 그녀의 인생을 차곡차곡 접어 일차원적 공간에 밀어 넣는 기분이다. 그런 경험은 아찔하며 짜릿하기까지 하다. 야기는 샌들의 먼지를 털고, 미동도 않는 남자 옆에 무릎을 꿇고 앉는다.

"그분을 굳이 깨우고 싶지는 않군요." 루나는 문간에서 말한다.

"때가 되면 식사를 하고 볼일도 보고 서로 얼굴들도 봐야죠." 그녀는 미야기의 이마를 짚어본다. "그는 당신을 만날 생각에 무척 흥분하셨거든요."

루나는 그 말이 정말일까 궁금해한다. 광채가 돌 정도로 창백한 미야기는 이 세상 사람이 아닌 듯 보였다. 루나와 시선이 마주친 와타나베도 같은 생각인 것 같다. 루나는 아버지가 마지막으로 이곳을 찾았을 때 미야기가 어떻게 지냈었는지, 그리고 자기 동생의 죽음을 알고는 있는지 궁금해진다.

이불을 차곡차곡 접고 물잔을 채우는 야기의 동작은 늘 하던 것처럼 자연스럽다. 미야기는 몸이 편찮은 듯 알 수 없는 소리를 낸다.

"저예요, 미야기 씨." 야기는 그의 손을 어루만지며 말한다. "오늘은 손님이 오기로 한 날이에요. 기억나세요?"

그녀는 루나와 와타나베를 소개한 다음, 미야기가 일어나 앉도록 부축해주며 그들의 이름을 수 차례 반복해서 들려준다. 으슥한 어둠 속에서 그의 몸이 투명한 흑백 실루엣처럼 드러난다.

야기는 그의 손에 물잔을 쥐여주고 마스크를 바꿔준 다음 빨랫감과 물 주전자를 주섬주섬 챙겨서 일어난다.

"한 30분 정도는 괜찮을 거예요." 그녀는 샌들을 신은 뒤, 와타나베를 슬쩍 밖으로 밀어내면서 말한다.

별안간 방에 남겨진 루나는 신발을 벗고 요의 끄트머리에 앉는다. 미야기는 벽에 기대어 가슴에 컵을 댄 채 다시 잠이 든 것 같다. 창문에는 커튼이 출렁이고, 차가운 공기가 매콤한 연기와 함께 방 안에 흘러 들어온다. 그녀는 아버지가 이곳을 방문했을 때 기분이 어떠했을지 생각한다. 이렇게 미야기는 세상 밖에 밀려나 평생을 지내왔다. 커튼이 바람에 뒤집히면서 햇빛이 벽에 비친다. 루나는 미야기의 머리 위 벽에 붙여진 사진을 본다. 미야기의 부모님, 그러니까 그녀의 조부모와 초등학생 소년이 함께 있는 가족 사진. 문득 미야기가 목을 길게 빼고 눈을 부릅뜨며 자신을 보고 있음을 깨닫는다.

"제가 루나예요. 돌아가신 마사아키 씨가 제 아버지예요."

미야기는 그녀를 계속 관찰한다. 그리고 그는 떨리는 손가락으로 마스크를 내려 노인의 좁은 하관과 입, 켈로이드 흉터가 덮인 얼굴을 드러낸다. 보기 흉한 모습을 가리는 것이 문화적 관행인 일본에서는 이런 모습은 좀처럼 접하기 힘들다. 어쩌면 그의 얼굴이 그를 사회 주변부로 밀려나게 한 이유였을지도 모른다.

"당신 사진인가요?" 그녀가 사진을 가리키며 묻는다.

미야기는 아무 대답하지 않았는데, 왠지 부아가 치밀어오른 듯했다. 마치 다른 시간대에 속한 사람처럼 미야기의 눈과 사진 속의 다른 부분이 어딘가 들어맞지 않는다는 인상을 받는다.

"부모님, 그러니까 제 조부모님과 함께 있는 분이 당신이겠죠."

미야기는 말없이 계속 응시하고, 루나는 탈출 전략을 찾고 있다. 그의 입술이 달싹이고, 그녀는 다시 그의 시선을 느낀다. 그녀는 몸을 더 가까이 기울인다. 그의 가슴에 뭉친 듯한 쌕쌕거리는 숨소리, 그의 입에서 흘러나오는 가래 냄새, 그리고 한약재와 섞인 톡 쏘는 양약 냄새가 난다. 그의 소리를 들으려 한다. '코노미'라는 단어. '선호'? 뭐라는 거지? 그때 복도에서 쿵 하는 소리가 들리고, 와타나베의 달각대는 신발 소리가 들려온다. 루나가 몸을 돌리려다가 미야기에게 손목을 잡혔다. 그녀는 너무 갑작스러워 움찔하는데, 미야기가 손을 놓지 않는다. 그는 떨리는 몸을 일으키려고 기력을 다했고, 분노와 놀라움에 그의 얼굴이 실룩거리다가 비명을 지르기 시작한다. 복도에서 야기가 뛰어오는 소리가 들린다. 잠시 후 샌들을 벗어던지고 방에 들어온 야기는 격렬하게 기침을 하는 미야기를 보고 루나에게 뒤로 물러나라고 말한다.

#

러시아워 직전의 열차는 조용하다. 그들은 몇 정거장을 더 지나서 아버지와 와타나베가 함께 쓰던 사무실로 가는 중이다. 오후의 여진이 아직 두 사람 사이에 남아 있다. 그는 몇 번이나 아버지의 자료들을 루나가 보관해야 한다고 주장했는데, 루나는 아버지가 작고하기 전에 여생을 보냈던 장소로 자신을 초대하려는 와타나베의 속뜻을 눈치챈다. 사무실은 엘리베이터가 없는 5층짜리 건물에 있는 단칸 사무실인데, 아까 하숙집과 비교하면 되레 널찍해 보인다. 그곳에는 테이블과 의자 두 개, 서류 보관함 등이 있었고, 마치 저예산 드라마에 나올 법한 경찰 취조실과 흡사해 보였다. 기숙사에나 알맞을 소형 냉장고와 더불어 작은 주전자와 차 티백, 머그 잔들이 준비되어 있어서 구색을 맞추고 있다.

아버지는 루나와 케이티가 놀이터에서 노는 동안 이웃이나 동료들과 잡담을 즐길 때면 항상 그의 가슴팍에 머그 잔을 올려 놓는 습관이 있었다. 루나는 아버지의 그런 모습에 웃음을 지었고 케이티는 무척 짜증스러워 했는데, 이런 성격 차이가 가족 분열의 이면에 있었다. 루나는 자기가 누구의 편에 속해 있었는지 종잡을 수 없었다.

와타나베가 의자를 끌어다 준다. "그분이 앉던 의자였어요."

루나는 철제 프레임과 비닐 시트로 된 접이식 의자를 살펴본다. 이 의자에 앉으면 등받이에 햇빛이 내리쬐고 책상 상판이 붙어 있어서 활용도가 높고 안락한 기분이 든다. 아버지는 여기에서 즐겁게 일했겠지만, 그녀는 그저 의자에서 쓰러진 아버지의 딱딱한 등, 책상 모서리에 닿았을 그의 축축한 이마를 상상할 뿐이다. 그녀는 자리에서 일어난다.

"아버지가 미야기 삼촌에게 같이 살자고 제안했었을까요?"

와타나베가 서류함 위에 손을 올려놓은 채 그녀를 돌아본다.

"그렇다면 그 상자들이 설명되겠군요."

"그럴까요? 집에 남아도는 방들이 많은데, 구태여 짐을 쌀 필요는 없었죠. 왜 아버지는 우리에게 삼촌 얘기를 하지 않았을까요?"

와타나베는 잠시 생각하다가 고개를 젓는다.

"그분은 이유 없이 그러실 분은 아니지만, 저도 그 점은 의외라고 생각해요."

루나는 미야기의 어두운 방에 있는 아버지의 모습을 그려본다. 역사의 맞은편에 있는 고아들. 전쟁은 그들의 운명을 서로 바꾸었다. 아버지는 미야기의 삶으로, 미야기는 아버지가 입양되지 않았었다면 아버지의 삶으로, 각각 들어갔을 것이다. 그녀는 아이러니 없는 아버지의 삶을 상상할 수 없다. 식민지 민족의 아들인 아버지는 식민지 통치를 한 민족의 아들로서 살았고, 한편 미야기 삼촌은 주변부의 노동자로 자신과 전혀 무관한 건물의 공사판에서 살아야 했다. 그것은 그로테스크한 반전이었으며, 어떤 원망이나 죄책감이 끼어들 여지가 없음에도 각자의 길에 온갖 감정들이 얽힐 수밖에 없었다. 그녀는 벽에 걸린 미야기의 가족 사진, 압정으로 이상한 위치에 보란 듯이 붙여놓은(아버지가 그랬을까?) 사진을 떠올린다. 그녀는 미야기의 격분한 이미지를 떨쳐버리려 애쓴다.

와타나베는 서류 폴더를 찾아 누런 봉투에 넣어 건네준다. 루나는 호기심이 들었지만, 내심 서류를 들춰보지 않아도 되어 다행이라 여긴다.

"어쨌든 그곳은 이상했다고 말해야 할 것 같네요." 그녀가 서류 봉투를 가방에 집어넣는 것을 보면서 와타나베가 말을 덧붙인다.

"미야기 씨가 소리를 지르기 직전에 마치 저를 아는 사람처럼 쳐다보았어요." 루나는 뱃속이 요동치는 느낌이다. "사실 당신이 방에 돌아오기 전에 그가 뭔가를 말했어요. '코노미'라고 말했던 것 같아요."

"일본어로 '선호'라는 뜻이죠?"

루나는 고개를 끄덕인다. "갑자기 그분이 현실에 등장한 거예요. 바로 거기에요."

지구 반대편에서 최근에 알려진 친척을 우연히 만났다는 것은 틀린 표현이며, 그녀가 닿을 수 없는 시간의 주름 저 너머에서 그를 찾았다고 말해야 온당한 표현일 것이다.

"제가 정말로 삼촌을 만났다는 것이 믿기지 않네요."

그녀는 미야기의 손가락이 와락 움켜잡던 기억 때문에 여전히 손목을 문지르고 있다.

와타나베가 묻는다. "당신께 물어보고 싶었어요. 한 번이라도 부친과 연락했던 적이 있나요?"

루나는 이 질문에 진지하게 반응한다. 그녀는 와타나베에게 대학원에 입학한 첫해 이야기를 들려준다. 언니와 엄마와 달리 그녀는 대학에서 최초로 그 사람들 속에서 자기 자신을 찾았고, 그녀 자신 속에 있는 그들을 느꼈다. 그것은 그녀에게 힘을 북돋아 주었으나 끝내는 허탈하게 만든 경험이었다. 그녀의 어떤 부분이 그들과 맞지 않는다는 이유로 배제당하는 편협한 공동체의 한계를 느꼈었다. 그때 아버지를 떠올린 그녀는 아주 간단한 안부 편지 내지는 학술적인 서신을 보낼까 고민을 했었지만, 몇 주간 서투른 머리글과 뒤엉킨 감정과 씨름한 끝에 결국은 포기했다.

"과거에 전 너무나 명확한 대답을 원했기 때문에, 아버지에게 실망할까 봐 두려웠어요. 그리고 저는 고작 21살이니까 앞으로 시간은 충분하다고 생각했죠." 그녀는 말한다. "같은 공간에 있지 않은 사람에 의해 자기 삶이 좌우된 거예요. 가족과 친구들이 저를 이해하지 못한다고 느꼈을 때 바로 아버지가 떠올랐어요. 아버지가 진짜처럼 느껴졌어요. 부재의 힘이랄까. 전혀 그럴 가능성이 없더라도 저는 언제든 아버지가 돌아올 것이라고 기대했어요. 그런 기대가 제게 많은 것을 가능하게 했어요. 제가 속할 수 있었던 다른 장소를 상상할 수 있었으니까. 무엇보다 제가 아버지를 닮은 것이 도움이 됐죠."

그렇다. 그것은 진실이다. 우습게도 그녀는 혈연의 고리로 연결된 유대가 시공간의 간극을 초월하는 데 있어 필수적이고 진실된 것이라고 믿었다. 그러나 실제로 혈연은 그저 신기루, 관례적으로 확신을 거듭하면서 세속적인 증거로 실재처럼 기능해 온 것에 불과했다. 어쩌면 그녀의 어머니와 이웃들이 아버지를 닮은 그녀의 얼굴에서 찔끔했던 긴장감과 비슷한 것이었다.

"아버지가 스스로 떠났다고 저는 짐작해요." 그녀는 말한다.

와타나베는 오랫동안 침묵을 지킨다. "당신에겐 복잡한 문제이지요." 그가 마침내 말한다. "그냥 제 생각일 뿐이지만, 그분은 늘 당신이 찾아올 것을 믿었을 거예요."

루나가 집에 돌아온 시각은 7시가 넘었다. 부엌 식탁에 자리를 잡고 그녀는 봉투에 든 내용물을 쏟아놓는다. 그녀는 기차 여행 내내 그 안에 있던 영수증 더미를 보면서 아버지의 식사 습관을 알 수 있었다. 국수 세트 (990엔), 카레 스페셜 (1,090엔), 그리고 흥미롭게도 호르헤 루이스 보르헤스의 소설 번역본을 포함한 서점 영수증들. 봉투 안에 있는 나머지 서류들은 개인적인 내용이라서 기차 안에서 읽기 곤란했다.

가장 덜 복잡한 것은 아버지의 출생신고서였다. 아무 특징 없는 종이는 오랜 세월이 흘러 반들거렸지만, 신고서에 찍힌 빨간 인주는 립스틱처럼 선명해서 마을의 이름 마츠시로와 발행연도인 쇼와 20년이라는 글자를 읽을 수 있다.

그녀가 가장 마음이 아팠던 서류는 인근의 여러 국제학교에서 받아온 1980년대의 유광지로 만든 팸플릿들이다. 그녀는 평생토록 아버지가 일방적으로 떠났다고 믿고 살았다. 하지만 이제와 이 팸플릿들을 보면, 아버지는 고향에서 가족과 함께하는 삶을 구체적으로 꿈꾸었던 것 같다. 돌이켜보면 부모들 간의 대화가 실패로 돌아갔던 것뿐이다. 부모 중 누구를 비난해야 하는지 새삼 따져본들 무슨 소용일까. 하지만 그녀의 세상이 한편으로만 기울어져 있었다면, 삶의 흐름이 다시 바뀔 수도 있다고 그녀는 생각한다.

세 번째 물건은 도통 알 수 없다. 니가타의 한 주소가 적혀진 메모지였다. 친구? 동료? 아니면 또 다른 친척인가? 아무리 조사해

봐도 쌀 생산지로 유명한 지역에 있는 평범한 마을에 불과하다.

마지막 물건이 가장 가슴이 아려온다. 신문 스크랩 몇 장과 마이크로피시에서 복사한 서류 더미 묶음이었다. 신문 스크랩은 두세 줄 정도의 단신 기사인데, 복사 상태가 양호해서 아날로그적인 잉크 질감이 고스란히 살아 있다. 그 기사들은 전부 미군 시설인 홍등가에서 살해된, 직업이 의심스러운 '국적 불명'의 여성들에 관한 내용이었다.

서류 묶음의 마지막 장은 무슨 내용인지 좀처럼 짐작되지 않는다. 루나가 나중에 해석한 바로는, 일본계 미국인 시인이 쓴 수필의 한 단락이었다. 백지 한가운데에 맥락 없이 적힌 글자는 마치 언어 간의 하얀 틈새로 끌려드는 묘한 느낌을 불러일으킨다. 표현할만한 말은 딱히 없지만, 혀끝에 그 감각은 맴돈다.

원폭 이후 히로시마에서 수녀들은 한국인 생존자들과 인터뷰했다. 그들은 아무런 반응을 보이지 않았다. 그러다가 무심코 일본어로 질문을 하자, 한 사람이 통곡하며 그때의 참상을 떠올리기 시작했다. 다른 사람들 역시 일본어로 그 고통을 증언했지만, 정작 모국어로는 한마디 말도 하지 못했다.

모국어로는 아무것도 기억하지 못하면서 다른 언어로 기억한다는 상황은 무엇을 의미할까?

생존한다는 것, 모든 생명을 부정하는 공격을 목격한다는 것은 그들에게 어떤 의미일까? 당신의 이성을 송두리째 날려버리고 당신의 목소리를 빼앗아 버리고, 오로지 식민제국의 혀를 통해서만 입을 열게 하는, 그런 허망한 얼굴을 남겨두는 참상이란 어떤 것이었을까?

왜 그녀의 아버지는 여기에 이 모든 것을 모아둔 것일까?

#

루나는 떠나기 전에 마지막으로 와타나베를 만난다. 그녀는 뒷마당에 집 물건들을 내놓고 있었는데, 와타나베가 아버지가 좋아하던 머그잔을 챙겨서 찾아왔다.

"대청소하세요?" 그는 물건 더미를 훑어보더니 소매를 걷어 올린다. "내일 저와 제 아내는 한가해서 도와줄 수 있어요."

"짐 정리는 거의 끝났어요." 그녀가 대답한다. 그건 사실이다. 아버지가 남겨놓은 물품은 고작해야 책장 몇 개, 옷 몇 벌과 상자들뿐이다. 그 외에는 강력 접착테이프가 덕지덕지 붙어 있는 전기밥솥, 손잡이가 빠진 냄비, 각종 슈퍼마켓 접시와 그릇 등 조부모가 쓰던 물건들이다. 아버지가 물려받은, 이 보잘것없는 물건들은 마치 그가 가족 족보에 임시로 접목된 세대로 살아왔던 상징과도 같다. 하지만 가장 필수적인 것을 빼앗기고 살아온 인생, 그 일평생을 소진하며 살아온 과정에 대해 뭔가 호소하는 듯하다.

동네를 마지막으로 산책하러 신발을 갈아 신으면서 루나는 와타나베에게 이런저런 얘기를 많이 들려준다. 날씨가 아주 맑아 청명한 푸른 하늘을 올려다보니, 왜 이곳이 일본에서 유명한 산의 장관을 조망할 수 있는 마을로 알려졌는지 알 것 같다.

"사람들이 왜 북적이는지 알겠어요. 확실히 초현실적인 풍경이네요." 루나는 말한다.

와타나베는 자기 평생에 드리워진 망령을 흘낏 본다. "저 산은 우리가 단일 민족임을 너무 쉽게 믿게 만들죠."

"저는 '일본은 단일 민족'이라는 얘기는 서구인의 고정관념인 줄 알았는데, 알고 보니 일본 정부가 적극적으로 홍보하더군요. 일본은 단일 민족이고, 미국은 문화적으로 다양하다는 개념이 아주 편리한 서사를 이루죠. 일본과 미국은 서로를 통해 자국에 대한 환상 속 이미지를 확인해요. 서로에게 아부하는 거울상처럼. 그런 미러링 속에서는 소수 민족들은 사라지거나 복제될 뿐이에요." 루나는 말한다.

"당신은 분명히 아버님의 냉소적인 성향을 물려받았군요." 그는 말한다. "제가 보기에, 현재의 미국은 매우 다양해요. 여기와 달리 미국에서는 미국인이 될 수 있으니까요."

루나는 고개를 저으며 좌절감이 솟구쳐 오른다. "미국은 흑인 또는 백인인가를 중요시해요. 어디 출신이냐는 질문을 저는 정말 자주 받아요. 대부분 우리의 존재는 국가적 담론에서 중요하지 않아요. 그냥 아메리칸드림을 증명하는 유색인종 캠페인의 얼굴 모델이 필요할 때를 제외한다면요. 현재는 우리가 증오범죄나 인종 청소의 대상이 될 일은 없겠지만, 전혀 상상하기 불가능한 것은 아니죠. 옛날에 그런 일이 있기도 했죠. 전쟁만 일어나면 언제든 알게 될 거예요. 자기 자신이 어디에 속하는지 지겹도록 자각하겠죠."

와타나베는 그녀의 말이 미국인으로서의 정체성과 밀접한, 역사에 뿌리 깊은 통한 때문이라고 받아들인다.

"부친께서는 한국인 혈통이라는 진실이 자기 자신과 작품과의 관계를 근원적으로 바꿨다고 말씀하셨어요. 하지만 정말로 그 사실이 자기 스스로에 대한 감각을 변모시킬 수 있을까요? 제가 그분을 대신해서 대답할 수는 없겠지만, 처음 만났을 때부터 그분의 관심사는 어디에 속하느냐가 아니었어요. 어떻게 그곳에 어울릴 것인가의 문제였죠."

"아주 흥미로운 차이로군요." 루나는 말하면서 아버지와 나누지 못했던 대화를 못내 아쉬워한다. "하지만 모든 사람이 그런 선택을 하지는 않죠. 저는 우라시마 타로의 설화가 자꾸 떠올라요. 아버지가 그 이야기를 하도 많이 해서 언니와 저는 꿈에서도 사악한 마법 상자를 봤다니까요." 그녀는 나직이 웃는다. "대학 강의를 하면서, 저는 타로 이야기가 집을 떠나는 것을 경고하는 내용의 우화인 걸 알았어요. 여태껏 저는 그 작품을 망명에 관한 우화로 가르쳐 왔는데, 지금은 그 반대는 아닐지 궁금해졌어요. 우리를 자기의 뿌리에 집착하게 만드는 도덕적 설교가 아닐까요?"

"우라시마 타로가 용궁에 머무를 수 있었으니까?"

루나는 끄덕이며 말을 덧붙인다. "하지만 타로는 용궁에 머무르는 대가로 인간 세상과의 유대를 포기해야만 하죠. 자기 뿌리를 잊어야 하고, 자기가 누구인지를 잊어야 해요."

"그게 잘못된 건가요? 사람들은 결코 새로운 삶을 살 수 없나요?"

루나는 바로 대답하지 않는다. 망각이 새로운 삶을 위한 필수 조건인가? "저는 그 가능성은 기억이 선택이냐에 달려 있다고 생각해요. 타로의 경우, 그는 인간이라서 결코 잊을 수 없었던 거예요."

그들은 잠시 말을 멈추고 산비탈을 오르는 데 집중했다. 경사로를 따라서 나선 모양으로 휘어진 산길 때문에, 가옥들은 갈지자로 세워졌고, 담벼락들은 꼬불꼬불한 모양으로 지어놓았다. 여기까지 가까스로 길을 뚫었지만 결국은 산 앞에 무릎을 꿇은 공학자들을 조롱하는 듯했다. 그들은 산 정상에 오른 후, 호흡을 천천히 골랐다. 곧장 올라가면 숲 뒤로는 고색창연한 저택들이 돌담에 둘러싸여 있고, 그 너머로는 식물원에서나 볼 법한 관상수들의 원형 돔이 펼쳐져 있다. 만약 그녀가 다음에 다시 이곳을 찾아온다면, 이 풍경들은 땅의 상속자들에게 팔려 새로운 풍경으로 바뀌게 될까?

"타로 우화에서 제가 마음에 든 부분은 바로 변주에요." 와타나베는 말한다. "제가 아는 한, 모든 판본에서 우라시마 타로는 애착 때문에 고통받고 고향으로 돌아가거든요. 그리고 그는 타마테바코를 엽니다. 하지만 나는 그가 인간이라서 벌을 받는다고 생각하지 않아요. 타마테바코가 자비이기도 하니까요."

여러 해석이 가능하겠지만, 모든 이야기에 공통적인 내용이 있다고 그녀는 생각한다. 우라시마 타로가 용녀의 경고를 명심하고 타마테바코를 열지 않았다면? 어떤 판본이든 그런 가정은 존재하지 않는다. 과거 온 가족이 일본에 방문했을 때, 당시의 아버지를 그녀는 떠올린다. 아버지가 가족들에게 얼마나 열심히 장소들을 보여주었던지, 그리고 관광명소 대신에 보잘것없던 지역 현장을 소개하며 그가 살아온 이야기를 전하려 했던지, 당시의 그녀는 이해하기 어려웠다. 이제 돌아올 만한 아무런 연고가 남지 않은 일본을 떠나면 그녀는 앞으로 있을 일을 이해하지 못할 것이다.

"저는 항상 미국과 가족 사이에서 이방인 같았어요." 루나는 말한다. "하지만 여기도 낯설기는 마찬가지군요. 어릴 때 고작 몇 번 들렀던 곳과 접속하는 느낌은 기묘해요. 말이 안 돼요. 미국이나 일본(어쩌면, 한국)이 제게 어떤 의미일까요? 또 아버지에게는? 우리 세상에는? 제가 보기엔, 그건 오로지 파괴를 창조해요." 그녀는 길에서 쓰러진 나뭇가지를 치우며 말한다. "아마 제가 임신한 것 같아요."

와타나베는 깜짝 놀라며 그녀를 돌아본다. 그는 반색하다가 새삼 그녀 부친의 죽음에 대한 무게를 느끼고 쓸쓸히 조의를 표한다. 루나는 그가 감상에 빠져들지 않아서 다행이라 여긴다.

"미국에서는 민족적 뿌리를 나타내기 위해 하이픈을 넣거나 중간 이름을 쓴다고 들었어요. 그런데 당신은 아예 원래 성을 그대로 쓰는군요." 와타나베는 말한다.

루나는 성을 바꾸지 않기로 한 그녀의 결정과 결혼식 전날 번민을 되새긴다. "제가 아이를 출산한다면, 성을 다시 결정해야겠죠. 재미있군요. 저는 항상 아들과 함께하는 모습을 상상해왔고, 그 아이 이름은 '에린'이에요. 어릴 적 친구의 이름인데, 아버지가 그 이름을 아주 예쁘게 발음해서 그게 내 이름이었으면 바랐거든요."

#

9장 패싱

끝내 아버지의 뿌리는 알 수 없었다. 조선인이 마츠시로 노동자의 70퍼센트 이상을 차지한 것은 논쟁의 여지가 없지만, 일본인 노동자와 일본군 장교도 3천 명에서 5천 명 가량 있었다. 그러니까 남성들의 성욕을 만족시킬 목적으로 동원된 20여 명의 여성에게 궁극적으로 누가 접근했는지는 확인할 수 없다. 그리고 그 '위안' 부대에 일본이나 중국 여성이 있었을 가능성도 있으므로 아버지의 모친이 한국인이라는 것도 단언하기 어렵다. 가장 큰 수수께끼는 어떻게 신생아가 그런 생존이 어려운 산악지대에서 살아남았는가 하는 것이다.

마지막 상자 속에 있는 최근 원고들로 미루어 보아, 아버지 역시 비슷한 결론에 도달했던 듯하다. 와타나베가 불단 위에 덮어놓은 하얀 천 아래에 계속 놓여 있었던 상자 속에는 모두 올해 날짜가 적혀 있는 원고들이 들어 있었다. 아버지가 사망하기 일주일 전에 쓴, 가장 최근의 원고에서 짐작하건대, 그는 자기 자신의 역사를 쓰려던 것은 아니며 그저 할머니가 벽장에서 꺼낸 옻칠 상자에서 그 자신의 이야기를 시작하려 했던 것 같다. 그 밀봉된 상자에는 그의 삶을 바꾸어 놓은 출생신고서가 들어 있었다. 아버지는 원고 중 몇몇 단락을 삭제하고, 문장에 두 번 밑줄을 긋고 물음표를 써넣었는데, 오싹할 정도로 루나의 필기 습관과 판박이였다.

이 집의 여느 방처럼 서재는 채광이 좋았다. 햇살이 잘 드는 넓은 창문 아래 놓인 책상에는 노트북과 하드디스크 드라이브, 필통이 깨끗이 정리되어 있다. 아버지는 연필만큼 노트북을 자주 사용했지만, 그녀가 노트북을 켰을 때는 초기화된 것처럼 파일이 남아 있지 않았다. 마침내 그녀가 찾아낸 파일은 캐비닛 서류함에 있던 비닐 폴더에 싸여 있던 서류와 비슷한 것들뿐이었다. 캐비닛에 있는 액자는 모두 사진이 없었고, 스크랩북이 하나 있었다. 1950년대부터 시작된 스크랩북에는 조부모의 사진들과 함께 루나, 케이티와 어머니가 어바나의 집을 배경으로 찍은 스텐실 사진이 있었다. 하지만 어디에도 아버지 사진은 없었고, 그가 있어야 할 자리는 단지 사각 모양으로 오려낸 자국뿐이다. 그 외는 어떤 편지나 엽서, 심지어 그들이 도장을 찍어 보낸 생일 카드도 없었다. 그리고 이런 사실은 앞으로 그녀의 일생 틈틈이 괴롭게 기억될 것이다.

어쨌든 그녀는 그날 기내 가방을 들고 항공편에 탑승할 것이며, 기진맥진한 가운데 남편을 만나 임신 소식을 전하는 순간을 고대할 것이다. 흥분과 두려움이 그녀 안의 불안을 섬광처럼 깨우는, 불길한 순간이리라. 탑승하기 몇 시간 전, 그녀는 공항까지 배웅하겠다는 와타나베의 제안을 사양하고, 집 구석구석을 돌아다니며 가스와 전기를 차단하고 문과 창문을 잠근다. 아마도 그녀가 이 집에 발을 들여놓는 가족의 마지막 사람임을 실감한다. 향수에 젖은 그녀는 한때 서늘했으나 이제는 온기를 찾은 익숙한 방을 둘러보며, 이곳에서 그녀가 해답을 탐색하고, 결국은 자기 스스로를 추방하는 데 몰두해버린 한 남자의 흔적을 찾는 데 보낸 시간을 회상한다. 적어도 그녀를 결론으로 이끌게 한 것들이 그 집에 있으며, 그 집의 벽과 복도는 앞으로 영원히 침묵할 것이다. 그리고 최초로 그녀는 스스로 항복하였음을, 해묵은 상처와 싹트는 후회가 출발의 무게와 불확실한 미래가 열린다는 느릿한 불안에 잠식됨을 느낀다.

예컨대 그녀가 이 상자들을 어떻게 처리해야 하나?

루나가 와타나베에게 전화를 걸면, 그는 자기 창고에 상자를 보관할까 물어봐줄 것이고, 그녀는 이 얼토당토않은 방법에 열렬히 찬성할 것이다. 아버지의 상자들은 자르고 묶어서 재활용될 것이며. 루나는 그의 스크랩북, 폴더, 머그잔 딱 세 개만 가지고 갈 것이다. 그때쯤이면 분명히 그 집은 아무도 남아 있지 않을 것이다. 그녀는 너무 오래 기다렸다. 그들은 이미 한밤중에 서로 스쳐 지나갔었다.

10장 파빌리온(樓閣)

유타주 더그웨이 성능 시험장(Dugway Proving Ground)의 정문을 지나 20마일 이상 떨어진 곳에 독일 마을과 일본 마을의 잔해가 남아 있다… 이곳에는 제2차 세계대전 당시 소이탄의 공습 실험을 위해 독일과 일본 건축양식을 모방한 건물들이 세워졌다. 오늘날에도 이 실험장에 남은 잔해를 보려면 특별한 방문 허가가 필요하며, 이 미로는 외관상 명칭도 없고 특징도 없는 도로가 복잡하게 연결되어 있어 시험장을 제대로 찾기는 매우 어렵다.

— 딜란 제이 플렁(Dylan J. Plung), 《더그웨이 시험장의 일본 마을》

"재미있군." 싸구려 담청색 커튼 사이로 햇살이 넘실거릴 뿐 사방이 꽉 막힌 방으로 찾아온 마사아키를 보면서, 세이지는 냉소적으로 말했다. "너는 양지에서 음지로 나를 찾아왔군. 그래도 실상 너와 내가 아주 다른 건 아니야, 그렇지?" 듣기에 따라 다르게 느껴지는 말, 그것은 조롱일까?

마사아키가 방문을 닫자, 하숙집 복도에서 들어오던 불빛이 차단되고, 그의 앞에 있는 한 남자, 세이지의 모습이 역광에 드러났다. 달걀형의 얼굴에 선사시대의 바위 절벽처럼 굴곡진 어깨. 꼬챙이처럼 여윈 몸, 한때 숱이 많던 반백의 머리도 지금은 듬성듬

성해졌다. 지난달부터 몸이 아주 쇠약해진 결과였다. 거의 65년 전에 끝난 전쟁이 여전히 세이지의 성대와 폐에 할퀸 자국을 남겨 그의 건강을 한 치 앞을 내다보기 어렵게 했다. 수십 년간 세이지에게 방을 빌려줬던 하숙집 주인은 예전에는 그의 상태가 더 나빴다고 말했지만, 과연 그에게 건강이 좋았던 호시절이 있었는지조차 미심쩍었다. 어쨌든 지금부터 그에게는 내리막길밖에 남지 않은 듯 보였다.

마사아키는 손가방을 벽에 기대어 놓고, 늘 하던 대로 요의 맨 끝에 걸터앉았다. 몇 세대에 걸쳐 땀이 밴 다다미에는 시큼한 냄새가 물씬 풍겼다.

"몸은 좀 어때?" 마사아키가 물었다.

세이지는 그의 말을 무시했다. 두 사람은 잠자코 세이지의 폐에서 나오는 가쁜 숨소리, 쌔근거리고 덜거덕거리는 잡음에 귀를 기울였다. 햇빛이 반짝이는 날개를 접으면서부터 커튼이 쳐진 회색 방은 본래 모습이 더 잘 보였다. 그의 머리 위쪽 선반에는 간단한 소묘가 걸려 있었고, 방 한 귀퉁이에 놓여 있는 흑백 텔레비전의 볼록 모니터는 마사아키가 쓴 뺑뺑이 안경 못지않게 21세기에 걸 맞지 않은 물건이었다. 마사아키는 가방의 지퍼를 열고 물병을 꺼냈다.

이 모든 난처함을 감수하면서, 마사아키는 도쿄 최빈민가에 사는 그의 형, 세이지를 다시 만나러 왔다. 그가 처음 형을 만난 것은 불과 1년 전, 세이지가 부모의 생존 소식을 뒤늦게 알고 가나가와현의 시골집으로 찾아왔을 때였다. 당시 형제의 해후는 실로 장엄했다. 1945년 봄, 도쿄 대공습 때 세이지는 부모와 이산가족이 되었고, 그 후 가나가와현을 찾아오기 불과 몇 주 전에야 부모님이 살아 계셨다는 소식을 접했다. 한편, 마사아키가 부모로부터 자신이 미군정 시기에 입양된 전쟁고아라는 사실을 전해 들은 것은 성인이 되고 나서였다. 또한 그의 형 세이지의 실종 사연도 그때야 알았기 때문에 오로지 가족사진의 흐릿한 이미지로만 형을 기억할 따름이었다. 그 낡고 헤진 가족사진은 세이지의 입학식 때 찍은 것으로, 사진의 테두리에는 망자를 기념하는 검은 리본이 왕관처럼 장식되어 있었다. 두 남자가 처음 만났을 때, 그들은 무척 반가워하며 날짜나 사건을 일일이 맞춰 보거나 세세한 디테일까지 두런두런 이야기를 나누곤 했다. "그러면 네 친부모님은 한국 분이셨니?", "내 부모님이 1945년 7월까지 도쿄에 계셨다는 거야?" 그들은 시간을 멈출까 두려워하는 사람처럼 끝없이 대화를 나누었다. 그런 흥분이 언제부터 족쇄로 바뀌었을까? 마사아키는 짐작할 수가 없다. 세이지의 눈길이 깨진 재떨이, 먼지가 뽀얀 턴테이블과 음반 주위에서 맴돌다가 마사아키에게 멈추었다.

"너도 눈치를 챘을 거야. 물론 우연의 일치겠지만," 세이지는 말을 계속했다. "우리 둘은 13년 동안 만난 적이 없고, 사실 전혀 엮일 이유가 없었어. 그런데 똑같은 전쟁을 겪고, 똑같은 부모를 만났고, 똑같이 고아가 된 거야. 나는 내 부모님이 생존해 계셨고, 더구나 다른 아이를 입양했다는 것은 상상할 수 없었지. 가장 흥미로운 사실은, 반대편에 있던 너는 줄곧 밝은 세상에서 살고 성장했다는 거야. 너의 세상의 앞문과 창을 열어 미래의 삶을 영위

했지. 반면, 나는 뒷문과 뒷골목이 있는, 너의 시선이 닿지 않는 세상에서 네가 꿈꾸는 미래를 옹호하며 살아왔어. 불빛을 향해 날아드는 곤충이나 가뭄에 물을 찾는 쥐처럼 나는 이 사실을 자꾸 떠올리게 돼."

마사아키는 아무 말 하지 않았다. 그런 평행 세계는 그에게도 인상적이었다. 그들 삶의 일대기적 유사성은 대단히 편리한 화젯거리였고, 또한 반전 운동에 대한 그들의 오랜 헌신은 가끔 만나 커피를 마시며 대화를 나눌 때 공통된 주제였다. 여러 달째 그들은 작은 구멍가게 같은 킷사텐(喫茶店)에서 만나 차를 마시며 대화를 나누며 지냈다.

세이지는 초기 반전 활동, 그리고 6, 70년대 미군 주둔에 항의하며 전경과 대치했던 활극을 떠들썩하게 들려줘 마사아키를 즐겁게 해줬다. 그는 이러한 사건들을 텔레비전을 통해서만 접했기 때문에, 형의 개인적 경험이 매우 흥미진진하게 느껴졌다. 그런데 몇 주와 몇 달이 흐르면서, 그런 일화뿐만 아니라 세이지라는 인물이 점차 고압적으로 다가오기 시작했다. 세이지가 지껄이는 말 저변에는 항상 보이지 않는 전류가 흘렀다. 딱 집어 말하기는 어렵지만, 커피잔을 만지다 잠시 멈춘 손짓, 불현듯 내리꽂히는 시선, 그의 모든 것은 뱀장어처럼 매혹적이면서 교묘했다. 마사아키는 괴로워했다. 그는 꿈을 꾸기 시작했고, 그가 그 꿈을 재구축할 때까지 꿈의 조각들은 은하계의 섬광처럼 계속 되풀이되었다. 옛 투사의 습관이라는 세이지의 농담처럼 그들이 가는 킷사텐은 매번 바뀌었지만, 두 사람이 연출하는 장면은 늘 똑같았다. 서로 마주 보는 두 남자가 있다. 한 사람은 다른 사람보다 나이가 더 많다. 젊은 남자는 그러면 절대 묻지 않을 질문을 받게 되고, 나이 든 남자가 치고 들어오는 기지에 제때 반응하지 못한다. 나이 든 남자가 선택하는 단어들은 항상 바뀐다. 어떤 때는 논평을 늘어놓고, 어떤 때는 질문을 던진다. 그렇지만 그의 어투만은 늘 똑같아서 항상 똑같은 연출 대본이 진행되는 기분이다. 그런 장면이 계속 반복된다면, 마사아키의 방문은 머지않아 끝날 것이다. 아니, 그런 가정조차 꿈속에서나 가능한 마사아키의 희망일지 모른다.

"부모님이 폭격에서 생존했었다는 사실을 알고 난 뒤, 내 기분이 무척 묘하더군." 세이지는 말했다. "십수 년 동안 나는 부모님의 생존 시나리오를 수백 가지나 구상했어. 대부분 나는 공습 폭탄에서 부모를 안전한 장소로 모시고 가는 핵심 인물을 맡았어. 마치 재연(再演)을 통해 현실을 바꿀 수 있는 것처럼, 나는 그 장면을 연습하고 또 연습했지." 세이지는 껄껄 웃다가, 가슴 통증으로 인해 병적인 기침을 쏟아냈다. 그가 물병을 건네줬지만, 세이지는 그것을 마다한다.

"내가 영웅 노릇을 하지 않을 때는, 내 부모님이 몇 주, 몇 달, 몇 년을 거쳐서라도 나를 발견했어. 어떤 경우에도 나는 너의 존재를 상상하지 못했어. 그런데 정작 내가 찾아낸 사람은 부모님이 아닌, 바로 너였어. 세월을 위조하며 꿈꿔 온 몇 년 동안, 내가 무대에 올린 적 없던 인물이 무대 뒤에서 발견된 거야. 나는 스스로 되물었어. 부모님 소식을 아예 듣지 못한 것, 그리고 그분들이 다른 아이를 입양하고 이사를 갔다는 진실을 아는 것, 둘 중에 어느 것이 더 최악일까?"

마사아키가 뚜껑을 돌려 물병을 열었다. 그의 마른 목구멍으로 따뜻한 액체가 흘러 들어갔다. 그 역시 이 질문에 무게를 둔다. 그는 친부모를 전혀 보지 못한 고아였다. 그런데 공교롭게도 바로 앞에 있는 남자에게서 그의 부모를 빼앗아 간 셈이었다. 냉철히 보면 인류의 폭력 탓이지 누구의 잘못도 아니라지만, 그것은 깨지기 쉬운 위안에 불과했다.

같은 전쟁을 겪으면서 두 사람 모두 고아가 될 뻔했는데, 그들은 엄연히 다른 현실을 살았다. 세이지의 얼굴과 몸에는 소이탄의 흔적이 얼룩졌고, 마사아키는 평생 편안하고 안락한 삶을 살면서 생물학적 부모를 식민지민으로 복속하고 살해한 바로 그 제국주의 국가에 의해 보호를 받았다. 그가 입양 사실을 알면서부터 남몰래 품어온 불안감이 세이지가 등장하면서 더욱 심해졌다. 그는 형의 인생을, 더 나아가 형의 정체성을 빌려 살아온 것에 불과했다. 더군다나 세이지는 자기 부모가 있을지 모를 사각지대를 찾아 사회 주변부에서 맴돌았다. 그러니까 그의 인생은 형의 인생을 단지 빌린 게 아니라 빼앗은 셈이다. 아이러니하게도 세이지가 20년 일찍, 아니 15년만 더 일찍 부모를 찾기 시작했다면, 부모님 살아생전에 만났을 수도 있었다. 하지만 그런 가정은 노트북과 인터넷, 그리고 주류 생활의 혜택을 누려왔던 그에게나 통용되는 논리일 것이다. 그는 부모님께 선산과 큰 고택을 물려받았고, 특히 자기만의 시간을 보내기에 적당한 아주 널찍한 방이 있었다. 결국 그는 불가피한 결론에 도달하게 된다. 이 가족의 역사와 함께하는 길은 이미 두 갈래로 갈라졌다. 그는 지금 자기 자신이 어디에 속하는지 확신할 수 없었다. 그리고 그런 사실이 그를 괴롭혔다.

"부모님이 돌아가셨다는 소식에 마냥 놀라지는 않았어." 세이지는 말했다. "하지만 부모님의 생존 소식을 처음 접했을 때 내가 희망을 느꼈던 만큼, 그 이후의 실망도 컸지. 그렇게 뒤늦게 알게 되다니, 전혀 모르고 있는 편이 더 낫지 않아?" 그가 킬킬 웃었지만, 이번에는 목이 막혀 소리가 제대로 나오지 않았다. "어쨌든 네가 그분들을 잘 보살펴 드렸겠지. 나의 아버지가 꼭두각시 천황 히로히토가 사망한 연도까지 살다 돌아가셨으니까 말이야. (그의 치세가 영원한 후회 속에 잠들기를…) 나는 너에게 감사해야만 해. 그러니 오해하지 말아. 나는 정말 너에게 고마워 하고 있어."

세이지는 마사아키가 미처 보지 못했던 주전자를 집어 들고 물을 따랐다. 물이 반쯤 찬 주전자가 흔들려 물이 철퍼덕 쏟아졌다. 그걸로 세이지는 굳이 수선을 떨지 않았다.

"궁극적으로 우리가 서로 어떤 의미인지, 나는 그걸 알아내고 싶어."

마사아키는 컵 끝에 걸린, 험난한 정상에 걸린 창백한 달을 본 후, 제 뜻대로 거동조차 어려운 육신이 내는 추한 소리가 가득한 방을 둘러보았다. 세이지가 몸져눕게 되었을 때, 그는 형에게 부모의 옛집에서 함께 살자고 제안했었다. 그러나 세이지는 거절했고, 그는 안심하기보다는 화가 치밀어 올랐다. 두 사람 사이에 어떤 법적 의무는 없었지만, 서로 인질처럼 엮여 있었기 때문에, 그는 형의 존재가 내심 마음에 걸렸다. 그는 40대가 돼서야 입양 사실을 알았다. 그는 중년의 격동기에 가족과의 미국 생활에서 떨어져 나와 일본에서 독신으로 살면서 친부모의 소식을 알아내려 애썼다. 하지만 결국 아무것도 알아내지 못했다. 그저 모든 것을 빼앗겼을 뿐이었다. 시간과 아내와 두 딸을 잃었고, 그의 인내심은 전부 바닥났다. 세이지는 거울 너머로 추방되어 자기 자신이 존재하지 않는 빛의 세계를 지켜봐야 했다. 그런 세이지의 경험이 그의 것과 달랐을까? 마사아키는 그에게 동병상련을 느꼈고, 그래서 더욱 위안이 되었다.

방 건너편에 커튼이 너울거리면서 한 귀퉁이에 밝은 햇살이 잠시 들어온다. 시원한 오후였다. 자전거의 벨 소리, 숯불에 탄 오돌뼈 꼬치 냄새 등 온갖 소리와 냄새를 등짐처럼 이고 방안으로 부지런히 나르던 산들바람이 방 한 귀퉁이 전등갓 위에서 맥없이 멈췄다. 세이지는 베개를 고쳐 베고 두 손에 깍지를 꼈다.

"몇 달 전에 네가 선물했던 아르헨티나 작가의 책 말이야. 그 책에서 중심 인물은 독일 제국을 위해 일하는 중국계 스파이야. 영국군의 명령을 받는 아일랜드 대위에게 체포되어 숙청되기 전에, 그는 독일군에게 영국 포병대의 주둔 위치를 전달하려고 하지. 스파이가 포병대의 정확한 위치를 발견한 직후부터 이 소설은 이야기를 시작해서, 차츰 다가오는 아일랜드 대위의 그림자 속에서 스파이가 어떻게 독일에 정보를 전달하는지를 집중적으로 파헤치고 있어. 당연히 너는 이 소설을 잘 알고 있겠지."

마사아키는 소설 속 이야기뿐만 아니라 일본어 번역본을 구하느라 고생했던 일까지 또렷이 기억했다. 그가 읽었던 책은 스페인어 원서를 영어로 옮긴 번역본이었다. 미국에서 학자로 살아왔던 인생 전반부에 그는 이 책을 읽었다. 이 책의 주제는 의무와 탈구(脫日), 전쟁과 제국, 충성심과 배신, 그리고 자기부정의 폭력으로 각자를 궁지로 몰아넣는 피지배자들의 도착적 행동을 다루고 있어서 그에게 무척 설득력 있게 다가왔다. 몇 주간 이 책에 관한 언급이 없어서 그냥 잊었나보다 생각했었는데, 그는 세이지가 어떻게 해석했을지 새삼 호기심이 일었다. 그런데 이 책을 거론하는 세이지의 말투에 왠지 가시가 돋쳐 있다. "《두 갈래로 갈라지는 오솔길들의 정원》을 말하는 거야?" 마사아키는 확인하듯 물었다. 그의 가는 목소리가 거미줄처럼 어슴푸레한 어둠에 떠 있다가 커튼 사이로 스며든 빛 속에 일렁였고, 이내 사라졌다.

세이지는 고개를 끄덕였고, 그의 손은 구겨진 이불 사이에 돌멩이처럼 꼼짝하지 않고 있다.

"중국인 스파이는 독일에 군사기밀을 정확히 전달하는 방법에 관해 고심했어. 전쟁의 굉음을 뚫고 총성을 울려야 했지. 그래서 스파이는 포병대가 위치한 도시와 똑같은 이름을 가진 남자를 죽이기로 결심했어. 암살자와 희생자의 이름이 신문에 나란히 실린다면, 독일군 장교는 그 이름이 바로 비밀정보의 열쇠임을 꿰뚫게 될 거야. 그러려면 우선 이 별난 중국인 스파이가 기차를 타고 영국 시골에 사는 희생자에게 접근해야 해." 그는 잠시 말을 멈추고 물을 한 모금 마신 다음 말을 계속했다.

"운 좋게도 스파이는 매번 아슬아슬한 차이로 자기를 추격하는 아일랜드인 대위를 따돌릴 수 있었어. 그리고 역 플랫폼을 어슬렁대던 몇몇 소년들로부터 수수께끼 같은 길을 안내받은 스파이는 갈림길이 나올 때마다 왼쪽으로 돌면서 마침내 희생자의 저택에 도착했어. 중국 음악이 흘러나오고, 그에게는 왠지 낯설지 않은 파빌리온에 도착한 거야. 그곳에서 마침내 그와 그의 희생자가 될, 중년의 영국 남성이 서로 만나게 되지. 두 사람의 만남은 정말 숭고하다고 해야 할까. 그들은 전에 만난 적은 없었지만, 각자의 뿌리가 기묘하게 얽혀 있었거든. 한때 중국에서 선교사로 활동했던 영국 중년 남자는 유학자이며, 중국계 스파이의 조상인 증조부의 작품에 아주 정통한 학자였어. 한편, 스파이의 조상인 증조부는 고명한 서예가인 동시에 정원의 미로 설계에 탁월한 업적을 이뤄낸 인물이야. 유학자의 정원 한가운데에 있는 파빌리온에서, 두 남자는 스파이의 증조부가 남긴 학문적 업적을 토론하면서 서로가 하나의 동족임을 깨닫게 돼. 그는 자기가 내린 암살의 결정을 돌이킬 생각은 없지만, 그 결정은 미래에 드리워진 올가미처럼 그의 양심을 괴롭혔지.”

마사아키는 벽에 몸을 기댄다. 차가운 벽이 편하지는 않지만, 그에게 안정감을 주었다. 세이지가 줄거리를 잘 간추려 들려줬지만, 익숙한 서사의 표면 아래에서 새 이야기의 신랄함이 흐르고 있었다. 과연 세이지가 무슨 말을 하려 하는지 그는 조금씩 두려워졌다.

“형은 그 이야기가 ‘선택의 한계’에 관한 것처럼 말하는군. 하지만 애초부터 스파이가 유학자의 문 앞에 도착했을 때부터 그는 이미 선택권을 가지고 있어. 바로 그가 살인의 의도를 실행에 옮길 것인가 아닌가에 관한 선택이야. 형의 주장은 우리의 반영웅(反 英雄)이 계략에 빠져서 이미 결정된 매개변수에 갇힌 존재로 보고 있군."

세이지는 고개를 갸우뚱했다. "반영웅? 마음에 드는 표현이군." 커튼의 펄럭임이 멈추며, 그의 얼굴이 어둠 속에 잠겼다. "무엇보 다도 스파이와 희생자를 연결하는 고리가 다름 아닌 스파이의 증 조부가 쓴 시간의 본질에 대한 불가해한 소설이라는 점을 반드시 유념해야 해. 당시 대중들이 문학적 재앙으로 여긴 이 소설에 왜 유학자가 일생토록 헌신해 왔는지는 독자들은 알 수 없어. 어쨌 든, 이 소설에 관한 전설은 스파이를 매혹했어. 소설 원고를 불에 태워 파괴하려 했던 스파이 가문의 후손들처럼 말이야. 이 소설이 궁금했던 스파이는 아일랜드 대위가 도착하기 전에 자신에게 남 은 마지막 한 시간을 유학자의 해설을 듣기로 결심했어."

마사아키는 활력이 다시 돌아오는 것을 느끼며 다리를 쭉 폈다. 그 불가해한 소설이야말로 이 이야기의 중심 수수께끼였다. 스파 이의 증조부는 속세의 지위를 내려놓아야 하는 난국을 맞아 파빌 리온에 은거하면서 시간에 관한 무한한 책을 쓰고, 오솔길이 있는 무한한 정원을 창조하기 시작한다. 그리고 두 이질적인 과업은 십 수 년 후에 똑같이 난처한 상황에서 종결된다. 바로 한 낯선 이의 손에 증조부가 불길한 죽음을 맞은 것이다. 소름 돋게도 가족들이 정자에 들어갔을 때 발견한 것은 모순투성이의 원고 초안밖에 없 었다. 정원의 미로에 관한 어떤 스케치도 없었다. 그런데 영국 유 학자는 놀랍게도 그 수수께끼를 스스로 풀 수 있었다고 주장한다.

"아까 말했듯 그 소설은 읽을 수가 없는 불가해한 소설이야." 세이지는 말을 계속했다. "한 장에서 죽었던 배역이 다른 장에서는 완벽하게 살아나 다시 등장하지. 유학자가 설명하듯, 이 소설에서 시간은 진보하지 않아. 어떤 방향으로 단선적으로 흘러가지 않아. 소설 구성에서 작중 인물들이 갈림길에서 선택한 결정이 그들이 가지 않은 다른 갈림길들을 '논리적으로' 제거하는 방식이 아니야. 그보다는 모든 길은 끝없이 두 갈래로 갈라지는데, 각자의 길은 다른 길에서는 보이지 않는데 여전히 평행하게 존재하는 거야. 모든 길은 교차로마다 갈라지고, 분기하고, 수렴하고, 교차하고, 넓고 끝없는 시간의 미로에 평행하게 뻗어나가지. 어떤 시간대에서 스파이는 존재하지만, 유학자는 존재하지 않아. 또 다른 시간대에서는 둘 다 존재하지 않거나, 또는 둘 다 존재하기도 해. 어떤 시점에는 그들은 친구가 되었고, 다른 시점에는 그들은 간발의 차이로 지나쳐 버리지. 하지만 또 다른 시점에는 서로를 아주 그리워하고, 또 서로 적으로 만나기도 하지. 우리가 토론하는 이 이야기 속에서 한낱 이방인에 불과했던 스파이와 유학자는 전쟁을 계기로 서로 만나고 같은 역사 속에 뒤엉킨 그들의 뿌리를 드러나게 되지. 역사가 그들을 망명자로 남게 했어. 스파이는 어떤 방해 공작 때문에 영국 제국에서 쫓기는 도망자 신세가 된 후에 독일 제국을 위해 일하는, 일종의 문화적으로 탈구된 사람이야. 한편, 유학자는 외면상으로는 영국의 자기 고향에 있지만 외떨어진 정원에 고립되어 살고 있으니까 그 자체로 탈구된 삶을 살고 있지. 어떤 면에서는 스파이의 증조부가 무한한 소설을 쓰려고 은둔한 파빌리온을 연상시킨다고 할까. 그들의 만남은 상호 이익이 되었어. 스파이는 유학자를 통해 원래의 문화, 언어와 뿌리에 다시 접속하는 기회를 얻게 되었지. 대신에 유학자는 스파이에게 그가 세운 이론을 설명하고 그토록 존경했고 동일시해왔던 위대한 중국인의 지적인 후계자가 자기 자신임을 증명할 기회를 얻는 거야. 모든 미래는 각자 연결되는 지점이 있어. 그렇지만 어쨌든 스파이는 그런 공감과 감사하는 마음에도 불구하고, 종국에는 자신의 동족인 희생자에게 총을 쏘고 말았지."

마사아키는 다리를 다시 폈다. 보르헤스의 소설에서 필수적인 요소로 생각했던 제국사의 하위 텍스트에 관해 세이지가 주목했다는 점은 높이 평가할 만했다. 하지만 세이지가 숙명론을 넌지시 암시한 것이 마음에 걸렸다. 왜 그는 그런 태도를 고수할까? 그가 그려 넣은 평행선이 마사아키의 마음에 들지 않았다. 저린 무릎을 주무르다가, 환자 앞에서 신체적인 불편함을 내색한 데 대해 그는 머쓱함을 느꼈다.

"다시 한번 나는 이의를 제기할게. 작중 인물의 선택에 대한 형의 견해는 받아들일 수 없어." 그는 고집을 부렸다. "우리가 어디까지 선택권을 가졌는지 알 수 없겠지. 그건 맞아. 더구나 적국에 고립된 스파이에게 그런 명료한 인식은 사치에 불과하다는 것도 맞아. 하지만 정말 그에게 선택의 여지가 없었던 걸까? 독자는 그의 권총에 총알이 단 하나 남았다는 것을 알아. 단지 자신의 가치, 중국 민족의 가치를 보여주고 싶다는 이유만으로 독일 제국을 위해 일하는 중국계 스파이가 자신의 임무를 포기하는 선택을 할 수도 있지 않았을까? 물론 심적 압박이 대단했겠지만, 그래도 스파이는 이성적인 사람인데 말이야."

세이지가 셔츠의 옷깃을 풀었다. 머리 바로 위의 벽에 너덜너덜한 작은 스냅 사진이 압정에 박혀 있었다. 비록 어두운 조명 아래서 흐릿하게 보였지만, 그 사진이 세이지의 입학식 날에 찍은 가족사진이라고, 그는 확신했다. 몇 달 전에 그가 그 사진을 가져다주었을 때만 해도 세이지가 급히 사진을 치워버렸기 때문에, 자기가 혹시 형의 심기를 건드린 것은 아닌지 그는 걱정했었다. 지금보니 다행히 그 사진은 벽에 잘 걸려 있었다. 창문의 커튼은 흔들림 없이 조용했고, 엄지손가락 크기만큼 아주 가는 커튼 틈새 사이로 아주 작은 햇살이 비치고 있었다.

"네 말이 맞아." 세이지는 동의했다. "우리 스파이는 총알이 하나 있으니까, 논리적으로 말하면 가능한 목표는 세 사람이야. 유학자와 아일랜드인 대위, 그리고 바로 스파이 자신이지. 스파이는 학식 있는 사람이라서 암살 목표인 유학자와 증조부의 소설을 주제로 토론하면서 마지막 한 시간을 보내기로 결심했어. 시간과 그 무수한 갈림길에 관한 대화에 몰두하면서도 정작 스파이가 자기 앞의 두 갈래 선택에 관해서는 맹목적으로 행동한다는 사실을 주목해야 해. 아일랜드 대위가 도착했을 때, 스파이는 자기가 총알을 발사하기 전 몇 초의 시간이 남아 있었어. 그런데 상황이 바뀌었을까? 그의 손이 약간이라도 떨렸다면, 유학자는 목숨을 부지했고, 독일은 영국 포병대를 폭격할 수 없었고, 역사는 다른 갈림길로 흘러갔겠지. 그랬다면 스파이는 영원한 후회 대신에 다른 미래를 맞이했을 거야. 하지만 명심해. 스파이는 가능한 미래는 모두 아일랜드 대위가 구현하는 시간일 뿐이고, 스스로는 결코 도망칠 수 없다고 느낀 거야. 그런 흐름에 갇힌 스파이는 임박한 체포와 경주하면서 유학자의 문 앞에 당도한 거야. 그들의 길은 서로 교차했고, 그들의 얽힌 과거도 서로 교차했지. 과거에는 스파이의 증조부가 낯선 사람에게 살해당했는데, 현재 스파이와 유학자 역시 서로 이방인들이야, 이 점을 잊지 말아야 해."

그 말은 함축적으로 들렸다. "형은 두 사건이 상관관계가 있다고 생각하는 거야? 하나의 살인이 다른 살인과 관련이 있다고?"

세이지가 손깍지를 풀었다. "왜 그럴 수 없다고 생각하지? 어쩌면 우리가 피할 수 없는 패턴이 있을지도 몰라."

"물론 형의 말대로, 역사 속에서 우리의 선택권이 무의미할 수 있어. 하지만 그런 이야기와 여러 세대에 걸쳐 반복되는 시나리오를 우리가 다시 실행하도록 사전에 대본이 있다는 것과는 완전히 달라."

"무슨 근거로 너는 역사에 대본이 없다고 확신하지? 스파이가 자신이 나오는 이야기를 들을 수 없는 것처럼, 너도 우리가 재현하고 있는 이 대본을 알 수 있는 처지가 아닐 텐데."

커튼이 바람에 부풀었다가 휙 소리를 내며 창문 바깥쪽으로 빨려 나갔다. 두 사람은 깜짝 놀랐다. 커튼은 반쯤 열린 창문 틈에 끼어서 오목한 돛처럼 팽팽하게 부풀었다. 마사아키는 양팔로 무릎을 감싸 안은 채 손을 내밀어본다. 이따금 그는 흉골과 척추의 가운데 부위에 통증을 느꼈다. 이제 그의 몸은 진득한 필름으로 덮여 있다. 커튼이 느슨히 풀리면서 뒤집힌 천 사이로 빛이 다시 들어왔다.

마사아키는 통증이 느껴지는 부위를 문지르며 말했다. "이건 장난이 아니야. 우리의 삶이 대본이라면 우리가 연극 속에 살고 있고, 우리의 선택은 헛되고, 삶과 세상 속에서 우리의 역할은 단지 상상 또는 환상에 불과하다는 의미잖아. 나는 형이 자기의식적 실천, 그러니까 우리 조직활동에 대한 신념이 있다고 생각했어."

"너는 나와 그 이야기를 나란히 엮으려는 것 같은데, 난 그저 소설의 한 대목에 관해 얘기했을 뿐이야." 세이지는 말했다.

마사아키는 궁지에 몰린 기분이었다.

"형 말이 맞아. 내가 말하려던 것은, 스파이가 실마리를 잃었더라도 자기의 뿌리를 존중해서 충성하는 대상을 바꿀 수 있었어. 하다못해 자기 내면에 있던 동정심을 존중할 수 있었어. 그러니까 무슨 일이 있어도 그 결과가 바뀌지 않았을 거라는 주장은 옳지 않아. 모든 미래는 가능성의 영역에 있어. 우리는 우연히 이러한 갈림길에 있는 판본을 읽고 있을 뿐이야. 패턴의 반복에 관해서라면, 스파이의 증조부는 낯선 사람에게 살해당했고, 지금 여기에서는 증손자가 낯선 사람인 유학자를 살해했다는 사실뿐이야."

세이지가 물잔의 가장자리를 손으로 문질렀다. "어떤 미래이든 가능은 하지. 우리의 스파이가 유학자를 죽이지 않는 미래도 존재하겠지. 하지만 모든 미래가 존재한다고 해도, 각각의 미래는 미리 결정된 거야. 그러니까 이런 거야. 우리가 가진 판본에는 어떤 갈림길도 없어. 스파이가 유학자에게 총을 쏘는 순간, 그의 선택은 단 하나가 되니까." 그는 잠시 말을 멈췄다. "너는 왜 이 책을 내게 주었지?"

마사아키는 이 일본어 번역본을 찾으려고 마을 곳곳마다 서점을 찾아 돌아다녔던 때를 떠올렸다. 하지만 자기가 왜 그랬었는지 이유는 기억나지 않았다. 그는 거북해하며 사실을 인정했다.

세이지는 고개를 끄덕였다. "네가 이 이야기를 여러 번 읽었다니까, 나도 여러 번 읽어봤지. 그때마다 내가 뭔가 놓치고 있다는 느낌에 시달렸어. 비단 시간뿐만 아니라 이야기 속에 배열되는 단어들이 아주 무자비해. 이야기는 거침없이 흘러가고, 여기저기 건너뛰고, 모순된 내용들이 연결되고, 궁극적으로는 모든 것이 아주 능숙하게 은폐되고 있어. 하지만 어쩌다가 내러티브가 열리는 순간, 우리는 어떤 생각을 포착할 수 있어. 나도 너처럼 우리에게 선택권이 있다고 믿어. 적어도 어디를 찾아야 하는지 안다면 말이야. 너는 유학자가 그 불가해한 소설과 잃어버린 오솔길의 정원을 어떻게 연결지었는지 기억하니?"

마사아키는 이야기의 중요한 대목을 떠올렸다. 유학자는 혹독한 이성의 전개 과정을 통해 연역해낸 바에 따르면, 소설은 괴짜이거나 유약한 정신이 빚어낸 작품이 아니며, 소설 그 자체로 미궁과 같은 시간의 본질을 비춰주는 미로라는 것이다. 마사아키는 말했다. "유학자는 오솔길의 정원이 결코 물리적 구조물이 아니라는 결론을 내렸어. 오솔길의 정원은 그냥 상징물이야. 소설의 페이지를 넘길 때마다 우리는 갈림길과 마주치게 되니까. 정원과 소설은 하나이고 똑같아."

세이지는 움직이지 않는다. 창문에 커튼이 펄럭이며 바깥의 간판 불빛이 흘러들어왔지만, 그는 홀로 불빛의 궤적이 닿지 않는 자리에 앉아 있었다.

"몸져누운 것도 여러 차례였지만, 항상 적응하는 데 시간이 걸리는군." 마침내 세이지가 입을 뗐다. "시간은 너라면 가지 않았을 어떤 장소로 너를 이끌고 가지. 지난 며칠 동안 나는 이 이야기의 주제에 관한 비유보다는 더 지엽적인 세부 묘사에 마음이 끌리더군. 이를테면 스파이의 증조부는 세속적인 지위를 포기한 후에 미로 소설을 완성하려고 이른바 '청명한 고독의 파빌리온'으로 은둔했지. 가족들은 그의 사후에 증조부가 문학적 자산을 '(책을 인용하자면)도교 또는 불교의 승려'에게 위탁했다는 사실을 알게 되었지. 그런 후에 증조부의 후손들은 승려가 그 의문투성이의 소설을 있는 그대로 출판한 것을 저주하게 돼." 그는 그림자 밖으로 몸을 내밀며 말했다. "솔직히 내게 말해 봐. 너는 저주를 믿니?"

마사아키는 세이지의 마음이 어디로 흐르는지 깨달았다. "난 그런 생각은 별로 해보지 않았어."

"뭔가 알고 싶어서 그래. 네가 말했듯이, 현재에는 스파이가 유학자를 살해하고, 과거에는 스파이의 증조부가 낯선 사람에게 살해당했어. 처음에는 이런 도치된 대칭 구조가 어떤 상관관계를 회피하는 것처럼 보이더군. 하지만 거대한 미궁 속에서 우리가 여러 종류의 갈림길을 지나가는 게 아니라, 우리가 여러 모습을 띠고 길을 가는 것이라면? 세부적인 묘사는 장소를 바꾸고 있지. 증조부가 정원의 미로 속에서 파빌리온에 은둔했던 것처럼, 유학자 역시 갈림길마다 왼쪽으로 꺾으면 찾아갈 수 있는 파빌리온에 홀로 살고 있어. 증조부의 서재에 온갖 종류의 텍스트와 보물이 가득했던 것처럼, 유학자의 서재에도 동서양을 아우르는 정교한 유물과 장서가 즐비했지. 중국 황제가 편찬했지만, 결코 인쇄된 적이 없는 비단 장정의 필사본을 스파이는 한눈에 알아챘잖아? 그럼 우리의 유학자는 어떤 사람일까? 나이가 지긋하고 키도 크고 서양인과 같은 회색 눈동자의 사람이지. 중국의 맥락에서 보면 유학자는 분명 아주 낯선 이방인일 거야."

"유학자가 증조부를 죽였다는 거야? 그가 일종의 사기꾼이라고?"

세이지는 손바닥을 펼쳐 보였다. "비록 유학자가 나이가 많다 해도 증조부와 같은 시대를 살만큼 늙은 건 아니야. 이 소설은 살인사건과 나란히 일어난, 역사상 귀중한 책의 도난에 대해서는 아무런 단서를 제공하지 않아. 대신 다른 단서를 제공하지. 예를 들어, '도교 또는 불교'를 인용한 대목이라든가, 또 유학자를 '불멸의 존재'로 보인다고 묘사한 대목이 있지. 게다가 복제된 파빌리온을 빼놓을 수는 없지. 우리는 어쩌면 이런 가능성을 고려해야 할지도 몰라. 다른 시간대, 다른 모습으로는 유학자가 아마 한문학에 정통했던 중국인 남자였고, 어느 날 중국인 스파이의 모습으로 그를 방문한 어떤 이방인에 의해 살해되었다고 말이야."

"그럼 유학자가 스파이의 증조부가 환생한 인물이라는 뜻이야?"

세이지는 미소를 짓는다. "먼 옛날 중국에 있었던 살인과 영국에서 일어난 살인은 파빌리온 외에도 시간에 관한 무한한 소설의 존재라는 공통점이 또 있어. 마치 작가가 미궁을 가로질러 여행하면서, 두 명의 명백히 낯선 사람을 서로 연결된 시간대에 함께 묶어놓았어. 살인이 아닌, 살인의 전제조건만 미리 추측될 뿐이야. 일종의 저주랄까. 낯선 사람 안에서 계속 비슷한 외모가 부활하는 것처럼, 귀중한 필사본과 두 사람 모두에게 익숙한 사물들로 가득 찬 밀폐된 방에서 잠든 역동성이 계속 환기되고 펼쳐지는 것이지. 마치 스파이와 유학자가 냉혹하게 설계된 반복적인 함정에 갇혀 곤경에 빠지는 것처럼. 거울의 미로에 갇힌 두 마리의 쥐가 갈림길에서 좌회전하도록 훈련을 받고 끝내 거울의 정중앙으로 떠밀려 가듯 말이야. 그리고 그 미로의 거울에는 파빌리온의 끝없는 복제본들이 있어서, 그 미로 안에 들어간 스파이는 항상 어쩔 수 없이 매번 다른 모습의 유학자를 처음으로 조우하는 거야. 글쎄, 뭐랄까. 저주는 그냥 방아쇠에 불과해. 무엇이든 방아쇠가 될 수 있어. 어떤 사람에게는 시간에 관한 불가해한 소설이 그런 역할을 하겠지. 어떤 사람에게는 사진 한 장, 또 다른 사람에게는 아르헨티나 작가가 쓴 소설, 아니면 아마 함께 공유한 부모일 수도 있겠고."

불빛은 깜빡이고, 트럭이 지나가면서 불어온 미풍에 커튼이 둥근 활처럼 부풀어 오른다. 방에 켜진 형광등은 오후 들어 더욱 수척해진 세이지의 얼굴과 방 구석구석을 비춘다. 컴컴한 수족관 같은 텔레비전, 벽 선반에 깔끔하게 정리된 옷가지들, 더 이상 구겨지지 않게 압정으로 고정된 소년의 가족 사진, 겨자색 플라스틱

주전자, 그리고 그 옆에는 점점 기력이 쇠해지는 사내. 마사아키는 머지않아 자신이 패배할 것을 직감했다. 벽에는 햇살이 어른거린다. 공기는 맥박치며 생애 마지막 순간들에나 다시 경험하게 될 어둠 속의 동요가 8주 후인 어느 날 오후, 사무실에 있던 마사아키에게 불쑥 찾아왔다. 뜻밖에 형보다 앞서 임종의 순간을 맞이한 마사아키는 사무실 바닥에 쓰러져 참새처럼 심장을 쿵덕대면서 바로 이때의 빛을 떠올린다. 오후 내내 커튼을 희롱하던 이 빛, 들끓어 넘치고 마침내 쏟아져 내리던 이 하얀 진동은 너무나 순수해서 다른 모든 사물을 반짝이는 정수로 증류시키고, 공기를 두드리는 황금 구슬이 되어 저 위로 퍼져나가기 전에 바로 이 방에 광채를 퍼뜨렸다. 모든 것이 차별화되지 않는 장소, 의미 있는 존재와 아무것도 아닌 존재가 아직 서로 적대하지 않는 장소, 아직은 정형화되지 않은 어떤 군상이 그 침식적인 좌절로 인해 시간의 시기 어린 관심조차 일으키지 않는 장소. 그리고 미로의 아찔한 빛과 같은 이 빛은 그에게 점점 더 낯설지 않다. 이 빛은 그에게 그해 여름과 유년 시절을 상기시킨다. 그리고 전처와 두 딸처럼 절대 갈라지지 않고 돌아오는 사람들이 있는 평화로운 꿈, 그리고 지금 순간 한 방에 마주한 두 사람에 관한 기억, 그 이미지를 상기시킨다.

  세이지는 잠시 마사아키의 맞은 편에 지나가는 소음에 시선을 뺏겼다가 다시 몸을 돌렸다. 그늘진 모습에 약간 달라 보이지만, 생김새는 한눈에 보아도 부모와 닮은 데다 어머니의 성격이 가미된 아버지의 무뚝뚝한 성격을 이어받아, 그는 사람의 시선을 끄는 자신만의 독특한 기질이 있었다. 그리고 마사아키는 약간의 질투 심을 느꼈지만, 이렇게, 이런 밝은 영원 속에 그를 불러내려 애썼 다. 허공에 나부끼던 커튼이 다시 한번 우산처럼 팽팽해졌다.

"받아들이기 힘들지만, 빛은 무언가를 비추는 것보다는 가리는 것을 더 잘하지." 세이지는 아까 하던 얘기로 돌아갔다. "우리는 여러 세대에 걸쳐 반복되는 유형의 저주를 이야기했었지. 내가 아 는 것은 이런 유형은 어떤 생애에서도 주기적으로 반복된다는 거 야. 너도 이미 알겠지만, 나는 전쟁이 끝난 직후부터 정치활동을 시작했어. 급진파의 세계에 한 전설적인 남자가 있었어. 미군정 기간에 나는 그를 만날 기회를 얻었어. 그런데 일은 계획대로 흘 러가지는 않았어. 내가 그 남자의 아지트인 지하실 인쇄소에 도착 했을 때, 문을 두드렸지만 아무 반응이 없었지. 돌이켜보면 그 즉 시 바로 그 장소를 떠나야 했어. 대신 나는 손잡이를 돌려 그 방에 들어갔지. 처음 들어간 방은 컴컴했어. 창문에 온통 등화관제 종 이가 붙어 있어서 똑똑 떨어지는 찻물처럼 햇빛이 조금씩 흘러들 어올 뿐이었어. 그래서 나는 시체를 즉시 발견하지 못한 거야. 방 안에 어떤 움직임도 없었고, 아무 빛도 없어서 시체를 알아채지 못했지. 그게 내가 그 전설을 만나게 된 배경이야." 그는 주전자를 들어 물을 더 따라 마셨다.

"난 살인죄로 누명을 쓸 판이었어." 그는 계속 말했다. "물론 난 완전히 결백하지는 않았지. 목숨을 바친 망자를 존중했어야 했는 데, 대신 전설을 도와 시체를 결박하고 의자에 묶어 놓았어. 게다 가 천으로 입을 틀어막기까지 했어. 당시에 그가 나를 함정에 몰아넣기 위해서 범죄 현장을 조작하는 걸 내가 돕고 있다는 생각조차 하지 못했어. 그 결과 나는 살인죄와 더 나쁜 죄목으로 기소되었어. 소년원으로 보내졌어야 했는데 교도소를 갔지. 다만 출소할 때쯤이면 내가 이미 늙어빠질 줄 알았는데, 그래도 3년 후에는 다시 길거리로 나왔지. 내겐 아무런 설명도 없었어. 나 같은 아이에게도 친구들이 있었으니까 그들을 찾고 싶었지만, 3년의 공백은 참 긴 시간이더군. 세상은 벌써 변했고, 모두들 새로운 삶 속으로 사라졌지. 나는 처음부터 다시 시작해야 했어. 그런 몇 달 후에 신문에 기사가 났어. 그 전설은 의자에 결박당한 채로 시체로 발견되었고, 그의 입에는 천으로 된 재갈이 물려 있었지. 살인자는 결코 잡히지 않았어.”

“그게 당신의 패턴이라고? 당신의 저주? 배신과 복수?”

세이지는 잔을 빙빙 돌렸다. “내가 가장 존경했던 점은 그 전설은 수백만 명을 움직일 수 있는 목소리를 가졌다는 거야. 우리가 거리에 나가 시위했던 이유가 설령 굶주림 때문이라 하더라도, 우리가 서로 단결하면서 일으킨 반향은 정말로 혁명적이었어. 사람의 몸은 힘을 지니고 있어. 우연히 전설과 나는 죽은 자의 그림자에서 만났고, 그 고요함은 행진하는 사람들의 몸에서 울리는 반향처럼 강력했어. 다만 그 존재가 우리를 연대로 이끄는 대신에 동맹을 불명확하게 만들고 우리의 선택을 왜곡해서 단 하나의 길로 들어서게 했지.”

“그래서 스파이는 선택의 여지가 없었고, 형도 선택의 여지가 없었다, 그런 뜻이야?”

"배신의 핵심은 그 형태가 아주 다양하다는 거야. 어떤 사람은 계획적이고, 다른 사람은 우발적이지. 어리석은 사건, 주변 상황이 빚어낸 사건, 게다가 선의에서 비롯된 사건도 있지." 그는 마사아키를 똑바로 응시했다. "문제는 사람의 몸, 즉 적나라한 자아는 배신의 형태와 상관없고, 단지 그 사실, 그 둔탁한 충격, 맹목적인 운동만을 기억하거든."

"그렇다고 반드시 배신에 복수가 뒤따르는 것은 아니야." 마사아키는 말하면서도, 자기가 던지는 말들이 위벽을 긁어대는 기분이 들었다. "우리는 몸이나 감정 이상의 것이야."

세이지가 물잔을 비웠다. "배신의 가장 나쁜 점은 불공정함이라고 항상 생각했어. 사실 그건 일종의 실망감 때문이야. 하지만 내가 실망을 했다면 어떤 기대나 희망이 있었겠지. 내 경우에는 시체가 무대가 되었지만, 오래전에 잡지에서 전설의 이력을 읽었을 때부터 저주의 마법에 걸렸던 거야. 열세 살이 되던 봄에 그 잡지를 읽으면서 나 자신과 전설이 많은 것을 공유하고 있다고 느꼈거든. 우리는 비슷한 동네에 살았어. 부모의 정치적 지형이 비슷했고, 자연스럽게 전쟁 기간에 우리가 그 대가를 치러야 했던 것도 닮았지. 나처럼 그도 외동아들이었고, 그해 봄 통금에 발이 묶였을 때 나는 그와 형제라고 상상했어. 그러니까 그 저주는 잡지 프로필에서 시작되었다고 말해도 과언은 아니지. 그 프로필을 썼던 기자, 바로 우리의 아버지가 바로 실행 장치를 설계해 놓은 거야."

마사아키는 온몸을 쥐어짜는 느낌을 받았다. "무슨 말을 하고 싶은 거야?" 그는 물었다. "아버지가 형을 배신한 건 아니야."

세이지는 미소를 지었다. "이미 말했듯이 패턴들은 한 생애에 걸쳐 반복되거든. 때로는 선의의 사고가 발생하지." 그는 벽에 걸린 사진에서 압정을 뗐다. "이 사진은 네가 준 책에 들어 있던 거야."

마사아키는 그 사진에 손을 뻗다가 전기에 감전된 듯 충격을 느꼈다. 그 사진은 세이지의 등교 첫날 사진이 아닌 자기 사진이라는 것을 불현듯 깨달았다. 그가 그것을 구태여 세이지에게 파헤쳐 보여준 셈이었다. 쌍둥이 같은 구도, 부모 옆에 서 있는 얼굴에 드러난 자기와 쌍둥이 같은 불만. 마사아키는 자기가 잘못된 곳에 있다고 생각했다.

"핵심은 그냥 그게 '사건'이라는 거야." 마사아키는 말했다. "몸은 맹목적이겠지만, 형은 자의식이 강하잖아. 형이라면 패턴을 바꿀 수 있어. 나는 형이 그걸 알기를 바랐어. 우리가 아주 닮아서 형제인 것처럼 보여… 내가 말하고 싶은 건 바로 그 점이야."

세이지의 미소가 활짝 퍼졌다. "정말 그렇게 생각해?"

그는 잔을 내려놓았다. 그의 입술이 떨렸다. 웃음을 터트리자 숨 막히는 가래와 기침이 연신 이어져서 갑자기 발사된 대포처럼 그의 순진무구한 기쁨을 멎게 했다. 그 기침 소리에서 피, 소금, 금속 소리가 났다. 그가 도와주려 일어났지만, 세이지는 손을 내저어 만류했다.

"네 얼굴인지부터 잘 봤어야지." 세이지는 입을 닦으며 말했다. "저 사진을 봤을 때, 내가 질투했다는 것을 인정하지. 하지만 스파이처럼 내 시간도 얼마 남지 않았어. 너무 몸이 안 좋아서 아르헨티나 작가의 이야기를 읽는 것뿐인데, 그 이야기는 내게 도쿄에 대해 한두 가지를 더 배우게 했지. 어떤 도교 신자는 유전, 그러니까 혈통을 통해 친척 간에 저주가 퍼진다고 믿었대. 궁금한 것은 저주가 바이러스처럼 다른 매개체 또는 다른 숙주(물건, 인물, 심지어 질투심)를 통해서 한 사람에서 다른 사람에게로, 낯선 사람이나 잘 아는 사람에게로 전달될 수 있는가야."

"처음 이 이야기를 읽었을 때 난 화가 났어. 이 이야기를 운명론적인 우주론 따위로 생각했거든. 그런데 알고 보니 사실 대리인과 관련된 문제더군. 우리의 행동이 개인적인 궤적뿐만 아니라 더 큰 궤적을 바꿀 수 있는가에 관한 문제 말이야. 네가 지난번에 물었지. 인간이 단지 국가, 문화, 종교의 이익만이 아니라 종의 선행을 위해 행동할 수 있다고 생각하냐고. 네가 나에게 이 소설을 소개하게 만든 배경에는 바로 그 대화가 있었어."

"유학자가 대단한 것은, 그가 이 점을 제대로 이해했다는 거야. 판독할 수 없는 소설은 수사적 실험 그 이상이라는 것, 적어도 뉴턴과 쇼펜하우어와 같은 서구 계몽주의의 선각자들과 비견할 만한 우주에 관한 대안 이론이라는 것. 하지만, 스파이의 증조부가 위대한 소설을 완성하기 전에 살해되었듯, 어쩌면 유학자의 단명한 삶 역시 또 다른 각성을 하기 전에 끝난 것인지 몰라. 유학자는 서양 사상의 전통을 관통해온 소산 그대로 불가해한 소설을 해독하는 과정을 합리적으로 추론하고 확신하려고 했지. 두 갈래로 갈라지는 오솔길의 정원은 물리적 장소가 아니라 상징적인 구조물이라고 말이야. 하지만 그는 이 점만큼은 이해하지 못했어. 시간의 주름은 물리적 장소들에 펼쳐지는 것이 아니라, 공간, 즉 시간의 공간에 펼쳐진다는 것. 이 점을 이해하지 못했기 때문에, 유학자는 목숨을 잃었고 스파이는 자기 행동 경로와 역사의 궤적을 바꾸지 못했어. 왜냐하면 선택은 오직 시간의 공간, 즉 순간의 공간, 현재의 공간에서만 탄생하기 때문이야. 더욱 아이러니하게도 위대한 소설가의 직계 후손인 스파이만은 이 점을 제대로 이해했어. 스파이는 목가적인 시골길을 헤매며 유학자의 파빌리온을 향하면서 전쟁과 그를 쫓아오는 아일랜드 대위를 잠시나마 잊었어. 그리고 그는 오로지 하나의 사실에 소용돌이처럼 빠져들었어. 비록 현재의 순간이 우리 문명의 광대한 역사의 한 점에 불과할지라도, 현재, 모든 것이 일어나는 지금의 순간만이 바로 어떤 것이든 일어날 수 있는 순간이라는 사실 말이야.”

“나 역시 너처럼 내 피와 혈통, 그리고 충성심을 키우기 위해 대대손손 내려오는 관념들을 그다지 신뢰하지 않아. 이러한 관념들이나 대본들이 문화의 영향력 아래에서 국가의 이익과 종족 보존을 위해 얼마나 효과적으로 행사되는지는 이미 지겹게 보았거든. 심지어 문화조차 우리가 관습적으로 행하는 작은 행위들로 분할되어서 바로 이 공간에 펼쳐져 있어. 그런 문화는 간단한 장치이지만 우리가 선택하는 스펙트럼을 다 포괄할 수 있을 정도로 충분히 넓어. 우리 일본인은 여러 의식을 통해 공간을 우리 안에 수용하려고 해. 장소의 물리적 공간, 문턱의 공간, 만남이 공유되는 공간, 사람들이 대면할 때 탄생하는 사회적 공간 등등. 우리는 예의를 표시하면서 이 공간에 표식을 남기고 있어. 여기에 관해 깊이 생각해 본 적은 없지만, 그저 예의가 바른 사회의 예속적인 관습으로 보이는 관행에 나는 줄곧 저항해 왔었어. 하지만 너를 만난 이후부터 나는 이런 내 태도를 몰아적인 경의가 아니라 필수적인 자기부정의 몸짓으로 보게 되었어. 만약 공통적인 공간의 문턱에서 각자 잠시 멈추고 서로 존경하는 마음으로 고개를 숙인다면, 우리는 함께, 심지어 영원한 저주의 점술 아래에서, 빛 속에서 어떠한 중단 없이 새로운 시작을 할 수 있을 거야."

제6부

11장 농작물

농사는 아주 순조롭다. 진흙에 줄줄이 심어놓은 짙푸른 볏묘들이 학교 종소리에 뛰어나온 아이들처럼 곳곳에 솟아올랐다. 아직 몇 계절이 더 지나야겠지만, 이번 모내기는 아주 성공적이어서 조만간 지구 반대편인 캘리포니아의 새 토양에서 고향 니가타에서 몇 대째 경작되는 것과 비슷한 최고 품질의 쌀을 수확하게 될 것으로 마사유키는 확신했다. 7년 전인 1906년, 사촌 미쓰루가 캘리포니아 연안에 도착했을 때만 해도, 마사유키는 자신이 일생에 한 번도 어려울 태평양 횡단여행을 무려 세 차례나 왕복하면서 벼농사를 도우리라곤 상상조차 하지 못했다. 1913년, 마침내 그 성과를 눈으로 확인하게 된 그는 매우 흡족했으며, 지금이야말로 아무런 후회 없이 미쓰루와 함께 일한다는 자부심을 느꼈다. 그는 발견에 대한 열정을 항상 사촌과 공유해왔기에 미쓰루가 니가타를 떠난 것을 무척 아쉬워했었다. 현재 미쓰루는 밥이라는 이름으로 미국 땅에 살고 있다. 그가 이름을 직접 골랐는지, 아니면 어디서 발급받았는지는 모를 일이지만, 밥은 원래 이름에는 마지못해 대답하는 것으로 봐서는 미국에 남기로 결심한 것이 분명했다. 미국 땅은 무척 광활해서 장자 상속이라는 오래된 관습에 얽매일 필요가 없었으며, 어쩌면 그런 관습 따위는 애초에 있지도 않아 보였다.

대부분 미쓰루의 계획이 그랬던 것처럼, 이번 모험 역시 승률이 높지 않았다. 캘리포니아 북부는 기후는 니카타와 유사했지만, 모내기하기에 적합한 환경이 아니었기 때문에, 그들이 볍씨를 새 환경에서 잘 발육시키기 위해 여러모로 아이디어를 고안한 것은 정말 놀라운 성과였다. 여섯 번의 계절이 지난 후, 이제 장래의 작황은 아주 전망이 밝았다. 3주 후에 증기선 히카리호(현재는 캘리포니아만 출발을 앞두고 이곳 항구에 정박해 있다)에서 그가 하선할 무렵이면, 니가타에서 요코하마 항구까지 갓난아이를 안고 배웅을 나온 아내 타에코에게 그는 농사의 진척 상황을 어느 정도 설명할 수 있을 것이다. 5개월 만에 아내와의 재회를 앞두고, 그의 마음속은 갈망과 불안으로 복잡했다. 아내와 함께해 온 세월 동안, 그는 아내의 잔소리를 들을 만한 일은 거의 하지 않았다. 캘리포니아의 체류 기간에 아내가 그의 기억의 호수(아내의 표현에 따르면, 물고기들조차 지루한 나머지 활기를 잃는 장소)에서 캐물으려 했던 것은 미쓰루의 건강과 낭만적 생활에 대한 호기심에 집중되었다. 아내가 부부 사이를 분석하기 위해 흘러간 감정이나 사연들을 들출 때면 마사유키는 이번에는 과연 무엇이 나타날지 궁금했다. 그런데 올해만큼은 그가 아내에게 들려줄 말이 많아서, 아내는 미쓰루를 전혀 궁금해하지도 않을 것이다.

배에 오르기 전, 마사유키는 번쩍이는 선체를 올려다보며 여태껏 가장 효율적인 엔진이 울리는 진동이 그의 다리까지 전해지는 것을 느꼈다. 실로 히카리호는 미래의 햇살(히카리)을 실어 나르는 배에 걸맞은 이름이었다.

객실에는 그가 가장 먼저 도착했다. 먼지를 말끔히 치운 작은 객실에는 맞은편 벽의 이층 침대와 평범한 객실용 식탁뿐이었고, 벽에는 흰 동공 같은 둥근 창문이 있었다. 원래 이등석 표를 구매했다가 굳이 삼등칸으로 바꿨었는데 그럴 필요가 있었을까 그는 갸우뚱했다. 선실 동료들이 몇 명 있다면 승객과 익명성을 극복하는 데 더 나을 것이라고 믿었었는데, 아마 그가 잘못 판단했던 듯싶다. 침대 매트리스 쪽에 우선 짐을 밀어 넣고 다시 복도에 모인 승객들의 분주한 분위기에 합류했다. 귀국할 때면 그는 종종 다리가 묵직하게 느껴지곤 했는데, 이번에는 마치 닻을 매단 것처럼 온몸이 저렸다.

갑판 위의 날씨가 점점 화창하고 청명해져서 각각 지평선 절반씩 차지한 하늘과 바다는 색깔이 아닌 텍스처로 구분될 뿐이었다. 그리고 저 지평선 너머로는 다음 시대로 넘어가는 경계가 펼쳐져 있다. 과거 세기의 인물인 마사유키는 결코 지구 바깥의 경계를 뛰어넘는 기술 진보를 목격하지는 못할 것이다. 20세기가 된 지 십 년이 조금 지난 오늘날, 기술 발달로 인해 대륙 간 거리가 점점 더 가까워졌고, 과학으로 인해 언젠가는 인류를 먹이고 살리고 치료하는 데 어떤 결핍이 없을 세계가 다가올 것이다. 사촌처럼 마사유키 역시 인류애, 진화에 필수적인 본능적인 추진력, 그리고 다가오는 시대의 무한한 진보를 믿었다. 게다가 그는 타고난 농학자(農學者)로서의 본분에 따라 불굴의 정신력으로 농학 분야에 활기를 불어넣는 데 이바지했다. 근본적으로는 실용주의자인 그의 기질(마사유키의 장점인 동시에 약점이었다)은 선각자인 사촌의 사업에 아주 유용했던 탓에 그 엄청난 기획에 함께 휘말려 들었지만, 마사유키는 (가족들의 표현에 따르면) 이런 착취관계를 결단코 후회한 적은 없었다. 줄곧 몽상가로 살아온 미쓰루는 마사유키를 이끌고 존재하지 않는 미래로 가려 했다. 그리고 그들이 주장해 온 것처럼, 후세의 세상을 위해 공기, 물과 흙에서 태동하여 대지 전역에 싹을 틔우고 있는 씨앗을 이곳에 뿌리려 했다.

하지만 꿈을 꾸는 것과 순진한 것은 별개였기에, 마사유키는 절대 순진하게 행동하지 않겠다고 다짐했다. 맹목적인 믿음과 희망이 다르다는 것을 잘 알았기에, 그는 항상 중간 지대에서 결정을 내렸다. 그것이 그가 미래를 직시하는 유일한 방법이었다. 미쓰루가 항상 그를 중요하게 생각했듯, 타에코는 늘 남편의 판단력을 존중해왔기에 그들의 혁신적인 열정에 무한한 신뢰를 보냈다. 하지만 예전에는 그가 이렇게 돌이킬 수 없는 위험을 감수한 적은 없었다.

#

마사유키는 팔꿈치와 어깨를 승강대에 기대어 몸의 균형을 잡으면서 천천히 갑판 위를 걸었다. 배와 부두 사이에 파도가 철썩대는 바다 건너편으로는 군중들이 들어차고 있어서 그는 약속 장소를 찾느라 잠시 애먹었지만, 곧 미쓰루와 에드워드를 찾아 이별의 악수를 했다. 에드워드는 밥에게 땅을 빌려준 친절한 백인 농장주의 아들로서, 한때 농장에 종종 놀러 왔던 더벅머리 소년이었는데, 이제는 마사유키보다 머리 하나 정도 더 커졌고 자기를 더 이상 어린 소년으로 대하지 말라고 분명히 의사를 밝힐 만큼 성숙했다. 돌이켜보면 마사유키가 올해 여름 이곳에 도착했을 때부터 이날을 예상했어야 했다. 그의 열다섯 살 딸 아유미를 본 후 에드워드가 얼굴이 붉어졌으니까 말이다.

마사유키는 용기를 내어 에드워드 옆에 있는 사람에게 시선을 돌렸다. 슬픔에 잠긴 가족들 사이에서 아유미는 평소의 뾰로통한 모습을 찾아볼 수 없을 정도로 시름에 젖은 창백한 얼굴로 고개를 떨구고 있었다. 그는 딸이 더 이상 아이가 아니라는 사실이 기뻤다. 지난주 내내 밥의 응접실에서 에드워드는 아유미에게 다 자란 남자 행세를 하며, 농업 과학자가 장래 희망인 자신과 함께 캘리포니아에 정착한다면 어떤 혜택이 있을지를 피력했다. 아유미는 내내 그의 말에 귀를 기울였다. 마사유키가 달리 무엇을 할 수 있었을까? 아유미는 천방지축 소녀였을 때부터 미쓰루를 졸졸 따라다녔고, 지금은 고향 마을의 경계를 넘어 넓디 넓은 세계로 나왔다. 아내가 그녀를 말리기는커녕 오히려 부추겼던 탓에, 아유미는 거칠 것 없이 아버지를 따라 캘리포니아로의 첫 여행을 떠나고 싶다고 우겼다. 하지만 이번 일은 완연히 다른 문제였다. 어쩌면 아내는 딸을 조금이라도 이해할 것이다. 지난 일 년 동안 아유미는 침울하고 불안해 보였고, 저녁 식사나 복도 청소를 할 때면 딴생각에 빠져 있다가 혹여 다른 사람이 뭐라고 말할라치면 매섭게 대들었다. 아유미의 이런 변화에 대해 마사유키는 2살 연상의 오빠가 의학 공부를 위해 집을 떠나기 때문이라고 생각했고, 타에코는 자신이 늦둥이를 출산했기 때문이라고 믿었다. 아유미는 막냇동생이 태어난 후에 가사를 더 많이 책임져야 했고, 어떤 면에서는 니가타에서 펼쳐질 자신의 미래를 미리 체험하는 듯했다. 아기 양육에 도움이 필요했던 타에코는 어리석게 굴지 않고 자기 언니에게 하루에 두 번 들러달라고 일정을 조율했고, 그 덕분에 아유미는 부담 없이 아버지와 함께 여행길에 올랐다. 틀림없이 타에코는 남편이 귀국하면 미국에 있는 일본인 소녀의 장래를 알려 할 것이다. 그러나 마사유키는 에드워드의 설득을 들었고 딸의 얼굴에서 어린 시절에 찾을 수 없었던 희망찬 열정을 보았으며, 특히나 아내의 동정 어린 모습에 마음을 열었다. 그는 승낙했다. 아유미는 얼굴에 홍조를 띠며 의기양양했고 그녀의 가슴은 활기로 벅차올랐다. 훗날에야 뭔가 더 무거운 감정이 그녀의 표정에 떠오르겠지만, 지금 그 감정의 무게는 오롯이 마사유키의 몫일 뿐이다. 그는 상실의 예언처럼, 혹은 새장 안에서 너무 커버린 심장처럼 상심에 빠졌다.

뱃고동이 울렸다. 다들 우르르 몰려와 손을 흔들었다. 작별의 물결 속에서 그는 딸이 고개를 드는 모습을 보았다. 고동 소리가 한 번 더 울리자 주위에 있던 군중은 서로 밀치고 고함을 질렀다. 군중의 거친 흐름에 휩쓸려 그는 난간에서 몸을 뗐다. 물론 여기에 딸을 남겨두는 지금에는 앞으로 어떤 미래가 열릴지 알 수 없다. 동시에 그녀가 어떤 미래를 피할 수 있었는지 역시 알 길이 없다. 단지 미쓰루처럼 아유미가 항상 마사유키 자신보다 더 넓은 시야로 멀리 내다볼 수 있다고 믿을 뿐이다. 어떻게 그가 아유미의 성장을 방해할 수 있을까? 장남인 사다오가 아버지의 감정이 다칠까 두려워하면서도 외과 의학에 대한 관심을 선언했던 때를 떠올렸다. 당연히 마사유키는 마음의 상처를 받았지만, 아들이 세상에 공헌할 가능성을 간과할 정도로 맹목적이지 않았다. 또한 그는 활동적인 막내아들을 떠올렸다. 태어나자마자 눈을 뜨고 아빠를 똑바로 바라봤었지. 어쩌면 언젠가 막내아들도 그들 곁을 떠날지도 모른다. 일주일 내내 그는 아내가 여기 함께 있기를 바랐다. 아내라면 맑은 눈동자로 그가 볼 수 없는 곳을 보고, 그가 이해하는 범위를 초월한 해답을 찾을 것이다. 하지만 어쩌면 이 시대가 그에게 요구하는 것은 그의 동료를 신뢰하고 인류의 집단적 잠재력에 승산을 걸라는 것일 수도 있다. 그는 '결국 세상은 더 좋아지는 법이다'라는 말을 읊조리면서 다음번 캘리포니아 방문을 벌써 기다리기 시작했다. 다시 방문할 때까지 편지를 주고받았던 평소 습관에 따라, 그는 이 배에 오르자마자 첫 번째 편지를 썼다.

승강대 저편에서 몸을 웅크린 채, 그는 항구와 선박을 점점 멀리 떼어놓는 바다를 바라보았다. 군중은 두 손을 벌려 열렬히 배웅하고 있는데, 그의 딸 아유미는 어디에 있을까? 그는 저 멀리 작아지는 얼굴들을 보면서 가슴을 후벼파는 고통을 느꼈다. 마침내 점 하나가 뛰어올라 팔을 번쩍 치켜들고 아버지를 불렀다. 구세계에 한 발을 딛고 있는, 지극히 평범했던 그는 아마 실패할지도 모르지만, 그가 염원했던 새로운 생명의 낟알은 자라나서 열매를 맺을 것이며, 성장하는 코누코피아(풍요의 뿔)는 그가 얼굴을 모르는 미래의 후손에게 영양분과 은신처를 제공할 것이다.

제7부

12장 가든, 종(種)의 생존 원리

"그렇게 세계가 해체되고 있어." 에린은 말했다. 고등학교 3학년 개학 후 셋째 날이었다. 그와 안야는 학교 식당에 있었다.

"인류역사의 단계마다 전쟁이 일어났어. 우리는 생존 기회가 아직 남은 마지막 인류 세대야. 그럼 지금 우리는 무엇을 해야 할까?"

휴대폰에서 눈을 떼고 에린의 입술을 독순법(讀脣法)으로 읽고 있던 안야는 늘 끼고 다니던 그녀의 노트 패드에 터치펜으로 글을 썼다. 탭, 탭, 탭, 탭. 안야는 사고의 한계를 확장하려고 할 때마다 온몸에 뇌 신호를 발신하듯이 뭔가를 리듬에 맞춰 두드리는 습관이 있었고, 에린은 그녀의 이런 몸짓에 매력을 느꼈다. 아마도 3년 전, 그녀를 처음 본 순간부터 에린은 그녀에게 반했던 것 같다. 학교에 입학한 지 약 한 달쯤 지났을 무렵, 그녀는 딱정벌레 같은 헤드셋을 쓰고 긴 머리를 뒤로 늘어뜨린 채, 에린이 자기 지정석으로 여겼던 교실 뒤쪽에서 두 번째 좌석에 앉아 있었다. 에린이 그녀에게 다가가서 헤드셋을 빼앗자, 그녀는 동급생이 지켜보는 가운데 강의실 바닥에 쓰러져서 경련을 일으켰다. 그녀의 얼굴은 아주 고통스럽게 일그러졌고, 두 손으로는 헤드셋이 벗겨진 양 귀를 가리고 있었다. 현재 그녀는 터치펜을 켜고 글자를 쓴다.

지구를 구원할 수 있어? 인류를 구원할 수 있어?

그는 고개를 끄덕이고 또 끄덕였다.

안야는 또다시 펜으로 패드를 두드렸다. *세계사의 원인은?*

그는 잠시 생각했다. "인류세(人類世)."

너는 신자유주의의 자기 붕괴를 말하려는 거야?

"뭐라 부르든."

안야는 레이저 광선을 쏘기 전에 정확한 위치를 조준하려는 듯 눈을 가늘게 떴다. 그녀의 아버지는 십 년 전 노랑머리 오리가 승리하면서 빈털터리가 되다시피 했는데, 항상 술을 마시면 미국 제국주의의 야심에 관한 얘기를 주절대곤 했다. *기억해, 얘들아. 그 오리는 무작위로 전개되는 악몽이 아니야. 시민의 자유를 생각하는 척하는 신자유주의자야.*

"그래, 그래, 알아들었어." 에린은 말했다. 2020년대 말에 가까워지면서 세계가 어디로 향하는지는 분명해졌다. 1930년대와 40년대에 걸친 전쟁 기간에 강대국 미국은 광대한 시장과 군사 방어 체계를 확보하고 국제적인 영향력을 행사했지만, 러시아와 중국의 견제 역시 변함 없었다. 세 제국은 국제협력보다는 경쟁을 앞세워 세계 각국을 여러 층위로 교묘하게 나눈 다음, 가난한 나라에는 신탁 통치를 하고 자원이 풍부한 나라에는 적절한 유인책을 제공했다. 제국 간의 물리적 전쟁은 주로 접근이 수월한 제3국의 영토에서 드론과 인공지능에 의존해서 치러졌으며, 실제 더 큰 규모의 전쟁은 악덕 기업들이 주도하여 네트워크에 사생활을 무분별하게 업로드하는 개인을 대상으로 사이버 공간의 하층부에서 일어났다. 은빛 수염의 역사 교사는 이라크전 참전이 남긴 기념품인 의수 손가락에 펜을 끼운 채 장탄식했다. *적들은 어디에나 있어. 그런데 진짜 전쟁은 어디서 벌어지는 걸까?*

안야가 다시 펜을 두드렸다. 플라스틱 리듬이 전자 드럼 연타처럼 점점 빨라졌다. 안야는 문득 두드림을 멈추고 글을 썼다.

학교 승인은 받은 거야?

에린은 빙긋 웃으며 허가서를 보여줬다. 영어, 생물학, 컴퓨터 과학 과목의 교사들뿐만 아니라 교장의 서명까지 적혀 있었다.

"우리는 이제 시작이야." 에린이 그 말을 꺼내자, 그의 신경은 팔딱팔딱 뛰었고, 그녀의 신경이 시냅스로 연결된 두 사람만의 공간으로 뛰어들었다. 그는 그녀의 펜을 집어 글자를 썼다. 에린과 안야의 합동 프로젝트 1번, 일명 〈가든〉.

그들이 '논문'이라고 자칭하며 의욕을 보였던 고등학교 3학년 합동 프로젝트는 어찌 되었든 실패작으로 끝났다. 사실 교장이 승인해준 이유도 이 프로젝트가 너무 '야심만만'했기 때문일지도 모른다. 에린이 프로젝트의 아이디어를 다듬었고, 안야가 주로 코딩 작업을 맡았다. 적어도 둘 중 하나는 방과 후에 에린의 집 지하실에서 아예 상주하다시피 했다. 에린은 어머니인 루나의 빈티지 고딕 밴드의 콤팩트디스크를 크래킹했는데, 중학교 3학년인 에린의 여동생 메이는 로버트 스미스의 으스스한 노랫소리가 들려오면 항상 혈기 있게 문을 쾅쾅 두드려댔고, 그러면 안야가 문을 사이에 두고 메이와 부드럽게 대화를 하며 그녀의 마음을 달래주었다. 아무튼 그것은 아주 야심 찬 프로젝트였다. 영어, 생물학, 환경과학과 프로그래밍 등 정규 과목을 이수하는 동안, 그들은 2010년대 초에 의학 보조용으로 만든 웹 기반 '게임'인 모자크(Mozak)에서 아이디어를 얻어 완전히 새로운 컴퓨터 프로그램을 설계했다. 인터넷상의 누구라도 모자크에 참여할 수 있었다. 참여자가 하는 일은 오로지 컴퓨터 화면에 무차별적으로 웹 크롤링한 뉴런의 이미지를 보고 그 모양을 확인하는 것뿐인데, 복잡한 패턴 인식에 관한 한 인간이 컴퓨터보다 더 능숙하다는 에린의 아이디어에서 출발했다. 이런 데이터 수집은 과학자들이 뉴런의 3-D 이미지를 창조하는 데 도움이 될 것이다. 요약건대 그들의 프로젝트는 아주 창의적이었다. 여름방학 동안, 에린과 안야는 우연히 떠올린 이런 발상에 강박적으로 매달렸다. 이 발상은 연구를 진행할수록 그들의 뇌리에 깊숙이 새겨져 어떤 주제의 대화이든 발효제 거품처럼 넘쳐흘렀다. 이 잠재력을 어떻게 이용할 수 있을지 그들은 궁금했다. 예를 들어 기후학에 초점을 맞춘 모자크 프로그램이 최근의 위기, 즉 전쟁이 터지고, 경제가 과열되고, 인류를 멸종시킬지 모르는 긴박한 위기를 해결할 수 있을까?

네가 원하는 건 클라우드 기반의 날씨 패턴 인식 프로그램이야? 안야가 물었다. *기후를 아주 정확히 예측할 수 있는 그런 프로그램?*

에린은 고개를 끄덕였다. "우리에게 필요한 건 우리 세상의 가상 복제야. 거기에 날씨 모델을 합친 다음에 날씨 패턴 ID로 이용자를 초대하면 돼. 아침에 얼마만큼 기압이 떨어지면 오후에는 눈이 내린다던가, 뭐 그런 것을 예상할 수 있지."

그러면 우리는 레이어를 더 추가해야 해. 공간 모델, 대양 모델, 꽃가루, 오염, 기타 등등.

"궁극적으로는 지구 모델이 목표야. 우리 지구를 완벽하게 실시간 복제하는 거야. 10년이나 20년 이상 이런 작업을 계속해나가면, 두고 봐! 우리는 미래를 예측하고 부자가 되는 거야!" 에린이 말했다.

우린 더 많은 것을 할 수 있어. 안야는 글을 썼다.

"좋아, 우리가 세계를 구할 거야. 하지만 일단 부자가 되고 생각해 보자."

너는 그릇이 너무 작아, 에린. 종(種)을 생각해. 기후 조절도 가능할 거야.

"정말 우리가 그런다면, 신들이 분노하겠지." 에린은 웃으며 대꾸했다. "영문학에서 벌써 배우지 않았나?"

그러나 그들의 숙명처럼 빛나던 아이디어는 곧 난관에 닥쳤고, 그들은 여름 내내 제안서 초안을 작성하고 연구단계를 구체화하고 교사와의 상담 일정을 보완하느라 시간을 다 써버렸다. 최종 결과물은 집단지성을 활용하여 지구 기후의 변화와 인류에 미치는 영향을 추적하는, 웹 기반 가상현실 프로그램이 될 것이다. 프로그램 참여자들은 날씨 패턴을 확인하기 위해 모집되었지만, 결국에는 지구의 환경변화 대응을 위한 생존 도구(새로운 서식처, 장비, 영농법 등)를 설계하는 작업에 초대될 것이다. 더 나아가서, 〈가든〉은 단순한 게임 이상의 것, 즉 지구의 기상 상태를 예측하고 기후 위기에 대응한 크라우드 소싱 솔루션을 실시간으로 제공하는 도구로 설계될 것이다.

밀랍 날개로 만든 이카로스의 날개처럼 〈가든〉은 상식을 뛰어넘는 프로젝트였지만, 누구도 그 번득이는 재기와 추진력을 부정할 수 없었다. 만약 안야가 학교에 계속 남아 있었다면, 두 사람의 프로젝트는 성공했을 것이라고 에린은 확신했다. 그런데 아직 개발 단계의 앱, 그리고 최종 완성품의 구상이 담긴 '논문'만을 남겨 둔 채, 안야는 어디론가 종적을 감췄다. 그리고 에린만 혼자 남아 이 프로젝트에 7년을 바쳤다. 2030년대 중반이 되어서야, 에린은 두 사람이 꿈꾸었던 대로 완전한 가상현실 기상 예측 프로그램 개발에 성공했다.

그는 최근 빌린 원룸 스튜디오에서 노트북을 꺼내 파란 눈의 홍채와 손의 지문을 스캔한다. 스캔 과정은 눈 깜짝할 순간에 끝났지만, 인간이 전자도구에 지배받는 아이러니는 어쩔 수 없었다.

"메시지?" 그는 묻는다.

메시지 없음. 그리고 전날과 다르게 (거의 두 달째 누군가 시스템에 들락날락한 흔적이 발견되고 있다) 아무도 그의 컴퓨터에 침입하지 않은 것 같다. 컴퓨터 화면에 더 이상 지식의 나무에 휘감긴 뱀이나 날개 달린 루시퍼가 트렌치코트를 뽐내는 캐리커처가 등장하지는 않는다.

"마지막으로 설치된 파일은?"

문서 폴더가 화면에 뜬다. 그때 '그녀'가 나타났다. 파일명으로

'유령'이나 '암호' 따위를 지정한 것과 마찬가지로 '그녀'란 파일명은 상당히 위험하게 느껴진다. 그는 새 파일을 조사한다. 겉보기에 아무 문제 없어 보이는 워드 문서. 하지만 눈에 보이는 것이 전부는 아니다. '그녀'는 암호벽을 뚫고 들어왔다. 그는 파일을 클릭해서 열어본다.

세계는 해체되고 있습니다. 당신은 생존 가능성이 있는 마지막 인류 세대입니다. 시간의 사막에는 〈가든〉이 있습니다. 좌표는 당신만 알고 있습니다. 이동을 위해 엔터를 누르세요.

20세기 어드벤처 게임 언어로 된, 아주 오래전에 보내진 이 메시지가 그의 머릿속을 헤집는다. 해커가 그의 응답을 요구하는 것일까? 커서가 사람이 안달하며 눈을 끔벅이듯 보인다. 키보드를 두드린다. 안야? 다시 긴장되는 순간. 엔터 키를 쳐서 메시지를 발송하기 직전, 그의 손가락이 파르르 떨린다.

커서가 잠시 사라졌다가 다시 깜빡이기 시작한다. 트로이 목마 같은 악성 바이러스가 아닌 보통의 워드 파일임이 틀림없다. 안도의 숨을 내쉰 그는 타이핑했던 글자를 지운 뒤, 바탕 화면에 나타난 녹색 아이콘을 누른다.

#

지난번 로그아웃 이후, 〈가든〉은 아무것도 바뀌지 않았다. 이 가상 행성에는 울퉁불퉁한 분화구 자국이 남아 있다. 지금도 지구 전체에 휘몰아치는 자기폭풍이 비바람과 설빙 덩어리를 부수었고, 파이프라인을 터트렸고, 지하철을 침수시켰고, 온 동네를 고립시키면서 인류 문명을 한 세기 뒤로 퇴보시켰다. 단층선을 따라 지진이 발생해서 건물들이 흔들렸고, 도로가 꺼졌고, 해안선은 밀려오는 파도에 지워져 다시 그려졌다. 지구 곳곳에 높아진 기온과 해수면 상승으로 인해 바닷가의 모래사장이 줄어들었고, 해양 생물이 멸종 위기에 처했으며, 섬들이 차례로 바다에 잠겼다. 만년설이나 산호초가 자취를 감췄기 때문에, 옛 군사기지에서 흘러나온 독성 물질은 더 먼 곳까지 퍼져나갔다. 태양이 지구를 전자레인지처럼 뜨겁게 달궈 내륙에서는 강이 말라붙었고, 사막이 정글을 잠식하였으며, 잇따른 대형화재로 인해 마을과 동물의 서식지와 생태계는 불모지로 바뀌었다. 에린은 자기가 마지막으로 데이터를 저장했던 지점을 클릭해서 확대한다. 현실 속에 있는 반려견 공원의 벤치를 정확하게 복제해 놓은 도시 근린공원의 한 벤치. 현재보다 정확히 15년이 앞선, 미래 시점의 가상세계다.

안야와 함께 꿈꾸어 왔던 가상 세계를 열 때마다, 그는 짜릿한 기분을 느꼈다. 프로그램의 정교함과 컴퓨터 그래픽의 시각적 효과가 떨어진다고 생각했지만, 투자자들이 자주 바뀌는 상황에서 자금 사정을 고려하면 따로 전담팀을 둘 여유는 없었다. 현재의 수준이 에린이 할 수 있는 최대치였다. 어떤 기상 모델을 사용할 것인가 (이 딜레마는 현재 진행형이다), 어떤 시간대를 대상으로 할 것인가 (지금으로부터 15년 후), 그리고 어떤 목적에 활용할 것인가 (재난 대비, 피해 최소화, 아마 궁극적으로는 기후 통제) 등 프로그램의 개요를 짜는 것만으로도 대단한 이정표를 세운 셈이었다. 이제 〈가든〉이 가동된 지도 일 년여가 넘어가면서 눈에 띄는 성과를 거두기 시작했다. 혁신적인 기후예측 기능은 더욱 정확해졌고, 가상 세계 역시 더 실제 세계와 닮아가면서 〈가든〉의 유용성과 확장성에 수많은 사람과 기업들이 큰 관심을 가졌다. 아주 오래전부터 이런 프로그램을 고대해왔던 것처럼 말이다.

에린이 VR 헤드셋을 들고 〈가든〉에 접속하자마자, 그의 아바타가 반려견 공원에서 킁킁거리는 개들에 둘러싸여 있다. 짖어대는 검은 형체들, 공격성을 드러내는 낮은 으르렁거림. 누가 이런 디테일까지 작업했었을까? 페르난데스? 파커? 류? 누가 했든 아주 성공적으로 잘 해냈다. 에린의 아바타는 벤치에서 일어나서 개 그림자의 움직임을 잠시 감상한 뒤, 공원 울타리를 빠져나와 인도로 향한다. 최근 몇 달 동안 이 프로젝트에 접속하는 참여자가 늘면서 도로의 교통량이 부쩍 늘었다. 신호등이 켜지자, 에린은 교차로를 건너 오래된 건물이지만 고풍스러운 잡지사로 향한다. 이 건물이 그간 비바람과 눈, 그리고 이 일대를 몇 블록이나 폐쇄하게 만들었던 홍수를 잘 버텨왔다. 바야흐로 기상 악화는 물리적 세계에서 가끔 나타나는 정도를 넘어, 지금은 지구촌 곳곳을 무너뜨리고 있다.

에린은 정문 입구에서 잠시 검게 그을린 건물 벽체의 환풍기를 올려다본다. 이 디테일은 1800년대 말에 이 건물을 거의 홀랑 태워버릴 뻔했던 화재를 재현하기 위해 에린 자신이 직접 프로그램에 추가한 것이다. 이 그을린 흔적이 〈가든〉에 어떤 실용성이나 미적 가치를 더해주지는 않지만, 그 흔적 자체가 역사의 한 부분이며 삶의 기록이 될 것이다. 그는 절대 초현실적인 보존에 집착해서 디오라마나 생활사 박물관에 특별히 공을 들이거나 진품을 제단처럼 숭배할 마음은 추호도 없지만, 적어도 인류의 증거가 잘 보전되기를 원했다. 사실 〈가든〉이 인기를 끈 이유는 (지금 순간 접속한 아바타의 숫자만도 백만 명이 넘는다) 인간 자신은 사라지고 아바타만 남은 것처럼 보이기 때문이었다. 무엇보다도 이런 역사의 점진적인 삭제와 부정이 인류를 끝내 멸종시킬 것이라고 그는 생각했다. 〈가든〉이 등장한 지 불과 십오 년이 흘렀지만, 물리적 세계는 인간의 존재를 지우기 시작했고, 인간이 소멸해가는 매 단계마다 문명의 등껍질만을 남겨놓았다. 세상이 온라인화되면서 마천루는 활기를 잃었고 형광등이 켜진 사무실들은 과거의 유산이 되었다. 얼마 남지 않은 공장들조차 자동화로 인해 점점 더 소수의 사람에 의해 관리될 뿐이었다. 이제 불이 켜진 건물들은 주택들과 작은 상가 건물뿐이며, 어두운 시내에 있는 박물관의 빈 전시실은 높은 천장과 큰 창문을 선호하는 부티크 회사들로 빠르게 바뀌었다. 에린은 가상세계의 사무실을 현실 세계에서 하루도 빠짐없이 조깅하며 지나던 잡지사 건물을 본떠 만들었다. 아바타 형태의 팀원들이 최초로 가상 사무실에 모두 모였을 때, 그는 팀원들이 창조한 아바타들의 기능이 크게 향상된 데 놀라움을 금치 못했다. 신화 속에 등장하거나 애니메이션에서 영감을 받은 이색적인 캐릭터들도 있었지만, 대부분은 일관되게 〈가든〉의 철학과 잘 어울리는 휴머노이드 로봇들이었다. 세계가 디지털화되면서 종 전체에 대한 투자는 줄어든 반면, 인간 정체성에 대해서는 아낌없는 투자가 쏟아졌다. 고등학교 시절에 그와 안야는 가장 잘

나온 사진을 골라 몇 시간씩 아바타를 만들었다. 그 후로 7년이 흘렀다. 에린은 과거의 아바타를 현재의 나이에 맞게 다시 제작하는 대신, 현실세계의 자기 모습을 17세의 아바타처럼 꾸미는 쪽을 선택했다.

잡지사 건물의 가상 유리문 앞에서, 그는 패스워드를 누르고 로비를 가로질러 금 우체통이 있는 은행으로 간다. 에린은 이곳에 가상의 편지나 엽서를 발견하는 이벤트를 설정해두었는데, 결국 사람들이 〈가든〉에 접속하는 이유는 지구의 근심을 덜어줄 목적 외에도 곳곳에 숨겨진, 이런 향수를 자극하는 아이템을 발견하는 소소한 즐거움 때문이다. 그는 엘리베이터 버튼을 누른 후 두 번째 패스워드를 누른다. 엘리베이터의 문이 미끄러지듯 닫힌 뒤 딩동 소리를 내며 7층으로 올라간다.

사무실은 조용했고, 흑요석 창문 아래에 줄지어 있는 원목작업대 위에는 그들이 한때 고안해낸 스토리보드와 건축 초안들이 아무렇게나 놓여 있다. 〈가든〉의 공동 개발자인 모티머가 구부정한 자세로 고색창연한 지도를 들여다보고 있다. 대학 룸메이트였던 그는 〈가든〉의 기원을 어느 정도 알고 있는 유일한 사람이었다. 얼굴의 절반은 로봇, 나머지 절반은 사람인, 모티머의 아바타가 에린을 돌아본다.

"게일 사는 어때?" 에린은 가상 사무실의 한쪽 벽을 차지하고 있는 기상 패널을 둘러보며 그에게 물었다. 북아메리카 해안가의 하늘은 솜사탕처럼 소용돌이가 일기 시작했고, 파도는 차츰 거칠어지며 최고조에 달하고 있다. 〈가든〉은 몇 주 전부터 "당신의

기술을 시험해 보세요(Test Your Tech)” 기능을 도입했는데, 원래
일정대로라면 게일 사는 기후 기술을 가상 실험하는 네 번째 연구
소가 될 것이다. 게일 사는 테스트베드에서 베타 프로그램을 시험
하여 위험 부담을 낮출 수 있고 에린은 수입원을 창출할 수 있으
므로, 이 신기능은 양쪽 회사에 상호 이득이 되는 솔루션이었다.
당연한 결과로 기업 사냥꾼들은 〈가든〉에 관심을 기울이기 시작
했다. 투자자들은 무척 즐거워했지만, 개발팀은 프로그램의 통제
권을 어디까지 넘겨주어야 할 것인가에 관해 의견이 엇갈렸다. 다
만, 다들 가장 덩치가 크고 공격적인 기업인 타이탄 사와의 협상
을 바라지는 않았다. 군부와 관련된 사이버테크 엔지니어링 회사
인 타이탄 사는 〈가든〉의 제반 권리를 모두 인수하기를 희망해왔
고, 그런 의사를 밝힌 지 5일 후, 무테안경을 쓴 아바타를 프로그
램에 침투시켜 그들의 가상 사무실 위치를 알아내고 패스워드를
무작위로 입력하다가 발각되었다. 경보가 발령되자 가장 먼저 도
착한 모티머는 타이탄 사의 아바타와 B급 영화처럼 악수를 주고
받은 후 메시지를 받았다. 그 메시지의 내용은 타이탄이 내건 협
상안을 군소리 없이 받아들이고 돈이나 챙기라는 것이었다. 에린
은 긴급회의를 소집했고, 팀원들은 시스템을 샅샅이 뒤졌지만, 아
무 단서도 발견하지 못했다. 타이탄이 어떻게 팀원만 알고 있는
사무실을 찾았을까? 결국 팀원 한 명이 우리 중 누설자가 있는 게
아니냐는 의견을 내놓았고, 다들 침묵에 빠졌다. 에린은 디지털
흔적을 절대 남기지 않는 노트북의 ‘방문자’ 때문에 이미 신경이
온통 곤두선 상태였다. 애써 범인을 색출하지는 않았지만, 그의

마음은 떠들썩하게 울려댄 경고음 때문에 복잡했다. 하지만 그는 아무 말도 하지 않았다.

"저 우주복 입은 것들은 뭐야?" 에린이 묻는다.

모티머는 그에게 지도를 보여주며 말한다. "한 시간 전부터 갑자기 튀어나왔어. 그밖에는 아무런 변화가 없어."

흰색 우주복을 입은 아바타 한 쌍이, 지금은 눈에 익숙해진 빨간 삼각형의 화살표 표시를 가슴팍에 달고 움직이고 있다. 몇 주 전, 거리에서 처음 이런 한 쌍을 발견했을 때만 해도 쌍둥이의 아바타가 아닐까 짐작했다. 혹은 단짝 친구들? 아니면 금지된 연인들? 그런데, 그때부터 아바타 한 쌍이 계속 복제되면서 놀라울 정도로 숫자가 급증했고, 지금은 가상세계 전체로 퍼져갔다. 모티머는 아바타들에게 깃발을 표시해 두었는데, 현재는 그들이 계속 복제되고 이리저리 배회하는 것 외에는 별다른 움직임은 없었다. 에린은 빨간 삼각형과 관련한 로고가 있는지 데이터베이스를 검색해 봤지만, 아무런 단서를 찾을 수 없었다. 팀원들은 무엇을 해야 할지 몰랐다. 러시아봇? 아니면 랜섬웨어 같은 트로이 목마? 이 기호는 언뜻 보면 어느 제품에나 붙어 있는 재활용 표시와 비슷한데, 다만 응급상황을 뜻하는 빨강이며 화살표 방향이 반대 방향이라는 점만 달랐다. 그래서 어떤 팀원은 이 기호가 생물학적 유해물질 표시가 아니겠냐고 주장했다. 생물재해 예방산업은 급속히 확장되는 분야였다. 아니면 아직 알지 못하는 전염병과 싸우기 위해 나타난 것일 수 있다고 예측하는 팀원도 있었다.

"아바타들이 날씨 패턴에는 접속하고 있어?" 에린이 질문한다.

"절반은 접속 중이야." 모티머는 말한다. "그런데 무슨 의미일까? 그들은 합법적인 참여자일까? 아니면?"

모티머는 모니터 화면을 줌인해서 지구를 뒤덮은 수천 개의 깃발 표시를 에린에게 보여준다.

"오히려 돌격대원처럼 보이는군."

끝없이 증식하는 기호는 불길했고, 집요한 반복은 그들에게 무언가 놓치고 있는 의미를 환기하려는 것 같다. 다른 접속자들이 문의해오기 시작한다. 여태껏 경계보다는 친근한 관심에 불과했지만(순찰 중? 감시 장치 같은 것을 추가☺?), 그래도 막연한 불안감이 번지고 있다.

"차라리 타이탄의 협박인 게 나아. 정부 기관이나 테러리스트가 보낸 것보다는." 에린은 말한다.

모티머는 대답하지 않는다. 대신 현실에서 휴대폰 알림 소리가 들린다. 에린은 VR 헤드셋을 다시 든다. 모티머가 보낸 문자 메시지다. '타이탄에 관해. 나중에 대화하자. G 바깥에서.'

G는 〈가든〉의 앞 글자이다. 좋아. 에린은 문자로 답장을 보낸 후, 다시 한 줌 공포를 느낀다. 모티머는 〈가든〉으로 다시 들어온 뒤, 엘리베이터로 향한다.

"우리는 풍속에 조건을 달을 거야. 게일 사는 방풍복 시제품을 시험하기 위해 풍속 70~80마일을 희망하고 있어."

희망이라, 에린은 생각했다. 물리적인 세계에서도 폭풍 자체보다는 풍속의 세기가 더 중요하다.

"다들 내일 보자고." 에린은 문이 닫히는 엘리베이터를 향해 말한다.

#

학교에서 가장 똑똑한 아이가 되는 것의 장점은 에린에게 있어서 보장, 그러니까 자신이 뭔가 특별하다는 것, 무언가를 위한 숙명적인 삶을 부여받는다는 확신이었다. 하지만 전혀 다른 차원의 재능을 가진 안야는 그에게서 그런 확신을 빼앗거나 그의 내부에 있던 진화론자의 속성을 끄집어 내보였다. 예컨대 그가 위협을 받는다고 느끼면, 하얀 이빨과 함께 드러내는 강인하고 교활한 호전성 말이다. 하지만, 안야는 그와는 달랐고, 그런 점에서 그녀가 사라진 후에 에린이 진정 슬퍼했던 이유였다. 오롯이 두 사람이 멸망하는 인구 과밀의 행성에서 나머지 인류와 맞서 싸운다는 느낌을 받았고, 다만 지구의 종말에 맞서 싸우는 방법에 관해서는 서로 의견이 달랐다. 그 문제는 둘 사이에 언제 터질지 모르는 활단층인 셈이었다.

"〈가든〉이 나쁜 아이디어라고 생각해?" 졸업을 앞두고 있던 때, 에린은 그녀에게 물었다. 교사들에게 프로젝트 경과를 발표할 준비를 하던 중이었다.

안야는 어깨를 으쓱했다. *현재 시점에서 인류가 앞으로 나가는 길은 단 하나, 바로 기후 조절이야.*

"좋아, 하지만 사람들은 그 프로그램을 인류 보존보다는 세계 지배를 위해 사용할 거야. 그건 너도 알잖아?"

만약 사람들이 G를 무기화할 것으로 생각한다면, 그러면 BCE(Before Crisis Era:위기 이전의 시대)가 되겠지.

"안야, 만약 수정 구슬이 50년 안에 지구가 붕괴할 것이라고 예언하면, 사람들이 〈가든〉을 사용해서 구름을 만들어 농작물에 비를 뿌리거나 자원을 통제하려고 할 거라고 생각해?"

안야는 펜을 돌리면서 항상 들고 다니던 낡은 배낭의 버클을 풀었다. 그녀가 시간을 끌려는 것을 그는 눈치챘다. 최근에 그녀는 글을 쓰려고 펜을 들기 전에 딴청을 피우면서 뜸을 들이는 습관이 생겼다. 에린은 그녀의 짜증 나는 습관이 그에 대한 신뢰의 표시인지 아니면 그의 감정을 아기처럼 보호하려는 바람 때문인지 갈피를 잡을 수 없었다. 그녀의 엇갈린 신호들, 두 사람의 모호한 관계, 그리고 그녀 자신과 그의 말과 제스처에 온갖 추론을 하게 만드는 그녀의 애매모호함은 그를 미치게끔 했다. 요전 날에 머리를 식힐 겸 산책하다가 에린의 여동생이 즐겨 놀던 잔디밭에 잠시 멈췄을 때의 일이었다. 여동생 메이가 그곳에 있지는 않았지만, 그들은 그곳에서 아이들이 재재거리는 모습을 지켜보고 있었다. 안야가 그녀의 팔로 그의 목을 감싸 안았다. 지난번에 그녀가 비슷한 동작을 했을 때, 그는 그녀의 허리에 팔을 감았다가 왠지 큰 잘못을 저지른 것 같은 느낌을 받았다. 지금 그는 두 손을 주머니에 넣은 채 애써 그녀의 온기를 무시하려 애썼는데, 서서히 달아올라 단전에 열기가 쏠리는 느낌이 들자, 그는 황급히 최근 뉴스(연방 정부를 겨냥하던 정체불명의 해커들이 의회 웹 사이트에 게시된 국회의원들의 이름을 지우고 그들의 숨은 기부자들의 이름을 대신 올렸다) 얘기를 끄집어냈다. 그때 그녀의 입술이 짧지만 부드럽게 그의 입술에 닿았다. 그가 무슨 일인지 깨달았을 때, 그녀는 분석적으로 자기 입술을 핥고 있었고 그냥 그게 전부였다. 그들은 다시 걷기 시작하면서 해커의 신원(무명 해커? 아니면 새롭게 등장한 해커, 박테리아?)과 사이버 공격의 이점 (대중의 문제 인식을 높이는 데 기여했는가?) 등에 관해 토론을 벌였다. 그 순간, 아니 어쩌면 아예 존재하지도 않은 그 순간이 그녀의 마음에서 그의 마음속으로 훌쩍 던져진 듯했다.

안야는 새 펜의 뚜껑을 열었다. *위험이 없으면 미래도 없어. 우리가 G를 만들지 못하면, 다른 사람이 만들 거야. 그게 더 무서운 일이 아닐까?*

최근 들어서 그는 그녀의 수사학적 질문이 현실로 나타나는 것 같은 환영에 시달렸다. 아홉 개의 동심원이 겹치면서 난민 캠프를 끝없이 만들어 내는, 지옥 같은 지구. 기후 통제를 위해 경쟁하는 세력들이 있고, 그 인류의 배설물 위에 한 지배적인 국가가 군림하고 있다. 그는 결코 그런 세력을 위해 기여하고 싶지 않았다.

"좋아. 하지만 우리는 〈가든〉을 미래지향적으로 만들어야 해." 그는 말했다.

우리는 그래서 어떤 미래를 솎아낼지 볼 수 있는 일종의 거울의 세계를 만들려는 것이다. 우리가 사람들에게 미래를 보여줄 수 있고, 그들이 정말로 미래를 본다면, 최악의 상황을 피하려 할 것이 분명하다. 부자들도 이 지구에 갇혀 산다는 점은 변하지 않으니까.

"분명히 사람들은 이 프로그램을 기화로 종말의 날 따위를 퍼뜨리고, 그게 뭐든 정당화하려고 할 거야."

우리 아빠처럼 말하네. 모든 정원에는 뱀이 있기 마련이야, 에린.

그날 밤 지하실에서 에린은 핵무기처럼 두 사람이 동시에 암호를 입력하면 활성화되는 자폭 메커니즘을 〈가든〉에 심었다. 그 자신도 유치하다고 느꼈지만, 중요한 갈림길에 서 있는 두 사람의 협력 관계를 되새기고 싶었다. 에린과 안야가 함께 동기화되면, 무작위 코드를 생성하는 앱. 다음날 그가 자신이 개발한 앱을 보여줬을 때, 그녀는 앱의 숨겨진 의미를 해독하려고 애썼다. *무엇을 할지 결정하라는 거야?*

그때 그는 심장이 멎는 충격 속에서 별안간 깨달았다. 어떤 이타주의적 또는 인도주의적 동기를 떠나서, 단지 그녀를 결코 만날 수 없다는 상상, 에린이라는 이름의 소년과 안야라는 이름의 소녀가 존재하지 않는 우주에 대한 상상만으로도 그의 마음은 공허해졌고, 그 갈라진 틈은 누구도 채울 수 없다는 것을. 그 감정은 너무나 강렬했기 때문에, 그는 인류가 존재하지 않는 우주에 관한 관념을 원천적으로 부정하기 위해 초기화 프로그램을 암호화했었다. 비록 안야가 다른 하드웨어에 있더라도, 그녀가 자신의 휴대폰에 그의 웹을 설치해두었다면 언제라도 그들이 이해한 것을 실행할 수 있었다.

에린은 가상 사무실 창문에 기대어 서서 모티머가 아래층 입구에 불쑥 나타나기를 기다린다. 그러나 로그아웃할 때까지 누구도 특이 행동을 보이지 않는다. 다만 창문 밖에 도시의 가로등이 지그재그로 연결되면서 펼쳐진 파노라마가 어슴푸레 반사될 뿐이다. 이런 하이라이트 조명은 일부에게는 따뜻함을 주지만, 또 다른 구역은 빛의 사각으로 몰아넣는다. 하지만 그는 이런 디테일이 마음에 든다. 대도시의 쇠퇴를 반증하듯 전광판 패널이 유행하는 (그 때문에 도시 생태와 인간의 생체주기가 교란되는) 물리적 세계의 충실한 복제라는 점에서, 또한 도시공학의 정치적 텍스처나 사회적 분리 구역을 재생산한다는 점에서도 그렇다. 물리적인 세계보다 15년 정도 앞선 시점의 〈가든〉은 돌무더기 잔해와 어두운 구역 사이로 화려한 네온사인 구역을 꾸준히 늘려 왔다. 더 나아가 온건한 중도를 쪼개 좌파를 확장하고 우파를 대담하게 만들었고, 질서를 유지하기 위해 도시 경찰 병력과 농촌의 민병대를 계속 늘려 왔다. 다음 주에 〈가든〉에는 전염병 모델이 추가될 것이고, 다음 달에는 재해 위험이 큰 유성과 태양 흑점을 추적하는 우주 모델이 가동될 계획이다. 일 년 안에 그들은 고위험 물질에 대한 인간 행동 유형을 관찰하여 국가, 유기체, 행성이라는 인류 경계에 내재된 다공성(多孔性)을 밝혀낼 것이다. 하지만 〈가든〉은 수정 구슬이 아니다. 예언은 결과를 회피하는 목적뿐만 아니라 고착하기 위한 것으로 사용될 수 있다. 〈가든〉은 단지 가능성 있는 미래를 보여 줄 뿐이다. 그리고 현재의 열린 틈새 사이로, 에린은 안야와 다시 재회하기를 소망했을 뿐이다. 사무실 아래 거리를 유심히 살핀다. 아직 특이 동향은 없다.

그는 로그아웃하고 육체적 자아를 위해 조깅하러 나간다.

#

그의 동네는 평일 밤에 항상 바쁘게 돌아간다. LED로 바뀐 가스등의 따뜻한 조명 아래서 시간은 천천히 부드럽게 흘러간다. 부유하면서 다문화적이고 역사성을 자랑하는 이 지역은 건축 당시의 파사드, 벽돌과 몰딩, 숲이 무성한 개인 정원, 새들과 아기 천사상으로 장식된 화려한 3단 분수 등이 잘 갖춰져서 비단 같은 잔디밭에 비치 타월을 펼쳐놓고 가족 행사를 즐기기에 좋다. 에린은 매일 아침 이곳 중심을 관통해서 잡지사 건물을 지나 그가 사는, 현대식 콘도가 있는 거리로 되돌아오는 조깅 코스를 즐겨 달렸다. 최신식 콘도 옆에 인접한 8공구 단지에는 한때 시내 꽃집에 화초를 공급하던 화훼상가가 최근 생명공학 첨단시설로 교체되었고, 인적이 드물어진 버스 정류장이 녹슨 채 방치되고 있었다. 에린의 집 창문 너머로는 회색 고가도로가 얼기설기 지나가는 아래, 조명이 켜진 시설이 내려다보였다. 그 시설은 해수면 상승에 따라 침수된 앤젤 섬에서 옮겨진 기후 난민을 위한 보호소였다. 8층까지 조깅을 마친 뒤, 에린은 다리 통증을 참으며 문을 연다.

오늘 하루 두 번째 메시지가 그를 기다리고 있다. 또 다른 워드 파일이다.

> 시간은 몸과 함께 시작하고 끝나는, 상대적인 구조물입니다. 당신의 시간은 얼마 남지 않았습니다. 하지만 〈가든〉에는 여분의 삶이 있습니다. 이제 이동하세요.

에린은 메시지를 응시한다. 이것은 협박일까? 안야가 누군가 다른 사람을 위해 일하고 있는 걸까? 타이탄? 그럴 것 같지는 않다. 사이버 기술 거대기업이야말로 바로 그녀가 전복시키고 싶어 했던 목표물이었다. 하지만 고등학교 시절은 이미 오래전 일이다. 만약 안야가 아니라면? 여태까지 생각지 못했던 새로운 가능성을 떠올리자, 볼륨이 높아진다. 그녀가 아니라면, 도대체 누구일까?

에린은 키보드를 입력한다. *누구야? 뭘 원하는 거야?* 그는 키보드를 두드린다. *안야한테 무슨 짓을 한 거야?* 그의 아파트가 허파처럼 팽창한다. 어린 시절 이후, 자기만 있는 공간에서 두려움을 느꼈던 때는 오늘이 처음이다. 그는 가장 마지막 질문은 지운 뒤, 문서를 저장 후 종료한 다음에 요동치는 가슴으로 답장을 기다린다.

#

고등학교를 졸업한 후, 에린이 〈가든〉을 처음 가동했을 때, 그는 딱 한 번 그녀를 얼핏 보았다고 믿었다. 당시에 에린은 팀원과 합동 작업을 위해 가상 사무실에 매일 들렀었다. 그는 창밖을 내다보다가 우연히 아바타를 보았는데, 그 아바타는 담쟁이 왕관을 쓴 로버트 스미스의 아이콘이었다. 아바타는 꼼짝 않고 설득을 하려는 듯 눈을 활짝 뜨고 그를 봤다. 그리고 곧 자취를 감췄다. 에린은 로그 기록을 확인했지만, 적어도 건물 주변 150미터 이내에서 아바타가 생성된 기록이 없었다. 아무에게도 말하지 않지만, 그는 그 아바타가 안야가 틀림없다고 확신했다.

고등학교 시절 에린이 그녀에게 이것저것 소개해주었던 것들은 대부분 허사가 되었었다. 유일하게 성공한 것은 그 당시에 에린의 엄마가 수건으로 눈을 덮은 채 이어폰으로 감상하던 밴드의 음악뿐이었다. 2학년 어느 날엔가 그와 안야는 세미나를 취소하고 집에 일찍 돌아와있던 루나를 발견했다. 안야는 당황해하며 엄마가 듣고 있는 것이 무엇인지 아냐고 물으면서 자신의 휴대폰을 내밀었다. 당시는 에린도 그녀가 항상 꽂고

다니는 딱정벌레 헤드폰에서 음악이 흘러나온다는 것쯤은 알고 있었다. 하지만 다른 청각장애와 관련된 얘기와 마찬가지로, 그는 자세히 묻기가 꺼려졌다. 안야는 휴대폰을 다시 낚아챈 후 글자를 썼다. *음악=진동.* 그 표현은 그의 마음을 온통 휘저어놓았다. 그는 로버트 스미스의 〈포르노그래피〉를 틀어주었다. 그녀는 그를 잠시 쳐다보다가 이내 밴드 음반에 빠져들어 여덟 곡 전부를 플레이리스트에 저장했다. 특히 〈행인 가든(The Hanging Garden)〉은 고등학교 시절 내내 그들의 사운드트랙이 되었다. 로버트 스미스의 내지르는 목소리(떨어져, 떨어져, 떨어져, 뛰어내려, 뛰어내려, 시간에서 벗어나!)는 그들의 머릿속을 아드레날린과 엔도르핀의 병적인 불꽃으로 뒤흔들었고, 〈가든〉 속에서 일종의 음향의 팔림세스트처럼 되었다.

〈가든〉 아래에 있는 가든이라는 뜻이지? 그가 관찰한 것을 말했을 때, 그녀는 글을 썼다.

"일종의 그런 셈이지." 에린은 대답했다. "스미스의 〈행잉 가든〉이 망해버린 바빌론인 것 같니? 길을 잃고 악몽으로 변해버린 꿈과 같은 것?"

그녀는 펜을 움직였다. *에린, 모든 것은 돌연변이처럼 바뀌기 마련이야. 하지만 우린 G를 통제할 수 있어.*

"하지만 우리가 통제할 수 없다면? 우리가 책임을 져서는 안 돼."

우리가 노력하지 않는다면, 우리도 책임이 있어.

에린은 지하실 밖에서도 그 노래를 반복해서 틀기 시작했다는 애기는 그녀에게 하지 않았다. 로버트 스미스의 목청을 빠져나온 질식할 것 같은 노랫소리를 들었고, 드럼이 두드릴 때마다 관 속에 인간의 메아리를 가두고 못질하는 것 같은 기분이었다. 에린에게 남은 상처는 〈가든〉에 접속할 때마다 그를 따라다니며, 그의 악몽과 안야의 꿈을 조화시키려 애쓰며 보냈던 세월을 떠올리게 했다.

"가끔은 우리가 무엇을 구원하려는지 모르겠어. 그러니까 이상적인 인간의 미래란 것은 도대체 어떻게 생겨먹은 거야?" 그는 물었다.

처음으로 안야 역시 아무런 답을 하지 않았다.

#

두 번의 알림음이 그를 깜짝 놀라게 한다. 하나는 모티머의 문자 메시지다(게일은 대기 중임). 다른 하나는 악의에 찬 대화창이 에린의 노트북 화면에 번쩍이고 있다.

〈가든〉이 뚫렸습니다.
〈가든〉이 뚫렸습니다.

공포가 그를 휩쓴다. 오래된 악몽이 형태를 바꿔 그의 이성을 집어삼킨다. 〈가든〉의 무기화. 그는 VR 헤드셋을 끼고 녹색 지구를 클릭한다.

하지만 아무것도 변하지 않았다. 유행병이 나타나지도 않았으며, 건물에 침입한 사람도 없다. 구름은 하늘 위를 질주하듯 흘러

가고, 나무 꼭대기에는 돌풍이 불어온다. 개 공원은 텅 비어 있고, 몇몇 아바타들은 바람에 부서진 우산처럼 웅크리고 있다. 그는 엘리베이터를 타고 7층으로 올라간다.

팀원들은 모두 그곳에 모여 있다. 게일 사는 테스트할 시제품을 궤도에 올렸고 팀은 사전 점검 중이었다. 비록 예전의 훈훈한 분위기는 사라졌지만, 거침없던 시절에 뛰어났던 팀의 협업 능력이 떠오른다. 사람들은 숨겨진 바람구멍 즉 밀고자를 경계하고 있다. 모티머가 성큼성큼 걸어온다.

"새로운 움직임이라도 있어?" 에린이 묻는다.

모티머가 지도를 보여준다. 깃발들이 전 세계의 대도시 주변으로 모여들고 있다. 모티머가 지도를 줌 아웃 하자, 지구 대륙은 깃발 표시 대신에 운하들과 고속도로의 네트워크로 바뀌고, 그 위에는 녹색 허파처럼 주립 공원들과 아직 법적 보호를 받는 난민 수용소들이 점점이 표시되어 있다. 모티머는 주 정부의 국경선이 나타나자 그 외곽에 있는 작은 녹색 지구에 초점을 맞추고 스트리트 뷰를 띄운다. 가상 사무실에서 3킬로미터도 채 안 되는 거리에 있는 낯익은 공원 저수지가 보인다. 흰색 아바타 무리가 빨강 표식을 일렬로 하고 그 저수지에 옹기종기 모여 있다.

"모든 곳이 전부 똑같아." 모티머가 화면 배율을 낮추자, 아바타들은 하얀 점들이 모인 원처럼 보여서 다른 초록색 점과 파란색 점 주위에 백혈구가 증식하는 것처럼 보인다.

에린의 물리적인 전화가 울린다. 적어도 타이탄 사는 아니야. 너무 수상해. 모티머의 문자 메시지가 도착해 있다. 에린은

〈가든〉으로 다시 돌아온다. 지구본이 얼룩덜룩 병들어 보인다.

"해커 박테리아일까?"

최근 유명한 약리학 연구소를 습격하는 등 지난 10년간 주요 사이버 공격의 주범으로 지목되어 왔던 유령 해커 단체를 그는 거론한다. 그 단체는 사이버 파괴 활동에 대한 악명이 자자했지만, 아무런 디지털 흔적을 남기지 않고 교묘히 암약해온 것으로 알려졌다. 과연 그들인지에 관해 이렇다 할 증거는 없다.

"다시 줌인해 봐." 에린은 말한다.

아바타들은 여전히 저수지 주변에 모여 있는데, 이제는 파수꾼처럼 원 밖으로 방향을 틀고 있다. 아바타들은 비무장 상태로 보이지만, 그들이 알지 못하거나 발표하지 않고도 새로운 가젯들이 자주 설치되는 〈가든〉에서는 별 의미가 없다.

"집단 행동에 대한 규칙을 만들까?" 모티머가 묻는다.

"우리는 전체주의 국가가 아니야." 에린은 사무실 주변을 탐색하며 대답한다. 누구도 그를 쳐다보지 않고 있고, 누구도 긴장하거나 흥분한 것 같지 않다. 하지만 아바타는 노가쿠의 가면처럼 표현력이 뛰어나서 자유자재로 기분을 드러낼 수도, 감출 수도 있다.

방 건너편의 기후 패널에서는 폭풍이 북부 해안을 삼키고 있다. 곧 게일은 테스트를 위한 최적의 조건을 갖출 테지만, 더 많은 동부 해안 지역이 어둠에 잠길 것이다. 현실의 노트북에서 딩동 알람 소리가 난다. 데스크톱 알림 메시지. 그는 헤드셋을 들었다. 또 다른 알림창:

E는 에린의 E다.
E는 에린의 E다.
에린, 그녀를 초대했니?

모니터 화면 하단에는 낡아빠진 백팩의 아이콘이 떠 있다.

#

안야는 졸업하기 3주 전, 종적을 감췄다. 여느 때처럼 그들은 방과 후에 에린의 지하실에서 작업하고 있었다. 에린의 엄마는 저녁을 만들어줬고, 안야는 평소처럼 밥공기를 두 번이나 더 떠서 저녁을 먹었다. 그리고 백팩을 집어 든 그녀는 그의 배웅을 받으며 집으로 갔다. 쌀쌀한 밤이었고, 공기 중에 떠다니는 축축한 안개가 현관 센서등에 빛무리를 만들었다. 평소처럼 집으로 가는 길은 너무 빨리 끝났다. 그녀가 현관 진입로에 들어섰을 때, 에린은 너무 아쉬웠던 나머지 그녀의 백팩을 뒤로 끌어당겼다. 안야는 비틀거리며 웃었는데, 드물게 쉰 목소리로 신나게 큭큭 웃어댔다. 그녀를 따라 괜스레 행복해진 에린은, 현관 앞에서 불과 몇 발짝 떨어진 곳에 그녀를 남겨두고 자기 집으로 돌아갔다.

그러나 그 후로 안야는 그 현관문을 열고 들어가지 않았다. 그녀의 아버지가 자정 무렵에 전화했고, 그 후로는 경찰차의 불빛과 탐문으로 악몽이 이어졌다. 경찰은 아무것도 찾지 못했다. 다른 목격자나 실종자는 없었다. 다만, 그녀의 컴퓨터가 들어 있던 백팩은 찾지 못했고, 시체 역시 흔적조차 발견되지 못했다.

대부분은 안야가 납치되었다고 믿었다. 어떤 사람들은 해커 단체인 박테리아가 그녀를 고용했다고 믿었는데, 그 단체는 당시 정부의 기록물을 가짜 역사 자료로 바꿔치기하려고 시도했다가 연일 뉴스에 대서특필 중이었다. 이번에는 박테리아가 제2차 세계대전의 일본 세균전 부대와 관련된 비공개 기밀을 대거 유출했는데, 그 기밀에 따르면 미국 정부가 인간 실험 데이터를 대가로 얻으려고 일본군의 전쟁 범죄를 은폐하는 데 일조했다고 알려졌다. 수십 년 동안 역사가들이 미국이 일본 정부의 인체실험 데이터를 이용해 한국 전쟁 중에 세균 실험을 진행했다고 주장해 왔는데, 이번에 폭로된 자료가 바로 그 주장을 뒷받침할 만한 탄환을 제공했다. 공교롭게도 실종 시기가 맞아떨어졌기 때문에, 안야가 박테리아의 일원이었다는 주장이 신빙성 있게 퍼졌다. 더군다나 지역 뉴스에서는 명망 있는 전문가들이 등장해서 이번 사건에서 유출된 정보의 파급력(한 달 안에 분명해질 것입니다)과 해킹 방식 (청소년의 짓궂은 장난으로도 사고가 일어날 수 있어요), 봇과 가짜 뉴스가 범람하는 시대의 사회적 의미 (여러분, 이것이 고등학생들도 일으킬 수 있는 사이버 전쟁입니다) 등을 분석하며 따발총처럼 떠들어댔다. 반 친구들은 안야가 이 모든 것을 계획했고 결국 이 목적을 위해 에린을 이용했을 것이고 쑥덕였다.

에린은 자신이 어디를 가든 주위의 수군거림을 들어야 했지만, 되도록 아무것도 귀담아듣지 않으려 노력했다. 마치 오래된 필름의 릴이 끝까지 다 돌아간 뒤에 휙휙 펄럭이는 것처럼, 그들의 대화의 편린들이 계속 반복될 뿐이었다. 안야가 그에게 다시 소식을 전해올까? 이것이 그가 계속 던진 질문, 그의 남은 나날을 충동질

했던 희망의 맥박, 그녀의 문 앞에 서 있던 마지막 순간을 기점으로 한 바퀴, 또 한 바퀴 계속 돌아가는 수레바퀴였다.

하지만 그는 끝내 그녀의 소식을 듣지 못했고, 남은 학기는 숨죽은 듯 지나갔다. 그는 그녀의 숨겨진 메시지를 찾으려고 〈가든〉을 뒤졌고, 컴퓨터에서 알림 소리가 울리면 즉시 달려갔고, 그의 엄마가 만들어 준 음식을 안야의 아버지에게 가져다줬다. 그렇게 세상은 점점 변했고, 그는 외부와 단절한 상태에서 빈 공간으로 남겨두었던 흰색 배경 화면에 그녀를 그리기 시작했다. 그의 두려움이 어떤 소리, 장면, 또 다른 인간 형상을 만들어 내기 전에 그걸 지워버리려 했다. 에린은 그녀가 사라졌다고 믿었을까? 이런 질문을 그에게 던진 사람은 오직 기술에 문외한인 그의 엄마뿐이었다. 아무런 응답이 없었고, 그의 정지된 마음에 그저 단 하나의 질문과 하나의 이미지만이 메아리칠 뿐이었다. '그녀가 죽었는가?' 그리고 딱정벌레 모양의 헤드폰을 끼고 영원히 세상과 접속하고 있는 소녀의 이미지. 소녀의 몸은 모든 말초신경이 전자회로에 연결되어 있고, 소녀의 두뇌는 더 큰 네트워크에 접속해 있다. 소녀의 신경과 힘줄이 모든 시스템을 지배하고, 각기 다른 두뇌에 침투해서 그들을 잠에서 깨우고 작동시키고 생존을 위해 종을 진화해나간다. 세계에 개입하기로 마음먹은 소녀를 저주할 신들조차 없다. 신들은 모두 잠들어 있으며, 오로지 몇몇이 안야와 에린이라는 이름을 가진 소녀와 소년이 인류를 구원하기 위한 정원 〈가든〉에 나무를 심는 꿈을 꾼다. 다른 사람들은 운명의 기로에 던져지고 변절하고 뒤따르는 침묵에 갇혀 있을 때, 그때 그 모든 분쟁이 끝나면, 불타서 황무지가 된 대지는 인류가 소멸했지만 새 생명으로 가득한 봄을 기다릴 것이다.

에린은 헤드셋을 다시 쓴다. 〈가든〉의 사무실은 매우 조용하다. 게일 사는 온라인에 접속 중이며, 팀원들은 잠시나마 불신을 접고 테스트에 열중한다. 지도 위의 우주복 아바타들은 움직이지 않는다. 가상의 거리 밖은 바람이 휩쓸고, 도시 곳곳에 내리는 비로 인해 곧 태양에 장막이 드리워진다. 센서로 작동되는 불빛들이 전부 켜지고, 지난 세기말 물리적 세계에서 일어났던 전쟁 사이렌을 그대로 모방한 날씨 경보음이 울린다. 〈가든〉에 따르면, 지구가 진정으로 인류라는 짐을 내려놓기까지 수십 년이 더 있어야겠지만, 지금은 물리적인 세계에서도 뚜렷한 징후를 쉽게 찾아볼 수 있다. 이 몽유(夢喩)하는 온라인 세상(아침에 개업하면, 밤에는 번쩍이는 고층 건물을 세워 사업이 더욱 번창하는 식이다)은 과학의 기적에 기대어 인류의 꿈을 연장한다. 바로 커피 한 잔처럼 아주 구체적인 것이 하루 만에 홀로그램처럼 사라질 수 없는 그런 꿈. 그런데 이런 거대한 기획에서 인간 생존이 과연 어떤 가치가 있을까?

에린은 헤드셋을 든다. 노트북 화면에는 아직 메시지가 번쩍이고, 여전히 백팩 아이콘이 하나의 서명처럼 깜박인다. 안야일까? 혹은 안야가 아닐까? 백팩은 확실히 눈에 익어서 반송 주소를 적어놓은 메시지처럼 느껴진다. 그는 배낭 아이콘을 클릭했다. 아니나 다를까, 명령 프롬프트가 나타나고, 화면에 등장한 커서가 빈 상자의 무선 송신처럼 깜박인다. 안야가 아니래도 뭔 상관이람?

그는 핸드폰을 열고, 앱 폴더에 들어가 있는 오래된 앱을 검색한다. 그는 두 손을 노트북 위에 올려놓고 글자를 치고, 지우고, 또다시 친다.

　한참을 앉아서 도시 바깥 저 멀리, 태곳적 소리처럼 울부짖는 소리에 그는 귀를 기울인다. 그런 뒤에 그는 엔터를 누른다.

13장 반향정위(反響定位)

시각과 청각은 반사된 에너지의 파동을 처리한다는 점에서 가까운 사촌과 같다. 빛의 파동이 사물의 근원으로부터 출발하여 표면에 반사된 후 눈에 들어갈 때, 시각은 빛의 파동을 처리한다. 이와 유사하게, 음의 파동이 근원에서 출발하여 표면에 반사된 후 귀로 들어갈 때, 청각 기관이 음의 파동을 처리한다. 두 시스템은 반사 에너지의 복잡한 패턴을 수용하고 해석하면서 환경에 대해 가급적 많은 정보를 추출한다. 소리의 경우, 이 반사된 에너지의 파동을 '반향정위(echolocation)'라고 부른다.

                                                 – 위키피디아

에린과 엄마와 나는 (이모) 케이티를 방문 중이다. 이모를 괄호 안에 넣은 이유는, 케이티가 이 멍청한 호칭을 참을 수 없다고 말했기 때문이다(반면, 우리가 관찰한 바로는 그녀는 '닥터'라는 호칭은 마음에 들어하는 것 같다).

   그녀의 뾰족한 눈초리에 나는 혀가 오그라들어서 그녀에게 다시 반항할 엄두를 내진 못했다. 우리는 여름방학을 맞아 여기 보스턴에 와 있다. 엄마는 대학에서 강연(2024년: 난민 위기의 재조명)을 하고 있으며, 아빠는 세계 각국에 여행 경보가 내렸는데도 제

약회사 대표 회의에 참석 중이다. 아빠가 탄 비행기는 787 드림라이너로 순항 고도 약 43,000피트를 유지한다. 에린 말로는 아빠가 지금쯤 3만 피트 이상 떨어져 있을 거라고 하지만, 나는 그런 생각은 하지 않으려 노력한다.

에린은 나보다 3살이 많아서 책임감이 더 강한데, 지금은 노트북에 정신 팔려서 내가 어디에 있는지, 어디에 들어가려 하는지 전혀 눈치채지 못한다. 지금 나는 케이티의 침실 벽장 안에 있다. 뒤죽박죽 제멋대로 놓여진 물건들이 정말 굉장해. 온통 투명한 진주처럼 부드러운 은색이지만, 그래도 난 아무거나 만지지는 않는다. 하다못해 그녀의 멋진 구두 장식품인 우유빛 구슬들이 바닥에 쏟아져 반짝이고 있지만 말이야. 내가 손을 뻗어 만지려 하면, 벽장이 흐릿해진다. 눈을 비비면 바닥에 쏟아진 구슬들이 떠다니면서 자꾸 숫자가 늘어난다. 난 눈을 감고 뒷걸음질 쳐서 케이티의 방으로 다시 돌아갔어. 숨을 내쉬어보자. 시야가 또렷히 보이려면 집중이 유일한 방법이야. 요가 스튜디오에서 2,691마일 떨어진 이곳에서도, 엄마와 나, 그리고 이웃 아줌마들을 호흡 명상으로 안내하던 크리스틴의 목소리가 들린다. 뭐가 보이지? 크리스틴이 묻는다. 나는 파란색 페인트와 베이지색 사각형이 플라스틱 접이식 테이블과 냅킨 위에 쏟아놓은 땅콩으로 바뀌는 것을 본다. 의도성이 자신을 표현하는 관문이라고 크리스틴은 말했어. 나는 아빠의 787이 흔들리지 않고 날게 할 작정이야.

#

좋아, 신발들을 다 정돈해 놓았어. 케이티가 내가 들락거린 걸 금세 알아채겠지만, 워낙 바쁜 사람이니까 내가 정리 정돈해 준 것이 감사하겠지. 에린은 바빠. 오빠는 사춘기를 겪는 중이거든. 사춘기는 설명할 수 없는 방식으로 오빠를 짜증 나게 만들어. 그래서 나는 오빠에서 최소 3.8피트는 떨어져 있어. 그래도 그를 관찰하는 건 포기할 수 없지.

사춘기 이전의 에린과 이후의 에린. 둘 다 장단점이 있어.

▸ 단점: 음성 변화. 웃을 때 외계인 울음소리가 나. 괴상한 소리야. 게다가 오빠는 사람들이 그에 대해 미처 생각하지 못했던 것들을 생각한다고 비판해. 그는 정말 괴짜야.
▸ 장점: 지능 향상. 오빠는 이걸로 잘난 척하지만, 나는 상관 없다고 생각해. 지식은 힘의 한 형태이기 때문에, 아주 다방면의 출처로부터 수집되어야 해. 엄마는 내게 이 말을 명심해야 한다고 말했어.

"에린?" 내 눈이 오빠의 얼굴을 쳐다본다. "똥 의사('종양내과'를 가리키는 'onco(앙코)'를 비슷한 발음인 'unco(일본어로 '대변')로 잘못 듣고 착각한 것으로 보인다.-옮긴이)는 암 말고 다른 병을 고칠 수 있어?" 나는 오빠에게 눈빛 공격에 목소리 공격을 추가하고 있다. 3.8피트는 소리와 빛의 파장에는 별 의미 없는 거리다.

"똥 의사라고?" 하하하. "내가 이상하니?" 하하하.

그의 단점 중 하나는 바로 저 비꼬는 말투다. 나는 나중에 케이티에게 물어보기 위해 손바닥 위에 글을 적어놓는다.

2억 3천만 년 전에 처음 나타난 공룡은 6천 5백만 년 전에 대멸종 사건으로 인해 지구 지배가 끝났다. 공룡 중 한 무리는 현재까지 살아남은 것으로 알려졌다. 분류학자들에 따르면, 현생 조류는 수각류 공룡의 직계 후손이다.

- 위키피디아

공룡이 왜 지구를 지배했을까?

수각류 공룡은 새가 되었기 때문에 살아남았을까?

인간은 언제 출현했을까?

지금은 우리 인간이 지배하는 걸까?

대멸종 사건이란 게 무엇인가?

에린은 그의 접속 코드로 돌아가고 더는 검색하기를 거부한다.

#

"그만해. 왜 자꾸 눈을 비비니?"

에린은 내 눈이 마음에 안 드나 봐. 등을 돌려서 눈을 계속 비빈다.

"경고할게, 메이." 오빠가 말한다.

나는 거실로 가서 몰래 눈을 비빈다.

#

옛날 옛적에 사람들은 로봇이 지구를 점령하거나 자신들의 직업을 빼앗을 것으로 생각했다. 물건을 제조하는 가난한 사람들이 아직 있기는 하다. 하지만 고향에 돌아온 이웃인 재키는 지구가 불모지로 변할 때 대비해야 한다고 주장한다. 그렇지 않으면 벌레 껍데기처럼 내쫓길 때까지 땀 한 방울까지 짜내는 더운 공장에서 조립하면서도, 에어컨 같은 물건을 구매할 엄두도 내지 못하고 살게 된다고 말한다. 몰인간성을 생각해, 그녀는 늘 말한다. 그리고 사람들은 최저임금조차 받지 못해. 그건 법이 보장하는 최소한도인데 말이야. 나는 항상 말한다. 그러면 재키의 눈이 빛난다. 오, 자기야. 최저임금은 잊어버려. 그들은 아무것도 못 받아. 하늘에 맹세코, 지금 그들이 받는 것이 전부야. 어느 누가 그 정도 돈으로 입에 풀칠을 하겠니? 직원 할인이 있다손 치더라도, 에어컨을 살 수 있겠어? 재키는 에어컨을 싫어한다. 에어컨은 부자들을 더 부유하게 만들고 대지를 더 뜨겁게 만들어서 결국 그녀에게 기이한 냉기를 돌려줄 뿐이다. 괴물 같은 아이러니의 냉기. 그녀는 늘 에어컨 불매운동을 주장한다.

아빠는 재키를 인정하지 않는다. 아빠는 재키와는 눈도 마주치지 않겠다고 말하는데, 재키는 두 사람이 서로 다른 눈높이에서 바라보기 때문이라고 말한다. 아빠와 엄마는 눈높이가 달라도 항상 서로를 바라보고 있는걸. 아빠는 말한다. 누구나 다른 사람의 인생을 망치면 안 돼. 사람들은 일자리가 필요하고, 회사는 일자리를 제공해. 그런데 재키는 에어컨 불매운동 말고 사람들을 위해 도대체 뭘 하는데?

엄마는 재키 자체를 비난하지는 않아. 엄마는 재키가 반대하는 것은 바로 착취라고 말한다. 그리고 우리는 어디서부터든 시작해야 하고, 그 작은 시작이야말로 중요하다고 말한다. 엄마도 재키처럼 오늘날 진짜 전쟁은 기후와의 전쟁이라고 믿는다. 그리고 책임을 골고루 나누기 위해 '우리'라고 말한다. 내 생각엔, 우리는 프랑스인 같아. 그래도 엄마는 내게 재키가 하는 말에 집착하지 말라고 얘기한다. 심장은 정의의 편에 있더라도 항상 최고의 결과로 이어지는 것은 아니니까. 하지만 엄마도 모르는 사실은 재키가 우주와 관련 있다는 거야. 재키와 같은 사람은 지식을 알수록 책임을 느끼고, 그걸 제대로 보지 못하면 더는 살 수 없다고 똑똑이 느낀다는 것이다. 종종 맹목적인 자기만족을 장려하도록 설계된 사회에서 그런 사람들은 외면받기 마련이다. 언젠가 진실이 우리가 아는 세상을 지배하고 재조직하겠지만, 재키는 과연 그런 날이 올지 회의적으로 생각한다. 하지만 재키를 피하는 에린조차 그런 날이 온다는 것은 부정하지 않는다. 바로 종말의 날 말이야.

#

오후 2시 43분. 지붕 홈통 위에서 새들이 지저귀고, 풀밭에서 다람쥐들이 갈색 물결을 일으킨다. 일몰은 오후 7시 47분으로 예정되어 있다. 그 말은 햇빛이 사그라질 때까지 5시간 4분이 남았다는 뜻이야. 나는 케이티의 거실 한복판에 가서 숨을 내쉰다.

#

폭발적 감압: 기내 압력이 급격히 떨어지면 공기가 있는 (고막과 폐 같은) 신체 부위가 팽창해서 물집이 생기거나 튀어 오르는 현상.

– 위키피디아

에린의 말로는, 그런 항공 사고는 70년 전인 1954년 이후에 10번 정도 발생했기 때문에, 통계적으로 매우 낮은 수치라고 한다. 하지만 확률이 낮다고 해서, 사건이 절대 일어나지 않는다는 의미는 아니잖아. 그렇지?

"이게 도대체 뭐야?"

일본의 자살 어뢰 가이텐 발견. 목요일, 9년 동안 실종된 말레이시아 항공 370편을 수색 중이던 잠수부 자원봉사자들이 제2차 세계대전 당시의 것으로 추정되는, 일본의 유인 어뢰인 가이텐을 발견했다 … (가이텐에 관한 전체 기사를 읽으려면 가입하거나 구독 신청을 하세요) …

가이텐(回天)은 문자 그대로 '하늘로 돌아간다'라는 뜻으로, 제2차 세계대전이 끝날 무렵 일본 제국의 해군이 사용한 자살용 어뢰이다. 특수 공격부대에 의해 운용된 첫 번째 가이텐은 93식 어뢰 엔진으로, 조종석에는 실린더가 부착되어 있다. 초기 설계에는 조종사가 목표물을 향해 최종 가속을 한 후 탈출할 수 있었지만, 나중에는 일단 투하되면 조종사가 내부에서 해치를 열 수 없게 만들었다. 가이텐은 공격이나 어뢰 수송이 실패할 때를 대비하여 자폭 장치가 설치되어 있었다.

– 위키피디아

"그래서 누가 이 안에 들어 있었다는 거야?" 에린은 뉴스 기사에 실린 초록빛 심해 이미지를 보면서 말한다. "사람이 진공으로 밀폐된 곳에 들어있는 것 같은데, 마치 통조림처럼?"

효과성[편집]: 미국 소식통들은 유인 어뢰의 장점에도 불구하고 실제 침몰에 성공한 것은 오직 두 번뿐이었다고 주장하는 반면, 일부 일본 소식통들은 가이텐의 성공률이 훨씬 높았다고 주장한다.

– 위키피디아

"정말 미친 짓이야." 에린이 말했다. "그런데 제2차 세계대전이 대체 언제야?"

#

"에린, 우리 아빠 비행기를 둘러볼 수 있어?"

#

케이티 집에는 여섯 개의 창문이 있다. 주방에 한 개, 화장실에 한 개, 침실에 두 개, 거실에 두 개의 창문. 내가 가장 좋아하는 거실 창문에서는 분수대와 참나무 한 그루가 있는 뜰이 보인다. 여름이면 햇살에 눈이 부시고, 가을이면 눈송이가 창문 유리에 흩날리는 이곳 뜰에는, 현재 안전을 위해 폐쇄한다는 안내문이 붙어 있다. 에린은 어차피 뜰에 나가는 사람이 아무도 없는데 왜 안내문을 붙여놓았는지 갸웃거린다. 내가 왜 그렇게 생각하냐고 물었더니, 오빠는 안뜰은 박물관처럼 눈으로 보고 즐겨야 하는 하나의 아이디어와 같은 것이라고 설명했다. 저 고대의 물건처럼 보이는, 오층 높이의 분수대 안에 들어 있는 U자 모양의 갈색 돌을 보렴. 아주 오래전부터 있었고 앞으로도 영원히 존재할 것 같지 않니, 그렇지? 그런데, 그럴 생각이 없다면? 나는 짐작해본다.

에린은 눈동자를 굴렸다. 우리가 묻고 싶은 것은 누가 수혜자인가야. 누가 소유권을 확인해줄까?

적어도 재키는 아니야. 나는 말을 천천히 따라하면서 다시 추측해본다. 수-혜-자?

맞아. 오빠는 말했다. 오빠는 '지식에 근거한 나의 추측'보다 자기 자신이 더 자랑스러운 것 같다.

그래서 케이티가 아파트를 산 거야?

에린은 얼굴을 찡그렸다. 오빠는 안야와 사랑에 빠졌지만, 케이티에게 반해 있었다. 안야는 오빠보다 훨씬 뛰어난 프로그래머인데 항상 노트북에 그림을 그리고 있고 성격이 아주 복잡하다.

"너는 아무 단서도 없이 말을 마구 던지네." 오빠는 말했다.

나는 펜을 클릭하고 손바닥에 글을 썼다. 분수가 가짜인지 케이티에게 물어 보는 걸 잊지 마.

#

오후 4시 12분. 소파에 무릎을 꿇고 거실 창문에 얼굴을 바싹 갖다 댔다. 4층 하단에는 분수대의 천사상이 보인다.

"안야는 저 분수대를 마음에 들어 할 거야. 그녀는 벌거벗은 아기 천사상을 좋아하거든." 나는 말했다.

소파에 있는 에린이 창가에서 나를 끌어낸다.

"이러다 창문을 뚫고 들어갈 기세로군." 오빠는 말한다.

나는 잠깐 멈췄다가 좀 더 조심해서 얼굴을 갖다 댄다.

"안야는 태어날 때부터 귀머거리야? 그녀가 오빠 목소리를 전혀 모른다는 것이 이상하지 않아?"

에린은 책 한 장을 넘긴다.

"안야는 도대체 무엇을 그리고 있어? 오빠를 그리는 거야?"

그는 책을 한 장 더 넘긴다.

"안야는 오빠가 수화하는 걸 봤다고 했어. 오빠가 연습하는 걸 그녀도 알고 있어. 안야와는 수화로 말할 거야, 에린?"

에린은 책을 털썩 내려놓고 화장실로 터벅터벅 걸어간다. 케이티가 여기 있으면 그는 문을 닫고 볼일을 볼 텐데, 지금 케이티는 사무실에 있으니까 그가 오줌 누는 소리까지 들어야 해. 오빠는 아주 오래 볼일을 보고, 물을 내린 후 수도꼭지를 틀었다. 그가 돌아왔을 때 청바지 위에 손을 닦은 자국이 두어 군데 있다.

"물을 절약하려면 먼저 마음을 성찰해야 한대." 나는 말한다.

에린은 책을 집어 든다. 누구든 자신을 방해하지 말라는, 굳센 의지의 표시다. 하지만 내게 3.8피트 떨어져 있으라고 말할 수는 없어. 그래서 난 오빠에게 좀 더 가까이 다가간다.

"안야는 소리가 그리워서 그림을 그리는 거야?"

에린은 꿈쩍도 하지 않는다. 사춘기는 참으로 강력해. 창문에 파리가 자꾸 달라붙는다. 유리를 툭툭 두드리자, 파리는 유리에서 떨어져 나와 창문턱을 따라 윙윙댄다.

"안야라면 앞마당에서 오빠랑 키스해 줄지도 몰라."

에린은 책을 쾅 내리쳤다. 그는 인상을 썼지만, 파리는 창가에서 다시 커피 탁자로 날아갔을 뿐이다. 에린은 파리를 썩 잘 잡았다. 엄마는 그가 책으로 파리를 잡는 것을 싫어하지만, 에린은 사냥 무기로 책을 선택했고 지금도 책으로 내려칠 작정이다. 내 마음속에, 거인의 손바닥이 책을 잡고 바닥 위로 던져버리는 상상을 한다. 하지만 내가 뭔가 재미있는 이야기를 하면, 오빠가 내게 말을 걸어줄지도 모른다.

"잘 했어! 파리떼가 지구를 정복하면, 사람들이 오빠에게 큰돈을 줄 거야."

에린의 눈이 내 쪽을 휙 쳐다본 후, 책을 쾅 내리치고는 파리가 잡혔는지 살펴본다.

#

"메이, 이 녀석! 도대체 왜 그러는 거야?" 에린은 바닥에 떨어진 책을 움켜쥐고 나를 노려본다. 그는 노려보는 데는 일가견이 있다. 그런 오빠를 다시 못 본다면 그리울 것 같아.

#

고래는 육지에 사는 포유류의 후손이다. 그들은 하마와 가장 가까운 종족이다. 이 두 종은 약 5천4백만 년 전 공통된 조상으로부터 진화했다. 고래는 대략 5천만 년 전에 바다로 들어갔다.

- 위키피디아

왜 하마가 아니라 고래가 바다에 들어갔을까?

왜 어떤 종은 다른 종보다 더 오래 살게 되었나?

5천4백만 년 전에 무슨 일이 일어났을까?

#

787항공편은 가장 크다고 알려진 고래보다 약 2.25배 더 길다. 가장 긴 여객기라는 기네스 세계 기록을 보유하고 있다. 많은 문화권에서 7은 행운의 숫자이고 8도 마찬가지이다. 4만 피트 이상의 높이에서 787편은 대기의 거대한 주먹에 잡힌 파리와도 같다.

또한 말레이시아 항공의 370편은 세상에 알려진 가장 큰 고래보다 더 컸는데, 마치 이 세상에 존재하지 않았던 것처럼 사라졌다.

#

"에린, 그들이 어뢰를 터뜨렸다고 생각해?"

#

케이티의 뜰은 담장 끄트머리에서 끝난다. 담장의 맞은편에는 다른 잔디밭이 있는데, 벽돌집과 테라스, 두 개의 정원 의자를 가릴 정도로 수풀이 무성하고 빽빽하다. 에린 말로는 거기서 햇볕을 쬐며 빈둥대는 사람들을 봤다고 하던데, 아무래도 그가 본 것은 귀신들이 아닐까.

낮에 유령을 볼 수 있나요? 어젯밤에 케이티가 집에 왔을 때, 나는 그녀에게 질문했다.

내가 개인적으로 본 적이 있냐는 질문이야? 아니면 유령이 낮에 나오는지 묻는 거야? 케이티는 나에게 되물었다.

나와 에린 모두 케이티의 정교한 논리 구분에 감명받았고, 삽시간에 그녀를 스파크('스타트랙'의 등장인물-옮긴이)나 셜록 홈스, 이성과 계몽의 시대의 위대한 후손들과 같은 반열에 올려놓았다.

글쎄, 난 낮이든 밤이든 귀신을 본 적이 없어. 그렇다고 유령이 존재하지 않는다는 것을 의미하지는 않겠지. 케이티는 말했다.

케이티는 존재하는 것들을 항상 볼 수 있나요?

적어도 증거는 볼 수 있겠지. 내 생각엔 말이야.

그럼 케이티는 존재하는 것들만 볼 수 있나요?

케이티는 곰곰이 생각했다. 난 내가 그랬으면 좋겠어. 하지만 때때로 사람들은 아무도 하지 않는 것을 보기도 하지.

셜록 홈스처럼 말이죠. 나는 말했다.

헤헤 헤헤. 메이는 셜록 홈스와 사랑에 빠졌다.

나는 셜록 홈스를 사랑하지 않아.

케이티가 내 손을 낚아채며 말했다. 하지 마.

메이가 아까부터 미친 듯이 눈을 비벼대요. 에린이 케이트에게 일러바쳤다.

눈이 아프니? 케이티는 내 눈꺼풀을 뒤집어본다. 결막염처럼 보이지는 않지만, 안 그렇다고 장담할 수 없구나. 안약이 있는지, 내가 가 볼게.

케이티는 계몽주의적이다. 그녀는 주의 깊게 보고 또 본다. 하지만 그렇다고 그녀가 항상 안다는 뜻은 아니다. 보는 것이 항상 아는 것은 아니니까. 또한 어떤 것을 본다고 해서 항상 모든 문제를 해결할 수는 없다. 인간은 종종 자신이 보고 싶어 하거나 보고 있다고 믿는 것만 보니까. 아빠가 말해준 얘기야. 믿거나 말거나. 아무도 당신을 보고 싶어 하지 않는다면, 그렇다고 당신이 존재하지 않을까? 당신이 보고 싶은데, 어떤 것도 볼 수 없다면 어떡해? 아니면 들을 수는 있는데, 볼 수는 없다면? 에린 앞에서는 더 질문하지 않기로 결심했다.

#

"고소하군. 케이티가 아마 널 죽이려 들걸."

에린이 부엌에서 발가락으로 나를 쿡쿡 찌르고 있다. 나는 케이티의 싱크대 아래 수납장에 숨었다. 세제(화학제품), 설거지용 고체 세제(화학제품), 23개의 플라스틱 용기를 담은 재활용 가방.

"안야와 대화는 즐거웠어?"

에린은 발로 툭툭 치는 것을 그만두고, 냉장고로 가서 얼음을 꺼낸다. 그가 조리대에 기대어 바삭바삭 얼음을 깨문다. 그 소리는 나를 떨게 한다.

"넌 정말 괴짜야, 알고 있니?"

"오빠는 정말 불공평해. 알고 있어?"

에린이 가버리자, 나는 벽장에 몸을 기댄다. 눈을 감고 숨구멍을 열면, U자형 파이프에서 추위가 느껴진다. 벽장 안은 따뜻하지만, 여기저기 긁힌 자국투성이에 곰팡내가 난다. 나무 위의 울퉁불퉁한 자국을 손가락을 더듬는다. 비밀 보조개 같은 갈라진 틈과 흠집들, 반쯤 벗겨진 딱지 같은 축축한 조각들, 그때 뭔가를 건드렸다. 스펀지 같은 둥지. 손가락을 움찔했지만, 움츠리지는 않았다. 어둠은 적이 아니다. 두려움이 적, 우리 인류의 으뜸가는 적이다. 재키는 두려움을 지지하지 않는다. 만약 당신이 항상 두려움 때문에 반응을 하거나 결정을 내린다면, 어떤 일이 일어날지 생각해 보라. 재키는 미리 준비하기를 선택한다. ⒜ 가장 최악의 것을 막기 위해 그녀가 할 수 있는 일을 하면서. 그리고 ⒝ 완전무결하게 생존하기 위해 그녀가 할 수 있는 일을 하는 것은 실패로 돌아간다.

#

아빠 응가야말로 가장 최악이다. 알다시피, 나는 13일의 금요일에 태어났기 때문에 망할 운명이야, 그는 말한다.

아빠는 이성을 믿는다. 즉 이성이 지배할 것이라고 믿는다. 엄마는 그의 말이 옳았기를 바라지만, 인간을 신뢰하지는 않는다. 이성, 기술, 과학이 우리를 어디로 데려왔는지 봐. 엄마는 말한다.

#

"비행기를 보고 싶어. 보고 싶다고."

#

케이티는 의사다. 그래서 그녀는 기본적으로 모든 가능성을 믿는다. 여전히 그녀는 '최악의 것'을 믿지 않는 것처럼 살아간다. 어제 그녀의 냉장고에는 토마토 페이스트 한 통, 사과 세 개, 유기농 병아리콩 한 통이 있었다. 케이티는 예측불허의 상황을 미리 계획하지 않는다. 냉장고에 식료품이 부족하다면, 슈퍼마켓에서 풍요를 찾으면 된다고 생각한다. 케이티는 일을 해결한다. 그래서 어젯밤에 퇴근해서 집에 돌아온 후, 그녀는 슈퍼마켓에 갔다. 여름이라서 여전히 불빛은 꺼져 있고, 회색 가로등은 숨을 죽이고 있다. 저걸 봐, 라고 케이티가 말했다. 위를 올려다보니 하늘 위로 그림자가 번쩍이는 것이 보였다. 눈을 깜빡이자, 어떤 그림자가 갈지자로 기우뚱하더니 구름을 집어삼켰다. 눈을 비비니까, 그 그림자가 다시 어슬렁거리다가 저 멀리 번개 같이 불빛을 조각내며 우리의 눈을 부시게 한다. 전신주 위에 앉은 한 까마귀가 우리가 식료품이 옮기는 것을 바라보고 있다.

#

"메이?"

"왜?"

"너 그거 알아?"

그래. 나는 알고 있다. 에린은 나의 오빠다. 내가 무엇을 하는지 알려고, 구태여 나와 같은 방에 있을 필요는 없다. 재키는 그것을 영혼의 눈이라고 부른다. 즉, 아는 것은 보는 것과 독립적이며, 보는 것이 항상 아는 것에 도움이 되지는 않기 때문에, 아는 것이 보는 것보다 우위에 있다는 뜻이다. 이마가 따끔거리니? 그래. 그게 오빠가 알고 있다고 아는 방식이다.

나는 양손을 꽉 쥐고 앉아서, 나의 앎을 눈동자에서 이마로 끌어당기기 위해 정신을 집중한다.

#

'인간'이란 용어는 인류라는 종을 의미한다. (H) 과학자들은 인류가 약 500만~700만 년 전에 공통 조상인 침팬지에서 갈라져 나와 여러 종과 현재 멸종된 아종(亞種)으로 진화한 것으로 추정하고 있다.

학계에서 현대 인류가 '혁명'(인간 의식의 빅뱅)의 결과인지, 아니면 보다 점진적인 진화의 결과인지에 관한 논쟁은 여전히 뜨겁다. 아프리카 외생모델에 따르면, 20만 년 전 아프리카에서 진화한 현생 H. 사피엔스는 7만 년~5만 년 전부터 이주를 시작했고, 결국 아시아에 거주하던 H. 에렉투스와 유럽에 거주하던 H. 사피엔스 네안데르탈렌시스를 대체하게 된다. 미토콘드리아 DNA연구 결과에 따르면, 모든 현대 인류는 미토콘드리아 이브라고 불리는 아프리카에서 온 여성의 후손이라는 아프리카 외생모델이 학계에서 설득력을 얻고 있다. 인간과 침팬지의 DNA는 96% 정도가 일치하며, 다른 포유류에 비해 이례적으로 빠른 변화를 보인다. 이러한 변화는 소리의 인식, 신경 신호의 전달, 정자 생산과 관련된 유전자의 종류를 포함한다.

– 위키피디아

왜 인간은 침팬지로부터 분리되었을까?

왜 어떤 인류는 살아남았고 또 다른 인류는 살아남지 못했을까?

왜 우리는 다른 포유동물들과 달리 변하고 있는 걸까?

우리는 모두 변하는 거야, 아니면 일부만 변하는 거야?

빨리 변화한다는 것은 얼마나 빠르다는 걸까?

미토콘드리아 이브는 누구였을까?

글쓴이의 말

아담은 어디 있어?

"어뢰에 누가 있었는지 알 수 있을까?"

오후 5시 45분. 2시간 2분 남았다. 바깥세상에는 수화를 배운 고릴라들과, 박쥐나 고래처럼 보는 법을 배운 인간들이 있다. 다니엘 키쉬는 그런 인간이다. 벤 언더우드도 마찬가지다. 알바레즈-존슨 씨는 그것을 '인간 반향정위'라고 불렀다.

인간의 반향정위: 입천장 닫힘 같은 인간이 사용하는 소리를 사용하여 주변 환경을 탐색하는 학습된 기술.
구개음(입): 혀를 입천장에 갖다 대고 탁탁 내는 소리. 구개음은 시각장애인이 물체의 거리, 크기, 위치를 파악하고 자신의 위치를 파악하기 위해 가장 많이 사용하며, 소방관 등 구조대원에게도 귀중하게 쓰일 수 있다.

– 위키피디아

너는 어떻게 할 생각이니? 마치 태양이 푸른 하늘을 불현듯 가리듯 땅과 하늘, 바다와 사람들이 폭발하는 것을 어떻게 막을 것인가? 또한, 끝없이 펼쳐진 군도의 해변가에서 잃어버린 문명의 짙푸른 상형문자인 듯, 영원한 어둠 속에서 형광성을 띠는 녹조가 누출되는 것을 어떻게 막을 수 있을까?

"에린? 내가 장님이 되면, 맨 처음에는 오빠가 책 읽어 줄 거야?"

에린이 올려다본다. 처음에 그의 눈은 텅 비어 보였다. 그런 다음에 나는 점점 눈을 크게 떴고, 공포의 올챙이가 엄습했다. 그는 휴대폰을 확인해본다. 엄마가 오려면 한 시간 더 있어야 하고, 케이티는 더 늦게 올 것이다. 그는 탁자를 두드린다. 두드리고 두드린다. 그런 다음에 내 의자를 오빠의 옆에 끌어당기고 나를 봤다. 3.8피트 법칙을 어기면 안 된다는 것을 오빠도 알고 나도 안다. 그리고 오빠는 엄마한테 고자질할 거야.

#

태양은 진화의 거의 중간 단계에 있다. 50~60억 년 후에 태양은 적색거성 단계에 진입할 것이며, 그 기간에는 바깥 표면이 뜨거워지고 팽창해서 결국 지구의 현재 위치까지 도달할 것이다. 최근의 연구에 따르면, 태양의 중력이 감소하면서 태양이 지구를 집어삼키는 위험은 벗어날 수 있지만, 지구의 물이 끓고 지구의 대기가 우주 공간으로 빠져나가는 것은 피할 수 없다고 한다. 그러나 그보다 훨씬 전, 이르면 지금으로부터 9억 년 후, 지구의 표면이 너무 뜨거워져서 우리가 현재 알고 있는 생명체가 생존하기는 어려울 것이다. 그리고 10억 년 후, 지구 지표에 있는 물은 모두 증발할 것이다.

- 위키피디아

고래가 두더지 크기로 줄어들어 지구로 들어올까?
그때쯤이면 고래들은 지하세계를 보는 법을 배울까?
인간은 어디에 있을까?
사람들도 지하세계를 보는 법을 배웠을까?
우리는 왜 존재하는 거야, 에린?
바깥에 또 누가 있어?

글쓴이의 말

우리를 어떻게 찾을까?

그들이 우리의 이야기를 해 줄까?

우린 어떻게 되는 거야, 에린? 우리가 "종말"을 만들어 내는 걸까?

에린, 우리는?

우리는?

우리는?

글쓴이의 말

단편 모음이 하나의 책으로 만들어질 때까지 정말 많은 것들—책, 미술, 영화, 음악, 여러 경험들—이 촉매제가 되었기에 여기에 모두 나열하는 것은 불가능하다. 하지만 몇 가지는 반드시 언급하고 싶다. 제5장인 〈피고인〉은 이시카와 준(Ishikawa Jun)의 《폐허의 예수》(1946년)에서, "노인과 더헤븐리 커튼 호텔 희망의 집" 부분은 호타 요시에(Hota Yoshie)의 《노인》(1952년)에서 일부 차용하여 개작했다. 두 단편은 모두 영어로 번역되어 있다. 제10장인 〈파빌리온〉에서 두 등장인물은 호르헤 루이스 보르헤스(Jorge Luis Borges)의 《두 갈래로 갈라지는 오솔길들의 정원》(1958년 번역)을 직접 인용하면서 서로 대화를 나누는 형식으로 전개된다.

　보다 세부적으로 살펴보면, 제12장 〈가든, 종의 생존 원리〉에서는 큐어(The Cure)의 노래 〈행잉 가든(The Hanging Garden)〉에서 나오는 가사를 인용했으며, 제5장 〈피고인〉에서 노인이 읊는 대사는 지난 세기의 전환기 일본에서 대중적인 인기를 끈 "우츠쿠시키 텐넨(Utsukushiki Tennen)의 노랫말을 번역한 것이다. 제13장인 〈반향정위〉에서는 집필 당시에 위키피디아에 실린 항목 중에서 '인간 반향정위', '공룡', '폭발적 감압', '가이텐', '고래', '인류', '태양'을 각각 발췌하여 인용했다. 제9장인 〈패싱〉은 일본 우화인 《우라시마 타로》로 시작했으며, 특히 이 우화가 일본의 중요 문화유산의 하나라는 점에 주목해주기를 바란다. 이 우화는 매우 다양한 판본이 있지만, 가장 쉽게 접해왔던 판본을 중심으로 소개했다. 마지막으로 '패싱'의 말미에 인용된 대목은 키미코 한(Kimiko Hahn)의 시집 《휘발성》(1999년)에 실린 도발적인 주이히추 풍의 시 "블라인드 사이드(Blindsided)"에서 영감을 받았다.

　이 책을 쓰는 동안 나는 종종 역사적 내용과 나의 입장에 대해 여러 질문을 받아왔다. 이를테면 이 책이 실제 인물들과 사건들에 얼마나 의존하고 있는지, 그리고 어디까지가 역사적 허구인지 등의 물음은 대답하기에 쉽지 않다. 다만, 내가 말할 수 있는 것은 아마 시간, 장소, 사건을 있는 그대로 포착하기보다는 작가로서 책임 의식을 지니고 문학으로 표현하는 데 관심을 쏟았다는 것뿐이다. 이런 연유로 나의 책은 역사와 역사의 관념을 학술적, 대중적, 허구적으로 표현하고 논의해 왔던 다양한 관점의 텍스트와 미디어와 깊은 관련이 있다.

　하나의 문학 장르인 역사 소설에 관해서 말할 때, 우리는 종종 역사의 근원적인 접근성을 당연시하는 경향이 있다. 그리하여 역사가 특정 시간과 장소에 얽매여 있는 객관적인 사건이며, 대부분 세부적인 디테일, 사람들이 어떤 옷을 입고 있는지, 거리는 어떻게 보이는지, 어떤 '사실'이 실제 일어났는지 등을 취사선택해서 전시하는 것임을 종종 놓치게 된다. 나는 이 단편 모음이 이러한 개념을 더욱 복잡하게 보여주는 동시에, 역사가 어떻게 만들어지며, 영위되고, 기억되고, 재생산되고, 이용되는지, 그리고 무엇보다 역사의 배경이 되는 시공간에 어떻게 구속되지 아니하는지에 관한 물음에 불을 지피고 싶었다.

제2차 세계대전은 특정한 사람들과 사건들로 시작되었거나 끝이 난 것이 아니다. 전쟁의 뿌리는 오래전에 심겨진 소중한 가치로 거슬러 올라가야 하며, 전쟁의 파괴력은 아직도 그 불꽃의 힘을 잃지 않았기 때문이다. 그러한 연쇄 고리는 여전히 풀리지 않은 채 남아 있다. 나는 요즈음 나의 철학적 뿌리였던 할아버지가 과연 현재 우리의 세계가 그리는 궤적을 어떻게 평가하셨을까 새삼 궁금해진다. 그분은 1916년 태어나셔서, 제2차 세계대전 당시 군용기를 만든 일본 기업에서 오랜 세월 노동자로 일하셨으며, 그 후 96세의 나이에 자연사로 작고하셨다.

옮긴이의 글

미국 이민사회에 나타난 인종주의의 양면성

일본 여성작가인 세리자와 아사코(Asako Serizawa)의 첫 번째 장편소설《상속자들(Inheritors)》은 제2차 세계대전을 중심 테마로 하여 1913년 전전세대(戰前世代)부터 2035년 이후 미래세대에 이르기까지 150년 동안 5세대에 걸친 가족 일대기를 다룬다.

이 소설에서 등장하는 가계도는 농학자인 마사유키와 아내 타에코의 자녀들인 장남 사다오, 둘째 아유미, 막내아들 마사하루를 통해 각기 다른 방향에서 일본 현대사를 조망한다.

먼저 마사유키의 딸 아유미에 관한 이야기는 제1부 1장 〈비상〉과 제6부 11장 〈농작물〉에서 다뤄진다. 농학자인 부친 마사유키를 따라 여행을 갔다가 미국 캘리포니아에 터전을 잡은 이민 1세대인 아유미는 전쟁 기간에 미국 사회의 경멸과 비난, 폭력의 위협을 일상적으로 겪게 된다. 미국인과의 결혼에도 불구하고, 그녀는 여느 일본계 미국인들처럼 만나자르 수용소에 언제든 강제 수용될 수 있다는 근원적인 불안감을 완전히 해소할 수 없다. 또한 피임 시술을 위해 '자궁'을 검사당하는 굴욕은 비록 그녀가 개인적으로 맞닥뜨린 상황이지만, 미국이라는 영토의 경계 안에 위치한 소수자의 위치를 환기하며, 미국 자선정신이 베푸는 시혜의 대상이 된 원폭피해자 '히로시마의 처녀들'과 유사한 불안정성을 대변한다. 그녀는 말년에 결국 아이들의 이름과 거리의 이름을 차례로 망각하게 되는데, 이러한 소외의 경험과 자기 정체성의 불안은 11장 〈농작물〉에서 농학자이며 공학 애호가인 부친 마사유키가 품은 인류 진보에 대한 낙관주의적 견해와 대비된다.

일본 역사학자인 다카시 후지타니(Takasi Fusitani)는 《총력전 제국의 인종주의》라는 책에서 일본과 미국이 마치 쌍둥이처럼 각각 자국 내에 있던 조선인과 일본계 미국인을 강제수용소로 감금하는 과정을 기술하면서, 식민주의를 표방한 두 개의 국가가 어떻게 식민주체와 식민지민 간의 관계를 다뤘으며, 어떻게 정치적 합리성이라는 명분을 내세워 억압을 합리화했는지를 비판한다. (예를 들어 일본의 한 영화제작자가 "일본의 거리에서 구걸하던 흰 옷 입은 상이군인들은 모두 조선인"이라고 회고하는 대목(Ibid, 34쪽 재인용)을 보면, 제2차 세계대전을 일본인의 구도에서 접근할 경우 총체적 시각을 놓칠 수밖에 없다.) 작가는 이렇듯 제1부를 통해 '배타적 인종주의'와 '가면을 쓴 친절한 인종주의'가 종국에 도달하는 최종적인 폭력성을 암시한다. 동시에 이 소설의 시작을 이민 첫 세대인 아유미부터 출발하면서 차례로 일본 외부의 삶(제1부), 일본 내부의 삶(제2부에서 제6부), 미국 이민사회의 삶(제7부)으로 계속 시선을 이동하면서 서사의 완결성을 갖추고 있다.

옮긴이의 글

대동아 공영권: 의식의 이중성과 복제된 육체

제4부에서는 장남 사다오의 가계가 다뤄진다. 일본 관동군 731 부대의 생체 실험과 인간어뢰 '가이텐' 작전 등 일본 제국주의와 인종주의가 얼마나 거칠고 야만적이었는지에 관한 생생하고 순도 높은 기록을 증언한다. 사다오는 의학계의 야심을 위해 '핑팡' 프로젝트에 자원하며 (7장 〈하얼빈으로 가는 열차〉), 아들 야스시는 특고경찰 타나카의 이름을 가명으로 빌려 제국군에 입대한 후, 대동아 공영권 건설을 위한 최후의 보루가 되어 장렬히 산화를 한다. (8장 〈제국군의 최후의 보루〉)

의사 사다오는 기억의 진공 상태에서 휴머니티의 경계선을 뛰어넘은 악행들을 끊임없이 복기하면서 역사와 책임, 범죄와 의도성, 의학윤리의 이슈들을 끊임없이 제기하고, 자기 합리화와 비난의 악순환에 빠져든다. 은퇴 후 평온한 삶을 지향하는 노년의 사다오, 그리고 역사의 법정 앞에 핑팡의 만행과 마루타의 참상을 폭로하려는 의문의 인물 S는 '미풍에 봄기운이 녹아드는' 어느 조용한 봄날을 맞아, 문득 '여자의 동그랗게 뜬 눈과 헐떡이는 입술, 태아가 오물통에 버려지는 축축한 소리, 그리고 그 이후 찾아든 침묵'에 진저리를 치며, 오랜 세월 분리되었던 두 개의 정체성을 하나의 의식으로 합치시킨다.

반면 젊은 야스시는 정글에서 뱀과 거머리와 사투를 벌이는 와중에도 '갈라진 혀를 날름거리며 일본의 눈앞에서 아시아를 약탈하는 하얀 악마'를 물리치는 것을 자기의 최대 소망으로 삼는다. 언젠가 다른 전쟁 영웅과 함께 야스쿠니 신사에 합사된다면, '육신은 사라져도 역사 속에서 영원히 부활' 할 것이라는 믿음을 포기하지 않는다. 이렇듯 8장은 참혹한 대동아전쟁의 축소판을 우리에게 보여준다. 역사적으로 일본 정부는 대동아전쟁에서 식량 보급을 도외시한 벼랑 끝 전술을 선택함으로써 일본군의 민간인 마을 약탈과 식인 풍습을 조장했다. 또한, 태평양전쟁에서 미국의 압도적인 해군력을 궤멸시키겠다는 하나의 목표 하에 군인이 어뢰에 직접 탑승하는 유인어뢰 '가이텐'을 설계하고 가미카제 작전을 감행한다. 이런 일련의 군사 작전에서 장기말처럼 배치되었다가 버려지는 야스시는 끝내 자신이 상황에 따라 모면했던 죽음을 오히려 수치로 여기고, 조국을 위해 산화하겠다는 허위의식을 떨치지 못한다. 종국에는 최후의 보루가 되기를 자처한 야스시가 인간어뢰가 되어 해저 깊은 곳으로 가라앉는 과정에 대한 작가의 묘사는 실로 섬뜩하며 처연하기까지 하다.

"78.9미터. 벽을 쾅 쳤다. 불빛이 깜박였다. 소리를 지르며 손전등을 더듬어 불을 켠다. 어두운 공기가 그 빈약한 빛을 삼켰고 새로운 두려움이 그의 가슴을 내리눌렀다. (…) 가이텐은 움직이며 요동쳤지만, 그 무엇도 드러내지 않았다. 목구멍까지 흐느낌이 차올랐다. 그리고 방광이 풀렸다."

한편, 사다오와 야스시의 부자 관계에서 매개고리를 하는 것은 사다오의 아내 야스코다. 그녀는 전쟁 시기에 후방에 남겨진 일본인의 무력함을 상징한다. 남편 사다오의 하얼빈 근무가 어떠했는지, 아들 야스시의 해외 파병 생활이 어떠했는지 그녀는 시시콜콜히 알려 하지 않는다. 그녀는 떠도는 낯 뜨거운 풍문을 모른 척하며, 아들이 고향에 돌아오고 남편과 아들이 화해하는 날을 고대하며 인내한다. 그런 의미에서 오래전에 부자가 어렵사리 의견이 일치했던 고향 집 처마에 차양을 만드는 일을 마무리 짓지 못한 것을 야스코는 못내 아쉬어한다.

어떤 의미로는 사다오 가계의 사람들은 의식의 이중성이라는 전형적 장치를 드러낸다(사실 작가는 이 소설의 모든 장마다 비슷한 장치를 시도한다). 아버지 사다오와 의문의 인물 S, 아들의 본명 야스시와 가명인 타나카. 그것은 자아들의 분투이며, 거울처럼 상대의 옛 기억을 지우고 새로운 기억을 덧씌우려는 헤게모니의 싸움이다. 이 투쟁 속에서 야스코는 바로 일본인의 정신, 진실을 알려 하지 않고 '매미 울음의 습격을 받아 어두워지는 여름 하늘로 빨려 들어가는 정적' 속에 머물러 있기를 바라는 일본인의 초상이 된다.

도쿄 대공습 이후 일본인의 초상: 역사와 탈구

가장 이 소설의 백미가 농축된 곳은 바로 삼남(三男) 마사하루의 가계일 것이다. 작가는 기자 출신 마사하루와 그의 아내 마사코를 통해 전쟁 시기의 처연했던 비극적 삶을 보여주고, 마사하루 부부의 친아들 세이지와 한국인 입양 고아로 훗날 역사학자가 된 양아들 마사아키를 통해 전쟁 이후의 일본 사회에서 겪었던 이념의 혼란과 갈등을 조명하고, 그다음으로는 미국에서 디아스포라를 전공한 이민 2세대인 루나, 더 나아가 에린과 메이로 이어지는 미래세대 등 무려 4세대에 걸친 서사구조를 차례로 전개한다. 이런 점에서 삼남 마사하루의 가계야말로 작가가 제2차 세계대전의 역사적 의미와 전쟁 이후 일본 사회의 깊은 고민과 방향성을 오롯이 담아내기 위한 장치라고 말할 수 있다.

먼저 제3부 3장 〈충성〉과 4장 〈윌로우런〉, 5장 〈피고인〉의 세 개의 장은 1945년 3월 10일 새벽, 미군 B-29 폭격기가 2400여 톤이 넘는 소이탄을 투하한 도쿄 대공습을 배경으로 한다. 한때 반정부인사였던 정치부 기자 마사하루는 종전 이후 자기가 살아온 노선에 회의와 무력감을 느끼며 아들의 실종으로 인한 가족의 해체와 '타이핑 일'을 위해 출근하는 아내를 지켜볼 뿐이다. 남몰래 일본의 패전에 기대를 걸었던 마사하루는 '폭격이 시작되었을 때 잠시나마 희망의 빛'을 느꼈다. 나이가 꽉 찬 아들 세이지가 징집령을 벗어나는 유일한 기회로 여겼던 그는 정작 공습에서 아들을 잃는 역설을 겪는다. 이 허탈감과 무력감은 아내의 타이핑 일이 무엇인지 깨달았을 때 똑같이 반복된다.

3장과 4장에서 남편 마사하루와 아내 마사코의 서로 엇갈린 시선은 똑같은 궤도에서 공전하는 가족 사이에 존재하는 거리, 더 나아가 종전 이후의 삶에서 남자와 여자라는 서로 다른 성별이 겪어낸 여파를 여실히 보여준다. (남편은 아내의 노력을 상기하며 '자신이 알고 있는 사실을 내색하지 않는 것'이 '지극히 공평한 일'이라고 다짐한다. 한편 아내는 '자기를 따라왔던 남편이 그후에 한 마디도 하지 않으며 더 이상 잠자리를 시도하려 하지도 않았다'고 쓸쓸히 회상한다)

여기서 반드시 주목해야 할 주제가 있다. 바로 일본에 의한 성 노예라는 역사적 문제다. 아마 일본 작가이자 여성인 아사코 세리자와에게 쉽지 않은 묵직한 주제였을 것이다. 이 소설은 위안부 문제를 역사적 기록을 통해 직접적으로 기술하는 대신에 풍문을 통해서나 소식을 접한 사람의 진술로 우회적으로 접근한다. 먼저 마사코는 전쟁 이후 한국 사회에서는 흔히들 '양공주'라는 속칭으로 부르는 삶에 자발적으로 걸어 들어갔다. 그녀는 어떤 물리적 강제가 없었고 '한 번에 담배 한 갑 가격인 40엔'이라는 화대를 기꺼이 받았으므로 전쟁의 피해자인 '성 노예'와는 같은 선상에 있지는 않지만, 일본 정부가 '인민 외교'를 위해 매춘을 조직했고 그 과정에서 부단히 원하지 않는 폭력성에 노출되었다는 점에서 '비자발성'을 주장하고 싶어한다. 미국 기자와 인터뷰에서 그녀는 자기 자신을 공식적인 위안부 피해자와 동격으로 여긴다는 오해를 불러일으켜 인터뷰가 중단되기도 한다. 우리 한국의 독자들 역시 비슷한 입장에서 정서적 공분을 느낄 수 있는 대목이다. 하지만 작가는 팔순이 넘는 마사코의 인터뷰에서 '성 노예'라는 단어를 처음 알 정도로 역사적 용어와 외교 정치학의 복잡한 지형을 이해하지 못하는 한계를 가감 없이 보여준다. 일본 정부가 부단히 국가의 위안부 동원과 자발적 매춘을 의도적으로 뒤섞으며 외교적 책임을 회피해 온 거시적 흐름과는 동떨어진 개인이지만, 그녀는 미국 디트로이트 근교의 '윌로우런' 공장에서 10분에 한 대씩 B-29 폭격기를 출하하듯, 미군에 의해 10분에 한 번씩 폭격당하던 자신의 고통을 현재에 다시 전시하는 용기를 냈다. 비록 자발적인 선택이라 하더라도, '선택'의 모순, (식민의 주체이든 식민지민이든) 여성의 고통이야말로 전쟁범죄의 차원에서 접근하고 해결해야 한다는 작가의 주장을 엿볼 수 있는 대목이다.

우리는 여기서 다시 이중성의 질곡과 부딪힌다. 일본 국민, 특히 전쟁에 소극적이었던 일본 국민은 피해자임을 주장하려 하지만, 더 큰 피해자인 한국인의 옆에 나란히 있으면 그들은 결국 가해자일 수밖에 없다. 이러한 아이러니를 근원적으로 해결하기 위해, 작가는 쌍둥이 같은 형제, 세이지와 마사아키를 소설 속 하나의 장치로 끌어들인다.

세이지는 도쿄 대공습에서 소이탄으로 인해 폐와 성대가 망가지고 '발진과 농양이 끊이지 않는 체질'이 되어 반전주의자로 여생을 살아간다. 세이지는 전후 일본 사회의 사각지대에서 살면서 전쟁의 종말 이후에도 '부서진 영혼과 짐승의 면상'을 가진 속물성에 대한 안티 테제이며, 동시에 '폐허 속의 예수'로서 진정한 휴머니티를 상징한다. (5장 〈피고인〉)

한편, 마사아키는 일본에 강제 징용된 한국인 부모를 둔 고아로, 세이지의 부모에게 입양되어 일본과 미국에서 비교적 안전하고 평온한 삶을 영위한다. 그러니까 마사코의 관점에서 보면, 그녀는 친아들 세이지를 희생했기 때문에 '어머니로서 겪을 수 있는 가장 끔찍한 참사의 생존자'가 되었으며, 한편 양아들 마사아키를 양육하면서 가해자의 위치에서 자국의 전쟁 범죄를 보속(補贖)하고 평생에 걸쳐 고해성사하는 삶을 산다.

이 소설의 백미 중의 백미인 10장 〈파빌리온〉은, 뒤바뀐 삶을 살아야 했던 세이지와 마사아키의 만남을 다루며, 역사와 역사 속에 존재하는 주체의 탈구(dislocation)라는 주제를 집중 조명한다. 그들은 호르헤 루이스 보르헤스의 소설 《두 갈래로 갈라지는 오솔길》을 놓고 등장인물의 선택과 결정, 배신과 복수 등의 패러독스에 관해 끊임없는 설전을 벌인다. 어쩌면 세이지의 삶 속에서 배신은 각기 다른 모습으로 다가왔다. 소이탄으로 자신의 육체를 파괴한 '전쟁', 자신의 사랑을 잃게 하고 당을 배신한 사내 '전설', 친아들을 찾기를 포기하고 양아들을 입양한 '아버지'. 그리고 이렇게 반복되는 패턴은 그에게 저주처럼 나타나서, 보르헤스의 소설 속 중국인 스파이와 영국인 유학자가 마주했듯, 세이지와 마사아키는 서로 상대편을 비난하고 방어하고 토론을 펼친다.

"두 사람 사이에 어떤 법적 의무는 없었지만, 서로 인질처럼 엮여 있었기 때문에 그는 형의 존재가 내심 마음에 걸렸다. (…) 세이지는 거울 너머로 추방되어 자기 자신이 존재하지 않는 빛의 세계를 지켜봐야 했다. 그런 세이지의 경험과 그의 것이 얼마나 달랐을까? 마사아키는 형에게 동병상련을 느꼈고, 그래서 더욱 위안이 되었다."

개인적으로는 이 소설이 감정적으로 힘든 것은 분명하지만, 역자로서 독자가 놓치지 않았으면 하는 주제가 있다. 약간 상투적으로 들리겠지만, 이 소설이 바로 사랑과 희망에 관한 이야기라는 점이다. 5장에서 세이지는 꿈속에서 자신이 사랑하는 코노미 역시 소이탄에 흉물이 되는 상상을 한다. '폭풍이 일어 화석화된 뼛가루가 먼지처럼 흩날리는 도시' 속에서 세이지는 나무 그늘 아래에서 코노미와 휴식을 한다. 꿈속의 그녀는 자신과 마찬가지로 '손아귀와 입술의 살갗을 당기는' 고통, '사흘에 한 번은 얼음송곳에 찔리는 두통'과 흉물이 된 육신이 있다. 이제 그는 마음껏 코노미의 몸을 더듬으며 파괴와 재건을 꿈꿀 수 있다.

미래 세대의 위기 : 인류는 생존 가능한가?

이제 이야기의 강은 오늘날의 세대와 미래의 세대를 향해 흐른다. 루나는 한국인의 정체성을 뒤늦게 깨닫고 일본을 찾아와 아버지의 빈 자리를 느낀다. (2장 〈루나〉와 9장 〈패싱〉) 그녀는 다문화주의의 산물이며 정체성의 복원에 관한 상징이다. 루나의 조부모는 일본인이며, 아버지는 한국인 강제징용 노동자의 아들이며, 어머니는 독일인과 일본인의 혼혈로 철저하게 미국적인 다국적 삶을 산다. 그런 의미에서 루나는 거북이를 타고 용궁에 갔다가 돌아온 후, 고향의 모든 것을 잃게 된 설화 속 '우라시마 타로'와 닮은 꼴이다. 그녀는 아버지의 일본 집에서 '전구가 없는 전등에 불이 켜진, 창문 없는 방'에 있지만, 정작 '자기 자신은 부재하는 꿈'을 꾼다.

여기서 우라시마 타로의 설화는 두 가지 장치로 기능한다. 하나는 루나의 '패싱'(백인을 흉내 내며 살아가기), 즉 이중문화와 분절에 대한 은유적 담론이다. 다른 한편으로 우라시마 타로의 설화는 보르헤스의 소설과 등가물을 이룬다. 설화 판본의 여러 변형에서도 결국은 타마테바코를 여는 것으로 끝나는 똑같은 결론에 도달하는데, 이는 무한한 해석의 우주 속에서의 인간의 선택이란 주제(10장 〈파빌리온〉)와 제2차 세계대전이란 역사적 사건이 향후 인류에게 어떻게 재현될 것인가(12장 〈가든〉, 13장 〈반향정위〉)라는 문제의식으로 발전된다. 특히 이 장에서 암시된 루나의 임신은 이후 미래 세대를 그린 제7부의 징검다리가 된다.

12장 〈가든〉에서 2035년에 삶을 사는 청년 에린은 실종된 소녀 안야를 그리워하며 그들의 합동 프로젝트인 기후 프로그램 '가든'을 완성한다. 그리고 컴퓨터 해킹을 막으려고 고군분투하던 에린은, 드디어 해커의 메시지가 그녀로부터 발송되어 온 것임을 직감하며 엔터를 눌러 그들의 가든 프로그램을 해체한다. 이렇듯 저 너머의 삶을 지향하는 그들은 결국 사랑에서 존재가치를 찾는다.

150년 동안의 5세대에 걸친 이 소설은 열세 개의 장으로 구성된 단편소설의 모음과 같다. 실제로도 1장은 2005년 봄에, 2장은 2008년 여름에, 3장과 7장은 각각 2012년 봄과 2014년 가을에, 13장은 2019년 봄에 발표된 단편들이다. 그런 만큼 이들 각각 기억의 편린들은 연대기적 서술방식을 취하지 않았으며, 심지어 소설의 형식조차 제각각이라 독자가 전체를 제대로 이해하는 데 여러 난관이 있을 수 있다. 예를 들어 4장 〈윌로우런〉은 마사코가 독백하는 형식의 인터뷰이며, 5장 〈피고인〉은 도쿄 경시청의 취조문서와 7명의 참고인 진술서들로 삼인칭과 일인칭 시점이 교차 구성되어 있어, 독자들은 사건의 맥락을 어렵게 재구성해야만 한다. 8장은 병사의 행군과 전투 과정에 대한 사건 일지이며, 10장 〈파빌리온〉은 하숙방에서 두 형제가 보르헤스 소설에 관한 기나긴 토론을 하는 대화체를 취한다. 마지막 장인 〈방향정위〉는 위키피디아의 글들이 교차 인용되면서, 어린 소녀 메이의 눈으로 바라본 인류의 '종'으로서의 생존 가능성과 그 닫힌 미래에 관한 묵시록적 견해를 드러낸다.

이러한 소설 구성은 오히려 전체를 조망하고 공감하는 데 걸림돌이 될 수 있다. 그러나 작가의 이런 시도는 등장인물의 심리와 사건의 의미를 현미경처럼 세밀히 파고들면서 역사 소설이라는 장르적 특성을 뛰어넘게 해준다. 더 나아가 전쟁과 전쟁 이후의 일본 사회, 그 전쟁에 불가피하게 함께 휘말릴 수밖에 없는 한국인의 삶, 그리고 미국 이민자들의 숨은 이면이라는 세 개의 축을 거대한 서사성으로 엮어내는 힘이기도 하다. 또한 일본 현대사의 대척점에 놓인 우리가 이 책을 그토록 고집스럽고 끈질기게 읽어야 하는 이유이다.

2023년 6월, 이지안.

상속자들

1판 1쇄	2023년 8월 31일
ISBN	979-11-92667-30-0
저자	세리자와 아사코
옮긴이	이지안
편집	김효진
디자인	우주상자
펴낸곳	마르코폴로
등록	제2021-000005호
주소	세종시 다솜1로9
이메일	laissez@gmail.com
페이스북	www.facebook.com/marco.polo.livre

INHERITORS

세리자와 아사코